金宫

云霓/著

典藏版

重庆出版集团 重庆出版社

图书在版编目(CIP)数据

金宫:典藏版 / 云霓著.—重庆:重庆出版社,2017.9
ISBN 978-7-229-10808-3

Ⅰ.①金… Ⅱ.①云… Ⅲ.①言情小说—中国—当代 Ⅳ.①I247.5

中国版本图书馆 CIP 数据核字(2015)第 305110 号

金宫:典藏版
JINGONG DIANCANGBAN
云霓 著

责任编辑:罗玉平
责任校对:朱彦谚
装帧设计:九一设计
封面插图:@竹铃叮当

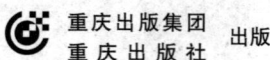
出版

重庆市国丰印务有限责任公司印刷
重庆出版集团图书发行有限公司发行
E-MAIL:fxchu@cqph.com 邮购电话:023-61520646
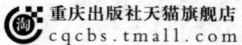

全国新华书店经销
开本:700mm×1 000mm 1/16 印张:19.5 字数:400千
2017年9月第1版 2017年9月第1次印刷
ISBN 978-7-229-10808-3
定价:39.80元

如有印装质量问题,请向本集团图书发行公司调换:023-61520678

版权所有 侵权必究

金宫

JINGONG

典藏

歌曲主创

策划/监制：一破钰王-容小听
词：吉他兔
作曲：吉他兔
编曲：简吟
演唱：纱杂
后期：奶妈月
美工：井井酱

火红月桂下 流苏轻飞　　糖果甜入心扉
腰弧的短剑 铭刻着谁　　不忍放下的滋味
无端梦魇撩碎　　　　　　难以忘记却又记不起的泪
不记得自己是谁
繁华散去花下舞剑魂醉　　是谁牵动了曾经的心扉
是谁牵动了曾经的心扉　　楼台前 灯火明灭 月色重叠
是谁闭上了眼 举起银杯　　挥手刺破曾经种下的情蛊
楼台前 灯火明灭 月色重叠　是谁沾染了日月的星辉
挥手刺破曾经种下的情蛊　　是谁在人间度 一场是非
金音之影下 迎风相随　　弹指间亦离别后相遇已难解
落红尘之中 与孰应对　　浮生里渴望的眷恋怎尽可悔

歌曲地址：http://t.cn/RvFxVhC

目 录
CONTENTS

序　　　言	/1	
第 一 章	新生	/1
第 二 章	受罚	/18
第 三 章	遇见	/31
第 四 章	传授	/46
第 五 章	对立	/60
第 六 章	相处	/71
第 七 章	恐惧	/75
第 八 章	情愫	/85
第 九 章	往事	/99
第 十 章	相恋	/115
第 十一 章	受伤	/142
番 外 一	紫苑	/153
第 十二 章	相依	/157
第 十三 章	恨意	/175
第 十四 章	家人	/187
第 十五 章	毒发	/220
第 十六 章	猜疑	/242
第 十七 章	征战	/260
第 十八 章	醒悟	/284
番 外 二	受伤	/291
第 十九 章	白首	/294
番 外 三	我的爹娘	/299

序 言

　　《满朝文武爱上我》那本书才写的时候，本想作序，但是一再放下，结束以后，发觉再作序也就没有必要了。
　　《金宫》这本书，写到现在忽然觉得应该写这个序。
　　此序送给会完整地看完《金宫》的人。

　　　　　世界上最遥远的距离
　　　　　不是生与死
　　　　　而是我就站在你面前
　　　　　你却不知道我爱你

　　　　　世界上最遥远的距离
　　　　　不是我就站在你面前
　　　　　你却不知道我爱你
　　　　　而是明明知道彼此相爱
　　　　　却不能在一起

　　　　　世界上最遥远的距离
　　　　　不是明明知道彼此相爱却不能在一起
　　　　　而是明明无法抵挡这股想念
　　　　　却还得故意装作丝毫没有把你放在心里

　　　　　世界上最遥远的距离
　　　　　不是明明无法抵挡这股想念
　　　　　却还得故意装作丝毫没有把你放在心里
　　　　　而是用自己冷漠的心

对爱你的人
掘了一道无法跨越的沟渠
眼睛看到的未必真实
要用心去感受你才能拥有

世界上最遥远的距离
不是天各一方
而是我已说了很多
你却还是不明白

世界上最遥远的距离
不是我已说了很多
你却还是不明白
而是知道那就是爱
却只能单相思

世界上最遥远的距离
不是知道那就是爱
却只能单相思
而是相爱的彼此在错误的时间相遇
没有结果

世界上最遥远的距离
不是相爱的彼此在错误的时间相遇
没有结果
而是明明只是虚情假意
却傻傻地以为你爱我

世界上最遥远的距离
不是明明只是虚情假意
却傻傻地以为你爱我

序 言

而是当你终于懂得珍惜我
我已不在

　　　　——泰戈尔

　　借用泰戈尔的部分《最遥远的距离》作序。
　　送给我自己和会完整看完《金宫》的人。
　　《金宫》改自一个优美的传说故事，希望给大家带来欢乐。
　　也许笔者写得不够完美，但是希望能完好地表达出这份温馨的感情，这个会让人一再想起的故事。

　　　　　　　　　　　　　　　　　　　　　　　　　　——云霓

第一章　新生

世间有一个秘宝，"金宫"，得金宫者得天下。

得天下后，那个人筑造了一座殿堂，取名"金宫"，如今真的是金宫统一了天下。

多年前。

月桂树上坐着一个女孩子，穿着缀满宝石的衣服，腰间粉红色的流苏在空中飞舞，她微笑着看树下的男子。

男子长发松散地绾着，垂在胸前，侧了一下脸，没有回头，他轻轻地笑一声，就像开在月下的桂花，淡淡摇曳，红如血的花瓣，散发缕缕的暗香。

天地都失去了颜色，整个世界再也听不见其他的声音，"等我再回来，造一座宫殿送给你，就用你的名字'金宫'。"

我叫金宫。

是族中长辈占卜来的名字。

她说了两句话，一句是"叫金宫吧！"

另外一句是"得金宫者得天下。"

于是我从小就被捧在手心里，可是所有的记忆在这里终止，脑海里只有零零碎碎的影像，所有一切都离我远去。

我仿佛睡了很久才醒过来，浑身乏力好像是做了一个噩梦，梦中似乎极其痛苦的场面，我努力地要回想起一切，只能隐约地记得，如果想扭转悲惨的人生，就要学到最厉害的武功，千方百计得到一块刻着"流暄"的暖玉。

"流暄"是什么意思，我是一点都弄不明白。

最重要的就是刚有了意识，就感觉到手腕火辣辣的疼，还有什么东西不停地从疼痛的地方流下来，然后一阵嘈杂，有人按住了我的手腕，我茫然地睁开眼睛，映入眼帘的是开着火红花瓣的月桂树，我第一个反应，这个世界真的有开红花的月桂树啊。

我脑海里隐约浮起一个影子，一个红衣的少年站在那里，再定神望过去，空荡荡的树下，没有一个影子。

见鬼了？还是我想得太多？一阵风吹过，花瓣零星飘落下来，遮住我的视线。

耳边响起刺耳的喊声，"清雅，清雅，你醒醒。"

"快……快来人帮忙啊。"

我这是到了哪里？

尖锐的声音，喊得我没法昏睡，手腕的痛感更加明显，再次努力睁开眼睛，看见身前不少五颜六色的鞋子，都停在不远处，剧疼的地方割开了很长一道口子，正在涌血，一双素白的手正在努力帮我压制着伤口，暗红色的血把我和她的袖口都染红了，偏偏我还穿着一件白裙子，也被血弄得一塌糊涂。

血流得太邪乎了，可是除了我身边大眼睛的姑娘，眼泪直往下掉，其他人都跟看热闹一样，似笑非笑，身体往后仰着，耷拉着眼皮瞄我。

大家看我醒过来，都不屑地笑得哆嗦一下，其中一个还阴阳怪气地说："小莫啊，叫你别管她，她死不了，温清雅向来都是这样，为达目的，不择手段。"另一个说："这下要把白砚殿下逼回来了。看她那脸狐媚样，割手腕，怎么不往脸上割啊。"

"那是，那是，人家指望这张脸往上爬呢。"

"对了，我们也不能得罪她啊，说不定她能从白砚殿下那里，打听到主子喜欢什么呢。"

"靠着白砚殿下就算了，还惦记着主子，不是找死……"

大眼睛的姑娘看着我，明显地有点相信了刚才那人说的话，不敢大声招呼别人帮忙，但是还好，手底下没松劲，不然我又不知道要损失多少血。我这是怎么了呀，自杀不说，口碑还这么不好。

大眼睛姑娘有点手足无措，我观察一下，她身边有一把小剑，看起来是会武功，于是抱着试试看的心理，虚弱地提醒，"先止血。"

大眼睛姑娘恍然大悟，伸手就在我的手腕处点了两下，血果然流得不像之前那么汹涌了，这个世上真的有点穴这种武功？我瞪大眼睛瞧着。

周围唏嘘声又起，"瞧温清雅那傻样，跟没见过武功似的。"故意手指按身边的佩剑，一个个趾高气昂，头上绑着漂亮的丝带，脸蛋嫩得出水，跟随时随地要选美一样。再看看自己身上的衣服，好像质地不如人家，华丽更差十万八千里，相比之下整个人都灰溜溜的。

那些人又笑了一阵，陆续走了过去，一会儿工夫，人就散尽了。

手动了一下，摸到掌心有一条丝带样的东西，低头看看，水蓝色的缎子，看着挺耀眼，宽度正好用来包我的伤口，于是随手就拿起来往伤口上按。

水蓝色的缎子立即被浸成一片狼狈的红，大眼睛姑娘立即尖叫了声，把缎子夺下来，吓得我手指戳到自己伤口上，痛得咬牙。大眼睛姑娘抽抽噎噎地盯着我哭，鼻子都红红的，"清雅，你怎么了，别吓唬我，你怎么能把头带弄脏了，头带脏了就不能用了。"

我有点不能理解，头带脏了不用就不用呗，又不能换金子换银子，大眼睛姑娘握在手里

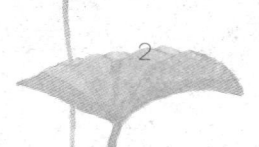

第一章 新生

的缎子，我看着眼熟，模样跟刚才那些女人们额头上戴的差不多。

大眼睛姑娘说："清雅你怎么还是这种性格啊，真的惦记着主子？白砚殿下就算了，别再想其他的了，这带子是身份的象征，你再这么糟蹋它，白砚殿下也要生气了。"

破头带是身份的象征？我咽口唾沫，小声说："我没注意，是不小心。"我已经记不起了，哪里知道随便一个小头带都是象征身份的，我尽量微笑地看着她，"我可能有点头晕，所以就……"

大眼睛姑娘盯着我看了半天，忽然说："你叫什么名字。"

我愣了一下，可是本能地脱口而出，醒来以后，其他的我不记得了，自己的名字总知道吧，"金宫，"听见自己的声音，吓了一跳，这下完了，我怎么能说自己的名字，我应该说叫温清雅才对啊。

正在懊悔，冰凉的手已经捂住我的嘴巴，我甚至还能看见她手心里没完全干涸掉的血迹，我慌忙挣扎，大眼睛姑娘的脸变得刷白，是那种极为害怕的神色，"我当你是真的头晕，我看你一点都不晕，"她哆嗦着嘴唇，"你再这样，我也不帮你了。告诉你，你这次自杀，白砚殿下多半已经知道了，他就是再宠着你，也不能让你胡来，因为白砚殿下，很多人对你已经有看法，你要是再惦记主子，那以后……"本来颇同情我的一张脸，忽然变得严肃起来，"咱们是金宫里最底层的小人物，你怎么能说自己叫金宫？"

等等，我怎么没听明白，怪就怪我没有了所有的记忆，我现在在哪里，自己一点都判断不出来。

我摇摇头表示自己不会乱说了，大眼睛姑娘才把手拿开，我急忙用袖子擦了擦嘴，果然有红红的血迹被我擦下来，还好这是我自己的血，我张了张嘴，最后还是试探着说："我们在金宫？主子是谁？我真的有点头晕，是不是流血过多？"皱着眉头，眼角低垂着，妄想能看起来可怜一些。

大眼睛姑娘愣了一下，才想起我是个自杀未遂，少了半条命的人，急忙说："你真的迷糊了？主子一手建立了金宫，统一了天下，这你都不记得了？我们是金宫中人啊，在外人眼中，这可是极为荣耀的，"大眼睛姑娘眼睛亮了一下，但是瞬间暗淡下去，"只不过我们在金宫的最底层。"

小莫说完话，只是痴痴地看着手里的头带，半响才道："你看，这里真的有一柄剑。"

我弯身凑过去，血污了头带，看不太清楚。

小莫摩挲了两下接着说："我从来没有这么近看过头带呢，要不是你，我可能一辈子也不能摸一下，金宫里白砚殿下的地位仅次于主上，是四殿之首，白砚殿下赐给你的头带上面都有一柄剑，代表着白砚殿下本人。"她停下来，不知道在想什么，"只有四殿和主上才有权力赐头带，把头带系在额头上，远远的凭着颜色就能分辨一个人的身份。"

我算是听了个七七八八，也就是说，最底层的人是没有头带的，我也曾算是一个有头带的人吧，不过照目前的情况来看，我一顺手，就把这份荣耀给断送了，不过，我仔细地看这条头带，洗干净也应该看不出什么来吧。

小莫叹了口气接着说："你也不能怪白砚殿下，就算是他能给你头带，也要按照等级来的，白、蓝、红、绿、青、黄，一个级别都不能跳，你本来毁了一个白的，现在又毁了蓝的，我看白砚殿下是不会再补给你新的了。"

我小心翼翼地问，"这个洗干净不就行了吗？"

小莫猛地抬头看我一眼，目光澎湃，好像我触动了她的忌讳，"主上下令头带一旦被污染就不能再用了，你怎么能说这样的话。"

我心里暗骂一声，金宫的主上这么爱干净，也太变态了。我最关心的倒不是身份的问题，我说："那咱们在金宫的分例是不是也按照等级来发放啊。"

小莫给了我一个废话的眼神。我的心顿时冰凉，没想到随手一挥连自己的钱粮也断了，早知如此，我死也会保护好这条头带。真是欲哭无泪，想了想，还是要怪那变态主上，如果他没定这个规矩，我怎么也混得有等级了，现在头带不能用了，我就重新变回最烂的身份。

小莫搀着我回到住处，一排小木屋其中的一个，只是和其他屋子分隔开来，在不起眼的角落，刚要推门进屋，就听见外面闹腾起来，我和小莫都不由自主地回身。

这些人都和我们一样，在金宫混得不好，可今天其中一个得了一条白头带，换了一身漂亮衣服，正孔雀一样站在院子里，风吹过，拖着长长的带尾，流过她的腰际，确实好看了不少，她说："我真的见到金宫了，远远地站在外面看了半天。"

哦，原来是远远的，有啥好兴奋的，我刚要嗤笑一声，结果发现周围人跟我没有共同语言，小莫兴奋地直抓我的手，其他人都抽了一口冷气。

"看见主上了？"

"没有，但是看清楚了那棵火红的月桂树，跟我们平时看见的月桂树就是不一样。"

我翻了一个白眼，困得要流泪，这个话题实在是太无聊了。小莫抓着我的手说："金宫，金宫。"叽叽喳喳跟鹦鹉似的，整个人激动，手指也用力，抠得我生疼。

我抖抖胳膊甩手，"我们不就是在金宫吗？"

"是主上住的宫殿啊，金宫啊。"小莫的眼睛比火焰还要热。

我还是没多大反应，小莫又看了我一眼，神态挺奇怪的，我怎么看都觉得不舒服，那双眼睛分明在说，我挺虚伪的。

我应该激动得跟吃了蜜一样，跟她手拉着手一起喊，"金宫，金宫。"像两只虱子跳来跳去，这样才属于正常反应吗？

"哟，这不是温清雅嘛！"

第一章 新生

我叹了一口气，有人得势就是这样，一边抬高自己，一边奚落别人，太缺德了。

她眨着眼睛，上上下下扫了我几眼，然后摸摸眼角，小指尖蹭过白头带，"你还有点自尊嘛，知道自己这次肯定排名末尾，所以去自杀……自杀也是需要勇气的。"又盯着我的手腕看了看，眼神赤裸裸地在说："可惜勇气不足。"

我准备抬脚走人，她说的，跟我好像没关系，转身的瞬间，听见有人又说："别说她了，怪可怜的。"我的脚步硬生生地停住，没想到关键时刻也有人替我说话，转过身想表达一下谢意，嘴角扯出一个微笑。

那人接着说剩下的半句，"为了巴结白砚殿下，这招都用出来了，她这种人哪有自尊啊。"我的嘴角瞬间僵直，抽了一下，这帮人看着乐，又笑了一场。白白浪费我的感情，又找了乐子，我这么个皮糙肉厚，死过一次的人，无论怎样也能在这种恶劣的环境中挺过来。

我突然发现，没有什么比生命更重要。

有一个人忽然想起什么，"温清雅，你原来不是说一定要进金宫的吗？"

又一次被人戳了脊梁骨。

进了屋，我到处找东西包扎我的伤口，小莫受了刺激跟老鼠一样，在地上跑来跑去，"金宫啊，主上住的金宫，我们这种人一辈子都没机会去。如果能去就好了，我这辈子也满足了。"

我包好了手腕上的伤口，脱下靴子，盘腿坐在床上，打量这个简陋的屋子，如果说温清雅跟白砚有奸情，怎么就住在这样一个破地方，简陋的木制家具，床好像也是木板搭的，单薄的一个褥子，坐在上面硬邦邦的。

小莫一边溜达，一边喋喋不休地说，这样也好，让我多了解一下这个万恶的金宫。金宫里武功最好的就是主上，最有权力的也是他，其他的人按照等级来排，第二位的就是白砚，白砚这个名字还不错，一纸白，砚墨无色。

不过现在看来，他这个人不咋的，想想就觉得心里不舒服，肯定是个吃饱了撑得没事干的风流公子，纨绔子弟，整天用头带诱惑小姑娘，左拥右抱，拿着巨额银子没事挥霍挥霍，对我温清雅这种小姑娘始乱终弃，小姑娘一想不开自杀，闹出了人命。

总结了一下，凡是戴头带的，哦，等级越高的，越缺德，越没品，简直就是强盗。

小莫还沉浸在幻想中，我已经开始整理衣服，在角落里发现一口木质箱子，打开一看都是干净的布衣，我顺手往下翻，然后在箱子底发现了一件看起来崭新的白色衣裙，我这个人不好别的，就喜欢白裙子和宝石，总觉得白色配上闪光的宝石最漂亮，不过这也只能想想，在这儿哪能穿那么漂亮的衣服，好衣服都让头带党享受了。

边想边抽出白色的衣裙，衣服拿出来了，还带出一个小盒子，我拿起来，感觉到有点重量，稍微一晃动，里面还有东西来回串，顿时把衣服塞进怀里，打开盒盖，心彻底凉了，里面只有几枚铜钱。

温清雅和白砚不清不楚一场，居然连个银锞子都没有，温清雅的小日子也过得忒可怜点，唯一的财产就是那条蓝色的头带，还被我弄脏了。白砚有那么多的金银，居然这么小气。

现在我要跟白砚划清界限，靠这几个铜钱生活，天呐，谁能告诉我，几个铜钱能买到吃喝吗？

刚想到这里，肚子咕噜咕噜叫了起来。

一边的小莫叹口气，转身出去，一会儿工夫就跑了回来，手里拿着两个扣起来的饭碗，"你没去武场比试，应该受罚，所以今天没有你的饭，"她把碗放在桌子上，"这是我偷偷帮你藏起来的，你凑合着吃了，就休息吧，明天早早起来练武，别再让人瞧不起了。靠白砚殿下往上爬终究不是正途。"

我看着小莫，心里暖暖的，异常地感动。靠男人那是以前的温清雅，现在变了，我就不一样了。不过情况也好不到哪去，以前的温清雅就是再渣，好歹也应该会一点武功，我好像什么都不会。

小莫接着说："你这次在金宫肯定要排名最末位了，你要有心理准备，也不要太伤心。"说完按着腰间的小剑走了出去。

不就是排名最后吗？就是前几名又能怎么样，这又不能代表一切。

小莫一走，屋子安静了，我揭开饭碗，里面简陋的饭菜狼狈地混在了一起，一看就是偷偷省下来的，粒粒的饭散落着，菜也蔫蔫的，没有一丝温度，那些让人敬仰的殿下们说不定正大摆宴席，花天酒地，像我这种人只能蹲在这里吃剩饭。

实在是饥饿难耐，我也管不了别的，拿起筷子就要吃，刚端起碗，饭还没吃到嘴，余光仿佛看见眼前人影一晃，我抬起头，还没看清楚是什么，手里一轻，碗轻巧地就被人拿去了。

我一直认为从饿着的人手里抢饭是件很缺德的事，乞丐也只是会讨饭，而不是抢。眼前的人穿着华丽的衣服，大大咧咧地坐在那里，手里捧着我的饭碗，拿起筷子就吃饭。

我真是没料到一碗剩饭还有人抢，硬是愣在那里。

男人吃了一口饭菜，抬起眼看我，被黑溜溜的眼睛一正视，我才清醒过来，身上穿着的是上好布料做的衣服，肩膀上还缀着宝石闪闪发光像猫的眼睛。

他动动，那猫眼也跟着动，碧绿碧绿的。

强盗不都应该是浓眉大眼，满脸长胡子的大汉吗？现在看来完全不是这么回事，这个抢走我饭的家伙，眼睛生得极好看，还故意半阖着冲我眨眼，瞳孔大而黑，饭碗后的笑容灿若星辰，完全是一个斯文、优雅的美青年。

可是他现在干的这件事，毫无形象可言，拿着白瓷碗吃着混在一起的下等饭食吃得津津有味，我扑过去跟他抢饭，他也不理我，因为不论我怎么伸手去抢，都够不到他的碗边。

有武功就了不起啊，有武功就能随便抢人饭吃。

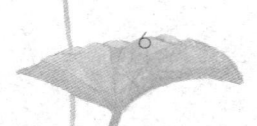

第一章 新生

我的手又伸出去，这一次不知道是不是他故意的，让我拍到了他的肩膀，我手掌落下，他羞涩地笑笑，我竟然看愣了，开始反思，自己不该那么唐突，怎么都是男女有别，人家就是抢了我的饭，我也不该占人家便宜，可是刚想想，他就开口说："啊哈，小清雅想我了。"

我马上觉得自己上当受骗了。

人不可貌相，海水不可斗量，我怎么能随便就相信，一个强盗还有节操。

眼见一碗饭就要全被他吃干净了，居然都看见了雪白的碗底，顿时恶向胆边生，心脏像爆炸一样狂跳，热血冲上额头，用最快的速度挥手去掐他的脸。

大概是被我吓住了，他竟然不躲不避，让我掐了个正着，整个人愣了愣，漂亮的眼睛盯着我，我咬牙切齿地说："为什么抢我的饭，你把饭都吃了，我吃什么，我整整一天没吃饭了。"这话说得有点心虚，我刚苏醒而已，不过我猜测温清雅自杀前应该没心情吃饭吧。

有时候想让别人重视你，就要用暴力，惩戒有时候真的是必要的。

他看着我，我得意地想，怕了吧，让你再抢我的饭吃。

那双眼睛盯着我看，忽然间咧开嘴笑起来，那笑容怪异得很，懒洋洋的，怎么说呢，有点淫荡，笑得我手指开始哆嗦，赤裸裸的眼神暧昧地往我脸上扑，我怎么感觉虽然是我捏着他的脸，但是吃亏的那个人其实是我。

"小清雅。"嗓子都带着颤音。

果然，一开口就这样。

晶亮亮的目光闪烁着像天边的星辰，抿着嘴，唇角上扬，一副良善文静的脸颊，气质极其优雅，这个人还真好看，让我几乎看愣了，以至于他的手悄悄爬到我手背上，我都没反应过来。

我刚想挥手打他，却发现他在看我受伤的手腕。

被人盯着看自残的伤口，总是一件尴尬的事，我慌张地抽手，就怕谁说出什么可怜我的话，虽然自杀的是温清雅，可是我总不能见人就解释，跟我没关系。

我这个人皮糙肉厚，神经大条，别人再怎么鄙视我都不怕，最怕别人流露出可怜的眼神，好像被这种目光一看，我就能想起什么，心里说不清的难受。

我低下头，屋子里顿时静下来，仔细想一想，我才意识到，眼前这个人恐怕和温清雅关系不错，他那神态分明是关心她来了。

我刚刚对他那么凶，也不知道会不会被怀疑。

他的手指离开我的手腕，我顿时轻松下来，嘘了一口气，正在想要说什么好，听见他笑一声，我抬起头，正看见他冲我眨眼睛，"早知道小清雅这么饿，我就给你留一口饭，"眉毛轻挑，有一些性感的男人味，"小清雅怎么不早说呢。"

这话说得真欠揍，我恨不得飞起一拳把这张俊脸揍歪了。

谁知道男人又笑笑，"我这段时间一直惦记着你，今天也是马不停蹄地赶回来。"

他腰间有柄黄金一样的剑，我怎么看都眼熟，跟头带上的印刻的剑模样差不多。最重要的是上面有一颗好大的珠子，所以看起来总是刺眼，晃得我眼泪都掉下来了。

这男人怎么看都是个有银子的坏子，怎么会跟温清雅关系不错，还抢她的饭吃。我实在是扭转不过自己的思维，暂时没适应这个重生后的身份，也可能我这个人神经真的很大条，不爱思考，所以到目前为止，我不能适应站在温清雅的角度去想事情。

不然的话，在这个男人进屋的一瞬间，我就应该小心翼翼地去试探他的身份。现在显然我已经失去了先机。

可是他这么说话，我也不知道该回答什么，只低着头想蒙混过去。

男人又笑笑，"啊哈，小清雅还在生我的气？"

我吞了一口唾沫，这人怎么就问一些难以回答的问题，而且语气欠揍地暧昧，我能回答也不愿意张口。

男人的长发在灯光下黑得彻底，清秀文静美貌的脸，总让人轻易就放松警惕，觉得他漂亮而且无害，甚至于他不说话的时候，他整个人高贵得有让人崇拜的本钱。

两个人就这么待着挺怪异的，我咳嗽一声。

男人说："小清雅没想到我会回来吗？"他顿了顿，"以后不要做傻事了。"

我抬起头想把他这暧昧的话给顶回去。意外地发现男人脸上没有半点笑容，我愣了一下，不知道是不是有点安慰他的意思，小声地说："以后不会了。"懦弱的是温清雅，能刺激到让我自杀，这种可能性是不存在的，既然我变成了温清雅，她就会好好活着，没有下一次。

男人愉快地弯嘴笑，真是一个不爱隐藏自己的家伙，"小清雅如果觉得在这里待着闷，我就带你出去透风，你不是一直不相信我的骑马技术最好吗？"

男人眨眨眼，"我让你知道，我技术好得，可以在马背上睡觉。"他说到最后两个字，特意地暧昧一笑。

我虽然没弄懂什么意思，但是不由自主地脸红到耳根。

男人站起来，从怀里掏出一根金黄的带子，随便系在额头上，闪耀的金黄色，好像把他的睫毛都映照得像麦梢一样，稍微抖动就像风吹起了波纹。

头带党，果然是头带党，我早就说，头带党都是强盗，一点都没错。穿得那么好，居然还抢我的饭吃。

"小清雅还在想他吗？"男人笑笑，"谁都可以想，就别去想他，不然……"没有接着说下去。

他是谁，怎么好像全世界都在说我惦记着谁，一会儿白砚，一会儿主上，现在这个家伙说的是他们其中的谁？

第一章 新生

不论是谁，好像都跟我差距挺大的，他们是主子，我则是最底层的小人物，我过我的日子，他们挥霍他们的，反正以后都没有瓜葛。只不过他们总是主上主上的叫，弄得我也挺好奇，想知道那个主上到底是什么人。

还有跟温清雅有奸情的白砚殿下又是哪根葱。

男人笑笑，"小清雅在想我？"

我急忙说，"没有。"干笑一声，还有人想当葱。

"看你那样子，分明就是在想我。"男人还是盯着我的脸，让我都觉得自己脸上是不是有脏东西，不由自主地抬起胳膊擦。

男人笑笑，"对了，听说你考较的结果并不是很好，不然我去说说让他们把你的名字拿下来吧，就当你没有参加。"

还没弄清楚别人身份之前，我还不想就这么欠人家人情，我总感觉占了便宜就要付出什么，再说了，什么考较，什么排名，对我来说都无所谓。我说："不用了，没事的，我自己能应付。"

男人停顿了一下，又说："我怎么感觉你好像跟以前不一样了，几天不见更坚强了。"

我哈哈一笑，不敢再多说话，话多了恐怕是要露馅吧。

男人忽然说："小清雅，我吃了你的饭。"

我抬起头看他，是不是该感激他终于意识到了这个问题，我怎么也是一个刚自杀完的伤员，居然连口剩饭都没吃上。

"我吃了你的饭，你就把我的饭吃了吧。"男人的笑容挺真诚，好像在说，我吃了你的桂花糖，那再还给你一些是应该的。

我好像也不该拒绝。

男人轻笑一声，门就被人从外面打开，看着鱼贯走进来的人，一个个头上都戴着白色的头带，瞬间把我吓愣了。

这些人刚刚都在门外？那就是说，门口本来挤了一群人，我竟然都没有发现。

桌子上被铺了一块红色的流苏，那料子比我身上穿着的衣服还好，凳子上也放了软软的垫子，然后一碟碟精美的食物被摆上来，一会儿工夫，桌子上就被放满了，还好在这个时候，她们停止了没有继续，不然我都要担心，我是不是要把床腾出来给她们用。

从外面的人进来的那刻开始，男人站在那里，一直都没有说话，收起了随意的笑容，整个人看起来文静优雅，正直无害，月光仿佛能透过窗子洒在他的肩膀上，淡淡的风吹得他衣角翻飞。

所有人都对他毕恭毕敬，走过他身边都不敢偷瞧他一眼。

人终于又都走了出去，我看着琳琅满目的饭菜，说不出话来。大概是刚面对完我那碗粗糙的食物，再瞧桌子上那些做工精美的点心，觉得光是看就已经让人赏心悦目，如果要是吃，可能还真有点舍不得。

人都走光了，又剩下我们俩，男人恢复了本色，笑道："快吃吧，看着也不能饱。"

我忽然觉得这人跟人就是不一样，想想小莫好不容易帮我留起来的饭菜，和人家一挥手上来的一桌子，真是天壤之别。

等级分明，真是要压死人，他不就是有头带嘛，这么嚣张，黄色的头带，应该是什么等级？小莫说了一遍，我没有记住。

我说："你还是拿回去吧，我的饭你吃了就算了，不用还了。"这么精美的东西，我吃了以后不知道会不会拉肚子，天上哪有掉馅饼的，我一碗能媲美乞丐饭的饭竟然换来这些，想想都不真实。

男人笑笑说："小清雅什么时候变得这么庸俗了。"

我庸俗？难道说以前的温清雅有多高尚？人人都说她靠裙带关系，怎么听着这个男人的意思，温清雅还挺有节操的。

男人侧过脸，眼睛轻轻一眯，身上的猫眼石也跟着闪，他笑笑，"什么饭不一样，不都是填饱肚子的，人吃饭又不是饭吃人，人在世上随意就好，这不是你说的吗？"

看到男人的笑，我的心轰然加快了跳动。温清雅居然能说出这样的话？这不可能，依我看这个世间高尚的人不少，温清雅绝对不在其中，从她的声名狼藉就能看出来。

一个人说你是坏人，你不一定是坏人，一百个人都说你是坏人，你还有啥好解释的！

"怎么样？"男人冲着我微微笑，"吃吧。"

让他这么一说，倒真是显得我太拘束，有点过于排斥别人的好意，可是确实是这样，睡习惯了草屋，忽然掉到金屋里，稍微一动好像都能破坏美感。

我毕竟才接受了温清雅这个平凡到渣的身份，现在面对这些奢侈品，不知道该如何下手，这很正常吧。

"就是一顿饭而已，我不会趁机要求你什么。"男人继续劝我。

我的防备心和敌意有那么明显吗？本来是有这个想法的，现在被说出来，倒觉得没什么大不了了。

"你吃吧，明天一早会有人来收拾。"男人笑笑，转身开门走了出去。

我坐在床上想了半天，才缓过神，桌子上的饭菜没有消失，显然不是我在幻想。

虽然我饿得够呛，但是也不能把桌子上所有的东西都吃了。

吃饱了，吹了灯上床，刚躺下，想起自己还没洗脸，于是爬起来，摸着黑，胡乱洗了一把，水挺凉的，手指放在手心里来回摩挲，手指暖和了一些，才小心翼翼脱了外衣继续躺在床上，过了一会儿想着是不是没有落门闩，又起身去检查木门，几乎趴在门上找了半天，也没找到

第一章 新生

类似门闩的东西，我不由得叹口气，是不是金宫里有什么规定，下等人不准闩门？

在门上靠了一会儿，再一次来到床上，闭着眼睛摒除杂念，准备睡觉，可睡到迷迷糊糊，竟然感觉到有人开门进屋，急忙睁开眼睛，出了一身的汗。

随后又想起，桌子上的点心挺好吃的，我要留起来一些给小莫，再一次折腾起来，包好点心放起来。

转身面对床，我这才不得不承认，我是不适应这个身体和周围的环境，即便是再怎么努力去跟新身体融合，也要有一个时间吧，以后我还忘记了好多东西，包括自己的毛病，我好像不习惯一个人睡在黑暗的房间里，总觉得不该是这样，身边硬生生地少了什么。

没有记忆，就没有了过去，也不知道未来，整个人就好像在雾里，分不清是梦中还是现实，我无声地咧嘴笑了，死都死过一次了，也不知道自己在害怕什么，将来在金宫如何生活都不怕，竟然会觉得心里空荡荡的难受。

天还没亮，我就顶着黑眼圈早早起来，收拾温清雅的东西，跟做贼一样，翻翻这里，翻翻那里。

温清雅的家当确实不多就是了，穷得一清二白，怪不得这孩子要去自杀，可能是日子真的过不下去了。

武功不好，也不聪明，只能靠出卖色相吃饭，想到这里，我忽然跳起来，我还没有看温清雅长的什么模样，这么重要的事我居然忘记了。

环顾了一下四周，竟然没找到镜子，顿时后悔不该把刚才的洗脸水倒了，不然还能就着水看看自己长的啥模样。

小莫敲门的时候，我正忙得满头大汗，右手攥着找出的一串红色小石头，小莫喊我的名字，我急急忙忙地把石头塞起来，应一声，拿起要给小莫的点心，站到门前，正要开门，瞄见桌子上那些没收拾的碗筷，所以就小心翼翼地把门打开了一个缝。

小莫的脸出现在我眼前，她看我没把门拉开，皱了皱眉头，往里面看过来，我急忙挡住她的视线。

小莫大眼睛一眨，"清雅，你又怎么了？"十足地疑惑。

不知道怎么了，好像让小莫看见那些东西，我就会觉得心虚，如果我跟她说，昨晚来了一个黄带子男人，吃了我的剩饭，觉得愧疚，于是送了我一桌饭菜，她会信吗？连我自己都觉得不能相信。

"我还没叠被子，弄得挺乱的。"我尴尬地笑两声，从门缝挤了出去，慢慢地关上身后的门。

小莫叹了一口气，"你呀，我以为经历过这次，你会改变呢，看来还是老样子，"她整理一下自己的衣衫，"早上也没见你出来练功，一猜你就是在睡懒觉。"

早上还要出去练功？看来金宫的生活还真不容易，大家都这么勤奋，我想要学到最厉害的武功，简直比登天还难。

我说："小莫，这世上武功最厉害的是谁？"

小莫看了我一眼，好像我又在犯傻，"以前是楚辞，现在当然是主上了。"

"也就是说，现在想要最厉害，就得打败主上？"

小莫又扑过来，捂住我的嘴，好像要把我捂死一样，瞪大眼睛，僵着脸，看起来真的是生气了，"谁能打败主上？你以后不要再说这种胡话，"说完小莫挺直了脊背，"我们主上是世上最厉害的人。"

我也只好咧咧嘴，以我的等级大约一辈子也见不到主上了。

出了院子，就看见了更多的人，那些人看见我，就扯着身边的人一起嘲笑，还有一些人根本就直接无视我的存在，从我身边漂亮地走过，用手指勾勾身边的剑。

头带党被众星捧月地围在中间，不时地扯扯自己的衣服，优雅地笑一下。

我穿的衣服本来就普通，身份又被看不起，在旁边就像一只被拔了毛的鸡，专门衬托凤凰来着，这我倒没觉得怎么样，只是越看她们越觉得不对劲，自己好像少了什么。

小莫在一边提点我，说那些头带党的来头，仔细讲了半天，她安慰式地拍拍我的肩膀，"原来不是这样的，你有头带那会儿，她们见你也要恭敬地问好，只不过你那时候太傲气了，完全不把别人放在眼里，现在你没落了，她们会这样也很正常。"

路过一个小桥，好多人往湖水里望，顺便整理自己的长发，我也趁机看过去，湖水中映着我的影子，亮晶晶的眼睛，皮肤很白，花瓣样的嘴唇轻抿着，束好的长发，有几缕飘进了领子里，衬托着秀丽的脖颈。

这张脸看起来一点都不陌生，没有让我觉得很突兀，感觉大概是和我以前的长相差不多吧，不过我以前的模样，我全都记不得了。

小莫整理了一下衣服，看向水中的我，我冲她笑笑，湖水被风一吹，有些波动，一圈波纹荡漾开来，水中的我也起了变化，那张脸依旧，只不过多了一些自信和高傲神色，眼睛比衣服上缀着的宝石还耀眼，腰间随随便便别着小金剑，轻拢着长发，袖子上精心绣了鲜红色的月桂花。

我几乎看傻了，小莫拽着我的胳膊摇晃，那个景象才消失了。

我看向小莫，舔了舔干燥的嘴唇，"刚才我好像看见自己拿了一把小金剑。"手往腰上摸去，什么都没有。

小莫笑一声，"别傻了，你还拿金剑？金宫里，主上只赐了白砚殿下金剑。"

刚才的景象就像梦一样，尤其是嘴角幸福的笑，充实，快乐得让人嫉妒，好像天空瞬间亮起来，其他的一切都不重要了。

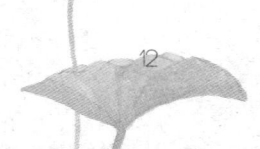

第一章 新生

小莫拉着我的手继续往前走,到了大大的校场,很多人都坐在那里,场子中央有几个戴着红头带师父样的人看着四周。

我和小莫拉着手走进来,师父们顿时把目光放在我身上,其中一个皱了皱眉,严厉地喊:"温清雅,你的剑呢。"

我这才意识到自己少了什么,大家都带着佩剑,我没有。

每天的这个时候是金宫里的师父传授武功的早课,而我竟然没有拿我的武器。

我居然还立志要学到最厉害的武功,简直像胡扯一样。

四周到处都是压抑着的笑声,小莫放开我的手,她都觉得丢人,我只能灰溜溜地找到一个僻静的角落坐下,师父看着我不停地摇头,也没有再说啥更严厉的话,这更让人寒心,他已经不再浪费口舌教我了。

人到齐了,师父开始传授武功,她讲的我都一字不漏地听进去,可是到头来还是什么都没听懂。

师父讲完以后,随手点了几个人跟她互相过招,把小莫羡慕得不得了,她小声在我耳边说:"瞧瞧,就是不一样,重点培养四殿的人,都是戴头带的,这样的话,我们之间的实力会越差越多,想通过考较得到头带,简直太难了。"

这算吃小灶吧,金宫也处处不平等,我早说了,只要有人的地方就没有完全的公平,不知道是谁说要建一个相对自由的天下。

戴着白头带的少女身姿翩翩,一招一式都很完美,我照猫画虎用手在半空比画了两下,可是怎么摆弄都觉得不对。

小莫在一边看看我,叹了一口气,"清雅,你为什么要进金宫呢,你根本就不是学武的料。"

我苦笑一声,我可没想进什么金宫,我宁愿做一个小老百姓,跑跑商业赚点银子,好好过日子。

小莫又说:"开始我以为你是为了白砚殿下进金宫的,后来听说你要见主上,我有点弄不明白你了,你到底喜不喜欢白砚殿下。"

我想说话,小莫没给我留下说话的时间,"我知道,我问了你也不会回答。"她抚平自己的衣角,"白砚殿下是四殿里最高贵的,那么优雅,那么完美,脸上从来都挂着笑容。"

听起来是不错,殿下嘛,好歹是金宫里的第二把交椅,整天被人用敬仰的目光看,想不高贵也不可能啊。

小莫羞涩地笑了一下,"其实从咱们住的地方来上早课,走其他的路更近,但是每一次大家都要绕着走过来,你知道是为什么吗?绕路的话接近金宫中央,更有可能看见四位殿下,特别是白砚殿下。"

我看着小莫脸上的红晕,这丫头大概是喜欢那个白砚。我实在是不明白,既然小莫也喜欢白砚，这些丫头们都明着暗着去巴结四殿，为什么要这么讨厌温清雅，大家不是都一样吗？

我说："是因为我弄脏了白砚殿下给我的头带，所以大家都讨厌我？"

小莫看着我，可能是想起我的劣迹流露出厌恶的眼神，本来不想说，可是大概是想起这件事越来越愤愤不平，"白砚殿下送给你头带本来是件很好的事，你偏偏想背叛白砚殿下。"

"背叛？"这是怎么回事？温清雅背叛白砚？

"白砚殿下送你蓝头带，问你还想要什么。"

我知道说到了关键的地方，不由自主地吞了口唾沫。

"你说，你想要进主上的金宫。"

"笑死人了温清雅，你以为你是谁，想进主上的金宫？"小莫说得越来越激动，小脸有点扭曲。

原来是温清雅不自量力，以为凭着自己的脸蛋就能爬上最高的位置，我最讨厌这种人，简直就是贪心不足。

"攀上了白砚殿下还不够，还想接着往上爬？主上是谁，也是你能想的？"小莫的声音有点高，吓了我一跳。

所有人都往我们这边看过来，就连红带师父也都停止了动作，我急忙去拉小莫的手腕，我想这次大概要被驱逐出早课了。

谁知道所有人好像都看着我冷笑一声，眼神像针一样扎在我身上，我就像一只过街的老鼠。

众目睽睽，我好像连呼吸都不敢了。可想而知，温清雅在这些人眼皮底下，提出那样的要求要下多大的决心。

影响她们的声音明明是从小莫嘴里喊出来的，犯错误的却好像是我。

可能对她们来说，正大光明地一起鄙视我是件很荣耀的事，而且也表明了她们对白砚的忠心。

早课还在继续，小莫的情绪也在慢慢稳定，等她喘息均匀了以后，歉意地拍拍我的手，"对不起清雅，我刚才有点失控。"

我大度地笑一声，"没事，我能理解。"如果谁把我的信仰踩在脚底下践踏，我可能比她还要激动。

我还真的冤枉了白砚殿下，他和温清雅有奸情，纯粹是被温小娘子勾引的，在两个人的感情中，他也绝对是付出了真心，不过可怜的是，温小娘子只想拿他做垫脚石，去接近主上。

白砚那么高高在上的人，被人背叛了受伤之外，还没了面子，抛弃了温清雅这是最好的结果了，稍微狠一点的人为了维护自己的尊严，早一刀把温小娘子咔嚓了。

这么一想，白砚殿下真是个很值得尊敬的人，如果还有机会见到他，弥补温清雅犯下的

第一章 新生

错就算了,我一定会像其他人一样好好地冲他行礼,表示下我崇拜他的心情,给他个新印象。

小莫又说:"白砚殿下真的很厉害,你知道什么样的人才会赐给金剑吗?"

"什么样的人?"我眼睛忽然浮现出湖面影像那一幕,我穿着华贵的衣服,身侧佩带着小金剑,整个人显得高高在上。

"不管是江陵城还是金宫,只有主上最信任的人,拥有一人之下万人之上的地位,受到全派人的认同,尊敬,爱戴,这样的人才有资格得到金剑,坐到第二的位置。"

"金剑是一种信任和地位的象征,也是让人敬仰的象征,当然也是武功极高的象征,古往今来拿到金剑的人都是武学奇才。"

果然是我想象的那样,小金剑这玩意儿,就跟皇帝和大臣的印章一样,看见了它,就等于看见强悍的地位,和众多的支持者。

温清雅背叛白砚,显然是太不明智了,金宫里白砚的支持者们,随便吐口唾沫都能把她淹死。

我说:"小莫,你练好武功为了什么?"

小莫红了脸,"只要能在白砚殿下身后,跟随主上,大家练武都是为了这个。"

我说:"你不是说,金宫统一了天下吗?那江陵城是什么?"

小莫挺直了身板,"以前是江陵城最强大,不过现在已经被我们金宫打得差不多剩下一个虚有其表的壳子。"

我有点不服气,"那其实,江陵城还是存在的了?金宫天下也没有做到嘛!"

小莫白了我一眼,"我说了,江陵城只不过是一个空壳,一切都是表面现象,其实早就不行了。"

不行就不行了呗,我跟小莫较这个劲干什么,不管是江陵城还是金宫都跟我没有关系。

这么一晃荡,早课就结束了,小莫有点哀怨地看着我,"都是你问这问那的,今天讲了什么我都没弄明白。"

我撇撇嘴,"我也没弄明白。"

小莫站起来,大眼睛闪动,"你什么时候明白过。"

师父走了以后,大家都陆续起身,零零散散往前走,走的是一个方向,我说:"接下来要干什么去?"

小莫笑得挺愉快,"我们去正殿外看考较的成绩,我要早点去,一年才有这么一次。"

我抬抬眉毛,"我不能去吗?"难道去看成绩,也有身份的限制?

小莫看着我,眼光柔和,透着关心,"清雅,我劝你还是别去了。"

我往四周望去,有人看向我,然后回头和同伴谈论,那种眼神好像和小莫一样,认定我是不可能跟她们同行。

我说:"看成绩也有限制吗?"

小莫摇摇头。

我站起身,整理一下压得有点褶皱的裙子,"那我有什么不能去的。"别说那成绩是温清雅的,就算是我的又如何,我还能因为成绩不好做出什么过激的事不成?

我和小莫往正殿走过去。

金宫的兴起就是这几年的事,所以很多地方都是在建中,可能真是像小莫说的,金宫已经拥有了天下,或者说将要完全地代替江陵城,这也没什么不好,小莫说江陵城的人和贪官污吏勾结,杀人放火无恶不作,我们主上就是要对付江陵城的大魔头。

小莫拉着我往前走,金宫上的天空湛蓝得就像染了色的锦缎,火红的月桂树一望无际,好像能到天的尽头,团团簇拥的花瓣,犹如灼热的烈焰,氤氲着连成一片。

月桂树,巍峨的宫殿,漂亮的房屋,金宫就是这样的啊。

看到金宫,我就会异常地感动,是不是因为我的名字也叫金宫。

小莫捏了一下我的手:"清雅你怎么了?每次看金宫你都这样,好像以前没见过似的。"

我笑了一下,大概是我才重生到这个世界上,觉得没有任何东西是属于我的吧,看到繁华的东西,难免伤情一下。

小莫又说:"别那么笑,怪怪的,只要你好好的,我们能在金宫生活一辈子,你有的是时间到处看,这样干什么,让人看着挺难受的。"

我说:"能看见总是好的,就怕什么都看不见了。"

小莫无奈地撇撇嘴,看我就跟看傻瓜一样,"温清雅,你还想见主上是吗?死了那条心吧。"

这丫头纯是想歪了。

跟着人群走,隐隐约约看见前方有一长条红色的榜单,周围站了很多人,男男女女,成群结队,榜单的不远处也聚了不少人,不知道在看什么。

小莫说:"正殿前,是白砚殿下的画像。"她的脚步不由自主地加快,带动我都小跑起来,她激动地微笑,自己都不觉得。

白砚的画像放在这里供崇拜者观看?天呐,这帮色女。

"我们只有看成绩的时候才能到正殿来,所以大家都希望能早点过来,多看一会儿。"小莫松开我的手,"你在这等着,我过去看下成绩,再一起去看白砚殿下的画像。"

我奇怪地抓住小莫的手腕,"没有我的成绩吗?"

小莫回头看我,目光闪烁,面有为难的神色,"有,不过你还是别看了吧。"小莫话没说完,我先一步跑了过去,大家看到我过来,都纷纷让开,一脸嬉笑,"哟,温清雅还敢来看啊。"

"她都习惯了,不看还难受呢。"

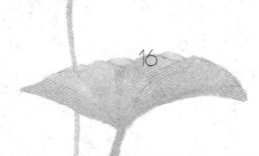

第一章 新生

　　红色的榜单上都是密密麻麻的名字，我把视线定在靠末尾的地方，周围笑声又起，"温清雅往下看往下看啊。"

　　长长的榜单垂下来，好像望不到尽头似的，在最末尾有一小块红色的纸已经褪掉了颜色，雪白的一块，上面写着三个字——温清雅。

　　"怎么样，温清雅，最后一名很高兴吧！"

　　我的手都抖起来，温清雅这个渣，居然考了最后一名，别人念叨着，"哟，以为长得好什么都能代替呢，武功好能靠长相吗？不能吧！"

　　"我都替她觉得丢人。"

　　太尴尬了，我恨不得找一个地缝钻进去，心里默念着，啊啊啊，我只是一个重生的灵魂，以前的事跟我无关。

　　我的目的是学到武功，找到那块玉，然后拍屁股走人。

　　这些人看的是我的外表，啊啊啊，没有看见里面的本质，早晚有一天我要完全变回我自己，辉煌一把，让她们惊讶得掉下巴。

　　反复念几遍，心里好像真的不压抑了。

　　"温清雅，又在想什么呢？"

　　"这次去勾引谁啊。"

　　"无论去勾引谁，武功都上不去。"

　　这些女人平时还把优雅学得有模有样的，怎么现在就变成这样。

　　小莫看完了自己的成绩，忙跑过来把我扯开，"叫你别看吧！"说完又叹了一口气，"早叫你好好学武，你就是不肯听，有费精力讨好白砚殿下那工夫，好好练习一下武功，也不至于像现在这样。"

　　"不过，"她又说了一句，"你也确实不是练武的料。现在这种情况，你就安安分分地在金宫里待着吧，再是下等身份，好歹也是金宫中人啊。"

　　以前的温清雅八成是虚荣过度了，长得稍微好点也有些自恋，不然不会混到这个程度。武功差不说，除了小莫，就没有一个待见她的，我拍拍小莫的肩膀，"放心吧，我以后不会那样了，一定会勤奋练武。"

　　小莫看了我一眼，有点不大相信，我努力地用坚定的眼神看她，她伸出手，握紧我的手指，提口气到半截，还是叹了一声，"好了，别浪费时间了，我们去看白砚殿下的画像吧！"

第二章 受罚

正殿的前方，立着一幅庞大的画像，许多人都在仰头看，画上的人，穿着一身水蓝色的长袍，头上戴着金黄色的头带，蹁跹的带尾像一道刺眼的光，照耀着他本人，他手拿着金剑，优雅地站在那里，他的眼睛微微眯着，笑的幅度让人觉得很舒服，带着自然宽容的感觉，长发松松地系在身后，和飞扬的衣角混在一起，仿佛能看见它们在半空中飘荡，纠缠。

随便一看，就觉得他的姿态非常的高贵，再仔细端详，俊美的眉眼似乎变化了一下，带着一些羞涩。

白砚殿下什么场面没有见过，居然还会羞涩？所以他那种的模样我记得格外清楚。

我刚要说，白砚殿下真是太好看了，优雅，高贵，跟小莫说的一样，光看画像都让人想崇拜他。

可是猛然间，我觉得不对，小腿一抽筋，我几乎要一屁股坐在地上，长喘了一口气，伸手从怀里掏出装着点心的纸包，看着点心，傻傻地站在那里。

小莫回头看我，我就把点心塞进她的手里。

小莫有点莫名其妙，我的脸色都变了，伸出手指着巨幅画像，"这是白砚殿下。"

小莫点头，"是啊。"

我往前走几步，那张脸，我没看错，什么高贵优雅，简直就是胡说八道，这个人明明跟我抢饭吃。

最重要的是，我还捏了他的脸，向他大吼大叫，没有善意地对视良久。

我刚刚还说要和白砚殿下有一个新的开始，转眼间这个想法就变成不可能的了。

有人说："温清雅，早知今日，何必当初呢，现在后悔晚了。"

小莫冲过来拉我的胳膊，"清雅，你冷静一下，不然你去跟白砚殿下说说，看看他能不能原谅你。"

他原谅我？我怎么觉得这件事那么诡异，白砚殿下分明就没生温小娘子的气啊！还说昨天给顿好吃的，今天就要……脖颈后面开始飕飕地灌凉风。

我脸色一变，瞻仰我的人就凑了一群，不知道是等待着看我失声痛哭，还是悲切地喊叫，我面无表情地看了一圈，就准备走人了。

小莫"咦"了一声，"清雅，你不等了？"

我漫不经心地说："等什么？"

"每次趁着发榜，来到正殿前，你不是都要坐到天黑被赶，才会回去的吗？今天你说要来看榜，我以为你还是死心不改……"

我听着有点糊涂，"我每次在这等什么？"

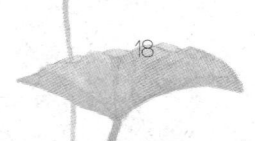

第二章 受罚

小莫"啊"了一声，可能没料到我会反问她，"我哪里知道，大家都猜你是想巴结主上想疯了，在这里等着见主上一面呢。"

"没错，没错，每次来到正殿，你都要穿这身白色的衣服，打扮得漂漂亮亮的。"

我低头看我这件衣服，无奈地笑笑，我是喜欢白色的衣裙好不好，这跟主上能扯到什么关系，温清雅这孩子一定是脑袋有问题，像她这种身份见主上，不就跟宫女见皇帝一样，根本就没啥可能性。

我会在这儿等主上？有那闲工夫我还不如等着天上掉包子呢，想到这里我不禁笑了一声。

我往前走，小莫呆了一下，然后追上来，"清雅，你真的不等了？"

我说："在这里能等到主上？那你就等等看吧。"我扭头说话，右脚继续往前走，眼神一瞥，看见了一个红色的人影，忽然就像一脚踹到自己的心上，心脏收缩，头一阵眩晕，再睁开眼睛，那人影不见了，只剩下远处的月桂树，似火的红，妖艳地开放。

恍惚中，看见了某一个瞬间。

火红的月桂树下，有个声音在说："等我再回来，造一座殿送给你，就用你的名字'金宫'"。

忘记了是哪一年，好像一伸手就能够到彼此。

时间一点点地流逝，总是不如人愿，回过头来，最后只剩下一个人。

永远不能回到以前，再也不能相见，可是还有那么多想看到的，知道的，只能从别人的嘴中窥探到一二，然后在夜深人静的时候，想象那些是否是真的，恨不得有一天义无反顾地冲出来，一件件地亲眼去验证。

也许一辈子就会这样了吧，失去的永远都找不回来。

只能在深夜里喝着酩酊大醉，看着夜空，紧紧捂着自己的嘴唇，怕说出什么罪恶的话来。人前人后保持那种高傲的神态。

可以进退有度，任何情况下都能保持一个让人敬仰的样子，只要不是出现在那个人面前，无论怎样都是无所谓的。

终于有一天明白，无论对方做了什么，彼此都再也看不见，不能和他分享，也不能看着他笑。

不会有突然的变故，让一切如斯，一生就这样过去了。

时光荏苒，人，不复相见，所有关于他的事，都不能再去看，一天一天在麻木中度过。

如果能再见见他，亲眼看看那些人嘴里说的"金宫"，该多好啊！

如果有什么东西是属于你的，可是你永远都看不见，那是什么感觉。

我深喘一口气，挣扎着回头，可能我真的是眼花了吧，明明看见有个红色的人影，大概是被月桂树的花瓣晃到了，刚才忽然涌出各种心情，仿佛整个人接受了一次洗礼，心里难过得不得了。

那种感觉，好像是经历一次离合，痛苦的、刻骨铭心的疼痛。

隐隐地感觉到，好像有那么一段历史，两个人并肩站在一起，然后被硬生生地分开，想见一面都不可能。

小莫看到我脸色变了，忙关切地问："怎么了？是不是哪里不舒服？"

我宽慰地笑了笑，"刚才有一点头晕，现在好了。"刚才那股难受劲儿，怎么也像是不成熟的表现，跟少年多情，受了伤似的，还不是自然受伤而是被迫受伤。

难道是温清雅感染了我？然后我在被人鄙视中，进一步让心里受到了伤害，于是又感染了温清雅的身体，所以才会头晕、难过，心里抽风一样的疼。总之我们俩是互相感染，才会有刚才的那一瞬间。

最最让人受不了的是，我居然差点就老泪长流。

"清雅，我觉得你这个人真的挺奇怪的，"小莫一边往前走，一边说，"明明自杀过，怎么转眼就跟什么事都没发生一样。"

她不再往前走，也没有回过头，我也停下来，看着她的背影，半晌她才说："我还以为，这一次你肯定挺不过去了，"她从怀里掏出一个纸包，里面是我给她留的点心，"你跟白砚殿下和好了吗？"

我想说没有，可是一开口就跟狡辩一样。

精美的点心是我们这种下等人能有的吗？我以为小莫跟我一样大条呢，早知道我把点心压扁了再送给小莫。

小莫叹了口气，"这次你别再胡闹了，好好珍惜吧！"说话的口气跟一个长辈似的，然后抖抖手里的点心包裹，揣进怀里，继续往前走。

我说："不是你想的那样，"追得气喘吁吁，"从此以后我要靠自己的力量。"

小莫笑了一声，"你是想靠自己的武功呢，还是谋略。"

我顿时僵住，靠武功，上早课我压根什么都听不懂，靠谋略？纠党结伙？好像真没有什么人待见我，这么说来，温清雅留给我的只有这么一张脸。

靠我自己吧，我偏偏什么记忆都没有。

小莫说："你就别想了，你本来就没有学武的资质，又……"想说什么，为了给我留面子，没有说，"说起来靠自己武功上去的女人还真不多，除了江陵城的那位……"停下，反身看我，"说起来她叫……"

我抬起头等着她继续说，结果她耸耸肩膀，"不能说她的名字，是禁忌。"

不能说，就别开个话头，把我好奇心折腾起来了，却又不说了，金宫里禁忌还真多，主上不能随便说，现在江陵城的谁谁谁也不能说了，名字都不能叫。

第二章 受罚

"温清雅回来了。"我的小屋门口站着一个骄傲的头带党，不怀好意地冲我笑笑。

"温清雅，知道考较最后一名有什么惩罚吗？"

众人也配合她，笑笑。

"晚饭别吃了，去帮工吧！一会儿在这里等我，我带着你过去。"那人下命令。

小莫不知道什么时候已经跨离我几步，我也知道她的无奈，有这么个朋友是挺倒霉的。

头带党向我传达完惩罚往前走，围观的人也都散了。

小莫重新走到我身边，"你可以告诉她，白砚殿下已经原谅你了。"

这是一个挺好的方法，搬出白砚来，这个惩罚有可能就没有了，我拍拍小莫的肩膀，"我说了，我要靠自己，重新开始。"

小莫显然不相信我，我无奈地耸耸肩，那么就来一个良好的开端吧。

我以为帮工顶多是扫扫台阶，洗洗衣服之类的，没想到是干体力活，来回地搬一些米粮，我拎了拎，这些玩意儿沉得不得了。头带党指指这里又指指那里，到最后我也没弄清楚她到底让我把这些东西挪到哪去。

过了好半天，头带党终于吩咐完，满意地抖抖自己的衣襟儿，"温清雅，我也不是为难你，把这里干完了，你就能回去睡觉了，你知道金宫现在的人手总是不够嘛，我也是没办法。"

我现在知道了，她是没想让我把活干完。

如果我说干完活了，她也会说我摆放的位置不正确，因为她根本也没有给我明确工作。

"如果干不完活，只能在这里一晚上了，"她用手挥挥面前，"这里周围有个小池塘，蚊子还挺多的。"

蚊子不多的话，她也不会让我过来干活，说起来，我还是要怨恨蚊子。

"噢，"戴头带的美女细声叹了一口气，"一会儿有一个人跟你一起干活，你们也可以做个伴，"她故意大惊小怪地喊一声，"哎呀，你看看这俩蚊子多难看，一样的货色，都是叛徒。"一挥手，把两只花蚊子打死在手心，还使劲碾碎了。

"还有一件事要提醒你，不要四处乱跑，不然的话，谁也保不住你。"说完把手心的蚊子尸体蹭掉。

这个时候如果我说："其实白砚殿下昨晚送我的点心蛮好吃的。"不知道她会是什么表情。

我已经不是温清雅了，不会这么说，只能笑着，"我会尽快做完这些的。"

头带党抬抬眼皮挺惊讶，"温清雅，你好像变了，以前你不是挺高傲的样子，谁也不爱搭理么？你以为你靠着白砚殿下，我就任你踩在脚底下吗？只一瞬间，世间就变化得让人难以相信，"她整理一下自己的头带，"真好！"

看她骄傲的那个样子，好像八百年都没鄙视过别人了，倍儿激动，还挺幸福。

她走了以后，我溜了出来，叉着腰看着眼前的湖水，大口大口地呼吸。本来想发泄完了就回去，刚挪了挪脚，还没走路，就听见有人说："你觉得现在的金宫怎么样？"

声音清澈，异常的好听，让我的心脏迅速跳了两下，眼前好像又出现红似火的花瓣飘过脸颊，软软的，却能刺入人心里。

好像是不经意地话，却让人非常想回答，不为别的，只是为了想让他接着说下去。

另一个声音说："以我们现在的实力想灭了江陵城很容易，你还有什么不满意的？"

这个声音我倒是听出来了，是我最不想碰见的那个人，白砚。

白砚不好好的待在巍峨的宫殿里，到处乱跑干什么，搞不好一会儿大家见了面要多尴尬有多尴尬，毕竟是旧爱，总不能像没事人一样打打招呼，鞠个躬就走掉吧。

新欢旧爱永远是让人最恐怖的话题，还好温清雅只有一个旧爱，即便是这样，我仿佛也应付不过来。

只能蹲下来，恨不得面前有一蓬草把自己挡得严严实实。

前面的声音笑了笑，过了半天才说："我最近总觉得有些地方不太好，以前江陵城就存在这种问题，只不过当时没有人肯听意见。"

白砚奇怪地说："江陵城那时候就已经发觉了吗？"

那人又笑笑，"是的，只不过没有被采纳，也没什么人知道，"停顿了一下，"不会有人感兴趣那段历史的。"

我十分好奇这么好听的声音是从什么样的人嘴里说出来的，随意却真的很好听，轻轻地笑，好像就让人答不上话。

只听白砚那边继续又说："你没事老做这么多糖干什么？你爱吃？"

想到糖，我吞了一口唾沫，自己都没意识到，好像我对糖还挺感兴趣，白砚问的话，也忒没有水准了，简直是废话，不爱吃人家做它干什么。

那人却顺理成章地道："习惯了。"

我听见轻轻的脚步声响，两个人仿佛慢慢走远了。

我又蹲了半天，才小心翼翼地站起来，准备沿着原路返回去，一抬头，吓得我心脏要跳出来。

"小清雅。"笑到腻，英俊的笑，有点暧昧，"这么晚了在这里喂蚊子？"

没想到白砚没有走，因为之前见过白砚的缘故，我紧张的情绪很快就平复下来，"白砚殿下，"我规规矩矩地行个礼，弯一下腰就可以了吧，不用单膝跪下吧！让我跪我也不跪。

"小清雅什么时候这么有礼貌了。"白砚笑得挺特别。

我怎么感觉，这个男人的模样跟正殿门前的画像差很多啊，金宫里所有的人崇拜的到底是他的画像，还是他本人。

白砚抬高眉毛，故意拉长音，"哦"了一声，"你又在这里偷看……我早说了，那家伙

第二章 受罚

很冷血，你说了话，他也不会搭理你，你要知道，在你之前，金宫里那么多女人喜欢他，最后都哭着放弃。"

白砚当我大半夜跑来这里是来搭讪的，我真想跟白砚说："对不起白砚殿下，我还要去干活。"

估计八成会被这小子当成是旧情人冲自己示弱，兼之撒娇，说不定会搂过来好好安慰一下，说一些感伤的话，和好如初。

正为怎么回话发愁，白砚已经又说了一句话，"今天看见你上早课了，剑都没有带。"

我觉得我真是彻底无语了，白砚这家伙一定是冷场大王，他说的话，别人半句都接不下去。

好在他已经习惯了，走过来，伸出手，友好地拍拍我的肩膀，"有什么需要帮忙的要告诉我，我们俩之间没有什么好客气的。"如果忽略他脸上暧昧的笑，我会觉得这个人挺仗义。

我只能笑笑，依旧选择了沉默。

白砚又看了看我，长长的睫毛上下眨着，然后用手扶了扶腰间的小金剑，看样子是准备走人了，我也松了口气。

白砚走了几步，忽然停下来，"小清雅为什么总是拒绝我的帮助？你可以试试……"

啊，这句话勉强还算正常，特别是严肃的语气，不去看他的表情，觉得他开始跟那幅大画像接近了。

我开口也想说句应景的正经话，结果差点咬到了舌头，白砚接着说，"不要怕爱上我。"说完他还轻轻地笑，又暧昧，又正经。

我立在原地，半天都没反应过来。

匆匆赶回干活地点，想着白砚的最后一句话，浑身就好像有了力气，发泄似的来回搬东西，本来挺整齐的仓库，一下子被我弄得乱七八糟。

他居然说："不要怕爱上我，"加上之前的那半句话，"你可以试试。"

擦擦汗，继续搬。

出了汗才发现腿累得一直在抽，胳膊根本使不上劲，踮着脚尖戳戳最后扛上去的一袋米，刚松手，就发现米墙有倒塌的趋势，我几乎整个身体都扑了过去，好像也没阻止一袋袋大米往下滑落。

这才意识到，完蛋了，这下要交待在这儿了，不知道应该现在转身就跑，还是捂着头蹲下。

米袋子往下滚，欠扁的样子就像白砚的脸一样，然后不知道从哪里飞过一袋沙子，把米袋子打偏了。

我看得目瞪口呆，把剩下的扑倒以后，急忙去捡救命的沙袋子，在地上找到它以后才发现，是一只漂亮的荷包，面料是红色的缎子，上面绣着精美的图案，我忙回头望过去。

淡淡的月光下，一个男子站在那里，风轻轻吹动他的面纱，他转过身准备走。

我忙跑过去，挡在他面前。

细长的眼睛，灼灼夭夭尽光华，空中舞动的长衫，仿佛如千道霞光染红了天际。

恍若月桂树上血红的花朵，蛊惑着，让人痴迷。

我站在他面前，心里在翻江倒海，嘴唇无意识地颤抖，一句话也说不出来。

他看也不看我一眼，是一种冷漠，拒人于千里之外的疏离。

在这种疏离下，我忽然觉得异常的不舒服，说不上什么感觉，只觉得铺天盖地的不悦快要把我淹没了。

我伸出手，"谢谢你……这是你的东西。"跨了一步，再一次挡在他面前。

他秀丽的眉毛轻轻皱了一下，绕开我，话也没有。

我还没有这么生气过，大概是觉得他傲得也太目中无人了，就算他救了我，也不能扫我一眼转身就走，那模样好像是，呃，刚才只是丢垃圾，不小心帮了我的大忙。

脸上的自负和冷漠最让人不舒服。

我又重复了一句，"你的东西。"

他再一次看我，居然流露出冰冷的神态，"扔了吧！"话都那么简洁，跟看不起人似的。

我急了去扯他的袖子，他侧过脸，垂目看一下我的手，而后目光有些惊讶。

着了墨一般深黑色的眼睛看得我很紧张，我就像中了邪一样，死死攥着他的袖子，仰着头紧紧地盯着他看，鼻子酸酸的，开始往上蔓延，带动着眼睛也有些发痒，我抬起手揉揉自己的眼睛。

我仿佛能看见他面纱下紧抿着的嘴唇，他抽了一下胳膊，又抽了一下，我几乎知道他马上要忍无可忍，可是我依旧拎着他的袖子。

终于，他用力挥一下手，我就跟一片叶子一样，飘了出去，重重地摔在了地上。再抬头望过去，站在那里的人已经不见了，手里只剩下了一只小小的锦囊。

我本来撑着要站起来的身体，因为没有了目标，颓然委顿下来，静谧地听着自己的呼吸声，有点不明所以地兴奋，又难受，完全都不像我自己了。

我蜷缩起来，把脸埋在两膝中间，迷迷糊糊地也不知道在想什么，眼前就是不停地出现一棵棵火红的月桂树，一个模糊的身影站在长满月桂树的湖边，夕阳照着那个身影，连衣服都变成一种暧昧的金红，映照着月桂树红得仿佛已经燃烧起来，晃得人几乎睁不开眼。忽又渐渐变成黑白，渐渐模糊……

等抬起头来，袖子上已经湿了一片，眼前停了一双乌黑的靴子，我的心跳又开始不规律起来，可等完全看清楚了面前的人，失望透顶。

我为什么会这样难受，真是越来越搞不清楚自己的情绪了，努力让自己不去深想，深吸一口气吐出来，又吸一口。

第二章 受罚

面前是一个很英气的少年，没戴头带，拿着一把普普通通的剑，我猜他只是准备平常地看我一眼，然后跟我说话，但是当他看清楚我的脸，表情马上就僵在脸上，错愕了，张了张口"殿……"卡住了，没继续往下说。

我友善的笑也僵在脸上，半天才摸上自己的面颊，小心地问："怎么了？"

少年抽口冷气，继续看着我，半晌才说："我是认错人了，"可是仍旧观察着我。"我这是在哪儿？"仿佛自言自语。

我说："金宫啊。"

他停顿了，低下头，半天才喃喃说："噢，是金宫啊，我还以为……"

这世上还有人比我更糊涂吗？居然在清醒的状态下不知道自己在哪儿，他又看了我好几次，仿佛才确定真的是认错了人。

"看到你，就想起正殿前的巨幅画像，真的对不起。"少年腼腆地笑笑，眉毛落下来，是一副道歉的样子。

然后他又张开嘴，接着说，我却一句话都听不进去了，脑袋里一直咀嚼他刚才说的——正殿前的巨幅画像，为什么看到我就想起巨幅画像，我跟画像有什么关系？难道就是因为白砚？

我到哪里都要被人提醒，我，温清雅跟白砚殿下有暧昧，想起来就郁闷，如果今天没遇见白砚，没听到他那几句暧昧的宣言，我就不至于疯了一样地搬东西，又差点被砸死，虽然半截被人救了……算了，提起那人，心里就更加不舒服。

从地上爬起来，拍拍身上的土，愤愤想着那冷冰冰的男人，我今天大概是走了霉运，往前走了好远，忽然想起来，那少年仿佛还在跟我说话，我却啥也没听见，还不礼貌地把人家落在了身后。

我回头，那少年果然一脸不知所措，可想而知他现在是什么心情，兴冲冲地讲到半截，听众却跑了。

我"呃"了一声，不知道说啥，硬着头皮，"我是被罚来做帮工的。"

少年这下反应过来了，"我也是。"

原来他就是那个跟我一起被罚的倒霉鬼。

少年的笑容很灿烂，"对不起，我这么晚才过来，因为她们还给我派了其他工作。"

他到底犯了什么罪啊，比我还可怜。

两个人进入了仓库，少年看着眼前乱七八糟的一切，薄薄的嘴唇嚅动了一下，敛一下眼睛，"没关系，剩下的我弄就好，你回去休息吧！"放下腰间的剑，挽起袖子冲东倒西歪的米袋子就去了。

我也凑上前去帮忙，准备把远一些的袋子扛到他身前，让他直接把它们垛在一起，谁知道我的手刚伸到袋子下，就被他接手拎了过去，这样下去几次，我好像就成了一尊塑像，摆

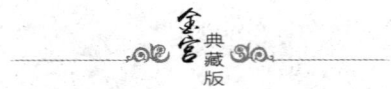

在那里毫无用处了。

所以只能空着手和他说说话,"你为什么会被罚?"

少年擦了擦汗,"他们说我是叛徒。"

"叛徒?"我立即想到,四殿里大概有一个美女,这小子本来喜欢人家,后来又变了心,就是男版的温清雅经历嘛!

少年说:"我本来是江陵城的人,是投靠进金宫的,"他的手脚挺快,我面前的米袋子就要被搬空了,"因为我一直都很崇拜流……"他停下来喘口气,"咱们的主上。"

崇拜金宫的主上,所以背叛了江陵城?这人也挺热血的。

"今天他们说起主上的事,说现在金宫和江陵城实力相差那么悬殊,江陵城不敢正面和金宫冲突,一定会用卑鄙的手段来对付主上,譬如送个奸细过来,趁着主上不注意伤了主上。"少年揉揉肩膀,"还说,当年主上重伤,也一定有其他的原因。"

少年忽然就像一个话口袋,说个不停,"我忍不住反驳了几句,江陵城再怎么样也辉煌了那么多年,不可能用这种手段。"

"结果,他们就说,我激动成这样,肯定是江陵城派来做内奸的吧!"

我顿时觉得我挺幸福的,至少没到背叛了以前的门派,投靠新门派又被怀疑到这种地步,不然到时候被众人都认定是奸细,说不是,又没有人相信,那种感觉才叫难受。

少年不知道什么时候已经把仓库整理得干干净净,他拍拍手,想起什么,回头问我:"你说江陵城不会派奸细来吧?江陵城还是以前的样子,即使是没落了,也不会干这种事吧!"

我一时间被他问愣了。

他亮晶晶的眼睛盯着我,就像在渴望得到我的回应一样。

我蠕动了一下嘴唇,"不会的!"

少年笑了,露出了明朗的表情,黑溜溜的眼睛弯弯的,整个人都变得轻松起来,好像心里放下了一块大石头,极其的轻松。全是因为我这个陌生人一句安慰的对白。

我算是一个擅长自我调节的人,和少年聊了几句,心底那份难过就淡了很多,虽然对以前的记忆我一无所有,但是感觉到我应该是那种打不死的性格,一切都大咧咧的,粗神经,显然像温小姑娘那样在险恶的江湖里是混不下去的,只有我这样的人才能自娱自乐。

想起温小姑娘自杀的事,总是摇头叹息,对我来说,不论是什么打击,也不可能让我想去死。

面前这位少年大约跟我也是一国的,累得满头大汗,还在笑。

如果没有他,我是真的不能回去睡觉了。

他说:"好了,做完了。"看他那意犹未尽的样子,好像还恨不得出去再跑个十圈。

我就不行了,肚子咕噜咕噜响,腿也累得发软,他看一眼我的样子,皱皱眉头,"怎么

第二章 受罚

不用武功？干这种力气活光用体力是要死人的，一定要用武功辅助。"

我挑挑眉，"怎么辅助？"

他惊讶地说："内力啊，你没有内力吗？"

内力？敢情他还不知道，站在他面前的这位是金宫的倒数第一名，别说内力了，关于武功什么的，啥也不会。

我泄气地"噢"了一声，"以后会学的。"

少年想了想忽然说："没有武功在金宫是混不下去的，"他的眼睛仿佛在发光，"所以你还是要会武功。"

这一点我初来金宫就已经领悟到了，从今往后我是要好好学习，"今天的事，还是要谢谢你，你叫什么名字？"

少年笑得很温和，"桑林。"

说自己名字的时候总觉得怪怪的，我迅速瞟了桑林一下，然后装作很自然，"我叫……"

"温清雅。"桑林笑得格外亲切。

哦，我忘记了，温清雅可是名人啊，金宫里有谁不知道，武功最好的当然荣耀，那最差的也会被人拿来做垫背的。

"有什么事可以来找我，武功不会的也可以问我。"桑林说，"只要不再是最后一名，就不会有太多的人关注你了。"

他好像还是不相信温清雅只能做最后一名。

回到屋子的过程相当艰辛，跟做贼一样，生怕被那头带党发现再找茬，再折腾一回，今晚就真的睡不成觉了。

打开门，摸着黑就窜进屋子，密闭的房间，格外让人有安全感。所以说还是有一个窝好，爬上床，疲惫极容易让人进入梦乡。

恍惚中，看见了一个白衣女孩正在院子里读书，然后听见吵吵闹闹的声音，"流暄好厉害啊，昨天又是第一名。"

女孩放下手里的书。

又有声音说："不去校场看看吗？"

"去看看吧！"

女孩儿被拉扯着，推推搡搡走了好远，终于来到一个很大的校场，四处有很多与她相当年纪练武的孩子。

其中一个，穿着火红的衣服，显得挺拔出众，神色却淡静得让人觉得不好接近。

"金宫，你看什么呢？以后要多来看看，我觉得还是武功最重要。"

"你看那个，是咱们中手腕最灵活的，剑刺得很精准，一会儿他们要比试呢。"

"金宫,你试试对哪个比较感兴趣,放下书,出来练武吧!"

女孩笑笑,"我以前也学过剑,只是不擅长。"

"练习开始了,金宫,你去试试,拿我的剑。"女孩子笑着本要拒绝,却看见了那双淡淡扫过来的眼睛,不知道为什么就把那剑收下了,然后慢慢地走到练习的队伍中去。

"剑法讲究的是精准。"师父又嘱咐说。

女孩的拿剑手法并不是很正确,她本来就是一个生手,其他人也不会刻意去笑话或者纠正她,只是她的那些姐妹们,不时地扬起胳膊给她加油,说说笑笑,一派放松的样子。

其实她只是试试,并没有人在意。

"开始。"

一声令下,她抬剑刺了出去,速度不快,手法也很笨拙,完全没有方法。

可是周围忽然安静下来。

虽然运剑看起来完全都不对,但是真的很准,居然不比最受看的那个人差。

姐妹们也把笑容僵在脸上,半响,一个拍手笑起来,"准吧,我早就料到了。"

众人看她。

她得意洋洋地接着说:"你们忘记了,我们经常玩投壶,这家伙从来都是赢。"

师父也很惊讶,很快走到女孩面前,"你叫什么名字?"

女孩笑笑说:"金宫。"

"好,金宫,以前练过剑吗?"

女孩说:"有过,时间很短。"

"愿不愿意来学习?"

女孩想了想,"我要考虑考虑,本来我是不想学武的。"

其他的女孩子跑过来劝她,"金宫,学吧学吧,到时候能一起上早课。"亲昵地挽起女孩的手,"最喜欢跟你在一起了,因为你总是会做出让人意想不到的事。"

虽然在梦里,我也仍旧忍不住嘴角上扬,曾几何时我也是被大家喜欢的人。

早上醒过来,身体变得很舒服,只是轻轻的动动手,就仿佛掉入了地狱中,肌肉酸痛,让我皱紧了眉头,温清雅这个身体,不知道多长时间没运动了,哪像一个练武的人啊。

洗干净脸,等着小莫来叫我一起上早课。

等到走在上早课的路上,我还在意外,那个头带党竟然没有来找我的麻烦。

早课上竟然也没有看见她的影子。

小莫也奇怪地托起下巴,"奇怪,她今天怎么没有来。"

小莫嘴里的她,应该是昨天罚了我的那个头带党。我和小莫互相看了一眼,都是一脸无知。

硬邦邦的剑放在腰上真是不舒服,我别扭地来回拉扯剑鞘,小莫看我一眼,"一会儿要

第二章 受罚

上剑术课了，练习的时候要认真点，掌握好技巧。"

我肯定地点点头。

小莫说："真不知道你在哪方面擅长。"

这话听着好耳熟啊，感觉和我昨晚做的梦差不多。

教武功的师父又找了得意门生上场示范，把小莫羡慕得"嘶嘶"直吸冷气，"唉，如果我能像她那样就好了，"一会儿又说，"你说，有没有那种天生就很聪明，一看就能领悟的人？"

我不知道该怎么接话，只是感觉按着腰间小剑的右手又僵硬又酸疼，再看看温清雅这几根手指，嫩得不得了，一会儿练剑还不得磨出两个大血泡。

小莫接着说："怎么没有啊，主上和四殿就是那种人，清雅，你说有一天我会不会突然开窍了？"

我眨眨眼睛看看她，唉，都是金宫的等级惹的祸。

上完早课，大家开始练习转身反刺，因为是基础的剑法，大家练得有点漫不经心，反正刺得准的都已经戴上头带练高难度的去了，剩下这些估计也就没有什么前途了。

头带党研究新的剑法，顺便帮忙师父找一些资质好的新人，当然我和小莫这种万年老人，她们是不会注意的。

"这里要对着虎口，"小莫纠正我的姿势，"怎么这么长时间了，你连一点握剑的方法都不会。"

我郑重其事地动动僵硬的肩膀，"其实不一定要方法对就能刺得准，有时候随意些反而更好。"

小莫翻了个白眼，对我是彻底的无语了。

"往那里刺，"小莫指指目标，并演示了一遍，她一剑转刺，虽然还是偏了一些，然后她回过头冲我瘪瘪嘴，"总是这样，难得有做好的时候。"

我拍拍她的肩膀，"以后会好的。"这话怎么听也像是在安慰我自己。

学着小莫的样子，不知道为什么抬起胳膊就想起昨晚的梦，手不由自主地就动了，等自己反应过来的时候，听见小莫尖叫了一声，所有人都向这边望过来。

顺着自己笔直的胳膊望过去，我手里的剑正中目标，我傻傻地看着剑尖的尽头。

一会儿周围又嘈杂起来，有人扬声说，"温清雅，你又在搞什么鬼。"

小莫急切地说："不是，我看见……"猛地闭上嘴，不再说话，替我辩解是需要巨大勇气的。

师父说："好了，好了，现在按次序到场上来，让我看看你们中有谁进步了。"

头带党们笑一下继续研究她们高等级的武功。每天观看下等弟子练剑，就跟在土豆堆里挑地瓜一样，都是一个德行，我可不想去场子中间现眼，与其丢人，还不如偷溜。

大家往前走，我抽出自己的剑往后退，刚走了几步，正准备转头跑的时候，忽然看见了那个似曾相识的人影。

男人换了柔然的白色长袍，没有昨晚的红色那么耀眼了，闲散地站在那里，风吹动他脸上的面纱，他蹙眉看着我。我友善地冲他眨眨眼睛，虽然昨晚弄得很不愉快，但是怎么也算相识了，都说伸手不打笑脸人嘛！关键时刻我要先谄媚他一下，让他别告发我。

他的眉毛松了松，我咧嘴笑笑，伸出食指摆了个嘘声的手势，继续我的逃课行动，猫着腰想着偷跑成功以后要得意一下。

他盯着我，没有要说话的意思。

我嘴角的笑容越来越扩大，就像一只半夜偷油的老鼠，我觉得自己还挺有这个天分的。

他细长的眼睛眯起来，轻轻地扣起了手指，我还没弄清楚怎么回事，就听见谁的剑一声长喝。

我僵硬地回头，小莫抖抖自己手里的剑，看向这边的我。"清雅，你要干什么去？快过来。"好些人发现了我的偷跑现象，笑成一片，场上的师父也不屑地扫了我一眼，我恨得牙痒痒的，再回头看，站在不远处的那人，已经不见了。

小莫走上来拉我，还絮絮叨叨地说："反正师父也不会在意你拿剑的姿势。"

是根本不在意我这个人吧。

"你就像刚才一样，"小莫比画了一下，"清雅，你这是跟白砚殿下学的吗？那种拿剑会更省力？"

我无奈地叹了口气，不知道该说什么。

小莫和我没分在一个组，她先上去刺的那一剑，结果很差，还不如在底下练习的成绩好，这家伙八成是紧张了。

我上去，大家都嬉笑不停，主要是我连握剑都那么不像样。

有人说："你们看，温清雅这个握剑姿势是学谁啊？"

她们说什么，我倒是一点都不在意，反正是最后一名，不可能会再差了，于是刺剑，还是刚才一样的动作，一种莫名的亲切感从手掌一直传到手尖，让人觉得很顺畅。

眼见一个动作就要完成了，昨晚搬东西的后遗症偏偏这个时候显现，肩膀"抽"地一下疼，整条胳膊顿时就落下来，剑也掉在地上。

周围哄笑声起，我赶紧回头看小莫，她的脸已经涨红成猪肝色，师父终于忍无可忍地大发雷霆，"温清雅，你现在连剑都握不住了吗？你整天在金宫里都做什么？"我默默地去捡地上的剑。

狼狈地重新退回人群。

小莫说："我疯了才会以为你会给我个意外呢。"

第三章 遇见

很快早课就过去了，小莫负气往前走，比平时快了好多，我一开始还在追，后来发现她根本不想我追上，也就眼看着她在前面消失。

那人昨晚摔了我个跟头，今天居然又故意害我，早晚有一天我要抓住他，出一口恶气。

别说，大家都成群结队的，我一个人走路还挺寂寞。

路上连一个石子都没得踢，可真无聊。还有我这废柴武功，不知道什么时候才能变好，练剑的时候居然肩膀也能抽筋……慢慢地在路上走，直到人都走光了，剩下我一个磨磨蹭蹭拖在后面。

想起怀里还放着昨晚捡到的香囊，不由自主地摸索着掏出来。

红色的缎子面可真漂亮，好奇里面都装了些什么，就打开了紧口，伸出手指进去摸，指尖碰到很多方方正正的小玩意儿，拿出来一看，是白色的糖果，散发着桂花的香味。

本来是不能动别人的东西，可是想起那个没有礼貌的男人，我就伸手直接把糖果丢进了嘴巴里。

糖果软甜得发腻，这种味道是我最喜欢的，我不禁眯起眼睛来笑，吃了几块，肚子马上感觉没那么饿了，于是把剩下的宝贝地揣进怀里。

我刚要加快脚步往前走，却瞥到小莫又急急忙忙走了回来，四处寻找，看见我以后，马上松口气，几步冲到我身边。

看她的样子，就知道是有一肚子话想跟我说，于是问："怎么了？"

小莫喘口气，"清雅，你知道我听说什么了吗？"

我看着她，等她接着说。

小莫拍了拍我肩膀，"清雅，你运气真好，紫苑今天是不会来找茬了，因为风遥殿下可能要离开金宫，紫苑现在在那边。"

我说："紫苑是昨天那个？"

小莫蔑视地看我一眼，"清雅，是不是有一天你也会不记得我的名字。"她叹口气，"紫苑啊，就是昨晚罚你去仓库帮工的那个。"

我马上"哦"了一声，原来昨晚那个头带党叫紫苑。

"紫苑跟你一起来金宫的，你们还住过一个屋子，你居然连她名字都忘记了，"小莫唠叨个不停，半天才进入正题，"紫苑是风遥殿下的人，这你知道吧？听说风遥殿下要被派去建分舵，好久才会回来。"

"以前四殿中的人从来没有被外派去那么远的地方，听说快马也要走好几个月才能到，那里天气很热，虫子很多，据说蚊子有……"小莫伸出手指捏起来，"这么大。"

"也不知道风遥殿下惹了白砚殿下还是主上，居然派去那么艰苦的地方。"

"那种地方没有必要去成立分舵啊。现在好多人都在传这个消息，大家都倾向于风遥殿下是被罚出去的。"

紫苑没找我茬，原来是她主子要被派出去成立分舵啊，怪不得她早课都没上，估计是小两口正依依不舍缠绵吧。

小莫叹了口气，"不过，等风遥殿下走了以后，紫苑大概会更加地针对你，"小莫一脸担忧，"你还不知道吧，风遥殿下怕自己不在的时候紫苑受欺负，于是赐了紫苑红头带。"

也就是说紫苑现在的权力更大了，想起紫苑得意的脸，我就忍不住脊背发寒，这温清雅也不知道怎么得罪了紫苑，现在让我背这个黑锅。

小莫叹口气，不时地安慰我，我们边说话，边往回走，话题离不开风遥殿下出去建分舵这件事，"我还听说那里的蚊子都是花翅膀，不怕我们的那些防蚊药膏。"

说起蚊子和药膏，我就不禁去抓脸，昨晚让蚊子咬了个够呛，现在疙瘩还没完全消呢，我边挠边有点同情起风遥殿下来。

说了半天，小莫又想起今天早课的事，忽然郑重跟我说："清雅，你可以跟白砚殿下学习武功啊，你看人家紫苑，就是受了风遥殿下指点，才能晋升得那么快。"

我笑笑，"那不一样的。"紫苑那是和风遥殿下相好。

小莫停下来扭头问我，"怎么不一样。"

我低头看看自己的脚尖，说："我又不喜欢白砚殿下……"抬起头，小莫扭着的头僵在那里，傻傻地看着我的后面，嘴唇哆嗦得跟风中的树叶一样，蠕动半天我也没听清楚她说的是什么，于是皱着眉头向她确认。

她又哆嗦了一下，结结巴巴地说："白……白砚殿下……"

我的心立即冻成了冰碴，小莫慌忙向我后面行礼，然后我听见熟悉的声音，但是没有语气，淡淡地带着威严，"你下去吧！"

小莫立即低下头，腿脚虽然有点不利索，可还是跑得比兔子还快。

我咧起僵着的嘴唇，扯了一抹笑，如果西红柿上划一刀也算是笑的话，转身，"白砚殿下，呵呵，她挺崇拜您的，于是有点控制不住自己的情绪，殿下不要见怪。"

白砚穿着一身水蓝色的长袍，头上戴着金黄色的头带，背对着阳光优雅地站在那里，他的长发飞舞被染了一层金黄色，脸上淡淡地笑，优雅中带着宽容。

听完了我的笑，白砚笑着，仿佛是叹了一口气，"那你呢？"

"我？"我愣住了，不知道该怎么说。

白砚的笑每一次都是微微的，只是在我面前显得很开朗，好像是要故意逗我开心一样，他的眼睛大大的很漂亮，注视着我的时候，总是充满了感情，"我知道。"

第三章 遇见

"嗯？"我有些不明白。

白砚伸出修长的手指，划过我脸上被蚊子叮咬过的地方，继续说："我知道，你不喜欢我，"他的手指停在我的下巴那里，凑过脸来，"我早就知道了。"

他的脸离我越来越近，另一只手扶住我的脖子，我们近得，可以让我看清他每一根长长的睫毛，我想后退但是没有余地，他的嘴唇很淡，可是有着漂亮的颜色，软软的唇靠近我，我几乎认为他是要亲吻，可是他却停住了，然后抬起了头，"那又怎么样呢？你不喜欢我，那又如何？"

我的心紧张地一直猛跳，我低着头去看别处，直到白砚的手离开，我才能再次仰头看他，他垂着脸不知道在想什么，过一会儿他却说，"你不再看我的眼睛了。"

这句话，极其让人难以理解。

白砚笑笑，温柔地摸摸我的头，"有什么事，来找我，"他的下巴格外的柔和，"你想学好武功？"

我看着他点点头，重生的时候说，要练最厉害的武功。

白砚继续笑着，"要不要我帮你？正殿那里有一个藏书阁，里面有很多书都对你有帮助，不然我带你过去看？"

藏书阁？那不是又要借助白砚的权力？我想了想还是摇头。

白砚说："那好，等过段时间再说。"

我开始注意，白砚的眼神里有一丝虚空，但是转眼就消失了，今天的他比平时要正经得多，没有笑嘻嘻地说："啊哈，小清雅……"

大概还是因为我说了一句挺让他难过的话。

"好了，小清雅，回去吧！"总算到了最后，白砚才恢复了往常的样子。

我点点头，在他的注视下往回走，走了很远，小心翼翼地回头看，他还站在原来的位置上，我的心里忽然有一种异样的情愫在轻轻地跳动。

一路上都没有再看见小莫，这家伙估计是一路小跑奔回小屋去了，以前的温清雅估计跟我的脾气也差不多，挺倔的，白砚殿下那么喜欢她，她也没过上好日子，不像人家紫苑，一直不停地晋升，现在都戴上红头带了。

往那里一站，握着自己的手腕，肩膀上是那种用细滑昂贵料子做的流苏，从肩膀流泻下来，显得优雅极了，她长得本来就挺好看，这么一打扮比皇后还娇贵呢，脸上那种贵族微微的笑容也学得很好。

见到人，冲她点点头，笑笑。

怪不得人家说，富人都大度，因为这样更能显示出她的慈悲心肠。

只不过她再慈悲，也不会用到我身上就是了。刚换了红头带，就站在我的屋门口，显然是等着我落网呢。

　　我竟然有勇气走过去，大家看我的样子跟看犯人上刑场一样，都倍儿兴奋。有人挤到前面来，探头再探头。

　　我冲紫苑一笑，直接叫了她的名字，"紫苑。"

　　大家深深吸一口气。

　　我也奇怪，我整个人忽然变得不脓包起来，腰板挺得直直的，居然习惯性地扶着腰间的小剑，清风擦过我的脸，我笑笑。

　　紫苑笑的样子，总让我想起她的一句话，"只一瞬间，世间就变化得让人难以相信。"

　　现在恐怕就是她兑现这句话的时候了，以前温清雅跟着白砚有了头带，那时候她大概还没靠上风遥殿下，现在温清雅一无所有了，她却戴上了红头带。

　　紫苑一直盯着我靠近，距离恰当的时候，她也往前走了一步，颇有点迫不及待的样子，她看着我说："清雅，以前的事是我不对，我们和好吧！"

　　紫苑拉起我的手，"你不相信我吗？我是真心的。"

　　"以前我们一起进金宫，一起上早课，一起吃饭，睡觉，那些日子我们过得多快乐，从现在开始我们还像那时候一样，我们永远都是好姐妹。"紫苑倾过身子来抱我，红色的头带划过我的面颊，我始终都愣在那里，没反应过来。

　　"昨晚没有让你吃晚饭实在对不起，今天我给你送来好多好吃的哦。"紫苑的表情十分的真诚。

　　我忽然发现，一切都变得很诡异。

　　小莫一边吃点心，一边说："紫苑真的对你很不错，她也没害过你什么，以前的事就让它过去吧。"

　　这件事真的要从长计议，我总觉得紫苑今天的表现是极不正常的。

　　小莫吃饱了回去睡觉，我摸着手里的剑，不知道为什么从心里总是有些排斥，明明练习的时候感觉很顺手。

　　现在天已经大黑，估计很多人都睡觉了，我打开门走出去，找了一个僻静的地方，准备再试试白天的那招转刺。

　　尽量放松自己，顺着熟悉的感觉开始运剑，凭空刺了几下，自我感觉还是挺不错的。

　　"你都是这么拿剑的吗？"淡淡的声音，就像冰水一样把我刚挑起来的热情彻底地熄灭了。

　　我回过头，这已经是第三次见面了，这人还是冷冷的，神情相当倨傲，一副默然的样子，却总是神出鬼没地出来吓人一跳。

　　他脸上的长纱飘起，我很好奇那白纱下面的脸是什么样的，于是他走过来，我很想把他

第三章 遇见

蒙面的那东西扯下来。

忽然被自己的想法吓到了。

想起了白天的事，我说："喂，今天白天，你为什么……"

"如果你不想学武，可以不用去上早课。"

他突然开口说话，虽然语气还是淡淡的，可是让我觉得自己很理亏，不由自主就解释出来，"我想学武，但是总听不大懂。"

他看着我，眉角略微上扬，那种细微的面目表情，好像是一朵逐渐融化在水里的百合花，波动，然后扩散开来，"那种拿剑方法是不正确的。"

不止一个人曾说过我的拿剑方法，用怀疑的态度去看待我的剑术，觉得我可能只是一个被夸大的异类，于是很多人都来约我在校场分出一个高低，当然那些人全都被我打败了，随着我的名声渐大，地位也巩固了，再也没有什么人去讨论我拿剑的方法，甚至开始有人开始效仿我的用剑方式，曾有一度，这种新式的用剑风潮成为了江陵城中的一景。

但是自始至终只有一个人不肯肯定我，他跟我说："你的拿剑方法是不正确的，如果改掉这个习惯，说不定剑法会更好。"

我当时还笑着说："有你，我还怕什么。"拍着腰间的小金剑，得意洋洋。

其实那段历史是最值得让人追忆的。

等等，我在想什么？我不是没有任何记忆吗？那刚才的那些是怎么回事？

难道我就因为别人的一句话，引发了无数的幻想？我抬头惊异地看着眼前的男人，怎么他一出现，我总是会出现一些状况。

我盯着男人看，他回看我一眼，竟然就淡淡地挪开我目光，他抬起手，修长而瘦的手指握住我的手腕，"好长时间不练武，开始练的时候身体是会不好受，但是要坚持下去，过了这段时间就好了。"

我的精力突然之间都集中在手腕上了，有那种奇怪的感觉，手变得软软绵绵的。

他捏起剑柄，在我手心里转动，"这样拿剑比较好用力，"然后拍了拍我的肩膀，"这里要低一点，不要那么紧张。"

我的脸忽然就像着了火，他站在那里，优雅的样子是由内而外的，让人着迷，他的目光集中在我的胳膊上，有几分认真，轻轻地说话，面纱跟着缓缓抖动，我看着他竟然看愣了，他说什么，居然都没有听进去，直到他清澈明亮的眼睛忽然转向我，我才恍惚缓过神来。

慌忙挪开了视线，他留在我胳膊上的手指修长得像秀丽的竹子。

"听说你跟白砚闹翻了？"嗓音带着微微的笑意。

啊，怎么谁都要提起白砚，鉴于我最近严重地被周围的人鄙视，轻易地我真的不敢说头带党的坏话，尤其是白砚，在金宫混得相当好，一片片都是他的支持者。

我笑了一声，"哪里是我闹翻了，其实我还是挺崇拜白砚殿下的。"说人好话总没有什么错吧！

男人声音上扬着，"哦"了一声，"这么说，你还是很喜欢白砚了？"

我咽了口唾沫，其实我又不是温清雅，我怎么知道她是不是喜欢白砚，我只能猜测，俗话说一个巴掌拍不响，有奸情不能怪一个人，即便是其中一个主动，那被动的那个人也是给了人家机会的，单纯按我现在来说："可能……"喜欢也分很多种吧，那看着比较熟悉像好多年的朋友一样，算不算喜欢？

"是吗？"男人的声音，让人听不出情绪，"我听说，你接近白砚，是为了进金宫？"

我急忙解释，"没有这回事。"

男人的手指忽然缩起来，细长的眼睛眯着，"那是传言了？"

我说："当然是传言。"只有脑袋有问题的温清雅，才在那么多人面前见异思迁。

男人这次只是笑笑，居然连话都没有说，转身就走了。

男人走了以后，我又按照他的方法在空中乱舞了一阵，莫非光拿着剑就能培养出感情？我觉得对剑这东西的熟悉感长得很快，可能是因为温清雅以前有一些基础的，收剑的时候，我竟然习惯性地看也没看就往腰间剑鞘里插，清脆的声响过后，我低头看看腰上，几乎吓出了一身冷汗。

这要是一个手不稳，还不得把自己弄一个对穿？

明明练功很累，爬到床上却仍旧做起梦来。

耳边仿佛有人在叫我的名字，一声比一声大，"金宫……金宫……温清雅……温清雅……"

我竟然分不出，那声音是在喊，金宫，还是温清雅。

"金宫，我们家族世世代代忠诚于江陵城，你现在却想要背叛，你真的知道后果是什么吗？"

"你知道，后果是什么吗？"

一声声尖厉的质问，像刀一样刺进我的身体，我仿佛看见一个惨绝人寰的景象，到处都是鲜血淋漓。

"金宫，金宫，你悔改吧！"

那是一种生不如死的感觉，我彷徨，无助，可是只想喊一个人的名字，可是我又害怕自己喊出来，仿佛是一种禁忌，碰触到，就要毁灭。

我捂住自己的嘴，呼吸都觉得困难。

不知道是哪个声音说："流暄背叛了江陵城。"

"流暄背叛了江陵城。"

流暄流暄，为什么你背叛了江陵城，而我还在这里。

第三章　遇见

流暄，为什么你要去建金宫，而我却不能去看。

我挣扎着想喊，却不肯松开手。

流暄，流暄，流暄。

不知道是谁拉开了我的手，和我的手指交叉相握，帮我擦汗，又给我盖好被子，我不停地动，好像都踢在了他身上。

开始那人仿佛只是在尽量地阻止我的乱踢乱打，直到我终于喊出一声："流暄。"

攥着我的手，忽然间僵直了，我趁着这个机会，扬起半个身子，冲进一个温暖的怀抱，是一种淡淡的月桂花的香气，脸上靠着柔滑的丝质面料，我眼泪不知道为什么汹涌地冲出来，湿了那衣襟，贴紧了我的脸，和那人的身体。我忽然间有一种异常的安全感，不论是那种体温，还是熟悉的香气，或者是那个能支撑住我整个人的力量。

那人抱了我一会儿，又缓缓地把我放回床上。我躺下来的瞬间，感觉到有一块冰凉柔滑的东西从我脸上划过。

"流暄。"我又低低地喊了一声，手一张一合，想抓到什么，却徒劳无功。

不知道为什么，心底的声音又陡然响起来，"练到最高的武功，得到刻着流暄的那块玉，然后要做什么？"

我的手摸索着终于拿到放在身边的剑，剑出鞘就往前面刺过去，剑伸到半途中仿佛被人禁锢住了，再也不能挪动分毫。

我用力扯动着剑柄，直到再一次睡过去。

醒过来的时候，身上是软软的被子，睁开眼睛，不知道自己都做了一些什么乱七八糟的梦。

剑安静地躺在身边，什么都没发生过的样子。

本来就什么都没发生过，只是一些莫名其妙的梦罢了，内容都被忘记得差不多了，有人说，有些梦是有预见性的，很多人会梦见将要发生的事，只不过梦见了是没错，但是第二天醒来就会记不得，非要等到这件事真的发生的时候，才会想起来。

想这些做什么？感觉到有些口干，就转眼往桌子那边望过去。

有个男人穿着蓝色随身长袍，正坐在凳子上看书，两腿虽然随便地叠在一起，坐姿却很端正，长发没有像往日一样束起来，于是比平时的模样显得稚气一些。

他很悠闲，我却要惊讶地喊出声来。

我迅速坐起身，拥着被子，看着那个男人。

男人施施然抬起头，眯起大大的眼睛，颇甜腻地叫了一声，"小清雅！朝阳多美啊，都晒到你的屁股了，你怎么才醒过来。"

朝阳？我往外看看，隔着窗户纸，外面是阴沉的样子，应该是一个阴天吧，不知道会不会下雨。

白砚放下手里的书，托起腮开始看我，隔着这么远仿佛都能看见他浓密的睫毛，忽闪忽闪地动。

　　我现在怀疑，白砚是在别人面前装得久了，才会找温清雅来放松一下，偶尔做回他的本来面目，后来他这样时间长了，就习惯了，离不开温清雅了。

　　白砚没有要走的意思，我也不能老围着被子坐在那里，于是我咬咬牙，把被子掀开。白砚的脸红了一下，还是没挪开他的视线，不过我翻身叠被子的时候，已经看到他失望的目光，"哦，小清雅，原来你有穿衣服睡觉的怪癖啊！"

　　穿衣服睡觉是怪癖？难道裸睡才是正常？

　　我回头一看。白砚正眨巴眨巴眼睛等着我说话呢！想让我问他是不是会裸睡？我才不上当。

　　在这种没有门闩，没有隐私的地方，我会脱衣服睡觉才怪。

　　突然想起什么，"白砚殿下，您是什么时候来的？"我的脸红成一片，莫非昨晚不是梦，真的有人在我身边？那种踏实的感觉，真的是来自一个人？

　　白砚眨眨眼睛，"莫非小清雅有什么秘密怕我知道？"

　　我低下头，指指枕头旁边的剑，"我昨晚梦见动剑了，不知道是不是真的。"

　　白砚笑笑，"小清雅这么努力，连做梦都开始练剑了，可惜我早上才来，没有看到。"

　　听着白砚轻松的话，我松了一口气，应该是梦吧，看来是我多虑了。

　　白砚轻笑一声，站起来，往前走几步，我顿时感觉到我们之间距离缩短，我就会有压力，不由自主想起，啊啊啊，那天差点被他强吻的事，我一边假笑，一边退，还把剑横在我们之间，强调一些气势。

　　白砚忽然停住了，"小清雅，我看你根本不适合练剑。"

　　呃，这家伙果然是用心不良，一大早来刺激我。

　　"不如，我们一起去经商吧！"白砚笑笑。他笑得确实很好看，即便不像画上的那么优雅，也非常漂亮，"经商的话，可以去各个分舵，不用总是回来。"

　　等等，我怎么听不明白了？白砚的意思是，不干现在这差事了？出去经商，四处跑？不回金宫？这家伙是不是得罪金宫里的老大了，怎么想着要拉我往外跑啊。

　　我说："怎么？你想出去避难？别扯上我，"我抖抖手里的剑，"我也有自己的事要做。"

　　白砚眯起眼睛，笑得那个贼，"小清雅怎么知道我有麻烦了？"肩膀上的猫眼石，又大又精致。

　　我扯扯嘴皮，"白砚殿下不准备走？"干笑几声，"那我要去上早课了。"转身准备走。

　　可是刚迈出一步，手腕就被拉住了，整个身体被扯转回来，头发在空中划过一个弧度，整个人向前倒过去。

第三章 遇见

他扶住我的肩膀，漆黑如墨的双眸有几分热烈，淡色的嘴唇扬起，"我不相信我会认错人，"他笑笑，"我们之间总有一个人是活在梦里，那个人不是我。"

握住我肩膀的手微微收缩，白砚又说："小清雅，知道我为什么会把你带回金宫吗？"

我茫然地看着白砚。

白砚修长的手指离开我的肩膀，抚摸上我的脸颊，"因为有些事你忘记了，"眼睛微微眯起，"但总会想起来。"

我们之间总有一个人是活在梦里，那个人不是我。我不停地重复着白砚这句话，我们指的是谁？而谁活在梦里？谁认错了人？

金宫准备攻打江陵城了，这样的消息在金宫内部已经传遍了，上早课的时候，很多人在悄悄地议论：主上准备什么时候攻打江陵城，要派哪几位殿下去。

还有人在叽叽喳喳地提到关于：江陵城不会坐以待毙，楚辞不知道会用什么阴险招数。

早课上太吵闹，教武功的师父终于生气了，说："你们有闲聊的工夫，不如学好武功，跟着几位殿下打进江陵城去，立了功回来就能升一个等级。"

跟着几位殿下去攻打江陵城，说不定真的是一个晋级的好机会。不知道为什么忽然想起桑林，他是从背叛江陵城来金宫的，金宫攻打江陵城的话，不知道他会不会去，如果去了，见到以前的兄弟心里还不知道有多难受，而且一个处理不当，还会被金宫中人当成是奸细，他这个身份实在是太尴尬了。

师父继续讲课，我抬起头认真地听，可还是听不大明白，脑子里一直在重复金宫攻打江陵城这件事。

如果金宫攻打江陵城，那我该怎么办？

和大家一起去打，还是继续留在这里装蜗牛？

下了早课，胡乱吃了饭，想找个僻静地方练武，我在金宫到处走的时候，碰见几个头带党，其中一个比较善良地提醒我，"你的等级有些地方是不能去的，在金宫里乱跑是要挨罚的。"

可是从来到金宫，我也跑了不少地方，譬如：喂蚊子的那天晚上，我去的湖边。

想着想着，胡乱地往前走，自己都不知道走到了哪儿。反正是没人的地方，自己呆呆地坐了一会儿，然后提起剑到处乱砍，没有啥章法，但是玩得挺乐的，这大概就叫发泄吧。

出了汗，就躺在草地上装死，听着自己的呼吸声，都不知道自己在干什么。

江陵城、金宫、主上、楚辞、白砚、小莫、紫苑，大家都有明确的目标，知道自己要干什么，而我心里有的只是一片混沌，只能走一步算一步，想到这里，我心里不爽，就又在草地里滚来滚去。

弄得满身都是草叶子，才听见有人说："您怎么在这里？"

我正滚到脸朝下，听到有人说话，不敢再动，整个人半扣在草地上，用"您"，这么尊敬的称谓，应该不会是跟我说的吧！难道说，这里原本除了我，还有另外的人？还看了我小狗滚草地的一幕？

还好我选择乱滚的地儿，旁边有几棵大树，两侧的草也比较高，是挺不起眼儿的一个地方，不仔细找的话，应该找不到。

好像有人淡淡地应了一声。

"有一个问题我一直都想问您。"

呃，这声音听着好耳熟啊，我在金宫认识的人可不多，不过这个声音肯定是听过的。

"您准备什么时候攻打江陵城？"

"你有别的建议？"声音淡淡地带着威严，听到这个声音我几乎马上坐起来。

"不是，我只是为您感到不值，您明明知道那个人是来做什么的。"

"谢谢，这是我自己的事。"不冷不热地回复，却让人再也说不出话来。

那人果然没话可说，停顿了一下，然后说了句礼貌的话离开。

我抓了两蓬草待在那里，简直就像被雷劈了一样。他说："您准备什么时候攻打江陵城。"我就是再迟钝，也应该能猜出那个人的身份。

每天在金宫里乱逛，武功很高，被人您、您地叫，这个人……

"你准备趴到什么时候？"

我捏着草不断地拔出来，拔出来。虽然趴着很舒服，但是我更喜欢躺着。

我认命地翻过身，看见那张蒙着面纱的脸，美丽的眉毛上扬着，眼睛里都是打碎了的宝石，面纱下面简直就能让人好奇得要死，这人长得简直就像知道我的爱好一样。

每一次都让我的心，不由自主地"怦怦"乱跳。

他站在那里，身上穿着白色的长袍，仿佛这世上所有的污秽都要跟他远离，完全是一朵不食人间烟火的却热烈绽放的火红月桂。

火红是燃烧着，让人毁灭的颜色，他那白色的长袍，也像火苗一样，跳跃着，燃烧，把他的脸映得忽明忽暗，眼睛却妖娆，明亮无比。

"你刚刚那是在练剑？"他眯起细长的眼睛，没有任何的情绪。

我看着他，除了紧张外，竟然有意外的哀伤。

我要怎么回答这个问题，是跟刚才的人一样用您开头？小莫说头带能分辨出一个人的身份，可是没有头带呢？难道我要问人家，您是哪位殿下，或者干脆，您是不是主上？

我觉得自己真的有点犯傻。好不容易适应这里的环境，开始变得聪明一些了，今早跟白砚说话思维还很清晰，不过在这个人面前就什么也不会说了。

我很喜欢一个人穿白色或者红色的衣服，看见就觉得亲近，尤其是他这种长相，简直就跟深刻在我脑海里几百年似的，熟悉得让人想哭。

第三章 遇见

我想挪开视线，可是管不住自己。我揪草，揪草，本来准备豁出去了，直接捅出一句话问他：你到底是谁？

可是刚抬头就看见他皱了皱眉头，"你就那么想提升武功？"眼神的方向，是我的手心。

我的右手手心，因为练武磨出了一个个透明的大泡，我准备晚上用根烫针挑了，现在让人看见，好像挺丢人的，练武这么长时间了，还起泡。赶紧攥上手，手指磨蹭到了水泡，疼得直龇牙咧嘴。

那人眉头皱得更厉害，大概是没见过我这么笨的人。

"等手好了再练吧！"那人眼睛又眯了眯，"跟我过来。"

"啊"，我一瞬间没有反应过来，倒是站起了身。他侧头看我，长长的睫毛浓密而且弯弯的，黑得彻底。

我张了几次嘴，终于结结巴巴说出来，"你……你……是……"

他笑笑，俊美的脸上，眉目静如山水，无波无尘，"流暄……我的名字。"

流暄，流暄，怎么听着这么耳熟。

要学最厉害的武功，找到一块刻着"流暄"两个字的美玉。

流暄，不是一块玉吗？流暄怎么会是一个人。

流暄在前面走，我在后面跟着，简直就像小跟班，也不知道走到了哪儿，反正周围有不少头带党，我用余光看看他们，他们也看看我，谁也没有多说话。

我记得我是一直往前走，没有加快脚步，可是不知道怎么的，走着走着就跟流暄并肩了，我挺诧异，周围的头带党们瞧瞧我也很惊讶。

我住的地方，女人居多，每天都叽叽喳喳地讨论这个那个，没有消停的时候，这里就不一样，景色优美不说，还很安静，来往人不少，大家都是用眼神交流。

越往前走，人就越少，等跨入一个大门，里面几乎就见不到什么人，都是大片大片的月桂树。

流暄忽然停下来，"在想什么？"

我呐呐说："没有。"想着心又突突跳起来，月桂树不是什么稀罕物，可是月桂树开着火红的花朵，衬着旁边种上的青竹，看起来异常的美丽，最重要的是，我很喜欢，我好像遇到自己喜欢的东西，心就慌得厉害。

我往前看去，脚下有一片静谧的湖水，清澈见底，湖面上映出一张清秀的脸，乌黑的长发束起，唇红齿白，几分羞涩，手里握着普通的佩剑，我咧嘴笑笑，她也跟着笑，湖面就像一块大镜子，映照着我的影子，我身边站着流暄，他细长的眼睛中仿佛有光芒在流动，美丽的眉毛舒展着，我们的身边是一棵火红的月桂树。

风吹过来，流暄的长袍飞扬，我按住要吹乱的裙角和长发，月桂树轻轻摇曳，红如血的花瓣在颤抖。

仿佛跟好久好久以前的画面重合。

我瞬间失神，呆呆地看着湖面，不知道看了多久。流暄停下来肯定不是在看湖面上我们俩的影子，也许他是在看越来越繁华的金宫。

而我是无心地四处瞧，然后不小心迷失在这幅画面中，流暄的眼神仿佛变得深邃起来，面纱微动，我感觉他是在跟我说话，可是我看不见他的嘴唇，他也没有出声，我不知道他在说什么。

过了一会儿，他真的说话了，"走吧！"好像什么都没发生过，刚刚的脚步停驻下来，只是纵容我停下来休息了一会儿。

再往前走，大概就是流暄私人的地方了，长长的廊中央还有一个大大的鱼池，里面翻腾着五颜六色的锦鲤，见人过来了，它们就开始游来游去摇尾乞食，我一时高兴，就下意识地伸手在一个隐秘的小格子里抓了把鱼食，撒进鱼池里。

看着锦鲤一口口吞掉浮在水面上的食物，我忽然之间意识到了什么！我怎么会知道鱼食放在那个小格子里。

流暄好像没有注意到这些，他正站在前面等着我，眉毛舒缓着，看起来心情很不错。

所以本来觉得尴尬的我，道歉的话也就说不出口。

进了屋，不论是暖榻还是藤椅，或者是铺在地上的毯子，余烟袅袅的熏炉，看起来都有那几分熟悉感。

这种感觉就好像是，即便眼睛看不到，也能知道这些东西放在哪里。我现在的处境其实跟瞎子也没什么区别，醒来以后，要重新适应这个世间，一切看起来都陌生，需要自己一点点去了解。

在这里就不一样，跟自己家里似的，好温馨，这几天被别人打压的不快也没有了，那种彷徨也没有了。感觉不会莫名其妙就会有的吧？会不会我原本就是熟悉这里的呢？想到这里都为自己的想法羞愧了，重生以后难道就变成小孩子了？看见好东西，就喊，这是我的，是我的。

流暄有意无意地看了我一眼，我应该跟他生疏一些，毕竟才见了几次面，而且他还冷冰冰的，可是我好像生疏不起来。

他拿出一瓶药，放在桌上，我被他的目光一扫，就乖乖地坐到椅子上去，准备给自己的手上药，刚打开药瓶，他就说："先把手洗干净。"

想想他平日里冷冰冰的样子，今天就显得格外的温和。

我赶紧扶着腰间的小剑跑到水盆旁边，小心翼翼地把手洗了干净，水盆旁边放着柔软的丝绢，应该是拿来擦手的，可我还真的有点不适应，谁能拿比自己身上穿得还好的料子去擦

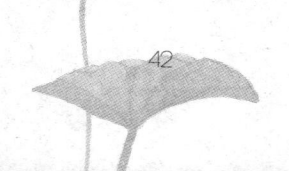

第三章 遇见

手啊，简直是浪费哟。

坐在椅子上看书的男人，看了我一眼，淡淡地一句，"手擦干了才能上药。"好像知道我心里在想什么似的。

我拿起软软的绢子擦干净手，才又坐到那里上药，忙乎了半天，就为了对付手里的几个水泡。

停下来的时候，我已经把自己的手涂得乱七八糟，拿着手在自己眼前翻来覆去地看，觉得还基本满意的，然后抬起头，正好对上流暄的眼睛，他看书的时候挺随意的，就好像在休息一样，他平时一定挺累的，找个空坐下来，就算是喘喘气了。

不知道为什么，我会这么想。一般到这个等级的人不应该会累啊，可他这个样子，分明是一种放松了的姿态。

看到他，自然就想起了刻着"流暄"的美玉，他叫流暄，他戴着的玉如果刻着他的名字，那是很正常的，于是朝他的脖子上看过去，可惜他脸上的白纱太长，都给挡住了。

可能是看得太久让他注意了，他把目光转向我，我立即别过眼去，心虚地开始找话，"我已经包完手了……就……就回去了。"

流暄没有说话，一直等我站起来，他才合上手里的书，"现在听早课还觉得困难？"

我扯着衣角，还没说话。

流暄就笑笑，"我知道了。"

我惊讶地抬头看他，他知道了？他知道我到现在还什么都听不懂？我不过就是扯了一下衣服，什么都没说呢。

流暄说："你现在想学好武功？"

只有学好武功才能在金宫里混得好，这是一方面，还有就是，要想干预我以前的人生，或者说让我想起自己的过去，好像也只有先学好武功。

我点了点头。

流暄说："没有想过让白砚教你武功吗？"

我忙说："白砚殿下那么忙，而且我连基础的都不会，教我的话很麻烦。"

流暄说："你可以来找我。"

我讶异地抬起头，他没有很有礼数地笑，一点都不像是在说客气话。

"可以，不用不好意思，我见过你练剑。"他又补充了一句，让我觉得真的合情合理，反正他什么都看见过了，让他教也没什么吧？假如说我真的去找白砚，那岂不是又要自暴一次拙劣的剑技？

我还没有答话，流暄就接着说："对你来说，最重要的是放松自己，不要太紧张，慢慢地适应这里的生活。"

我再次恳切地点点头。

流暄没有接着说话的意思，我也就再一次告辞，流暄伸出手击掌，没有多久，就走进来一个人。

我知道，那是要送我出去的。

我转身准备走，可是忽然想起来，走之前是不是要向他行礼？于是准备低头弯腰，刚塌下一个肩膀，就听流暄说："不必了。"

金宫很大的，前面的人把我引到一条我熟悉的路上，就回去复命了，我走回住的屋子附近，发现这么晚了还有三两群人在外面说话，大概是因为才押了赌比较兴奋，吵吵闹闹不是考虑赢了钱以后的事，就是在八卦别人，其中当然少不了我，关于我的话题无非是说，"温清雅现在真的已经跟白砚殿下没有关系了吗？"

"我听说她自杀以后，白砚殿下本来已经原谅了她，是她自己不接受的。"听到这句话，我的心真的凉了，知道"我"自杀以后，白砚来过这里的只有我和小莫，显然这是她说出去的。

"她是觉得这么说比较有面子吧。"

这些议论的声音让我觉得不舒服，不光是因为白砚，还因为小莫的背叛。

我快步进了屋，关上门，靠在门板上，刚想喘几口气，就看见黑暗里火光一闪，灯给点亮了，白砚翘着腿坐在椅子上，简直跟今天早上的造型一样。

我被吓了一跳，但是马上就缓过神来，拍拍胸口，长喘一口气，"白砚殿下，你怎么在这里。"

白砚暧昧地冲我笑一下，表情和平常差不多，就是身体仿佛僵硬得跟石像一样，也不知道等了多久，"小清雅跑到哪里去了，怎么这么晚才回来？"

我脸红了一下，气氛好像有点不对劲，我下意识地去揪裙子，"哦……哦……去练剑了。"也不算是撒谎吧，本来就去练剑了。

白砚大大的眼睛眨了眨，"那几个练剑的地方我都去了，怎么就没看见你呢。"

我"啊"了一声，连忙说："我去了没人的地方……金宫那么大……角落那么多……"我一边说，一边偷瞄着白砚。

白砚静静听着我说的话，然后低下头，我看不见他的表情，只能看见他用手缓缓地拉住自己的长袍，抖了一下，然后站起身，往我这边走过来，桌子上的灯火跳跃了一下，我的心忽然跳得格外厉害。

一阵脚步声从门外传过来，"温清雅屋里的灯亮了。"

我和那些人只隔着一扇门，白砚的笑容甜甜的，可是我看着他，心里却有点发毛。

"我们进去看看吧，说不定白砚殿下在她那里呢！"哧笑声传过来。

"照她的意思，白砚殿下随时都有可能在她那里，"笑得更厉害，"她以为她是谁啊，

第三章 遇见

笑死我了。"

我不在意她们嘲笑我，好像更在意万一她们说着说着真的推门进来。

那群人说话很清晰，大概是想让我听得更清楚，基本上已经跑到我的门口吵闹了，我感觉到她们仿佛就趴在我的脊背上，现在说说笑笑，开开玩笑，下一刻说不定心血来潮就要扒着门缝往里看。

如果被她们看见我和白砚这么晚了还在一起，那我以后真的再也说不清楚了。

"白砚殿下那么忙，哪有闲心来找她，我看她是故意编出来骗小莫的。"崇拜者的口气总是酸溜溜的。

我两边担心，根本顾不过来，这才听听外面的人讲话。等缓过神来，白砚就靠着我很近了，他脸上带着浅而神秘的笑容，伸出手臂搂住我的腰，然后倚靠在我身上，两个人就一起倒在了门板上，我想推他，可又不敢发出太大声音被外面的人听到，手抵着他的胸膛，一点点地使劲，白砚平时看起来很文静，可是没想到力气很大，只是笑着轻松地搂着我，我就连一点挣扎的余地都没有。

他低下头在我耳边吹气，随着他的呼吸，我的脸开始越来越热，他低笑一声，门后讨论的声音也忽然停下来，周围静寂得可怕，灯光在跳跃，白砚身上仿佛有一种让人纸醉金迷的气息。

听不到那群人说话，我现在开始怀疑她们是不是从窗户或者门缝往里望。

白砚伸出另一只手抵上门板。我紧张地看向窗子，就怕有人正站在那里。

白砚向我侵袭过来，完全地把我抱进怀里，外面那群人原来是在说悄悄话，说完以后大家忽然笑一声，吓得我脊背发麻起了好多鸡皮疙瘩。

白砚又轻笑一声，就像在咬我的耳朵一样，纯粹是用气息在说话，低喃着有一股特别的魅力，"要不要打开门，让她们看看。"

他的手开始在我背后摸索着，仿佛真的在找门把，吓得我拿开推着他的手，反手压在他握着门把的手背上。我刚刚觉得安全了，想呼一口气，可是突然觉得脖子一热，整个人都僵起来，差点喊出声，白砚，他竟然吻了我的脖子。

更可怕的是他的脸开始向我脸靠近，他那形状漂亮，薄而温热的嘴唇刚刚才吻过我，现在就又要落到我的嘴边。

我抽出另一只手，紧紧地捂住了嘴巴，他的吻就落在了我的手背上，他的那双乌黑到底的眼睛，一眨不眨地看着我，我被迫盯着看他的眼睛，那双眼睛里有一种说不出的伤痛，跟我想象的完全不一样。

然后他闭上眼睛，开始用手指细细地摸我的鬓角，"还记得吗？我什么都看不见的时候，你跟我说，睁开眼睛以后，会发现世间比想象中的更美。"

我没有听懂他的话，我猜测他说的这些，如果是温清雅的话，一定能明白。不知道为什么，我忽然变得有些难过，伸出手去安慰他。

白砚再睁开眼睛的时候，乌黑的眼眸没有受到安慰，相反的变得更加的空洞，"你去找他？"口气不温不火，说不上温柔。

找他？我下意识地摇头。

白砚挽起我的手，"身上都是药膏味！去哪儿了。"

我不知道该怎么回答。

"好了，"白砚的口气缓和了一些，"不要到处乱跑，也不要相信什么人，我是怕你被人骗了，"白砚又挂上懒懒散散的笑，"知道金宫是怎么来的吗？是他为一个女人造的。"

我的心忽然怦怦地猛烈跳了两下。

白砚继续说："就算是那个女人死了，他也不会再爱上别人，"他的目光一转，"除非是替代品。"

白砚伸手帮我整理了一下鬓角，"要知道越痴情的男人，对其他人越残忍。"

第四章　传授

白砚走了半天，我躺在床上半天也没想明白今天的事。白砚还是流暄，这都是温清雅惹下的祸，本来跟我没有任何的关系，可是现在我好像渐渐地陷入其中。想起我和流暄一起站在月桂树下的样子，我的心就乱得不得了。

才刚刚一天，一天时间啊，难道我就喜欢上了别人？这怎么可能。

金宫啊金宫，你怎么跟温清雅一样这么粗俗。

金宫，我忽然愣住了，想起了白砚的话，"知道金宫是怎么来的吗？是他为一个女人造的。"

金宫，为什么和我的名字一样。

还有白砚，他眼睛里那种难受的样子，好像受了伤一样，他在我面前说他和温清雅的往事，而我竟然也不单纯地像一个听众那样冷静。

白砚曾经说过："你不再看我的眼睛了，"今天他又说："还记得吗？我什么都看不见的时候，你跟我说，睁开眼睛以后，会发现世间比想象中的更美。"这些是不是说明，白砚

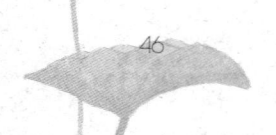

第四章 传授

的眼睛曾受过伤？温清雅已经和他在一起很长时间了？

我今天好像突然之间听了两个爱情故事，一个是主上建金宫的，一个是白砚和温清雅的，我转过身趴在枕头上，把脸埋在里面，其实没有一个是跟我相关的，没有一个是我的，既然是这样，我为什么听到这两个故事的时候还那么难过，甚至有一些痛苦。

闻着手掌上的药香，不知不觉就坠入梦中，好像自己也来到了一个药房，那里有一个和自己很亲近的人。

我仿佛浮在半空中看着两个长相一模一样的女孩子拉着手说话，"姐姐真的要离开江陵城？四处行医？"

正在磨药的女孩笑笑，"是啊，我不喜欢习武，只喜欢跟着师父背着药箱四处游历，你知不知道，这次回来前，我们去了一个小村庄，里面有一个很漂亮的男孩子，长着一双漂亮的眼睛，可惜看不见。师父说，他的眼疾很难治，需要调理好长时间才能好，我们这次离开江陵城，还要到那个村庄去，我一定看着他的眼睛好起来，然后告诉他这个世间有多漂亮。"女孩子说得很高兴，眉宇飞扬，笑起来异常的温柔。

拿剑站着的白衣女孩噘了噘嘴，有点不高兴，但是她想起什么，立即也笑起来，"江陵城里也来了一个漂亮的男孩子，比我们要大一些，听说是楚辞哥哥的表兄，叫流喧。"

砸药的女孩子有了兴趣，"哦"了一声，鼓励妹妹接着说。

"师姐们说，流喧小时候在江陵城住过，他那时候长得圆嘟嘟的，很可爱，大家喜欢逗着他玩，推过来，推过去，看他脸红的样子。"

"这次他回来，有些怪怪的，整个人冷冰冰的，不爱和别人说话，而且师姐们说，他跟小时候一点都不像了。"

姐姐问："难看了？人都这样，长大以后是没有小时候那么可爱了。"

"不是的，"妹妹反驳，"以前流喧是挺可爱的，可是这次回来，长相全变了，比以前不知道好看了多少，楚辞哥哥都被比下去了。"

姐姐反脸看着妹妹，忽然一笑，"那你喜不喜欢他。"

"姐，你说到哪儿去了！"妹妹握着腰间的剑，继续说："他的武功底子很好，但是因为突然回到江陵城，上早课的时候，师父从来不让他演示课上学的功夫给大家看，可是有一天，因为学得非常难，经常演示的几个师兄师姐都没学会，后来师父问，谁学会了今天这几招，他就去了，演示了一遍，师父看着他越看越高兴，现在他已经成了师父的得意弟子了。"

姐姐看了看妹妹笑着说："还说不喜欢人家？你就喜欢漂亮的男孩子，漂亮的，武功高的，聪明的，他好像全都占了，不过你要小心啊，这样的男孩子，其他女孩儿也喜欢，去年不知道谁说，等我再回来，就跟我一起去游历，可是今年，她就学了武……"

妹妹想反驳姐姐，可是停了停却接着说："不过，他有一点很奇怪，他喜欢穿红色的衣

47

服，而且他睡觉的时候抱着膝盖蜷缩成一团，师姐们说，受到过惊吓的人才会这样，流暄回江陵城的途中爹娘都死了，自己也差点死掉，他一定受了很多苦，是不是啊姐？"

姐姐抬起头想了想，"是，那他一定是受了很大的伤害。"

妹妹自言自语地说："他到底受了什么伤害呢？"

姐姐笑笑，"好奇啊，好奇也不准随便去接近人家，我们都还小，不明白感情是怎么回事，如果你喜欢了人家，接近了人家，然后又不要人家，那他不是很可怜？"

妹妹笑笑，"不会的。"不知道是在说什么不会。

姐姐忽然说："金宫，你还记不记得老祖宗说的一句话，'得金宫者，得天下'。"

妹妹说："姐，那是玩笑话。老祖宗的原话不是这么说的，"妹妹沉下气，开始学老态龙钟的模样，"金宫这丫头啊，单纯，没有心机，不像现在的女孩子总是装矜持，装聪明，我们的金宫是个宝啊，得金宫者得天下啊。"

妹妹学的模样，让姐姐笑起来。

姐姐整理好手里的药草，"金宫，因为这个，姐姐好担心你。"

妹妹笑着问，"担心什么？"

姐姐顿了顿说："担心有一天，因为这句话，会让你不自由，金宫，我们家族世世代代效忠江陵城，我没有学武加上身体不好，才能在外面游历，可是你呢，你不一样，有一天是要坐到很高的位置上，人的位置高了，就会变得复杂，要做和身份相配的事，还要考虑许许多多问题，更多的时候是身不由己了。"

小莫果然跟在紫苑身边，这样一来我身边也就更加冷清，这倒让我的日子安宁下来，每日除了练功就是休息，偶尔听到身边人议论主上要攻打江陵城的事，我都会陷入一种迷茫之中，说到底我不过是个小角色，这样的事跟我又有什么关系。

练功累了，我躺在草地上，没事就拔出一根草放在嘴里，静静地看着天边的浮云。

不知道是不是因为我重生以后要找刻"流暄"的宝玉，所以遇到流暄就理所当然在我心里变得不一般起来。

我扔掉嘴里的草，手想再去拔一根的时候，摸到了一个布袋样的东西，拿到眼前来看，是一个红色的金丝线荷包，跟那晚流暄救我的时候，用来打米袋的一模一样，我脑子里没想什么，可是手却顺便从里面掏出糖来放进嘴巴里。

甜丝丝的味道一直冲到额头，有种幸福的滋味从心底扩散开来。

"好吃吗？"

清脆的声音响起来，我才回过神，抬起头看到了流暄的脸。

他站在碎金般的阳光下，眯着眼睛，他的眼角非常细长，以至于稍稍闭合眼睛就显得异常的神秘，让人看不清他心里究竟在想什么。秀丽的眉毛好像是山水画上的山峦，微微一挑

第四章 传授

是那么的丰神冶丽，让人不由得猜测面纱之下的那张脸会不会风流蕴藉，淡雅脱俗。

我的心猛地跳了好几下，脸也热辣辣的，每一次流暄出现，我虽然都很紧张，但是又奇怪地感觉到安全、平静，这是一种很矛盾的心情。

只有两个人在一起的时候，真的很尴尬，就像我跟白砚在一起，总是听他说话，然后自己不知道要怎么回答，或者只能说一些无聊的废话，再不就是装蜗牛。

而且白砚也确实拿我没什么办法，想让我说出什么，也不大可能，白砚总是试探着询问我，我不愿意说，他也不勉强，就像刚才，我明明脑子里确实想了乱七八糟的东西，还带了些情绪，白砚询问我的时候，也只是一步步地试探我，我没说出什么来，他也不生气。

流暄也坐下来，他撩起袍子的样子很好看，也说不上是哪里特别，总之就是他的动作让人看着舒服，我不懂得比喻，大概就是那种很自然的让人赏心悦目的感觉。

流暄有一种奇怪的带动力，他舒展开眉毛冲我笑笑，我僵硬的脊背好像就放松多了，他说："还在想刚才的事？"

我抬起头，微微有些惊讶，不知道他会问得这么直接，也好像只有这么问才能让我说话，总之是一种能对付我心里的问法，我不善于撒谎，问得这么明确，我也没办法含糊过去，于是老实地回答，"是在想一些总也想不明白的事。"

流暄笑笑，"例如呢？"黑玉般的眸子深邃而朦胧，"和白砚的关系？"流暄顿了顿接着说："有些事顺其自然就好。"

流暄看我的眼神很奇怪，就好像我在他眼睛里已经很多年了，而且一直都没变过，和我现在的心情成一个显著的对比，我有时候会慌乱，迷茫，不知所措，可是他是那么的稳定，不可动摇。

人跟人之间的差距大概就是这样吧，所以我是金宫里的小人物，而他是那个掌控全局的人。

我忽然想知道，他是不是也有彷徨不知所措，独自一个人静静地想到深夜的时候。我说："现在大家都在猜金宫什么时候攻打江陵城……会不会这一次一下子就灭了江陵城。"

流暄笑笑，"会近期攻打江陵城，但是不会一下子就灭了江陵。"

我好奇地仰起脸问，"为什么？"

流暄看着我，我发现他有那种让人无法抗拒的威严，如不坐在高高的椅子上，这种气势真的就浪费了，有一种人他可以目空一切，因为他有那种实力。

我打量着流暄，直到看见他眼睛眯起来，然后说："我没有把握。"

我惊讶地张着嘴，没料到会听到这么一个答案。

流暄接着说："不把伤害度降到最低，一切都没有意义。"

也是，到了他这个位置，反正天下早晚都是他的，所以完美点结束会更好，也许这就叫策略。想得天下的人，跟我们是不同的。

"想知道江陵城和金宫是怎么回事吗？"流暄笑着问我。

如果我说我想知道，那是不是就代表了现在我根本就什么都不知道，根本就是在金宫里做混混。

"我讲给你听吧！"

今天让我吃惊的事太多了，流暄居然会亲自讲江陵城和金宫给我听，我还以为他只是问问，就像早课上师父检查我们学习情况一样。

我愣着看他找到一根树枝在地上画一张图，"这代表我们所处的地方，很久以前这里本来叫楚国，后来楚国衰败政权倒戈，重新建立起的一个新国家叫离国，经过很多年以后，楚国的那些遗老遗少拥戴着楚国幸存的皇族血脉就建起了江陵城。"

怪不得我听说江陵城那边的主子叫楚辞，原来是皇族遗留下来的血脉。

"我家族世代忠心于江陵城……继承江陵城的一定是皇室血脉，流暄的生父的血统本来就不够正统，他母亲又是个卑微的贱奴……"我的脑子里隐隐浮现起这么一句话。"楚辞是正统的皇族血脉，继承江陵城理所当然。"

我摇了摇头，好不容易才把那陌生的声音从脑子里摇走。

流暄停下来盯着我问，"怎么？不舒服？那我们下次再接着说。"

我慌忙摇头，"还是讲给我听吧，我迷迷糊糊在金宫里待了这么久，从来没有人讲过这些给我听，我也找不到相关的书来看，对所有的一切只是听别人说起，自己猜测一部分，其实什么都不了解。"

流暄冲我笑笑，温柔的样子，让我的心又一阵慌乱，我说："听说江陵城的主子叫楚辞，楚辞是不是楚国的皇室血脉？"

流暄说："是，这个世间对皇室血脉很看重，皇权稳定的时候，大家都知道未来的君主将从皇室子孙里选出，于是谁也不敢怠慢，后来哪怕是皇权覆灭了，大家也认为皇室子孙终究是再没落也有尊贵的血统，也是高人一等的。"

听到这些我就忍不住想，那些金枝玉叶够尊贵，我们这些平民百姓是比不了的，人家出生的时候都含着金勺子，特别是未来继承大统的那一个，不知道要被多少人捧在手心里，这种人一般都会很高傲吧。

流暄看了我一眼，仿佛能看出我在想什么，微微一笑，"人总有好有坏，不全都是一个样的。"

我有点不服气，"那也不一定，人心里还是渴望权力的，那种金枝玉叶离权力很近，所以更加渴望坐到统一天下的那个位置，他们心里只有天下没有别人，天下对于他们来说是第一位的，不可能为了什么舍弃天下。"

第四章 传授

流暄说:"你怎么知道?"

我眨眨眼睛,"这是人之常情,就像金宫,不也是想统一天下?"为了天下,牺牲什么都是值得的,离那个位置越近就越想要,是这样的吧。

流暄看着我,笑笑,没有反驳接着说:"江陵城渐渐强大,离国王权衰败,江陵城虽然没有建立新的皇权,但是也间接地代替离国统治了这里。"

"我本来也是江陵城中的四殿之一,后来我背叛江陵城自己出来建立了金宫。"

我说:"那其实金宫和江陵城争夺的还是政权,虽然谁也没有建立国家,但是还是相当于统治着这里。"

流暄笑笑,"这里的统治方法是这样的。"

我舒了一口气,总算是弄清楚江陵城的由来,金宫又是怎么回事了,"你总说这里,这里,难道除了这里,还有那里?其他的地方?"

流暄说:"因为除了这里,在很远的地方还有其他的土地,其他的国家。"

我不由好奇起来,于是笑眯眯的好像变了一个人,"你说还有其他的土地?就是不算我们这里?就是不算江陵城和金宫统治的地方?难道还有其他国家在统治吗?就是……"我从流暄手里拿过树枝,在地上画了一个图,然后在其中画了好几道线,"是不是这样,好几个国家,并不是被一个国家独占着。"

流暄笑着看我在地上画来画去,然后接过我递过去的树枝,说:"这里是大海,在大海的尽头,还有其他的土地,我少年时候到处游历,去过很远很远的地方。"

我忽然觉得流暄知道很多我不知道的东西,这就应该算是博学吧。听到他说这些,我好像就能变得很快乐,我说:"那你打败江陵城以后,还要不要去其他地方?"

流暄笑笑,抬头看我,他的眼睛里有一些朦胧的暮色,却又好像泛着波纹,看不清却觉得清澈见底,"过两天攻打江陵城你不要去。"

我讶异地问:"为什么?大家都想去的,如果能立了功回来,说不定可以拿到头带。从今往后,我要靠自己才行。"

流暄站起身,雪白的长袍从他膝间垂落下来,衣袂飘飘晃动,"那也不急于一时,有些事等到这次打完江陵城再说。"

我不知道流暄说的是什么意思,也可能等到适当的时候就知道了吧。

流暄准备走了,我竟然还有些不舍得。

我急忙说:"我练剑给你看吧!"让人家讲了那么长时间的课,我一点都没出力是挺不像样的,可是我说什么不好,居然提出要练剑给人家看,明摆着又要让人家指点我的剑法。

流暄看了我一眼,淡淡的目光里好像有点笑意。

这算是默认地同意了?我右手握住身边的剑柄,准备拔剑。

流暄忽然说:"算了,改天吧!"果然是有事,我一瞬间有点泄气的感觉。

流暄说:"你的手还没好,明天还有剑术课吧?这几天除了上课,不要再动剑了。"

不知道为什么,听到他这么说,我心里暖洋洋的,说不清的高兴,我说:"那我拿树枝比画给你看吧!"

流暄微微抬起下颌,眯了一下眼睛,我总觉得他现在心情一定很不错,然后他居然重新坐回草地上。

我比画了一次又一次,等到日落天黑了,又让流暄耐心地指导我半天,我才心满意足地回去吃晚饭。

走在路上我都神清气爽,嘴上乐开了花,扶着腰间的剑,那感觉就像全世界的宠儿一样,由于我今天在赌坊又名声大噪,大家碍于白砚的面子对我比平时有礼多了,我从她们身边走过,她们冲我笑,我也顺便点点头,这种回应的动作,做起来还很熟练,不知道我现在脸上是啥表情,每个人看见我,好像都要愣一下。

我这是怎么了,不会真的受温清雅的感染,也开始狐假虎威了吧,人家恭敬我,我就更得意?奇怪的是,我居然感觉——微笑着走着,步履欢快而骄傲,带着无比的自信,这样的人,才是真正的我。

我一定是疯了,从刚才向流暄提问开始我就有点不对劲,我居然还鬼使神差地让他瞧我比画剑法,自己就跟着了魔一样,一遍遍地比画,一遍遍地练,就算是我要学最厉害的武功,那也不至于一下子变得这么勤奋啊。

还好流暄自始至终好像也没嫌烦,他随便一坐就那么的好看,面上的白纱不时地被风吹得飘起,仿佛只差一点点就能看到他白纱下的脸庞,他细长的眼睛轻轻一眯,优美的姿态像水面上映照的月桂花,朦胧着,让人看不清楚,却也是极美。

尤其是他用那美得让人颤抖的嗓音,指点我剑法的时候,光听声音都觉得是一种享受,也难怪我好几次听着听着手上就忘记动了。

我正胡思乱想,忽然看到几个头带党从我身边跑过,这些家伙都忘记了平时的优雅了,直接用袖子擦汗,我心中不由得警钟大作,如果看见戴着碧绿头带的家伙们乱成一团,那肯定是出事了。

等这些人都走开,我就看见了白砚,他冲着我明媚地笑,在众人面前一点都不加以掩饰,径直冲我走过来,他今天可能是要赶时间,只笑着说:"小清雅,我最近可能会很忙,不能经常来找你。"

我仰头看着他,"是不是准备攻打江陵城了。"

白砚嘴角噙着一丝微笑,静静地看着我,我总觉得他的目光好像要把我看透一样,他说:"是啊,金宫上下都要为这件事忙一阵子,本来说今天下午要在正殿议事,可是到了时间,

第四章 传授

主上却找不到了，现在大家还在四处找呢。"

话刚说到这里，就听有一个头带党跑过来，气喘吁吁毕恭毕敬地说："殿下，主上到议事厅了。"

白砚笑了一声，"哟，正说到他呢……天都黑了，才出现，"然后看着我，顿了一下又说："早知道应该早点找你说说话，说不定说着说着，他就回来了。"

我低着头，两个人都不说话，半晌白砚拍拍我的肩膀，口气还是暧昧，"好了小清雅，我不跟你开玩笑了，这段时间我不在，要不要把你变成我的人，"他变戏法似的拿出一条红头带，"这样我才能放心。"

不知道为什么，脑子好像还没反应过来，嘴里已经开始拒绝，"白砚殿下……这……不用……"

白砚静静看着我，修长的手指轻轻压着手里的红带子，不再说话。

我知道我最近一直都在拒绝他，因为他总是露出那种似笑非笑的表情，好像在说拒绝我也没关系，我不在乎，可是这一次我不敢去看他的眼睛，只能死盯着他的手，他修长的手指轻轻颤了一下，然后手心又展开。

我还没反应过来就觉得额头上被他的手指一扫，他的手指穿梭，然后中指顺着头带滑下，红色的头带已被他绑在我的额头上。

白砚笑得很欢畅，"这已经是第三次了，不喜欢你就再摘下来，礼物送不出去我会很没面子。"

是啊，他之前送给温清雅两次头带，现在再送给我，已经是第三次了。

白砚冲我眨眨眼睛，"等我回来，就搬我那里去住吧，"皱皱眉头，"你的床太硬了。"他的神色好像他亲自睡过一样。

白砚顿了顿接着道："我那里有锦缎的被褥，睡起来软软的，要不要试试看……"

这人在大庭广众之下说这种话还能脸不红心不跳，我怕白砚再说下去会更加离谱，慌忙摇头，"不用了，我那里挺好。"

白砚眯眯眼，"没关系，你好好考虑，等我回来再说，"摸摸自己身侧的剑柄，"不过，在这之前你别四处乱跑哟，特别是跑到我找不到的地方。"

那怎么会，金宫虽然大，可还没有白砚找不到的地方吧。

头带党又来催了，低声喊，"白砚殿下……"

白砚笑笑，"好了，我真的要走了。"

我从来不会说告别的话，正要抬头目送白砚，却伸过来一只修长的手轻轻扶住了我的脸颊，然后眉心一热，白砚俯身吻了我的额头。

我顿时僵在那里，又一次被白砚亲吻了，还是在周围有这么多人的情况下。

白砚笑着看窘迫的我，眼睛比启明星还亮，然后就像什么都没发生一样，拍拍我的肩膀，"好了，快回去吧，一会儿要错过晚饭时间了，今天我可没准备饭去跟你换。"

　　暧昧的气氛让周围人都低着头，我刚张开嘴要反驳，白砚却一下子跑了个无影无踪，根本没有给我留下机会。

　　进了饭厅，很多人都往门口看过来，跟开了一个欢迎仪式似的。

　　我向四周看了一眼，唯一记清楚的就是小莫坐在紫苑身边吃饭，紫苑穿着一条紫色裙子，头上的红头带鲜艳地飘荡在空中。

　　我今天心情一定是特别好，因为我感觉紫苑今天真的很漂亮，尤其是优雅的气质跟名门之后似的。

　　我坐下来，周围依旧安静，所有的目光都落在我的头上，我这才想起来，我又有了新头带。

　　红色的，和紫苑一样。

　　小莫看了我一眼，筷子使劲地戳碗底，吃不大进饭了。

　　按道理说，在金宫损坏了头带就不能再重新获得头带了，不过这里正好有一个漏洞，温清雅弄坏一个白的，不能再去补白头带回来了，白砚殿下就给了她一个蓝的，后来我把蓝的弄脏了，白砚又给了我一个红的，如果用这个漏洞来晋级，看起来会飞快。

　　终于有人开始说话，攻打江陵城前，大家的话题都是围绕着江陵城，可是话说来说去就跑题了。

　　有人问："你最喜欢金宫的哪里？"

　　大家的答案各有不同，我不由得想到我自己，金宫的哪里我好像都很喜欢，又熟悉又喜欢，这样的地方越待越有感觉。

　　想要倒杯水给自己喝，在桌子上发现了一个小药瓶，就是我上次擦手的那种，抹在伤口上冰凉冰凉的，还有一股香气。

　　我开着门，有人从我门前走过，忽然停下脚步，"什么香味啊！"然后看向桌子旁边正在抹药的我，她们看着我和我手里的药膏瓶，马上冲我行礼。

　　现在成了头带党了，要被人尊敬，不过我还真是不适应，急忙摆手，让她们算了。

　　她们站定，一脸羡慕地看我抹药，"这是上好的伤药啊，是白砚殿下送的吧！"

　　我很诚实地说："不是。"

　　大家眼里分明划过"不相信"的神情，看来我是永远都做不了她们心中的老实人了。

　　然后她们冲我礼貌地笑笑，我点点头，她们继续往前走，"这一次该是要灭了江陵城了吧！咱们对那边没有什么好顾虑的了，这次去的大概都要立功吧！可惜我们都去不成，听说紫苑会去呢，真是让人羡慕。"

　　我坐在凳子上不知道在想什么，反反复复是流暄跟我说的话，他说不让我去江陵城，其

第四章 传授

实我也是想正当地拿到头带而已，今天会接受白砚的头带……脑海里闪现出白砚似笑非笑的模样，他虽然是那种无所谓的样子，其实很怕我会拒绝他，我摇摇头，他的眼睛就会冰封起来。

"在想什么？"

"啊"我吓了一跳，小莫坐在我身边我都没看见。

小莫别扭地坐在那里，让我觉得很意外，她的手指扭动在一起，为难地咬着嘴唇，抬头看我，也是迅速再低下头，眼神游离着很尴尬。

小莫会来找我，这让我没想到，不过她能来，一定是想和好，我又想起我一醒过来看见小莫帮我按着伤口时的情形，不等她说话，我说："小莫，不管你怎么想，我是把你当朋友的，从来没想过要去伤害你，我不会忘记你替我包伤口，给我留饭这些事。"

我一说话，小莫反而沉默起来，看见她的时候，我就觉得她有话要对我说，让我说在前面，她反而迟疑了，右手搓着左手的手指，吞咽了一下才接着说："我知道了，所有人都在说你，我只要跟着你，也会被人看不起，听说要去攻打江陵城，我就想着不如去求求紫苑，万一紫苑能带我一起去，我也……算有了立功的机会。"她低着头依旧不看我，说出话来，也一点都没有轻松，脊背反而更加僵硬了。

原来小莫是因为这个，所以才会跟着紫苑。

小莫道："紫苑明明答应了我，会带我一起去。"

小莫的声音越来越低。

我宽慰小莫，"没关系，以后还是有机会的，我们这一次又不是要彻底灭了江陵城。"

小莫惊讶地抬起头，"不是要灭了江陵城？你……是听谁说的？白砚殿下？"

我笑笑，不能告诉小莫是听流暄说的。

我想起流暄，窗外皎洁的月光，就像是他嘴边的一抹笑容。

小莫好像忽然间想通了什么，舒口气道："清雅，我们明天一起上早课吧！"

人的感情很奇怪，有时候就像一场梦一样。

好像我也没必要再计较些什么了。

我和小莫边走边聊天，流暄没让我去江陵城，不知道是怕我武功太差要拖人后腿，还是怕我遇到危险。

小莫说："风遥殿下肯定不会让紫苑到前面去，攻打江陵城她顶多在后方，紫苑这次能见到江陵城中的人了。"

我笑，"江陵城中的人有什么好看的，大家都一样，"只是不知道桑林是不是真的会去，让他在战场上见到熟人，那种感觉比受伤还难受吧，我这个人不怕皮肉之苦，精神大条粗得不得了，可是让我处在桑林的位置上，我恐怕会难过地缩起来。

相比较我的心情，金宫里是一片欢腾，气氛跟过年似的。

小莫也高兴起来，手舞足蹈，然后回头跟我说："是金宫中的人就高兴，江陵城要玩完儿了。"

我听了小莫的话，莫名其妙地有些紧张。

小莫碰了碰我，我有点神经质地大幅度回应了一下，小莫有点意外，她动了动眉毛，"是不是后悔没去集训啊，现在找白砚殿下还来得及吧？"

我笑笑说："不是，也不知道想什么入神了。"

小莫看着我，"你最近怎么老是这样？好像比你自己上战场还紧张呢。"

金宫和江陵城这一战本来跟我们小人物没什么关系，可是我却感觉这跟我关系密切。而且很快，我就应该会被告之什么，就好像自己开始一步步往高爬，最后要小心翼翼地站在悬崖顶，然后义无反顾地选择往下跳。

我的心里顿时一寒，就像是被插了把刀，很凉。

学武也是这样，如果我什么都不想会忽然使出很漂亮的一招，可是真的让我去想，我反而像是被压制了，什么都不会。

小莫又叹了口气，"清雅，你说这次不会灭了江陵城，到底是不是真的？是你猜测的还是白砚殿下告诉你的？"

我看了看小莫只是笑了笑，如果这是之前我大概会透露一些给小莫，经过了紫苑这件事，我心里对小莫已经起了隔阂。

接下来几天，白砚忙得不得了，一直都没有来找我，我觉得流暄应该会比白砚更忙，于是也没有去找流暄，而是习惯性地到无人的地方坐坐，提起树枝随便练练剑。

没想到流暄还是来了，这让我高兴得不得了。

流暄看见我额头上的头带，眯起眼睛问我，"白砚给你的？"

我说："这次不是我去要的。"

这算不算是在解释？

流暄没有再说话，一直看着我在一边捣鼓树枝，然后像平常一样教我，渐渐地我的话多起来。

流暄眼波流转笑着问我，"喜欢金宫吗？"

流暄的问话让我有种奇怪的感觉，好像在问喜不喜欢我自己似的，沉默了一会儿我才回过神，连连点头，"喜欢，只是不知道前殿那里什么样，"顿了顿我又说："一个人难得对所有的一切都喜欢，而且还有那种亲切的熟悉感。"

我觉得听了我的话，流暄很高兴，至少他说他还有事的时候，让我陪着他一起去了藏书阁，然后头带党送来他要看的东西，他在一边看一些文书，而我就在藏书阁里随便转转。

前一段时间白砚让我来藏书阁看看，我当时没有同意，觉得白砚是在对我徇私，我不愿

第四章 传授

意享受这特殊的待遇，可这一次好像是在等人的前提下，我只能随便地拿本书来看，不然傻坐着实在太没意思了。

我坐的地方，恰好又有两本没有放在书架子上的书，我原本没有打算去碰。可是当流暄笑着抬头看我，清澈的目光让我紧张地心跳，于是把视线转到了手上，手上没有东西，为了遮盖住自己的尴尬，只能假装去看书，翻了几页，我忽然发现这书我能看懂。

流暄拿起笔开始处理那些文书，他修长的手指轻轻扣着那管笔，整个人很专注，灯花跳跃了一下，晃得他脸上的白纱，就像涟涟碧波荡漾开来……

他垂着脸，开始书写，他整个人仿佛一下子就和整个世间隔离开，那是一种认真得让人觉得疏离的气氛，他整个人尊贵得让人无法触及，灯花又跳，我仿佛大梦初醒。

他抬起头看我，我急忙说："我是在看书。"话说出去了，才发觉自己什么时候也有欲盖弥彰的本事了。

流暄秀丽的眉毛微微一动，"这本可能会难一些，慢慢看。"他旁边的头带党接过那本书，递到我手里，书没有合起来，因为上面的墨迹还没有干，是他刚刚做的注解。

闻着淡淡的墨香，想起他刚才认真的样子，仿佛有一股暖流从我心中淌过。

不知道为什么流暄要去藏书阁处理公务，难道是方便找各种书籍？但是从始至终我都没看到他翻任何一本书，倒是我，不但看了书，还想带一本回去。

这些书是被整理过的，不像师父讲武功口诀讲得那么生硬，光看画了线的部分其实就能看懂，这就叫做去其糟粕取其精华吧！怪不得金宫里的人武功进步都这么快，原来是享受了这种待遇，死背口诀跟自己理解是两码事。

我乐滋滋地看书，后来藏书阁又进来一个年轻人，身上都是草药的味道，他上前想跟流暄说话，流暄看了他一眼，然后一挥手，让年轻人在一边坐了。

年轻人的模样很温润，脸色有点发白，手指尤其干净，加上他身上的草药味儿，像是个郎中，我想起我抹手的药膏，不知道是不是他配的。

流暄揉了揉肩膀下面离胸口不大远的地方，淡淡看了看年轻人，"今天不用了，你去吧！"

年轻人站起身欲言又止，停顿了片刻，还是弯了腰转身离开。

流暄不笑的时候算不上温和，他皱皱眉头，就让人感觉跟他离了十万八千里远，脸上总是带着几分高高在上的威严。

最近看见流暄，我就心跳得厉害，一直都觉得自己是个特别的人，最起码和温清雅不同吧，谁知道也落了俗，喜欢长得帅气又厉害的男人。

晚上回到自己的屋子里，拿着书一边看，一边手上不停地比画，这书看起来太有趣了，内容不但我能明白，而且看得飞快，站着看完了，坐着看，然后又糊里糊涂地躺到了床上，踢飞了两只鞋，两只脚晃着晃着，不知道什么时候就睡着了。

第二天我刚洗了脸，小莫就过来敲门，我把门打开，她就跳了进来，我看着她兴奋的样子，诧异地问："怎么了？"

小莫坐下来自己倒了杯水喝，"要开始了。"

我侧头问："什么？"

小莫"咕咚"咽了口水，放下水杯说："打仗啊，你怎么一点都不关心打仗的事？"

不但是我不关心，流喧也很少提起江陵城。

小莫拉起我的手，"清雅，虽然我们不能跟着四殿去攻打江陵城，但是也有我们露脸的机会，"她煽动着大大的眼睛看着我，"杀几个江陵城中人的机会。"

我的手迅速地抖了一下，我以为这场战争跟我已经没有了关系。

等我回过神来，我发现小莫在观察我，这么多天，她一直都是这样，小心翼翼地，在看我，难道我做出什么事，让她觉得有必要这么疑惑？

我抬了一下手，给她把面前的茶满上。

小莫拿过茶杯，摸着杯子的边缘，还是闲谈的口气，"知道金宫的老传统吗？"没有等我回答，小莫就接着说："每次打仗回来，有不愿意归降的俘虏，给他们一次选择的权利，会在校场跟金宫中的弟子较量，赢的可以走，输的选择留下或者死。"

我说："这个方法不错，不知道是谁想的。"

小莫给了我一个白眼，"清雅，我在跟你说正事，为什么你总是跑题。"

我说："这也难怪我跑题，你总说一些我感兴趣的事。"

小莫声音高了半调，"你的意思是你反而对谁想的这个方法感兴趣？"小莫"啧"了一声。

我连忙说："不是，不是，我就是觉得熟悉而已，好了，你接着说啊。"

小莫喝了口水，我知道她是要说到正题上，因为握着茶杯的手指在微微用力，"按道理说我们这样的级别根本不可能去校场，可是你知道那一天主上在，所以我想……"

我说："那怎么可能，我们武功那么低肯定不能去，就算能去，那不是送死吗？"

小莫跺了一下脚，"听我把话说完，"吸了口气，嘴上立即像放连珠炮，一股脑说了出来，"你知不知道除了要上场较量的弟子，还有替补的弟子？替补的弟子当然也是要有级别的，我不行，可是你行啊，"她抬起头，只是迅速扫我一眼，"替补的弟子可以有随从，我从来都没看过主上的样子，清雅你就帮帮忙让我做你的随从一起进校场吧。"

我听明白了，"你是让我去做替补？"

小莫总算需要跟我对视了，她抬起头，手拉上我的胳膊，"清雅，你看我在金宫混了这么多年，连个白头带都没有，这辈子想见主上恐怕是不容易了，在金宫能帮我的人只有你，我只有一个小小的愿望，就是能远远地看主上一眼。"

"多少年了，金宫从来没用过替补，再说就算是用上了，也用不到你，你的武功大家

第四章 传授

都是知道的。"

我想了想，"其实你想见主上，未必要用这个办法……"

小莫怔了一下，然后就冷笑一声，"亏我还把你当朋友，心里有什么都跟你来说，不愿意帮忙就算了。"

我低头翻开手腕，如果没有小莫，温清雅早就死透了，我可能也没有那个机会重生到温清雅身上，银钱好算，情意难还，看在从前的分上，我就帮小莫一次，再说小莫说的场面虽然血腥，我也想去看一看。

我说："当替补的话，有什么其他的要求？"

小莫的脸上绽开了笑容，"没什么要求，你戴着红头带呢，这就是象征。"

我点了点头。

小莫接着说："然后我带你去报名，"然后她大大地拥抱了我一下，"清雅，我很期待那一天。"

不知道是不是跟小莫聊天太兴奋了，还是受了这种气氛的影响，我又开始做起梦来，不是很好的场面。

是在挨打，小腿被棍子抽得血肉模糊。

严厉的声音在说："不许再跟他靠近，你会上了他的当，你知道不知道。"

"你可以经常去楚辞那里，你要知道，你将来要效忠的是楚辞，江陵城未来的主上。"

场景变幻，又是姐妹两个人在聊天，姐姐给妹妹腿上敷药，眉毛紧紧地皱着，"后来你说了什么？"

妹妹撇撇嘴，"我说，我不愿意去。姐，为什么习武以后家族里对我诸多限制，早知道我就不习武了。"

姐姐的手停下，好像下了很大的狠心，"那是不可能的，对你放松的那几年是让人养好身体，给你吃那些补药也是为了你以后更好地习武。"

妹妹说："根本没有这个必要，我练武的时候总是手到擒来，"手指比画了两下，"姐，你一定觉得我很懒吧，我总是觉得很累，很困，师姐们都说我长了一身的懒肉。"

姐姐这一次真的是心事重重，她的脸白得吓人，她一遍遍摸过妹妹的伤口，把药涂得更均匀一些，"没有不劳而获的，你觉得练武的时候很顺利那是因为……"

门口重重有人咳嗽了一声，姐姐不再说话。

妹妹猜测着说："那是因为我是练武奇才？"说着说着，小小的身子往旁边一歪，"好困。"

梦境开始变得模糊起来，妹妹克制着自己进入梦乡，睁开眼睛说："我好喜欢跟他在一起，不是楚辞哥哥。"

"姐，以后你无论做了什么都讲给我听吧，你上次讲的那个，你跟那个病人的事还没有讲完,你真顽皮怎么能那么陷害人家,明明不是人家打碎的瓶子。"

姐姐笑着去揉妹妹的胳膊。

妹妹夸张地喊了一声,"哎哟,好酸,我最近也没怎么练剑,怎么总是身上疼,"然后又"咯咯"笑起来,"姐,我觉得将来你当不了女郎中的话,可以去说书赚钱了,你说的那些事说得好生动,我听起来就好像自己经历过的一样。"

姐姐说:"你不是总想让我带着你四处走吗?我回来就把我看到的,遇见的讲给你听,就好像带着你一样。"

"姐姐。"我依稀喊了一句,眼泪也顺着我的眼角滑下来。

第五章 对立

小莫大概是怕我反悔不去做替补,大早上就敲我的门,我刚撑起身子揉眼睛,她就探进一个小头,然后蹭进来,手里拿着一碗热腾腾的粥和一盘包子,她用脚踢上门,"清雅怎么还不起床。"

我愣了一下,好像才算真正地醒过来,脑袋里还记得一些梦的片段,若有所思地看着自己的两条腿。

小莫也奇怪地看过来,"你的腿怎么了?不舒服?"

我笑笑起身叠被子,"最近整天做梦,特别像真的,昨天梦见自己被人打惨了,腿都快打断了,"我扬起头假意神秘兮兮地说:"这不会是什么预兆吧!"

小莫没有说话,我回头看她,小莫脸上没有什么表情,不知道在想什么。

我叫她,"小莫。"

小莫才猛然回过神来,颇不自然地说:"那怎么会,你在金宫里就算是犯了错,也只会被罚去做杂役,更何况白砚殿下对你那么好,不会让你受苦的。"

被小莫这样一说,我倒不好意思说是我在开玩笑了。

小莫闷声往前走,我总觉得她有点紧张,于是说:"怎么?现在就要去报名?"

小莫道:"不是,一会儿我们上完早课再去。"话音刚落,眼睛就瞄到了前方不远处,目光中露出羡慕的神情。

我看过去,原来是有几个人戴着白头带,在院子里笑着闲谈,她们不断地整理头发,看

第五章 对立

来是出来很久了。

这两个人我认识，是跟紫苑走得最近的两个丫头，前几天小莫也跟着她们的，她们看到我们过来，其中一个下意识地叫小莫过来，话到半截被另一个打断了。

我回头看小莫，小莫低着头，像是什么都没发生。

我笑道："小莫，这气氛不对啊。"那两个丫头掩饰得太拙劣，小莫又这么心虚，好像是有什么事我不知道。

小莫身体晃了一下，我看出她有点慌张，然后她忽然抬起头来，"是，我是有事瞒着你，其实我一点都不喜欢你，不想跟你成为朋友，"声音异常的尖锐，仿佛能震聋我的耳朵，所有人都向这边望过来，可是小莫并不在乎，她用更大的声音说："谁不想跟着一个能帮自己的朋友，谁也不想被别人拖累，我跟你在一起除了受你连累，得到了什么好处？跟着紫苑会受到紫苑照顾，谁不知道我们这里紫苑是最有前途的。"

"跟着紫苑才能借上光，能成为紫苑的朋友，将来她发达了，朋友也会跟着发达。"

我被小莫喊得愣住了，我说："那你为什么又回来找我？"

小莫接着说："紫苑得了红头带以后，"飞速地指了一下戴着白头带的两个丫头，"给了她们两个白头带，没有给我，她没有把我放在心上，我心里觉得不舒服，那天糊里糊涂就走到你那里，我就想也许你会比紫苑更把我当朋友。"

周围所有的人听见小莫的话，大家的表情不一，我刚才确实有点怀疑小莫，不知道她是不是真的把我当朋友来看，可是现在看来，我真的是太疑神疑鬼了。

小莫没有理由站在这里大声地说，让大家来笑话她，并且她说话的时候那么激动，真的是在说真心话。

刚才站在那里的两个丫头，走过来，笑着去拍小莫的肩膀，"紫苑这次回来大概会拿到绿头带，短短一年时间紫苑就晋级好几次了，你知道这代表着什么吗？紫苑将来会超越我们身边的所有人，我们可以不要头带，但是我们跟着骄傲就行了，至少证明我们没看错人。"

大家纷纷走上来拍小莫一下以示安慰，小莫的肩膀被拍得越来越沉，我拉起她的手，小莫冲我笑，"其实也没什么，现在想想只要让我待在金宫就行了，如果没有金宫我们还都不知道在哪儿呢，我最崇拜主上，没有他就没有金宫，没有金宫我可能就饿死在外面了，人应该知足。"

听到这里，我忽然想起白砚说的话，流暄是为了一个女人建的金宫，这要是让这些人知道了，不知道她们心里怎么想。

人说，女人总是自己为自己找烦恼一点都没错，光这么想想，我心里忽然就像压了大山一样，流暄能为了那个人建金宫，一定很爱她吧，那是什么样的感情啊。

我低头笑笑，难道我还指望着跟流暄之间能有其他的什么不成？

到了早课时间，我故意找了一个靠前面的座位，小莫很不解，我冲她笑笑，"今天要好好听课。"

小莫脸上分明是一副"对你来说听不听有用吗？"的表情。

坐好以后，到了时辰大家都安静下来，等着师父来上课，难得我今天无比认真地想听课，等了半天师父居然迟到了。

这个早课师父虽然没有那个调去集训的师父严厉，但是向来也是一副铁将军的脸，别说迟到了，讲课的时候也连半句废话都没有。

这次好像真的是有什么事，一迟到就半个时辰，师父匆匆赶来的时候，满头大汗，脸上的表情有点诚惶诚恐，他站在场子中央喘息，眼睛波动着半天都没平复下来，就好像跟人大打了一场似的，汗透了衣服，水里捞起的模样。

我们盯着他看，都是目瞪口呆，师父这是遇到什么了？怎么好好的一个人突然就失了方寸。

师父想着想着，慢慢不喘了，手摸着头顶，幸福地傻笑起来，然后在原地转了一个身，接着叉起腰，笑出声，甚至于看见我们这么没礼貌地注视他，他都没生气，笑着道，"好了，开始讲课。"

我正准备听师父说今天武功的口诀，他却张张嘴没出声，然后说："等等，让我想想，今天怎么开始好。"

上早课是这样的，今天要讲哪一招，先把古代传下来的口诀告诉大家，都说是古代传下来的了，那文字晦涩程度可想而知，不但是读几遍读不懂，还要生生背下来，师父说得也对，这招数是几百年传下来的，只有当时开创这招的人最了解这招数的根本，所以背古代口诀那是必要的，如果用现代的话一改，就容易掺杂进个人的感觉进去，一代传一代的，大家都这么做，那原汁原味也就没有了。

师父说："好了，今天还是要把口诀讲一遍，但是我还要说说我的理解。"

大家顿时不解，我和小莫对望了一眼，今天怎么改变教学方式了。

师父讲完口诀，我还是像往常一样，没懂，然后他又追加了一句话，这下我顿时听懂了，师父说的是用现在的话去理解这句口诀，就跟流暄在书上给我做的注解一样。

师父说："我理解，这一招是整套剑法中最灵活的招式，用它出来，可以在必要的时候，变化成其他几招。"

师父演示了这招，并说了几样要点，可是没有像往常一样边演示边背诵口诀，于是他把这招比画了好几次，大家都还一言不发盯着场上，等着师父讲口诀再演练。

师父说："好了，这是今天要学的。"

我看了一下四周，这下真的是所有人都瞪大了眼睛，从来没看过别人脸上这种表情，眼

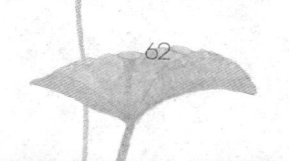

第五章 对立

睛里都是茫然，可偏偏是一种认真的态度，整个儿是傻兮兮的，怪不得以前我上课的时候大家都瞧着我笑，我那时候估计也是这表情。

现在好了，谁也别笑谁，大家都一样，谁叫师父临时就改了往常的授课作风。

师父说："好了，现在大家自己理解一下，可以互相请教。"师父说完这话，课堂上半晌都没有任何声音，我看看小莫，小莫戳戳我。

按照以往的规矩，师父该点得意弟子上来演练了，师父往下面望了望，没有人敢跟他对视，师父说："都没听懂？这也难怪，你们不适应嘛，不过刚才经过……"师父将嘴边的话咽了回去，"我发现也许这样教大家更好，你们知道江陵城为什么辉煌这么多年吗？因为他们传授武功是极其有规矩的，武功只传家族里的人，绝不外传，传授方式就是我刚才这样，把家族的武功和自己理解来的一起教给徒弟，这样武功学起来直接，也好领悟。"

有些学生开始不服气，"师父如果说江陵城教武功的方式好，那为什么江陵城会被我们金宫打败。"

师父说："因为他们只传授给家族里的人，养成了他们排挤外人，重视血统的习惯，于是渐渐的他们眼高于顶，自高自大听不得外人的意见……当然还有许许多多的原因，"师父目光一闪变得凌厉很多，"你们以为江陵城里没有高手吗？虽然江陵城没落了，但是江陵城中人一个个还是硬角色，如果你们想为金宫出力，就要好好地学好武功。"

师父不想说太多无关课堂上的事，握紧手里的剑说："我再演示一遍，你们仔细看清楚。"师父的剑走得很快，剑身上晃晃的亮光忽然刺进我的眼睛，让我有些失神。

果然是新的传授方法，大家要慢慢接受，师父演示完，大家的表情没有什么起色。

师父有些生气，可是发泄的理由又不充分，因为毕竟自己也是第一次讲这样的课，没有什么把握，"如果没有人能练会，大家就都别下课了。"

我想这算是最后的通牒吧，不要求大家都会，只要一个人会就可以，也算给了台阶下。我侧头看身边的小莫。

小莫说："今天这招真够难的，老师要改授课方式也应该从简单的入手啊。"

我"哦"了一下，心不在焉。

小莫说："你就别想了，新方法老方法对我们来说都没有用，该听不懂还是听不懂。反正这次大家一起挨饿，有了伴，不孤单。"

师父在场中央走了几步，开始发脾气，"怎么样？"看来是要迁怒别人了，不知道谁会这么倒霉。

我低下头，实在不想让师父的视线落我身上，课堂上静静的，只剩下隐忍着喘息的声音。

"我来试试吧！"

说话的是一个师姐。

我抬起头来，眼睁睁地看着师父的得意门生站起来往场中央走过去，眼睛看见的是这个，心里想的却不是，我握紧剑，看到的听到的都开始不明确，因为我脑子里在思考什么。

师姐在场中央拔剑，然后做了一个动作，我已经没法去分析这动作好不好，正确不正确了，因为我没那份闲心，我在想事。

师父说："不对，没有领悟到精髓，虽然招数看起来还不错，不过这样已经不错了，动作还蛮标准的。"

大家开始鼓掌，我无意识地向前望着。

师父笑笑，拍拍师姐的肩膀，准备接着说话，可是忽然笑容一敛，黑了脸，"你那是什么表情？"手指往前延伸。

我回过神来，师父是在戳我的鼻尖。

师父整顿了一下自己的表情，底气变得更足了，"你对这一招有什么意见？"

小莫扯扯我的衣角。

我有什么意见？我没有感觉到自己有啥意见啊，还是像以前一样，我在看师姐演示。

师父说："你在笑什么？"

在这种气势汹汹的注视下，我摸上自己的嘴角，嘴角上扬的幅度不大，有股不认同的轻佻的意味，我刚刚明明是在思考问题，怎么可能……

"你上来。"师父变得很严肃，也很生气。

我站起身，在众目睽睽之下站到场中央去，再看面前坐着的大家，都是一副——哦，你要倒霉了的表情。

我想最多是罚我再站一堂课，只是不知道早课什么时候下，刚才师姐的演示师父满不满意，要不要就把台阶给我们了，打发我们去吃中饭。

胡思乱想，手却没离身边的佩剑，这些日子我多了一个习惯，手总是握着冰冷的剑柄。

师父说："你来演示一下，如果能有她刚才使出来的一半好，今天这事就算了。"

偏巧了，刚才的课我好像是明白了一些，心里痒痒的，不然也不会抓着剑柄不松开了，感觉是跃跃欲试。

我吸口气，冲师父行了礼，师父挺意外，以为我会不战而退，谁知道我真是要演示。

师父摆摆手，"算了你，别浪费时间了，去站着吧！"

可是我的剑已经挥出来了，现在是收势我也没那个能耐。

剑尖一划，并不快，也没我脑海里想象的那么好看和潇洒，普普通通的，好像哪种变化都运用好，软啪啪的，很奇怪。

周围静谧得不得了，大家没想到我会出来演示，虽然使出的招数并不好看，但是意外的还算成型，不过惊讶马上过去，因为我就只有这个水平。

第五章 对立

师父也"咦"了一声,然后就说:"你也有进步,起码能握住剑了。"

我在空中挥剑还上瘾了,我说:"师父,剑术是用来干什么的?"

师父气急了冷笑,"你说是干什么的?练这好看?"

我停下来说:"师父,我想试试这招的威力。"

这要求有点不知死活。

流暄说让我试着听课,我一边看师父用招数,心里一边思考,好像是想出什么来了,于是心里痒痒的,带动手心都痒,刚才一比画还不能让人过瘾。

师父的眉头使劲地皱起来,看我的眼神好像是说,你这是自找苦头,然后就吩咐得意的弟子,"你们俩试试吧!不要伤到人。"师父后边半句的意思说,不要伤到弱者。

师父退后几步,师姐说:"请。"表情有点玩笑。

还是刚才那招,我用得实在是不怎么好看,很多地方都不到位,但是这招讲究的是变化,让敌人猜不透你要干什么,前两个变化是虚招,然后才引出实的,我的剑软啪啪的,看起来没有任何的威力,剑尖刚刚抬起头,却是准备往下走的,师姐能明白我的变化,封了我剑尖的走向,可是她还是算错了,我的剑没有想往上或者下刺,而是回旋一下,落到她的胸口。

我们停下来,所有人都瞪大了眼睛,很多人用手捂住了嘴唇。

是这样的吧,我跟流暄说,我说:"有时候真想有那种感觉,忽然有一天,我被叫到早课上去演示剑法,我做得特别好,好到让所有人都目瞪口呆。"

没想到不是梦啊,我做到了。

我现在脑子里又有一个愿望,那就是跳起来,扔掉剑,立即跑去见流暄,跟他说,我做到了,怎么那么巧,昨天说到的愿望今天就做到了。

可惜他没有看见,如果他看见会怎么样?会不会跟着我一起高兴。

师父走到我身边,直勾勾地看着我的脸,"你怎么做到的?你再做一次。"

于是当着师父的面,我又跟师姐过了招,结果还是师姐被我算计了。

师父说:"这招你跟谁学过?白砚殿下?"

我摇摇头。如果跟白砚学武,那我早学了,还能一直都这么渣吗?明明是刚才师父讲了以后,我领悟到的,看起来大家都不相信。

师父说:"你以前听课,就一点都听不懂?"

我诚实地点头,我是一点都听不懂,尤其是他念什么口诀,我根本就是不知所谓,我上早课只能做一件事,那就是死记硬背下口诀,其他的一概都学不会,连模仿剑法都模仿不好。

师父又喃喃自语,"真的是我教得有问题?怪不得……"到关键时刻,他咳嗽一声,不再说了。

"白砚殿下带你回来的时候,说你一点武功的根基都没有,你是不是真的没有学过武?"

这下我不知道自己是不是该点头，因为我没有以前的记忆，不知道我以前是不是学过武。

师父摇摇头，"不会的，你肯定是有根基，不然不可能会这样，没想到江陵城和金宫不同的教授方法，在你身上表现出的差异这么明显。"

我不知不觉打了一个冷战，为什么在我身边总是能听到江陵城这三个字，而我对这三个字并不陌生，甚至夹杂了各种奇怪的感情。

下了早课，小莫就扯着我问，"你的武功是白砚殿下教的？"

我说："不是，这次真的是我自己学的。"

小莫没有追问，自己想了半天，然后坚定地抓住我的手腕，拉我去报名做替补，她的手有些过于用力，脚步走得太快，有点拖着我的意思。

可是我们还没走到报名的地点，就遇见了桑林，我跟桑林打招呼，看着他悠闲的模样，我说："你怎么没去上战场？"

桑林神秘地笑笑，然后看了一眼我身边的小莫，大概是见到了帅哥，小莫就有些腿发软，差点没给桑林行礼，多亏桑林亲切地看了她一眼，她才算站稳了。

桑林说："就要走了，喏，明天，今天留下了，抽出时间，要干一件秘密的事，不能让老大知道。"

我顿时笑出来，桑林搞怪的样子我以前还没见过。

我说："再重要还比你上战场立功重要？"

桑林说："我不怕暗器，我老大也不怕，我老大虽然是这个世间最厉害的人，但是他只怕一样东西，见到那样东西他就什么都不是了。"

我说："怎么说得跟致命暗器似的。"

桑林腼腆地笑笑，"就是暗器，所以我想要把它拆开了让老大看清楚，不要抱有什么幻想。"

这下我真的是听不懂了，于是转开话题，"等你们回来，要带很多俘房吧，不是要在校场上跟我们做最后的较量吗？我去报名做替补。"

桑林拍一下手，"原来你是去报名啊，那正好了，临去战场前我帮你一把吧，我现在正好在干这个记录的差事，一会儿我回去把你的名字报上去就行了。"

我点点头，回头跟小莫说："好了，我们也不用赶着去了，"小莫今天异常的安静，根本就没有说话，只是低着头盯着自己脚尖看。

桑林准备走了，可是当他的眼睛在我脸上转了一圈后说："清雅，你喜不喜欢白砚殿下？"

我愣了，"怎么会突然问起……"脸上还是发烧，火热的。

桑林说："白砚殿下对你那么好，他人又帅，又有钱，武功在金宫也是一人之下万人之上，你跟着他不是很好吗？你知不知道，我这几日遇见白砚殿下，他一副心不在焉的模样，

第五章　对立

你知道他是在想谁吧？"桑林清爽地笑一声，"如果你跟白砚殿下在一起，我们都会真心地祝福你的。"

我忙道："桑林你误会了，我跟白砚殿下真的没什么。"

桑林听了我的话，只能耸耸肩，微笑，然后跟我道别。

吃了午饭，甩掉小莫，我终于如愿以偿地找到了流暄。

见到流暄的第一个想法是，我要把今天早课上的事告诉他，第二个想法是，真的想把他脸上的白纱扯下来，他那双着了墨一般的深黑色眼睛美得就已经很惊人了，不知道整张脸都露出来的时候是怎样的震撼。

我看了流暄很久，然后用兴奋的语气把今天早课上的事讲了一遍，我可能说得太多了，不知道他会不会感兴趣。

我身上也是穿着雪白的衣服，可是怎么也没有流暄穿得优雅，我的目光总是离不开他身上，不知道他会不会觉得我不礼貌。

流暄笑着示意让我坐过来，我心跳得尤其厉害，他细长的眼角轻眯，笑着说："师父还说什么了？"

我坐下，也努力坐得好看一点，挺直了脊背，可是效果让自己不满意，我忽然发现，金宫里的头带党，那份优雅仿佛都是从他身上学来的，只不过有刻意的痕迹，不像他这种仿佛是天生的。

我说："师父说了，看我这个样子，应该是有武功根基的，可是我不记得从前有没有学过武。"

流暄笑笑，白色的衣衫翻飞露出他里面的衣服，鲜艳的红，妖冶的舞动，一瞬间让他的眼角更添几分蛊惑，我从来没发觉，原来细长的眼睛的男人是这么的好看。

我好不容易才挪开眼睛，"今天不知道怎么了，忽然之间好像学会了很多。"

早课的事，让我心里说不出的高兴，只想要跟流暄分享，"你不知道吧，我有一次早课忘了拿剑，还有一次师父让我们刺目标的时候我把剑掉了，"然后看看他，"那次你知道，就是我想逃跑，你揭穿我的那次。"

"不过今天全都找补回来了，你没看见大家惊讶的样子，师姐还不相信我能避开她的剑，我们试了好多次，她一直都盯着我的剑尖看，以为自己是在做梦。"我笑得眉毛弯弯，"没有几天，一切都好像天翻地覆的全都变了。"

流暄笑着看我，我觉得他一定是想，怎么有这么笨的人，可是他却说："你很聪明，大家能听得懂的授课方式不一定适合你，你的优点只不过别人没有看到。"

我承认我很高兴，当所有人看不起我的时候，他说我聪明，如果是别人说出来，我一定会觉得那人是在跟我开玩笑，或者是羞辱我，可是流暄不会，他好像是在告诉我另外一件事，这是在给我信心。

流暄美丽的眼睛弯起来，"在想什么？"

我佯装淡定，和流暄相处这么长时间了，哪里能每次都像个怀春的小姑娘似的，脸皮应该越来越厚才对，"没……什么，只是高兴。"我正想要抬头，听见流暄轻笑了一声，这种声音轻轻的像一根羽毛，让人心里痒痒的。

不知怎么的，我很珍惜和流暄在一起的时候，是不是进了金宫，就能天天看见他？进金宫需要什么等级？我扯着头上的红头带说："在金宫里都有什么方法能晋级？"

流暄笑笑，眼神迷蒙，面纱跟着飘啊飘，"通过一年一次的考较，或者立功直接提拔，四殿也可以直接提拔亲信，但是只能提到红头带，再往上需要有功绩才行。"

我抓着自己的红头带，"就是说，如果我还想晋级只能自己立功？"白砚不能再随便给我更高等级的头带？

流暄说："不用。"

是我的理解能力有问题，还是我听错了，他说不用？我瞪了一会儿眼睛，给自己下了结论，我是听错了，我说："如果这次谁攻打江陵城立功的话是不是可以晋升？"

流暄微笑，"是这样。"

那紫苑这次不知道是不是会晋到绿头带，我赶紧问，"什么品级可以进金宫？"我说的是金宫殿里。

流暄说："一般绿色和青色的可以。"

那就是说紫苑可以进金宫殿了？我咬咬嘴唇，一小部分高兴的心情溜走了。

我说："听说江陵城的人被俘以后，还有一次选择的机会，就是在校场上与金宫的弟子较技？"

流暄点点头，"这是我和一个人的约定，她希望这样。"

我想了想，"其实没必要这样，都是战争，成王败寇。"

流暄笑笑，"哦？不觉得这样残忍了？不给失败的人机会？"

流暄这样反问，好像定下这个约定的人是我一样？

我说："给什么机会？失败了就是失败了，现在你赢了能给失败的人机会，如果你输了，人家不一定给你机会，这就是战争，残酷，但也是现实啊。"

我又说："跟你订这个约定的人，一定是想算计你，不然怎么想？这个约定对你来说都没有任何的好处，肯定他占便宜。"

流暄笑得很纵容。

我眨眨眼睛说："你知道是他在占你便宜吧，你是不是有什么把柄在人家手里。"

流暄想了想，"把柄，算是吧！"水涟涟的眼睛，映着阳光发着炫目的光。

第五章 对立

我竟然扯到这么诡异的话题上去了,人家说知道秘密越多,小命越不保,记得第一次偷听流暄和白砚说话的时候,流暄大概说:"不会有人感兴趣那段历史的。"那口气分明就是在说,你不要问了,问了我也不会说,流暄指的历史,估计有一大块是不能让人知道的,他自己偷偷沉浸在里面,偶尔想起来,别人也不知道他在想什么。

在月下静谧的时候,一个人站在月桂树下,想那些秘密,一定觉得很酷,因为他想的,真的没有人知道,知道的人都已经不在了。

我说:"那在校场赢了江陵城的人,算不算立功?"

流暄说:"那就要看情况而定了,假如上场弟子的实力本来就比俘虏强很多,顶多会奖赏一些银子,实力相当出奇制胜的奖赏就多一些,本来实力弱却赢了的就会给机会让他晋升了。"

我抢了一句话说:"这么看来要想晋升也很不容易,听说到时候你会去校场?"

流暄笑笑,"我会去。"

我说:"怪不得大家都想去校场,好不容易有展示一下自己的机会。"小莫想去校场看流暄一眼,也是情有可原吧!

流暄说:"校场上的俘虏中有些在战场上杀红了眼睛,给他一次机会,他会恨不得杀一个金宫弟子垫命,所以去校场的一般都是金宫中很有实力的弟子。"

我咽了一口唾沫,"那校场的替补呢?"

流暄笑笑,"替补的当然也是。"

我明白了,只有实力比俘虏弱的弟子赢了以后才能够晋级,但是俘虏都很激动,大概上来就会拼命,所以以弱取胜的机会几乎没有。

选择在校场上晋级的就是疯子,我皱皱眉毛,"这么说来,如果选择校场上晋级,要比上战场更危险了。"

我张口本来想告诉流暄我去做替补这件事,可是想了想又没有说,因为我想起上次我说想跟着四殿去攻打江陵城,流暄:"过两天攻打江陵城你不要去。"

如果我说了报名去做替补,那……主要是如果那天我去不了,小莫就见不到流暄,我既然答应了她会带她进校场,就不能食言。

流暄说:"你对校场竞技有兴趣?"

我忙说:"没有。"其实脑子里还在考虑要不要告诉他,流暄笑的样子,让我想把心里所有的事都说出来,我废了好大力气才管住自己的嘴巴,于是就去扯衣角。

不知道流暄是不是在看我,反正他笑着说:"校场没有你想的那么好玩,会很危险,不能去。"

我紧抿着嘴唇,因为怀疑一张嘴,我就要把实话说出来。于是只能低着头,当什么都没发生，什么都没听见，反正我没回答，就算是没有撒谎，等那一天你看见我出现在校场做替补，大概也不会很生气。

我们谈话还没结束，就有人忙颠颠地来找流暄，有几个青头带的美女，很优雅，穿着漂亮而特别的衣服，千娇百贵像公主似的，举手投足都漂亮极了。

但是跑在前面的那一个有点冒失，看见我差点尖叫出来，她忍住了不发声，但是动作却太明显了，她紧紧捂住了自己的嘴巴，漂亮的眼睛就在她大拇指上方一眨一眨的，透着几分可爱。

这冒失的性格，看着才叫特别，然后她自报家门，"主上，我是林殿下刚安排来的侍从，叫楚楚。"流暄大概不喜欢别人这么叫他，因为我还从来没有听过流暄身边的人直呼他主上，我看了看楚楚身后的几个青头带，她们同时皱了皱眉头。

楚楚说话还很直，不善于掩饰自己的内心，她那双鹿般的大眼睛晶莹剔透，充满了怯意，她小心翼翼地想讨好主子，又抑制不住害怕。

而且我还发现一点，她犯了和我上次一样的错误，她腰间怎么没有剑啊。恰好楚楚的视线向我看过来，我提示性地指了指我身边的剑，然后她愣了一下，"啊"的一声又捂住了嘴，四处看了看，放下手，"我忘记带剑了。"说完话发现主子在自己身边，吓得眼泪快流下来。

我现在发现，这个楚楚，某些地方，例如过于直率的性格，粗心大意的样子，跟我有些相像，林殿下怎么会派这么一个侍从给流暄？

而且大家看流暄的样子，除了恭敬确实透露出几分谨慎和害怕，直率的楚楚，没心没肺的丫头，表现得尤其的明显。

流暄没有说话，楚楚呈上一份公文，然后附加解释说："这是林殿下呈给主上的名单，"楚楚顿了顿又说："是上校场的弟子名单。"

我的心忽然漏跳了一下，没想到谎言这么快就被揭破了，名单上估计是写着我的名字，因为桑林说他正好干记录的差事，他帮我报名，那一定是已经把我记录在案了，流暄只要一看，就知道我刚才是在说谎。

我现在想，趁着流暄没有看名单之前，我要不要坦白。

我看向楚楚，楚楚也在没有避讳地看我，她的眼神很清亮，一看就是没啥心眼的人，跟这样一个与自己性格有点相像的人站在一起，觉得怪怪的，好像是被人故意摆在一起似的。

当然，这是不可能的，林殿下派这么一个侍从过来，肯定不会因为她跟我有些相像。

第六章　相处

流暄大概要回去处理公事了，那我也该识相地走了。

我走过去，流暄拿着名单打开扫了一眼。我说："那个……我……"

流暄侧过头看我，微微一笑，"要不要到我那里去？"

我惊讶地瞪大了眼睛，叫楚楚的女娃比我更惊讶，看着流暄的脸，揉眼睛再揉眼睛，那几个装公主的头带党也惊讶得眼皮乱跳。

不会除了我，大家都没见过流暄笑吧！还是说，她们跟我一样，没有料到流暄会邀请我去他那里。

我还没反应过来之前，已经在点头了。

流暄笑着合上自己手里的名单，开始往前走，我当然不敢跟他并肩，不然所有人都会用目光杀死我，我跟在他身后，楚楚走在我身边。

楚楚用她那双鹿眼不加掩饰地瞄我，眼神里有浓浓的好奇，我想忽略都忽略不了，能有这么一双眼睛，这么胆大而直率，想到什么就去做什么，那肯定是被保护得很好，没有受过苦，心里思考得少，然后还混到了青头带的级别，我忽然很羡慕她，而且觉得那个林殿下人真的挺好的。

流暄的住处我只去过一次，可是哪条路该怎么拐弯，那间房子是干啥的，哪个殿里的东西怎么摆放，我都莫名其妙地清楚，就跟逛自己家一样，逛自己家都有可能没有这么舒服，看见前面的身影，心里暖暖的。

跨过一个门又一个门，我还接着往前走，手腕一紧，总算被好心的楚楚给拽了回来，她也是刚停下脚步，而且一脚还跨进了门里，别人都停下了规规矩矩站在一边，我们俩却还往里走。

楚楚冲我吐吐舌头，小声说："里面不能进，主上处理公事不让人在身边。"

楚楚啊，你冲我眨眨眼睛我就知道怎么回事了，用不着跟我说话，不然你以为流暄是谁啊，蝴蝶拍翅膀的声音他应该都能听到。

果然流暄停了下来，回头看我，他说："进来。"

楚楚的小脸马上垮了下来，鹿眼可怜兮兮的，再一次没有揣摩对主子的意思，她本来就害怕，现在真的要哭了。

我马上用眼神安慰她，你们头让我进去，不是因为他处理公务的时候喜欢有人在身边，更不是我有啥特权，他是真的要处理我，那份名单上肯定有我的名字，不然没事为啥让我跟他过来。

进了屋以后，我心里还赞叹不已，这屋子建得虽不见有多好，却有一种奇怪的熟悉感觉，真像回家了一样，这里的书桌椅摆设，我眼睛随便一瞄，感觉那里应该有什么，它就有什么。

还有软榻，榻上一层层铺着软绵绵的东西，看起来就像一团团软软的棉花，让人很想扑过去躺上面，软榻旁边还多出来一个小桌子，上面摆着洗好的葡萄和桃子，还有一个小小的罐子。

这么一愣神，等我再看向流暄，不禁就大叫一声，不知道是不是受了楚楚的传染。

流暄正在脱衣服，白色的长衫脱下，里面是一件鲜红的内衫，他站在不远处，就像一朵刚开放的月桂花。

光这么看，你都没法相信一个人能好看到这种程度，还没有完全看见脸，就看他优雅卓越的气质，就让人过目难忘，他每个动作都做得恰到好处，可偏偏你觉得他这些动作已经做得很随意了，他没有刻意去强调自己的优雅，他可能也没有想让自己这么优雅，可越是这样，越能让人看到他从内而外散发出来的那种独特，好像天生就遗传了优雅血统，无论怎么做，都让你难以忽略他的漂亮，他让人折服的气质。

我盯着看了半天，才发觉自己实在太不礼貌了，恨不得马上蒙上自己的眼睛，不然光靠自觉我的目光是挪不开了。

我大喊一声，流暄也没有生气，人家在自己家里脱个外衫怎么了，我就那么大惊小怪，人家又没有接着脱……

虽然这么想着可是看见镜子旁边正好有白纱一样的东西，还是忍不住拿过来看，白纱遮住面颊只露出了眼睛……我迅速回头看了一眼，流暄放好衣服，正走到书桌旁找公文。我悄悄走到镜子前，就跟做贼一样，把面纱放在脸上试。

我看着镜子，蒙着白纱的少女，拢着碎发，一双眼睛皎如秋月。我冲镜子微微一笑，只能看见微眯起来的眼睛，把白纱拿下，再看看自己的全貌。

那流暄戴白纱和不戴白纱的区别……汗，还真不好说，我又鬼使神差地把白纱戴上，对着镜子愣了一下，好像突然听到脚步声，慌乱之中立即转身，忘记了去扯脸上的白纱，就对上那双流光溢彩的眼眸，我顿时停止了呼吸，怔怔地看了良久，然后一把扯下自己脸上的白纱接着看。

流暄说："在玩什么？"他细长的眼睛眯起，嘴唇轻轻上勾，长长地抿成一条线，扬成了很好看的形状，红艳的唇美丽得就像花瓣一样，红唇轻启，让人怀疑他是在宠溺地笑，那种笑容美得应该是传说中才有，但是你真真切切地看见，于是贪恋着怎么看也看不够，他张嘴说话，然后你欣喜地发现这美丽的笑容是给你的，他是在跟你说话。

我的嘴唇张开又合上，手指还扣着白纱，手腕抬起来指着他，怎么突然，突然就把白纱就摘掉了，流暄那张脸，完美到了极点。觉得不可能会有这么美的人，可是他就出现在你面前，他脖子上戴着两条丝线，一条留在外面，上面穿着半颗圆圆的珠子，圆润光芒朦胧地氤氲着，

第六章 相处

盯着看久了，好像能把人吸进去。

有人请命要进来，流暄淡淡地准了一声。

那人说："主上，属下是来请林殿下的头带？"

黄色的头带？我刚才扯白纱巾的时候好像发现一个明黄的东西，那东西哪去了？

楚楚也跟了进来，她的眼睛四处寻找，在看见我以后，捂脸，然后呆呆地看着我的脚底，我顺着她的目光看下去，两条明晃晃的黄头带躺在我的鞋底下面。

流暄看见这些，居然还能亲切地跟我说："在玩什么？"他大概是脾气最好的主子了，当然，现在不是讨论流暄脾气的时候。

楚楚和进来拿头带的人吓得一起跪下，楚楚盯着地面热泪盈眶，我知道她肯定是在想，本来就怕主上，第一天调到这里又干了那么多错事，现在别人闯祸了，不知道会不会牵连到自己，可能越想越觉得委屈。委屈却不能喊冤，除了哭也只能哭了。

我小心翼翼地看流暄，可是流暄的样子，怎么也不像是生气，嘴唇勾起来，笑得很美很自然。

我迅速把脚下的黄头带捡起来，看见了头带上印着的图案，是一朵娇艳的月桂花，上面还有"金宫"的字样。

月桂花、金宫，本来应该被人崇敬地戴在头上，却被我不小心给踩了。

流暄说："因为风遥和桑林要去攻打江陵城，按习惯他们临走前要换上新头带。"

没想到四殿戴的黄头带就被放在这块白纱巾上，这么重要的东西，怎么也应该摆在托盘里，放在书桌上。

当然，闯祸的我，没有权利拿这个当借口，可是今天这事儿，简直就像是在下老鼠药，明知道老鼠会去碰，故意摆在那里，或者说，它摆在那里，就是吸引老鼠去碰的。

流暄笑笑说："看见头带上的图案了吧，上面代表了金宫，还有一朵你……我最喜欢的月桂花。"

楚楚红红的眼睛看着我，不断地冲我眨眼睛，想拖我跪下。

我错了，我想认错，可是不知道该怎么插话。

"把它戴在头上代表了对金宫的尊崇。"

我咽了一口唾沫，开口说："主上，我……"真的是闯了弥天大祸，话还没说出来，谁知道就被打断了，流暄说了一句不着边的话，"听说你有一个朋友叫紫苑，是风遥殿下的人？"

流暄现在怎么提起了紫苑，好吧，经过流暄一提醒，我想起来了紫苑是风遥殿下的人，那就刚才踩了风遥殿下的头带一事，一瞬间我还觉得挺高兴，我承认我也太小心眼了，紫苑把我喂蚊子，收买小莫，故意得意洋洋地讽刺我的事，我居然还放在了心里。

我很肯定地说："我是认识紫苑，但是她不是我朋友。"

流暄笑笑，脸上仿佛带着几分嘉许和宠溺，然后他的语气很平淡，是在下命令，"去把头带送给两位殿下。"

楚楚擦干了脸上的泪，可能被吓住了，胳膊过于用力，脸上起了一片红点，她看着流暄的背影，眼睛里有些茫然，跪在那里不敢起来，半天才结结巴巴说："主上，属下知错。"眼泪"噗噗"掉在手背上。

楚楚的意思我明白，把我踩过的头带送给林殿下，如果被林殿下知道了，说不定要把她牵连进去，她现在一定委屈死了，我犯的错，凭什么她也要认错啊。

我伸直手臂，连眼睛都不会眨了。

流暄说："你之前在桑林那里做近侍？"

楚楚委屈地带着哭声，"是。"

流暄又说："他很器重你？"

楚楚说："林殿下对我很好，一直给我机会让我立功，这样我才能晋级藏上青头带。"大概，越想越伤心，眼泪跟掉豆子似的，肩头哆嗦着，还努力把话说好，向外人声明，我没哭。

流暄淡淡一笑，嘴唇抿成一条线，"他器重你，为什么还要把你送到我这里来？有没有跟你说过原因。"

楚楚本来就难受，被流暄这么一说，立即像孩子一样哭出声，"林殿下没说过。"

流暄"哦"了一声，"他没跟你说，你直率的性格，单纯的模样，我会喜欢？"话出口，声音极为清脆，仿佛在屋子里还有回音。

我仿佛忽然忘了呼吸，楚楚也不哭了，鹿眼忽然睁大了。

流暄喜欢直率、单纯的性格？林殿下送楚楚过来是因为楚楚是流暄喜欢的类型？

楚楚呆呆地跪在那里，好像流暄的话吓到她了，然后表情变得浓重起来，好像是在考虑什么。

流暄又重复了一遍，"把头带给两位殿下送过去，什么也不必说。"

先反应过来的是在地上跪着的另外一个人，他起身恭恭敬敬从我手里接过头带，我呆呆地看着流暄，不知道他是什么意思，可是流暄嘴唇勾起来，冲我一笑，我立即有点眩晕的感觉，手指一松，明黄的头带开始在我手心里滑动，我低头去看拿走头带的那人，那人的手从袖子里伸出来，他手腕的中间被掏了一个大血洞，皮肤还没有完全长好，上面涂着一层药膏。这伤大得吓人，中间的肉是被人硬生生地剜下去的，我退后一步，忽然想起了什么。

这样的伤，是被什么东西咬了以后，为了毒不要扩散，迅速把周围的肉都剜下来留下的。

我好像是无意识地开口说话，"是不是被什么咬了？"我都不知道自己为什么要关心这个。

那人手停顿了一下，然后说："是被江陵城的人偷袭了。"

我攥紧了手，他立即抽不动了头带，我说："什么人？拿什么东西偷袭的？"

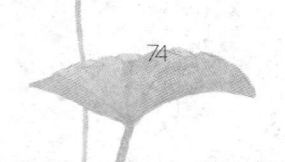

那人愣了，回头去看流暄，流暄的眼睛眯起来，我定睛看着他，我一定要知道答案，"是谁偷袭的？"我又问了一遍，好像因为回想起什么，胳膊上的汗毛都站立起来，流暄没有阻止，那人才说："没有看清楚人，是被一只蜈蚣咬了。"

我笑笑，松开了手，脑子里开始快速地旋转。

好像看见了一个懒洋洋靠在树上的男人，穿着雪白的衣服，他冲着我微笑，他的五官很漂亮，是那种简单帅气而又干净的脸，他笑的时候让你觉得他是这个世界上最单纯的人。

每一次我从远方看见他，他都认真地冲我打招呼，然后接着晒太阳，他懒洋洋的，好像对什么都提不起兴趣，但是又对一切都没有丧失兴趣，他脸上那灿烂的笑，让你想要接近他，无论他是躺在草地上，还是歪歪扭扭靠在树下，你都会觉得他很漂亮，清澈的眼睛，单纯的美。

可是当你靠近他，你会发现你错了。

他会吸引你，但是他不会在乎你，他只在乎他的游戏。

让他手里的毒物在你身上留下齿痕，无疑是他最喜欢玩的游戏之一。

他是谁，他是楚辞。

第七章　恐惧

我说："是楚辞。"是吧，是楚辞。

他喜欢玩这个，这是他新一轮的游戏。

我突然感觉到头如同炸裂般地疼痛，眼前一切都开始变得模糊起来，身体晃了几下，几乎摔倒。

我是不是他游戏中的人？我是谁，我来金宫干什么？我不应该在流暄的身边。

我仿佛看见楚辞的笑脸，他跟我说："乖，游戏开始了，你要好好玩。"

我软软的身体忽然有了依靠，我被人抱起，我几乎吓得发抖的脸靠在那温热的怀里，我抬起头，看见那双美得不像话的眼睛，我张嘴想说什么，却没有半点的力气。

我还记得楚辞小时候的模样，那曾是江陵城里最美的一张笑脸，他抬抬眼睛皱皱眉毛，就像孩子一样，他被先生领走去读书，他走在先生的身后，就像一只老母鸡屁股后的小鸡，规规矩矩，偶尔调皮一下，他侧过脸冲我笑比其他孩子还要单纯。

这个人将来就要继承江陵城吗？我们所有的人都要忠诚于他？他看起来一点都不可怕，

可是为什么很多人会害怕楚家，我听过背叛江陵城的人嘶吼着说，楚家的人都是魔鬼，魔鬼什么意思？就是杀人不眨眼，他会用各种手段去折磨一个人，然后达到他的目的，江陵城几百年的统治地位，是因为楚家人是魔鬼？

这个说法太荒谬了。

可是突然有一天，楚辞让我见识到了，他杀人的时候也在微微地笑，他说："他不忠诚于我，杀了。"

我说："不忠诚于你的人，你可以把他杀掉，但是你不能这么折磨他，你让他的妻女一刀刀砍他的身体来获得自己生存的权利，你太残忍。"

可是他抬起头，笑得像是一个刚吃饱饭的孩子，他说："这是一场游戏。"对于他来说，这个世间唯一能吸引他的，只是游戏，他一边游戏，却一边给我温柔的笑脸，就像那次，我在远处看见他，他笑着卧在树下，他那时候是在想，怎么游戏能让自己更快乐。

我摇头，我想逃跑。

他说："你是要陪在我身边的，必须要忠诚于我的人，不然我也会把你当成一场游戏。"他抬起头，尖尖的下颌干净的脸，手指染了血他会蹭掉，然后让自己站在阳光下，没有污点，他用祈求的眼光在看我，告诉我，"你别离开我，如果你离开我，我会难过。"

他会难过，因为他会开始另一场游戏。

他说："救救我，不然我会变成魔鬼。"他的脸可怜兮兮的，眼睛里甚至有浓浓的孤寂。雪白的衣服衬着他干净的脸，可是他已经是魔鬼。可是魔鬼不会展开笑容，叹息一声，无奈地祈求你，"别离开我好么，别离开我。"

我要效忠江陵城，我要效忠他，直到那个人出现。

他说："我要让你看清楚，流喧才是狼。"

我忽然惊醒，睁开眼睛，才发现自己已经躺在了软榻上，离榻不远的桌子上摆着一盘水果，和一只小罐。

四周没有人，楚楚和那个近侍大概已经把黄头带拿走了。

这次是真的晕倒了，不是像每日里睡着了会做一些梦，这是带着恶意的，仿佛预谋已久故意让我想起什么，一切的根源来自于那个近侍手上的伤痕。

那伤是江陵城的人弄的，可是去想一下是谁弄的，我的头立即疼起来，我学武功，找流喧，想扭转自己的命运，我以前的命运是什么？我想要回想起来的是什么？是不是很重要？

"我送来的人你不喜欢？我和风遥都要去攻打江陵城了，你身边应该有这么一个人。"一个很熟悉的声音，可是一时间又想不起来。

从这句话里我倒是想起了楚楚，尤其是她那一双湿润的鹿眼。

那人接着说："直率，不做作，你逼急了她，她不但会哭，也敢大声说话，你不是就喜

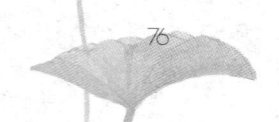

第七章 恐惧

欢这个类型？我只是想说，像她那样的人有很多，我随便就能给你找来一个。"

"你和风遥最近是不是都很清闲？"是流暄的声音，语气淡得不能再淡，"你的近侍受伤了。"

那人有点不甘心地说："我会处理好这件事。"

流暄没有说话，那人说："那我就走了，去江陵城了，晚上就出发，白砚那家伙在前面已经等着急了，让他一个人面对楚辞我也有些不放心。"

流暄说："那倒用不着，楚辞想玩什么，我很清楚。"

那人身边的剑被他用手拍得响了一声，"你既然知道，为什么还要将她留在这里？即使你聪明，也不能证明走哪条路都没有危险。"

流暄淡淡地说："你知道我的底线在哪里。"

那人苦笑，只能知趣地离开，临走之前连一句好话都没听着，也挺可怜的，可是就在他要走的时候，有人扑进来，哭着说："求林殿下带我一起去前线。"

原来一直和流暄说话的人就是桑林殿下，桑林殿下的名字真特别，桑林，这两个字不知道跟桑林那两个字是不是一样，桑林殿下显然被打了一个措手不及，未经通报就进来的近侍，哭着请求去前线的丫头，就是他刚刚送给流暄的礼物，现在这个礼物让他觉得烫手了，他说："楚楚，这么没规矩，我平时教你的，你都学哪里去了？"

楚楚抽噎得更加厉害，"我只想为金宫尽力，效忠主上，哪怕是死在战场上也行。"看来她今天真的被流暄吓坏了，虽然流暄没有说过什么，但是她已经几次揣摩错流暄的意思，她惶恐的模样我是见过的。

流暄的话本来就少得可怜，现在就更加无话，我很想看看他的表情。刚才苦口婆心劝流暄的桑林殿下，现在面临的是自己制造出来的麻烦，我想他是一点准备都没有。

可是既然他没有纵容了楚楚的性格发展，他就应该能料到楚楚会真切地表示出自己心里所想，流暄只不过是没有去约束楚楚。

桑林殿下只能说："主上，是属下的错，属下会找人替换掉她的位置。"

楚楚马上抢着说："主上，是属下的错，属下真的不能理解主上的意思，是属下揣摩错了。"

"主上下命令不喜欢解释。"桑林殿下突然说。这倒让我想起来，从今天楚楚出现以后，流暄的话就变得极少，而且下命令的时候确实一点提示都没有，这也难怪楚楚搞不清楚状况。

流暄平时教我剑法的时候明明话很多，而且也很有耐心，他都能给我这个什么都不知道的人讲江陵城的由来，怎么会没有耐心教新属下怎么干活？

流暄说："好了，我还有其他事，你们出去说吧！"

桑林和楚楚的互相辩解对他来说没有任何意义。

"谢谢主上。"楚楚说。很大声的额头撞地声响。

流暄忽然说:"桑林,这次校场竞技是你管的吧!"

"是。"桑林殿下低低回应。

"我看到你呈上来的名单了,希望不会有什么差错。"流暄突然关心起校场的事来。

我更加的紧张,校场那份名单上,会不会有我的名字?

"属下不会弄错。"桑林殿下说完,带着楚楚退下了。

桑林和楚楚走了以后,我开始慢慢地坐起来,差点就要光着脚下地,实在没有发觉我的鞋是被人脱了的,帮我脱鞋大概是想让我睡得舒服一些。

我慢慢蹭到外面的屋子,刚才流暄和桑林殿下是在这里说话的吧,我小心翼翼地往周围看。

桑林殿下和楚楚走了,也不见流暄的踪影。

再看一遍屋子,好像真的没有人,于是我开始在屋子里活动,是一间很简洁的议事房,收拾整齐的书桌上面放着最近的公文。

我鬼使神差地凑过去看,流暄放在桌子旁边的书,是他最近经常翻阅的,看了书名,让我大大惊讶了一把,我想流暄应该会看一些例如武功秘籍,兵法,治理天下的书。

看到这个书桌。再看我手上这本书,我忽然有一种来到另一个地方的感觉,这本书叫《诸邪谱》,为什么叫这个名字? 很明显,因为里面记载的武功都是阴邪、歪门邪道的玩意儿。在多年以前,有那么一个人就喜欢看这类的书,除了学习必看的正经书以外,他爱把这些书玩在手里,津津有味地读,后来这个人就变成了魔鬼,用各种奇怪的武功去杀人,杀完了人再研究人的构造,然后继续孜孜不倦地读书。

他觉得那是他的游戏,就像我爱吃糖一样,吃糖是有那种甜甜的幸福感,游戏对他来说也是如此。

我随手翻开书,这一页应该是流暄经常看的,书页折开次数比较多,所以随便就翻到了,里面的话很多是我看不明白的,不过我也大概看到几句,讲的是如何能把一个活人变成致命武器,当然只是一个假设,并没有细说。

只是写着:假如可以做到的话,这个武器就是属于你的,最忠实于你的。

看到这里,我仿佛听见有人在我耳边叹息一声,无奈地祈求,"别离开我好么,别离开我。"

书突然变得刺手,我"砰"的一声把书扔回桌子上,额头上湿润一片。

流暄怎么会看这种书? 他不像是那种喜欢阴暗手段的人啊,他为什么会学这个。

好半天我才从那种恐怖的感觉中走出来,擦了额头上的汗,眼睛又落在桌子上的名单上,是去校场参加竞技弟子的名单。

我又悄悄地看了一下四周围,手指去摸桌面上的名单。

第一次做贼,感觉很紧张,心跳加快,脸也红起来,但是手指尖反而一片冰凉,我伸手

第七章　恐惧

把名单拉开，眼前闪过一个个名字，没记住，因为我想找"温清雅"这三个字，我看过一遍，参加竞技的和替补人员名单里好像没有我的名字，我怕是自己太紧张了，于是从头到尾又看了一遍，还是没有。

桑林没给我报上名？还是因为我资格不够所以被砍掉了！

合上了名单，我开始弄不清目前的状况，正在思考的时候，眼睛不经意地一瞥，忽然瞧见椅子上有一双清冷的眼睛。

吓得我心脏仿佛停止了跳动，汗毛立即都竖了起来。

仔细看清楚，凳子上卧了一只小白猫，正睁着一双细长的眼睛打量着我，肉肉的爪子交叠伸向前方，表情好像是饶有兴趣。

有谁见过这么优雅的白猫？身上还缠着红布。

我盯着白猫看，猫也一瞬不瞬地看着我，眼睛里好像还有些危险。

我忽然有一个不祥的预感。刚才流暄在这里跟桑林殿下说话，然后我在外面听到了桑林殿下走出去，并没有听见屋子里有人走动的声音，推测一下，流暄应该在原地没有动弹，然后我小心走到这里，屋子里却一个人影都没有。

我翻看流暄书桌上的东西，他也没有出现，然后我就看见这么一只裹着红布，一脸危险的猫。

流暄和猫……

我从来没有这么晚见过流暄，难道流暄有什么重要的秘密？流暄那么厉害，长相好像不是人间能见到的，那他会不会是猫妖变的。

猫的嘴巴忽然动了一下，然后我听到一个异常好听的声音，"很好玩么？"

猫变得可爱起来，在红布上蹭着自己的耳朵，一脸满足相，然后开始叼开身后的红布，露出白白的胸脯，想起流暄，想起猫，想起裸露的胸脯，对着一只猫，我竟然脸红起来，猫站起来，然后高傲地扬起头，清冷的眼睛继续看我。

这么大的秘密被我发现了，我是不是会被杀了灭口？我往后倒，我说："主上，我什么都没看见，是误闯。"

猫看着我，眨了一下眼睛，一双圆溜溜的眼睛里满是惊奇和不屑。

"你看了什么？"声音又一次响起。

凳子上的白猫轻巧地蹦下来，高傲地甩甩爪子，刚才它的嘴没有动，我敢肯定它不但嘴没有动，而且声音不是从它这个方向发出来的。

我顿时感到一阵恶寒，侧身一看，男人站在那儿，头发还有一些湿润，白色的袍子看起来单薄，紧紧地贴在身上，却给人一种舒适简易的感觉，因为这是居家简易的打扮，让人觉得现在离他很近，他不穿红色，嘴角微勾，手里闲暇地拎着一本书，腿旁边的袍角晃动，眼神好奇地看着你，让你觉得他居然有些可爱，当地上的白猫，三两下蹿动到他肩膀上的时候，他的肩上就多了一条小巧的披肩，这时候，他的笑容就算是再淡，也让人觉得非常的温暖。

他很好奇地问："你看了什么？"

我捏着裙子，"没看什么，看见猫，哈！我还以为……"差点说漏嘴，我真的很笨啊，居然把猫认成了流暄。

我目光瞟向流暄，成功地看见他眼角抽动了一下，他说："你对着猫在说什么？把猫认成了我？"流暄肩膀的猫应和性地"喵"了一声，侧头冲我眯眯眼睛，呃，它刚才怎么不这么乖？

我沮丧加尴尬地说："没有这回事。"

流暄笑起来。

看到流暄温和模样，我想起方才哭泣的楚楚，呃，刚才真的有一个女人被他吓成那个样子吗？

我说："主上，天晚了，我要走了。"

流暄笑了笑，拍拍手，我知道这是他的习惯，会有人进来领我出去，我忙说："我记得路，可以自己回去。"

流暄笑笑，肩膀上的皮毛轻轻晃动，划过他的面颊，"能找到这里了？"

我愣了一下，诚实地点头。

流暄说："以后下早课到这里来吧，书架上有你想看的书。"我慌忙说："不敢打扰主上，我看完了那几本就去藏书阁借阅。"

流暄细长的眼睛眯起来，"藏书阁有四殿或我的举荐信才能去，你想要谁给你开这封信？"

我倒是没想过会这么麻烦。

流暄说："白砚去攻打江陵城了，不然我给你开一封举荐信，你拿去给藏书阁里主事的人看就可以。"

我拿着主上的举荐信去藏书阁，那会怎么样？免不了会被别人知晓，然后是翻来覆去没完没了的试探和解释。

可是看书也像毒药啊，看上了就戒不掉，书我是不能不看，主上的举荐信也最好不要，那么只有一条路可以走，就是到这里来看书。

我说："这里的书不知道可不可以带回去看？"

流暄摇摇头，脸上的表情变得严肃起来，"藏书阁里的书是手抄本，这里的是原本，所以不能带回去，只能在这儿看。"

我想了想，"我想来看书，不知道会不会打扰到主上处理公务？"

流暄笑笑，"我不经常在这里。你可以随便哪个时间过来。"这么说，真的是诱惑到我了，这么大的房间，就我一个人。

第七章　恐惧

流暄说："你可以在软榻上看书，桌子上的水果和糖可以随便吃。"

我不敢抬头看流暄，"这怎么好意思，我不会把房间弄得凌乱。"原来铁罐子里装的是糖啊，难道流暄很爱吃糖？为什么每次碰见他的时候，都有糖吃？

流暄笑笑，"这里的水果天天换，不吃的话会扔掉。"

那么好的水果，干净得水灵灵的葡萄，一会儿会被扔掉吗？

在软榻上看书吃水果，汗，这也太享受了吧！我竟然对每天来这里的看书活动开始期待起来，果然是奢华容易腐蚀人心啊。

我咳嗽了一声，"那属下就先回去了。"

流暄亲切地点头，美丽的眼睛比宝石还亮，差点又让我呆呆地看上几个时辰。

我从屋子里出来的时候，外面的近侍都优雅地站着，脸上的表情很严肃，她们大概也很害怕流暄。

流暄可怕？流暄真的可怕？

"喵"一声，从屋子里传出来。

回自己小屋的路上我还在想，人是这样，学到了什么就会用什么，流暄那么优雅，一是与生俱来，再者一定是受了什么人的影响，从他的身世上看，他原来是江陵城中的人，再高贵也不能超越楚辞啊，可是他怎么有那种贵族的王者风范……这实在是让人搞不清楚。

回到住处，发现门前有一个人在等我，那人扶着剑来回地走动，好像很焦急的样子，听见脚步声立即扭头过来，激动了一下，然后埋怨地喊："清雅你怎么才回来？"小莫跑上来拉起我的手，跟我一起进我的小屋，然后她反身点燃桌上的蜡烛，烛光下，她的眼睛闪烁，很兴奋，就像是见到猎物要进陷阱了一样，"清雅，我告诉你，刚才那个林……"顿了一下，"那个帮你报名的人。"

我说："你不是认识桑林吗？"

"桑林？"小莫愣了，"噢，我不认识他。"去拨弄蜡烛台，没有看我的眼睛。

小莫见到桑林的时候，感觉她明明是认识桑林的啊，现在她怎么说不认识了。我说："桑林说什么？"

小莫大眼睛眨眨，"桑林说，帮你报上名了，校场的替补……"

这次换我愣了，我刚才明明已经看过了上校场的名单，里面没有我的名字，为什么小莫又说桑林帮我报上名了呢？

小莫接着说："桑林说，等到竞技那天，让你直接去找他，他带你入场，不然你还不了解竞技的规则，容易犯错。"

我听得有点心不在焉，我疑惑地问："小莫，桑林真的说已经帮我报了名？"

小莫不解地与我对视，"清雅你怎么了？桑林不是你的朋友吗？他说的话你也不信？他是管记录的，除了呈给主上的——参加竞技弟子的名单，最可信的就是桑林了。"

我追问一句，"除了呈给主上的名单吗？"

小莫一双眼睛盯着我看，可能我有点欲言又止，确实我不知道要怎么说，那张名单我亲眼看到，里面根本没有我的名字，名单是没有错的，一定是有谁说了谎话。

我握着茶杯，天气不冷，可是我的手指尖开始有点变冷，手尖到心有多远的距离呢？我说："小莫，你把我当朋友吗？"

小莫被问得诧异了，似乎在心里寻找现成的答案，然后她渐渐付出一丝自嘲般的笑容，"清雅，我不把你当朋友吗？"没有回答我的话，是一个反问句。

我的心抽动了一下，我最害怕别人反问我，尤其是这种表情，带着质问的意味：你问我是不是把你当朋友，是因为你其实不把我当朋友吧！

我把小莫当朋友吗？当朋友会有猜忌吗？就像很久以前，有人在我面前笑嘻嘻地跟我辩论，他说："你相信她吗？"

我使劲地点头，我相信，所以她得罪了魔鬼，我要来求情。

魔鬼说："其实你不把她当朋友的，你对她有猜忌，你来求我放过她的时候，紧紧盯着我的眼睛，是想看出我的表情会不会有些特别，因为你怀疑她其实是我放在你那里的棋子，用来监视你的，我说得对不对？你猜忌我是故意要罚她，然后让你来求我，我再提出要求交换。"魔鬼露出一个孩子般天真的笑容。

魔鬼说："既然你猜忌她，她就不是你朋友，如果是你的朋友我就不去杀她，可是你心里并没有把她当朋友，如果是这样的话，因为这个人让我们之间心生嫌隙，那就让她死了吧！"

我的瞳孔忽然紧缩。

魔鬼说，"让她死了吧。"不是我要杀她，是你杀了她，因为你没有把她当作是你的朋友。魔鬼喜欢这样，他杀了人，却告诉你，人是你杀的。

我的手上仿佛布满了鲜血，整个掌心都疼痛起来。

我不愿意再回到过去，我要把真实的自己埋起来，抛去那些精明和算计，就做一个傻傻的，什么都不会的人。

我说："小莫，我相信你。"我相信你是我的朋友，你不会害我，你说什么，现在我都相信，不要让我失望。

小莫的眼睛闪烁着，我几乎认为她有什么话想跟我说，可是她攥了攥手，合上眼帘，"谢谢你清雅。"

送走了小莫，我躺在床上，心里像被黑暗吞噬了，让人透不过气来，于是就去回想一些美妙的事。

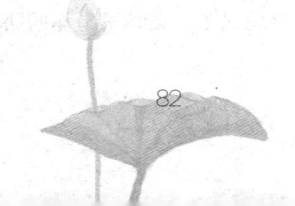

譬如：流喧。

第七章 恐惧

想到流暄惊人的美貌，温柔的表情，说话时嘴角上扬的样子，顺便想到了他建金宫的魄力，世间怎么会有这么传奇的男人。

我像咸鱼一样翻了个身，继续想，想多了，居然就睡不着了，第二天顶着一对黑眼圈去上早课，又被误解为，思念白砚殿下过度。

师姐"嗷"一声叫，捂住自己的胸口，师父看过来，问："怎么了？"

师姐指着我，气急败坏，"她又使怪招。"

怪招？我哪里用怪招了，我只不过是跟师姐练习着不小心又赢了她。

我想申辩，师姐斩钉截铁，"绝对是怪招，师父从来没有教过这一招的。"

没教过就不能用了？这叫以不变应万变，我挺不服气地挺挺胸膛。师父打量了我一下，"温清雅，你再用用那一招，我看看。"

我又没做什么亏心事，就在众目睽睽之下又用了一次，然后师父的脸莫名其妙变得严肃起来，"温清雅，你这招跟谁学的。"

我说："当然是跟师父学的，没有其他人再教我武功。"流暄指点我也只是我上课学的那几个动作。

师父的眼神像刀子一样看我，偏偏我不知道怎么回事，跟他对视，就像刀子砍在豆腐上，激不起来火花。我觉得师父很想一刀砍了我，可是看见我无辜的样子，他青筋暴起的手硬生生忍住了，然后他又看看我额头上的红头带，终于说："你们好好练习。"然后转身匆匆走了。

小莫凑上来问我，"师父去干吗了？"

我摇摇头，谁知道他一脸敌意是想干什么。

这件事我还没消化完，紧接着又出现一件怪事，本来今天才去江陵城的紫苑，居然现在就立功回来了。

几天不见紫苑变得很漂亮，玫瑰色的嘴唇，亮却又淡淡弥蒙着水色的眼睛，笑吟吟幸福的样子，尤其是面颊两侧红晕的一片，都让人感觉如沐春风。

整个人就像是被蜜糖滋润过一般，美丽得让人羡慕。

当我瞄到她的袖子，忽然间整个人僵住了，我想我知道她遇见了谁，或者说我知道她为谁变得这么美丽，那个男人在她心中显然已经高高超出了一直庇护她的风遥殿下。

她的袖子里有一条黑黝黝的东西在里面爬来爬去，是一条黑得发亮的蜈蚣。

那人喜欢拿别人最恐惧的东西，去证明自己的魅力，和对他的忠诚度，他总喜欢刻意强调：我在这里。

很多女人都害怕爬来爬去的虫子，特别是有很多脚的爬虫，当它爬过你的身体，是那种冰冷又恶心的感觉，可是紫苑一点都不觉得难受，她的眼睛带着亮光，甚至于她看着袖子的时候是那种无比幸福的模样，仿佛这是情人送给她的东西，令她欣喜。

送给她东西，就证明爱着她。

蜈蚣在她手腕上来回爬动，然后服帖地环在她的手腕上，就像戴了一条黝黑的手链。

旁边已经有人问："紫苑，听说你立功了？快给我们讲讲。"

紫苑更加幸福地笑，温柔的眼睛好像在想着谁。

大家央求，"紫苑，你讲讲嘛！"

紫苑刻意纯真地仰起脸，这番动作以后，她脸上的表情更舒服了，"我们今天动身去攻打江陵城，然后我抓到了一个奸细。"

大家惊呼，"真是厉害，抓到了奸细。江陵城的奸细不是都很厉害吗？你怎么知道那个人就是奸细。"

紫苑笑笑。"我看到他在偷听我们谈话。"

小莫有点忍不住了。跃跃欲试地问紫苑，"那你就不能去攻打江陵城了，太可惜了。"

紫苑脸上忽然浮现出复杂的神色，"我本来已经不想去了，"说完以后，发现自己居然表态，立即解释，"去攻打江陵城的人都很厉害，我怕扯大家后腿。"

后面一句是假话吧，我真的开始疑神疑鬼。自从看见她手腕上的蜈蚣，我开始相信现在的紫苑已经跟以前的那个不一样了，短短的几天，她的身心从里到外已经被人洗礼过一次了。

我指向紫苑的袖口，我说："紫苑，那是什么东西。"手尖去处是她那条黝黑的手链，我的眼睛正紧盯在那里，然后缠在她手腕上的蜈蚣忽然抬起它的头，身躯弯过来，直挺挺地对着我的手。

我的汗忽然之间从脊背上流下，蜈蚣听不懂人话，后背没长眼睛，即使是它有眼睛……那个人说过，他研究了蜈蚣发现它们的眼睛几乎什么都看不见。

我刚刚手从空中指过去，即便是聪明的动物都不一定能瞬间反应过来，这条蜈蚣，它怎么就能马上示威性地迎上我的手指？

因为操纵它的人就在附近。蜈蚣行动很快，一眨眼从紫苑袖口消失了，如果我想问紫苑蜈蚣的由来，那就要让她脱了衣服来找一找，就算是脱了衣服找到了能怎么样，人家紫苑喜欢捉只虫放身上，不能代表什么，所以没有了意义。

大家往紫苑的袖口看过去，那里什么都没有。

"哪里有东西，大惊小怪地做什么？"

我不置一词，脑海里的那个人逐渐清楚起来，并不是所有人都知道江陵城的楚辞喜欢玩各种能让人致命的毒虫。

看到楚辞的人，也绝不会将他和那些虫子联系在一起，因为楚辞整个人看起来很有气质，无论什么时候都显得清亮出尘。

紫苑慌张地看了我一眼，站起身来，"我要回去换衣服。"

我静静地看着紫苑，紫苑转过身竟然差点就踩到了别人脚上。

看着现在的紫苑，我忽然觉得很悲哀，竟然会被那个人利用。

第八章　情愫

那个人的笑容美美的，眼睛晶莹剔透，有时候你觉得他就是一个孤独的孩子，可是他做的却不是那么回事，他对你柔情蜜意，说不定只是为了杀你的时候更好玩一些。

他可能什么都没有，可是你不能可怜他，他懂得如何去获得你的心，但是他绝对不会付出自己的真心。

大概是付出真心，就不能够再游戏了，又或者游戏才能让他快乐，其他的什么都不能凌驾于游戏之上。

那个人没有真心，因为他真的没有什么可怕的。他捂着胸口，用那种特别的表情在思考，其实这也是做给别人看的。

"温清雅"我面前的人叫了我一声，我眨了一下眼睛，仿佛才看清楚站在我面前的人，不是魔鬼，而是去而复返的师父。

见我惶恐的样子，师父以为刚才他的举动吓到我了，马上一脸歉意，很不好意思，低声说："谁也没见过主上施展剑法。"

我没有听太明白。

师父接着道："你应该告诉我，你的武功是主上教的。"我很佩服师父的内力，他能让我听得很清楚，而别人却听不到。

"因为这一招是江陵城里高等级的贵族才会的，我只是见过一次，"师父顿了顿，"我应该想到主上也会这招的。"硬脾气的老头，能说上一两句软话实在是不容易。

可是我也被埋怨挺无辜的，流暄明明没有教过我这招，江陵城里的贵族才会用，我总不能说江陵城的某一个贵族吧！

师父说："好了，大家接着练剑。"练完剑以后，所有人都可以滚蛋了。

早课结束，所有人都去打听紫苑的事，我换了一身衣服去流暄那里看书。

流暄说他不会经常在房间里，可是我进去以后，就看见他坐在凳子上看书，双腿叠起来，修长的手指翻来翻去。

我想起那本《诸邪谱》，脑海里又出现楚辞的面容，不禁觉得汗毛都竖立起来，忍不住问流暄，"主上在看什么书？"

流暄抬起眼睛。嘴唇勾着看我，"是一些杂书。"

我低着头，"其实以你的武功，已经不需要看这些了吧！"昨天看见他桌子上的《诸邪谱》他并不知道，现在他只是说看一些闲书，我就说出这样的话，简直就是在自己招供。

流暄笑笑，合上书，露出封面给我看看，书名很绕口《云摩心经》，原来不是《诸邪谱》。

我顿时弄了一个大红脸。

流暄说："这本心经是固心脉的，佛家弟子平日修炼最常见的武功心经。"

流暄弯起眼角，"我对佛教没什么研究，只不过对佛家弟子那种守元抵制外界影响的基本功有些兴趣，"看见我一知半解的模样，流暄又笑笑，"守元，就是稳固自己的心脉，在关键时刻身心不受人控制。"

我说："能被人控制身心？有这种武功？"

流暄笑笑，把书放在桌子上，"所以说，我只是看看闲书，这只是江湖上的一些近似于传说的东西，《云摩心经》到底有没有这么厉害，谁也不知道。"

我指指桌子上这本不起眼的书，"这是传说中的书？"

流暄笑着点头。

传说中的书，就这么被摆在桌面上？我顿时好奇起来，我说："那主上已经练过了？有没有感觉出什么？"

流暄说："我找来了只是看看，并没有去练。"

我说："也许真的很厉害呢？"

流暄顿时被我逗笑了，红唇一勾，细长的眼睛里明明灭灭，就如夜幕低垂下清澈湖水里一颗颗明星，"只是传言中的书罢了。"

我好奇真的很好奇，明明是传言中的东西，却那么普通，我想看看，我说："那我能不能练起来看看？"

流暄看着我，笑，"这里面的内容我看过，很枯燥不好学。"

世间事就是这样，越不让你学的东西,你越想去学，我说："如果我要学的话,学不会吗？"

流暄说："那倒不是，只要肯努力就能学好，佛家的东西很深奥，不是学一天两天就能看出效果的。"

我看着桌上的书，现在怎么看它怎么神秘，就连书封面上的字，也变得飘逸好看起来，像是多年前被小心流传下来的一样，天青色的书皮就像是朦胧烟雨过后的天气，我说："主上，能不能把这书借给我看。"

流暄看着我，秀丽的眉毛挑起，"好。"伸出手把《云摩心经》递给我。

第八章 情愫

没想到流暄答应得这样痛快，我迫不及待地将书翻开看，一行行晦涩的文字确实让人弄不明白，可是旁边却有一些注解。

流暄轻轻摸了一下胸前，我仿佛能看见隔着衣服，有一块小小的凸起，像块玉一样的东西在那里，我忽然想起那块刻着"流暄"两个字的美玉，流暄笑笑，眼角轻颤，"过一段时间，我有东西送给你。"我的脸顿时红起来，连耳垂都发起烧，流暄要送我东西？那是不是代表，他有一点点喜欢我，这么想着，手里的书变得更珍贵起来，这是我好不容易在流暄这里要的书，说什么我也要学会里面的东西，不能半途而废，这样才能赢得更多的好感。

我忽然想起一件事，"早课上的师父说，从来没有见过主上的武功。"

流暄笑笑，"我小时候只跟大家在一起习武一年，后来师父单独教我，我就没有什么机会在外面用武功。"

"身边没有什么人，自然也就没人去看我练武。"

我腼腆地笑笑，"主上一定很厉害。"不过要在流暄身边，又能看见他练武，这种机会实在是不多。

流暄侧头问我："想看吗？"

我点头。

流暄站起来，拿起一把剑，走过来，亲切地对我笑。这样的笑容下，恍惚给我一种时间倒流的感觉，于是我自然地把手指塞进他的掌心里，碰触到温热的掌心，我突然清醒过来，我这是在干什么。

我冷静地喘了一口气，我的手隐没在流暄的袖子里，流暄一脸微笑看着我。

流暄拿剑的样子很完美而优雅，靴子落地的时候轻颤，小腿在靴子里没有把整个靴子填满，修长的小腿晃动，增添一份飘逸。

微风吹来，衣角卷在一起，雾掩云遮，烟峦幻灭，月桂花瓣落下来，我抬头，蔚蓝的天空，云卷云舒，世间恍若瞬间宽阔。

我停住，流暄握了一下我的手又松开。

看流暄舞剑是一种享受，行云流水，月桂花瓣纷纷扬扬在空中旋转，片片落下，沾了剑尖，看起来随意，我却知道他是异常的认真，人因为有责任才会对自己要求更严格，因为有要守护的人，才会更加努力。

流暄优雅中透着一丝的清冷，即便是笑容暖暖，不经常动情，可是不知怎么的，看着他的模样，我忽然觉得有些心酸，眼泪顿时就涌进眼眶，我仿佛已经完全地失去过眼前的这个人。

我的身体有点颤抖，回过神来。流暄已经在我眼前，我慌慌张张地说："对不起主上，我有点不舒服。我能不能现在就走了。"好像忽然发现一个越来越让人恐惧的开端，不想被别人看到，想躲起来，掩埋掉，不留痕迹。

这张恍若以后只会在梦中见到的脸庞，恍若只会慢慢淡忘在心底的身影，仿佛以后只能用回忆去一遍遍洗礼的过去。

忘记了是哪一年，好像一伸手就能够到彼此。

时间一点点地流逝，总是不如人愿，回过头来，最后只剩下一个人。

永远不能回到以前，再也不能相见，可是还有那么多想看到的，知道的，只能从别人的嘴中窥探到一二，然后在夜深人静的时候，想象那些是否是真的，恨不得有一天义无反顾地冲出来，一件件地亲眼去验证。

也许一辈子就会这样了吧，失去的永远都找不回来。

只能在深夜里喝得酩酊大醉，看着夜空，紧紧捂着自己的嘴唇，怕说出什么罪恶的话来。人前人后保持那种高傲的神态。

可以进退有度，任何情况下都能保持一个让人敬仰的样子，只要不是出现在那个人面前，无论怎样都是无所谓的。

终于有一天明白，无论对方做了什么，彼此都再也看不见，不能和他分享，也不能看着他笑。

不会有突然的变故，让一切有变端，一生就这样过去了。

时光荏苒，人，不复相见，所有关于他的事，都不能再去看，一天一天在麻木中度过。

如果能再见见他，亲眼看看那些别人嘴中的东西，该多好啊。如果有什么东西是属于你的，可是你永远都看不见，那是什么感觉。

在金宫中醒来的时候，我就有这种感觉，我现在终于明白，这种感觉是什么。

我现在的心情仿佛失而复得，不再是天各一方，不再是故意装作若无其事地当作什么都没有发生过。

流暄看着我的眼睛，伸出手帮我擦掉眼角的泪。他这么一动，我哭得更厉害，我说："你别拦着我，我好像早就想要哭了，忍了很久很久。"

流暄微微一笑，就像是绽开一朵花，眼睛比平时眯得更深一些，声音微微沙哑，"好，我看着你哭。"

我"扑哧"一声笑出来，一边哭一边笑，我说："你别这么看我，让我更难受了……我今天是怎么了，停不下来。"流暄跟我不熟，我今天为什么胡言乱语，可是流暄看着我的眼神是心痛又温柔。

大概是我的心情感染了我，我又感染了流暄，我咳嗽几声，开始抹自己的脸。

流暄轻声说："对不起。"

什么？我对他微笑，流暄秀丽的眉毛虽然舒展着，可是看起来很僵硬，我说："好了，好了，我不哭了，"咧出一个微笑，"对不起，主上，我刚才……也不知道怎么回事，就是

第八章 情愫

心里难过。"话还没说完。

流暄微微皱了一下眉,说:"没关系。"

我松开手,往后退两步,不然我不知道自己下一步要做出什么出格的事。

流暄笑笑说:"好了,不提这个了,我们说点别的。"没想到流暄会主动扯开话题。他的红唇微勾,我有点不高兴了,我怎么感觉,他像是在承担很重的压力,而我一味地躲闪,现在他不但要承担压力,还要帮我躲闪。

还没有说到其他的事,忽然只听一声巨响,整个地面都震了一震,地上尘土飞扬,树上的月桂花瓣也细细地飘落下来,然后大量的浓烟从不远处的屋子里飘出来。

看来战场上不安生,后方也要乱一乱,该不是江陵城里面有人混进金宫到处捣乱吧!而且还乱到金宫殿里来了。

我紧张地回头看流暄,流暄却是一副让人心安的表情。

浓烟的屋子,门大大地打开了,滚着烟雾从里面走出一个五颜六色的人,因为看不见他的脸,只能隐约看见他的衣服是一片片,一团团的彩色。

他一边咳嗽一边往外跑,一溜烟跑出烟雾区,我才看清这个人,他穿着一件有大团鲜花的袍子,襟口还大大地咧开,脚下居然没有穿鞋,就赤着脚走了过来。一边走,一边喊,"流暄你在里面放了什么东西。"

"哟,你这东西不错,等你武功弱得像蚂蚁一样,这玩意儿就派上用场了。"那人桃花眼一弯,有股子淫荡,挑起邪魅的剑眉看着我。

流暄的武功会弱得像蚂蚁?这从何说起,我有点弄不清状况,流暄淡淡地冲我笑。

那人有深意地笑一声,"哟,不相信这小子将来会比蚂蚁还弱?"寻了台阶坐下,托起下巴,随性地看人,两条腿大咧咧地敞开,忽然看见男人修长的大腿,我的脸刹那间红透了。

那人闪烁着桃花眼兴致勃勃地看着我,"喂,我说,你跟你爹的欣赏水平差不多嘛!"不知道从哪里掏出把扇子,"刷"地一下打开。

我对他说的话越来越迷糊了,可是他看见我懵懂的模样,就很满意,打开扇子遮住眼睛一下,桃花眼眯成一条缝,好像是在偷笑。

我眨眨眼睛,流暄说:"叔,你的肩膀上有根针。"淡淡地笑,好像是单纯地在提醒人。

那人的脸色变得很奇怪。伸手从自己肩膀上摸索出一根针来,看着针和流暄,勉强笑着,"你怎么还放了根针进去,……这玩意儿,通过爆炸射出来的速度很快。"

我忍不住问,"刚才的爆炸声音是什么?暗器?"那人咬咬嘴唇,邪魅地笑,"是啊小姑娘,是暗器。"

我说:"这是要攻打江陵城的时候用的?"

流暄淡淡一笑,"不是,现在这个还用不着。"

我想起那人刚才说的话,难道真是要等到流暄的武功弱得像蚂蚁一样才用?我偷偷地看流暄,流暄的武功明明很强。

那人说:"楚辞制造的暗器已经够厉害的了,你不会真的相信有那种可以炸开一座山的东西吧?"那人肆无忌惮地咧嘴而笑,露出洁白整齐的牙齿。

流暄轻轻笑,"还记得我小时候做出来的黑色粉末吗?"

那人顿时有了兴趣,很邪魅地笑,"那东西不是没有用吗?"

流暄说:"现在我知道要怎么用了!"

那人笑眸薄唇,"我只是握了一下。"

是什么东西,握一下就要爆,什么人喜欢用手接暗器?喜欢玩这些东西的人,自然就包括楚辞,楚辞很小就喜欢玩这些东西,兴致勃勃地看各种材料制造的暗器,能最大限度在人身上留下什么伤口。

他自认为掌握所有暗器和毒物的特性,如果有特别的暗器飞过来,他第一个反应要接住,拿回去研究,这是他的嗜好,也是他的习惯,一个人养成这种习惯以后,就很难再改变。

那人笑出来,笑的声音故意慢吞吞的,"小姑娘,你知道他要干什么用了?"

那人站起身,路过流暄身边,看着他的胸口,"你那东西准备什么时候拿出来送人?拿出来之前保住小命要紧。"这人无论什么时候说话,都是那种笑盈盈的调笑口气。

他居然就这样光着脚走来走去。

我滞留在金宫殿的时间越来越长,最后稀里糊涂就被流暄留下吃饭,饭菜很丰盛,只有流暄,我,还有长着桃花眼邪魅的那个人,那个人反复看了我好久,终于说:"以后叫我水仙就行了,我不是金宫中人。"

啊,我还以为他是四殿之一,我偷偷地又看了水仙一眼,他的名字好奇怪,不过和他本人也很相配,水仙,还有自恋的意思,想着,我竟然抿嘴笑起来。

第一次和流暄吃饭,我有点紧张,夹菜的动作也很缓慢,我以为我会是从头吃到尾的那个,没想到流暄吃得比我还慢,而且他还吃了很多,多得我都很惊讶。

水仙眨着眼睛调笑,"哎哟,现在就开始长饭量了?没想到你跟你爹一样都是痴情种啊。"

咦,水仙这是什么说话方式,饭量和痴情有什么关系,不过他用那种暧昧的眼神看我和流暄,把我看得脸都要沉进饭碗里。

水仙又说:"这么害羞可不行啊,将来怎么去见……"

他这么一说,把流暄和我搞得像情人一样。

流暄没说话,只是摸着胸口淡淡地笑,整个人仿佛都发着淡淡的光芒。

吃过了饭,我就赶紧告辞,水仙还笑着说:"不急着走,想想有什么好玩的,我们三个去玩。"金宫都攻打江陵城了,这家伙虽然不是金宫中人,毕竟在金宫中住,怎么也要酝酿

第八章 情愫

点紧张情绪吧！

何况他说话的方式，汗，实在让我待不下去了，再继续一会儿，我就要变成煮螃蟹了。

从流暄那里出来，被风一吹，我忽然想，就这样下去，说不定有一天我要住在金宫殿了。

被自己这个想法吓了一跳，我停下来，拍拍自己的脸，我这是在想什么呢！

大清早的拉开门，我好不容易有一天早早起床，准备练剑来着，谁知道一拉开门，就遇到了紫苑，紫苑站在那里，冲我颔首，笑容比从前放肆了许多。

众人把紫苑当神灵一样膜拜，我坏心眼地想，紫苑袖子里的蜈蚣手链如果不小心窜出来，还不得吓到几个，我要走得远远的，免得一会儿耳膜受不了。

刚动脚往一边走，就听见有人吹嘘紫苑，"紫苑马上又会晋级了吧？抓了奸细，立功晋级，那要多风光啊，到时候紫苑给风遥殿下做近侍，真让人羡慕啊。"

我忍不住回头看一眼，紫苑脸上的笑容果然不自在，听到风遥殿下，她的脸就黑了一圈，跟吃榛子咬到坏的一样，满嘴的虫子屎。

一帮人没有看到紫苑的怪异表情，还自顾自地说，以前的奉承话，紫苑现在听起来，跟在火上烤她还差不多，我无声笑哆嗦两下，转身就要忙活我自己的事去，没空听她们闲话。

"那当然，这种晋级最风光，校场上拼命的是最低级的，去年去校场上晋级的，到现在也不得志。"

"去年只有一个替补弟子吧？今年不知道有几个人舍着脸皮要往上爬！"

"能当上替补的，一般都是获得头带，有身份的人，自己作践自己去当替补，干杂役的活计，就是为了见主上一面。"几个人笑得格外讥诮。

我皱了皱眉头，想反身问清楚她们刚才说的是什么意思，却看见小莫睁大眼睛站在我面前，脸上都是慌乱的神色，她小心翼翼观察着我，一把拉起我的手往前走。

我心里本来就结了一个疙瘩，她无声无息地带我走，我也不说话，路过一片草地，我抽出我的手，坐在草地上，顺手拔了一根草在手里捋了两下。

小莫半天才说："我不会让你觉得低人一等的，那些伺候人的活我来干就好，当替补也是要有等级的，我想当当不了，那些人也想当的，她们都和我一样，所以也只能说说罢了。"

我心里不知道是种什么感觉，想起流暄，我的心忽然平静下来，我咧开一个笑容，任性得像一个孩子，那笑容有点天下无敌，好像全人类都伤害不到我一样。

朝着紫苑那边望过去，还能看清楚她们在说闲话，但是她们的声音已经断断续续听不清楚了。

刚才觉得她们说话声音大，现在嫌弃她们说话声音小。

我拿起草叶子放在嘴边上，想了想就试探着吹了起来，声音七扭八扭很是难听，于是我把草拿出来，再一次郑重地思考了一下，放进嘴巴里，慢慢吹起来，嗯，这次声音差不多了，我玩我的，小莫有点不明所以地看着我。

从见到流暄以后，我整个人不再像飘荡在半空中的游魂一样，而是慢慢地踏实起来，于是多少变得有点任性，跟孩子一样，有人惯着就越来越不像话。

我自己都觉得自己挺坏的，并且也挺有坏的潜质，不管是受到谁的熏陶吧。

我放下草叶子，看着小莫，"好听吗？"

小莫奇怪地瞄我一眼，"还可以吧！"

我咳嗽了一声，"现在要好好吹了！"抿抿嘴唇，站起身，一边往前走，一边开始一鼓作气地吹起来，吹到高兴的地方，我还轻巧地在地上转个圈，然后声音上扬，让我等待了好长时间，终于听见有人开始尖叫。

然后带动了很多人尖叫。她们的声音高昂，这么远都听得这么清楚，我满意地点点头，把草叶子丢在地上。

果然一切如我所想，我翘起脚托着下巴等着看戏。

她们在喊，"紫苑，你袖子里怎么爬出一只蜈蚣。"

"啊……蜈蚣……"

怕多脚爬行动物的女人不在少数，小莫光听着，脸色都变了，频频往身后望。

我笑笑，笑容有点深藏不露，吹草这件事跟谁学的，我现在的笑容就该是像谁，我相信，我脸上淡淡的笑容一定挺像流暄，不管是几年前的他，还是现在的他。

我回过头对小莫说："你去上早课吧，我今天有事就不去了。"

小莫说："你要逃课？"

逃课就逃课吧，我说："逃课不会被罚得很惨吧！"

小莫想了想，"那倒不会，我跟师父帮你请个假就好。"

我说："那就拜托你了，千万帮我编个像样的理由，别让我挨罚。"

小莫有点像犯了错的样子，小心翼翼地点点头。

我拍拍她的肩膀，继续往前走，小莫没有跟过来，我想起一件事，小时候看见楚辞的那些奇奇怪怪的玩意儿就害怕，尤其是他养的毒虫。

怎么让一只虫子听他的话，这是他研究的项目之一，他控制毒物的水平是最高的，谁也比不过他，但是我看着这些爬虫，偶尔也坏心眼地想，也许有比他聪明的人，只不过没有把心思花在这种毒虫身上，如果那种人稍微研究一下这些东西，说不定能控制一下楚辞的那些虫子，哪怕只是随便控制一下下也行，这种事情如果发生，楚辞脸上的表情一定好看极了。

我把自己定位成那种有潜力的高人，偷了楚辞一只蜈蚣放地上研究，我趴在树上，远远地看草地上的蜈蚣，观察了它半天，无论用什么方法去跟它沟通，它都只是一条虫。

我偷虫子的事，我想楚辞是知道的，他的意见也很明了：你偷吧，最好被虫子咬了，来

第八章　情愫

跟我要解药。

后来有一个人，随便用了一个草叶子就让蜈蚣游走了一圈，然后抬头看我，"控制他的毒虫不行，你所谓的让它动一下，不知道这样算不算？"

这个人就是流暄。

原来我在那时候就认识流暄，像是立即要想起什么，可是瞬间头顶发麻，一切又都烟消云散。

撇开身后的尖叫声，我一个人来到金宫殿，流暄不在，我就躺在软榻上，伸手拿了洗好的葡萄吃，吃着葡萄，我伸手去拿桌子上的小铁罐，把它打开，一股桂花糖的味道散发出来。

我爱吃的水果，我爱吃的糖，我喜欢躺的软榻，屋子里的一切仿佛都是为我而准备的。休息了一会儿，我就站起来进里屋书架上去找适合我现在看的书。

我第一次来到这个书房的时候，就看见流暄从那里拎书出来，我往前走，继续走，是有点鬼使神差了，流暄批准我到这里看书，可是并没有说允许我参观他的寝宫。

可是好奇怪啊，我怎么知道这是通往寝宫的方向呢，既然我忽然有这么个想法，是不是该证实一下，自己是不是想对了，我觉得自己的理由很充分。

我往前走，往前走，都忘记吃手里的葡萄了。

这里是寝宫，落地窗，柔软的大床，柔软的红色幔帐，阳光洒进来暖洋洋的，大床上没有人，床上铺得软软的被褥让人想躺在上面。

流暄每天都在这里睡觉，真是太奢侈了，不过人跟人本来就不存在可比性，人家建了金宫，而我只是金宫里的小角色。

呃，如果将来跟流暄混熟悉了，要问问他为什么要取"金宫"这个名字，如果再熟了，不如跟他讨论一下，我也叫金宫来着。

看了人家的床，还看了人家放在床上的白袍子，这种不请自到的行为已经远远超过"无礼"的范畴了。

我应该见好就收，识相地悄悄退回去。

心里这样想，却继续往前走，寝室里一般都会有两个门，一个通外面，另一个通里面，通里面的那个，四周烟雾蒙蒙的，我接着往里走，手里剩下的最后一颗葡萄掉落在地上，蹦蹦跳跳地往前滚，白玉石砌的浴池，地上铺满了各种颜色的琉璃，潺潺的流水声响，就像仙境一样。

最重要的是，池水中有一个神仙正似笑非笑地看着我。

流暄看看地上的葡萄，看看我的脸。我说："主……主上……我不知道……我不小心闯到这里来……走错了路。"

流暄微笑着看我手忙脚乱。

我的眼睛四处瞟，银蝉丝的长袍被放在边上，再想想他如墨的长发，不由自主往他脸上看过去，像花瓣一样的嘴唇，精致的脸颊，秀丽的颈项，流光四溢的眼睛比胸前的半颗珠子还要明亮，珠子下面有一块透明的软玉紧紧地贴在他的胸膛上，仿佛和他的身体连为一体。他微微一动，皮肤上沁出的水珠顺着肌肤纹理流下，光是看，就让人心跳加速，手脚发软。然后他细长的眼睛微微眯起，弯起红艳的嘴唇，我的大脑就像充了血，当他轻轻侧头，我猛然看见他的脖颈上有两道抓痕。

看到这种痕迹，整个空气暧昧地让人腿都打颤，还有一种特别的感觉充斥在里面，心里酸胀，很难过。

我半闭上眼睛，规规矩矩地看着自己的脚尖。

是什么人能在流暄身上留下伤痕，而且还是手指甲抓到的痕迹，抓在脖子上，好像隐含了一种暧昧。

我说："对不起主上，我先出去了。"说不定流暄是在等谁，我恰好不识相地走进来。可是说是一回事，做又是另外一回事。

说要走了，我的腿却迈不动。

顺着我的眼睛，流暄摸上自己的脖子，然后笑笑，脸好像还微红了一下，不过不是很明显，他一直都是那种带着淡淡优雅，无论做什么都不明显的人。

我的表现在他面前就格外的扎眼，我吸吸鼻子，不知道为什么，很委屈，双腿自动往后退，我准备退出去，流暄顿了顿，说了一句，"在外面等我。"然后伸手准备拍掌，我看见他修长的手指伸长，忽然意识到什么，流暄是要叫人进来？叫人进来帮他洗澡？虽然对贵族们来说，找人帮忙洗澡这很正常。

流暄微湿的头发贴在额头上，他的眼睛也显得湿漉漉了，带着一丝暧昧的微笑，池水一定也很热，不然他的面颊不会有潮红，嘴唇也不会像明亮的红宝石，秀丽的脖颈上面，喉结跟着上下滑动，饱满的胸膛浸在水里，胸前的红润若隐若现地没入水中，然后他的嗓音仿佛略微沙哑，和平日有些不同，"我洗完了。"

洗完了，那就是准备起身，我立即搜索到池边不远处的巾子，我跑过去一把拿起巾子。眼睛往别处看，把手里的东西顺利地递过去，半天没有见流暄去接，我又看一眼，我们之间还有一些距离，我硬着头皮再往前送了送，居然就从他的小臂上划过，流暄眼睛一颤，露出一丝撩人的笑。

他说："你出去吧。"

我不知道哪里来的热血，看着浴池的入口处，不希望有人出现，"现在是不是需要衣服？"

流暄笑笑，似乎有些无奈，但是心情却很好，"好了，你喜欢这样就这样吧。"然后在水里动了动，准备上来，我急忙转身，匆匆往前走了几步。

第八章 情愫

然后听见身后击掌的声音，我下意识地回头看，一条长幔顿时从头顶落下来，恰好挡在我和流暄中间，我顿时傻了眼，原来流暄击掌的意思是让人放幔帐下来，而不是要侍女进来伺候。

流暄穿好了衣服走出来，白颜色的衣服穿在他身上很漂亮，恍恍宛若神仙，胸前的宝石晃动，发出细细碎碎的光，白色的长袍太适合他，却显得他离我太远，所以我并不十分喜欢白色，觉得还是红色好一些。

我忽然想要找到一个答案，找到一个我到底是谁的答案，金宫，我是金宫吗？金宫又是谁。

流暄笑着，"在想什么？有什么问题可以问我。"

我眨眨眼睛，差点就要脱口而出。

流暄继续诱导我，"你有什么不明白，我都会解释给你听。"他明明是淡淡地笑，笑得优雅，我怎么觉得他是在诱导呢，因为他的表情太过于温柔和专注，他看着我的时候，眼角弯得格外自然。然后他的左手轻轻地扯扯袖子，忽然像想起了什么，愣了一下，然后微微一笑。

我怔怔地看着流暄，眼睛都挪不开，是不是因为他嘴唇的形状极美，所以微微一弯也是那么的好看，尤其是当他放松的时候那种姿态，跟平时笑的模样不大一样，是有那么一点点的区别，抿着嘴角上扬和自然上扬的区别。

流暄说："你今天怎么没去上早课？"

呃！对啊，我为什么没去早课？我来这里可不是要偷看流暄洗澡的，我是来干正经事的，我急忙说："对不起主上，大清早的，我就来……"

流暄笑笑，"没关系，这样很好。"

我愣了一下，这样很好是什么意思？我逃课还对了。

流暄说："我并不觉得你的武功在早课上能有什么快速的飞跃，书房里的书对你的帮助大一些。"我本来对逃课到这里，躺在软榻上看书这件事，是有一点良心上过不去的，毕竟大家都在认真地学武，我多少有点想见流暄，夹杂躲在这里享福的私心，现在被流暄这么一说，就好像忽然有人撑腰，无形中助长了我一样。以后不去早课，天天来这里看书，倒成了理所当然了。

流暄在书房里处理文书，而我就坐在软榻上看书，不时地还伸出手比画比画，我对这样的生活非常满意，忽然觉得身下就算不是软榻，是个木板床那也没什么，最重要的是我的心很舒服。

心为什么舒服呢，没人去追究，现在显而易见的是，我从坐着看书，到躺着看书，最后睡着了，睡着以后好像还没有消停，醒来的时候，我已经一脚踹到了身前不远处的桌子。

听到声音，流暄从书房里走出来看我，我急忙解释，"我刚才睡着了，不小心踢了桌子，打扰到你了。"

流暄微笑道:"没什么,你睡着了就那样。"

呃,我睡觉什么样,难道也不是秘密?

流暄说:"还困吗?可以到里面去睡。"

我急忙摆手,"时辰不早了我也该回去了。"

流暄像往常一样只是点了点头。

从流暄那里出来,就看见紫苑她们围成了一圈在说说笑笑,我走近了才发现紫苑在玩傀儡,把一个木质精致的小人用线绳穿起来,然后把线绳绑在自己的手指上,想让傀儡娃娃动哪里,就扯扯哪里的线绳。

有人问:"紫苑,这叫什么啊,真好玩。"

这都不知道,这是魔鬼发明的玩具,傀儡娃娃,什么人喜欢玩傀儡?极度没有自信,没有安全感的才会弄一个任自己摆布的东西玩。

我仿佛看到楚辞动动手指就得意地笑,"你们看,我不是一个人,有人陪着我。"可事实上,如果真的是傀儡娃娃,没有思想,没有自己的性格,即便是他拥有了自己的傀儡,到最后其实满世界剩下的还是他自己。

紫苑晃动着手指玩傀儡,她抬起头冲我笑了笑,很得意。好了,现在玩傀儡不玩蜈蚣了是吧,小心手里的傀儡活了,反过来咬你一口。

我说:"紫苑,你刚才让它翻跟头了吧。"

有人白了我一眼。"刚才是跳,不是翻跟头,咦,紫苑,这娃娃能翻跟头吗?"

紫苑迟疑了一下,虽然她的手指上有细细线绳留下的痕迹,看来已经玩傀儡娃娃很久了,但是让傀儡娃娃翻跟头毕竟是一个有点难度的工作,何况她那长长的手指甲可能会刮到线绳。

如果她谦虚一下她就不是紫苑了。

紫苑试着玩手里的傀儡,结果没玩好,让木娃娃整个趴在了她的手背上,我笑笑准备继续开路。

紫苑可能有点生气,她对我说:"温清雅,去驿馆看看有没有我的信。"

其实我并没有想跟紫苑作对的意思,只不过看到她尖尖的指甲我就难受,不难联想到流暄脖子上的指甲抓痕,我摸摸自己的指甲,为什么我没有指甲呢,如果我有指甲,我还能幻想一下,是不是在我不经意的时候……当然那是不可能的,我昨晚睡觉之前才剪了指甲,不过刚剪过的指甲还挺扎人的。

到了驿馆,我没有找到紫苑的信,当然她的目的是让我来转一圈,有没有信那不重要,可是不知道为什么,我竟然在自己脚底下发现一封信,没有署名,打开一看,一通篇懒洋洋但很好看的字,字写得很随意,有点风花雪月的味道,让人看了就放松。

上面画了一张笑脸,仿佛能看见楚辞蛊惑地笑着,懒洋洋地说:"怎么办呢,我很想你。"

第八章　情愫

纸上的话就是：怎么办呢，我很想你。

我起身，准备当什么也没发生就走了，几乎是一路小跑回到了我的小屋子，关上门，坐在凳子上喘息，什么都没发生过……怎么会这么巧就让我看见那封信，如果是被别人看见了会怎么样？

我的汗从额头上流下来。也许我刚走了就会有人路过那里，会捡起来看一下，然后还给应该看这封信的人，说不定外面就会嘈杂起来。

我抬起手来擦汗，忽然之间，沉默了，那封应该被我放回原处的信件居然就躺在我的手心里，被我攥得死死的。

我把信凑在灯下，"忽"地一下烧着了，纸被火烧得蜷缩起来，然后化为灰烬，那些灰烬还固执地保持着纸张的姿态，我松开手，还燃烧着的纸就飘摇地落下。

我为什么会把这张纸带回来？又为什么会把它烧掉。

"清雅，清雅。"

听见敲门声响，我就跟兔子一样，慌慌张张地往一边跳，甚至还踩了脚底下的纸灰，其实那已经什么都不是了，可是我的反应还是像怕人家看见上面的字一样，我这是怎么了？神经错乱？

小莫推门进来，然后看着我的脸，"现在天气都开始凉了，你怎么还出那么多汗？"又看看我的手，"你在屋子里练剑？"

我顺着她的目光看下去，我的手正握在剑柄上，胳膊紧紧绷起来，是一副要蓄势待发的模样，不就一封没来由的信吗？至于让人这么紧张？

小莫看着我，目光开始疑惑，"清雅。你怎么了？"

我笑笑，嘴一弯，就觉得自己挺心虚，"可能打仗了，气氛太紧张，这两天我又惦记着校场竞技的事。"我从怀里摸出流暄给我的小糖包，掏出一块糖放嘴里，好像心情就稳定多了。

小莫看着我，我就笑眯眯地把糖袋子递给她，"尝尝，很好吃。"

小莫犹豫了一下，从里面掏出一块放在嘴里，看到她略微怪异的表情，我想起来了，如果她又问我，这玩意儿哪里来的，是不是白砚给的，我又无话可说了。

还好小莫低头想了想，说了一句话，却不是我想象中的话，"这糖怎么有一股药味。"

我僵了一下，"没有啊，我天天都在吃，不觉得啊。"我喜欢睡前吃糖，甜甜的糖吃到嘴里甜到心里，有一种格外幸福的感觉，一直能持续到天亮。

小莫说："是有药味，但是这味道很淡，你可能吃习惯了，就不觉得了。"

我好奇起来，"是什么药？例如薄荷之类的？"

小莫不想跟我在这上面讨论什么，低头想想又说："你今天没有去上早课，是不是自己去练武了？"

呃，她就为这事来找我？我忽然想起今天在流暄的浴池里，脸猛地红了，不想让小莫注意到我的异状，我故意转身去关窗户，"就算是吧！"

小莫说："你也不用太紧张。你不会以为校场上能轮到你出手吧！"

我转身，"这也难说，什么事都有可能发生。"

小莫说："你知道那些是什么人吗？江陵城的人。"她看着我的眼睛，试图在找什么答案。

我被小莫看得有点不自在，我说："怎么了？我知道是江陵城中的人啊。"

小莫咬咬嘴唇，"清雅，你真的不怕见到江陵城中的人吗？"

小莫这句话问得我心里隐隐有些不安，但也说不清是为什么，"我为什么会怕见到江陵城中的人？小莫你听见别人说什么了？"

我忽然想起桑林临走时，跟我的那段对话。

桑林说："就要走了，今天要抽出时间，要干一件秘密的事，不能让老大知道。"

我说："再重要还比你上战场立功重要？"

桑林说："我不怕暗器，我老大也不怕，我老大虽然是这个世间最厉害的人，但是他只怕一样东西，见到那样东西他就什么都不是了。"

我说："怎么说得跟致命暗器似的。"

桑林腼腆地笑笑，"就是暗器，所以我想要把它拆开了让老大看清楚，不要抱有什么幻想。"

如果这是一场游戏，那么游戏会从哪里开始呢？我忽然打了一个冷战。

小莫又跟我坐了一会儿，她也显得心神不宁，好像被吓过一样，不知道是不是谁跟她说了什么。

小莫不想说什么了，过了一会儿就开门出去，她走的时候，还用那种迷茫的眼神看了我一眼，这一眼，让我无法睡觉。

我忽然觉得很害怕，在金宫里那种温暖的感觉，好像要被夺走。

我躺在床上，还是浑浑噩噩，我清楚地回忆着那信上的几个字。

到底是谁写的信，为什么我觉得这封信就是写给我的，明明没有落款没有出处，我却仿佛能看到写信人的模样。

第九章 往事

楚辞。

如果我真的认识楚辞，那么我是谁？

我恍然又进入了梦乡。

梦见了白发苍苍的老祖宗。

老祖宗慈爱地笑着说："好久没见你了，这次找你过来，是有话要跟你说。"气氛忽然变得沉重起来，我有一种要逃跑的冲动。

老祖宗说："得金宫者得天下，这句话不是我乱说的，而是江陵城里的长老预言的，你知道因为这句话给你带来了很多麻烦，很多人都想要接近你，金宫啊，这段时间，你跟谁走得最近？"

我心里忽然一痛。

老祖宗叹了口气，"流喧要背叛江陵城了。"顿了顿，又说："你心中应该隐隐有猜疑了吧！"

"那你准备要怎么做？"

老祖宗的话一直回荡在我的脑海里。得金宫者得天下，他是为了这么一句话跟我在一起的？难道我和流喧在一起这么长时间，我始终都没有了解他？

我问老祖宗，"如果我跟流喧直说呢？"我想问清楚，流喧到底是不是要背叛江陵城。

流喧有这个心思要离开江陵城吗？他当然有了，他本来就不应该留在江陵城，他没必要陪着江陵城里的疯子一起死掉，他和江陵城中的人是不同的，那么他的离开应该是正确的选择。

如果流喧离开，那我会怎么样呢？

我怎么能做出选择呢？如果他想让我跟着他一起背叛，那他是为了那个预言，还是为了我这个人呢？我忽然发现，我生长在江陵城中，已经司空见惯了人与人之间的那种阴谋，我的信任竟然是那么渺小，真让人悲哀。

就算我离开了又怎么样，我的家族会允许我背叛吗？

我往前走，树下，楚辞蹲在那里微笑，他看见我，冲我招招手。

我看看天，我和流喧约好了这个时辰见面，他说有话要跟我说。

我是应该走，还是该冲着楚辞走过去，我是该跟楚辞交谈，还是该把一切都告诉流喧。我皱起眉头，通常我这么做的时候，流喧都会笑着，停下手里的事，然后弯起细长的眼睛说："心里有什么事？有什么就要告诉我，不要闷在心里胡思乱想。"

楚辞笑得很孩子气。他纯洁的脸一直都没有变过，让人对他提不起防备。这可能是作为魔鬼必须要具备的条件，他说："你要离开我吗？跟着流暄走？"如果是这么简单的问题……

"其实你一直都不知道我在跟流暄玩什么，"他温柔的声音，在某些方面是用另一种手段蛊惑着人，"如果你跟着流暄背叛江陵城，那我只能拿你的族人来威胁你。"

"你知道我会怎么做，"楚辞轻声说，"杀了你所有的族人。"

楚辞微笑，让你觉得他只是在跟你说笑话，可是我知道，这句话不是笑话。

我跑去找流暄，他正坐在凳子上看书，抬头看我来了，就递给我一袋糖果，我打开吃了一颗，不像以前那么甜。

流暄合上手里的书，笑着说："我想要告诉你一件事。"

我心里"咯噔"一下。

流暄从领子里掏出那颗他经常戴着的珠子，"我其实……"

我慌忙说："不，我今天不想听。"

流暄笑笑。"这对我来说，很重要，我其实不是……"

我站起来，"等等，我不要听了。"流暄拉住我的手腕，眼睛里都是疑惑，可是我不能平静下来，我很焦躁。

我说："明天，等明天我会好好跟你谈。"不等流暄说话，我就跑出去，难道我要听着流暄说，我意在天下？我想要属于江陵城的这片天下？

为什么人人都觉得天下这么重要呢，为什么人人都想要当统治者，流暄会背叛江陵城那是肯定的，人往高处走，谁都不会想要做平凡人。

所以，我们根本不必再去谈。

我真的没有再给流暄交谈的机会。

流暄背叛江陵城以后，我一直在想，就在流暄背叛的那一天，我真的刺了流暄一剑？我为什么会刺他那一剑。

我真的想要杀他吗？如果再重新给我一次机会，我还会伤害他吗？

流暄背叛江陵城之前，人人都说我会杀流暄，我曾把这个传言当笑话，后来我真的去做了。虽然忘记了当时自己做了什么，可是闭上眼睛就能看见，血从流暄的身上流下来，他看着我的表情一定很绝望，从此以后我们成了敌人。

那些温馨的，让人甜蜜的感情只能出现在回忆里。

如果再重新来一遍，让我重新拥有那段温暖的感情，我还会做同样的选择吗？如果给我时间去思考，我还会伤害流暄吗？

我紧紧地攥住拳头，当你看见一个，你认为永远不会伤害你的人，把剑刺入你的胸膛，你会有一种什么样的感觉？悲哀，还是痛苦？

我是受了那封信的影响，不然我不会做这样的梦，这个梦实在太让人痛苦了。

第九章 往事

我拼命地挥舞着手脚，希望自己能从梦中醒来，那只是梦而已，醒来以后就烟消云散了。

我气喘吁吁，想尖叫。

我猛地睁开眼睛，身边真的多一个人吗？我要醒过来，我要睁开眼睛，我挥舞着手臂，然后奇怪的是，我的手落入一个怀抱中，有人轻轻地拍着我的背，他的呼吸声进入了我的耳朵，让我开始安心起来，以前常常想，如果有一天能再看见他，再回到以前的样子，那该多好。

我的手被他引导着落下来，环住了他的腰际，然后身体找了一个很安适的位置，现在再想醒过来就真的不容易了，很累很累的思维已经舒缓下来，开始沉睡。

等早上再醒过来的时候，除了床单比较皱以外，没有其他的异常，想了想，昨晚真是做了一个很讨厌的梦。

打盆水洗脸，发现自己眼睛比较肿，脸色也很苍白，跟生了一场大病一样。

小莫照常来找我上早课，我本来不想去，可是想了想也不能太过分，连续缺席实在太扎眼了。

早上的空气很清新，跟往常一样，没有什么改变。师父说得对，金宫光是废除了血统制度就注定会越来越强大，江陵城衰败是早晚的事。

流暄很适合坐在高高的御座上。

正大发感叹之际，忽然有人跌跌撞撞地跑过来，差点摔一个跟头，他竟然无视师父已经发怒的脸，还是结结巴巴地说："主上……主上……已经下令，停止攻打江陵城。"

我忽然站起来，手里的剑径直掉在地上。

为什么会在这时候停止？如果金宫一路打过去，江陵城肯定要完蛋。

所有人听到这个消息都很震惊。

还是师父先回过神，"主上有他的安排，你们现在只要好好练武。"

是的，除了练武，没有参与的权力，虽然流暄给了大家足够空间去争取更高的位置，但是在金宫里谁也没有质疑他决定的权利。

但如果忤逆了他的意思，谁知道会怎么样？

因为消息太突然了，大家都在有所期待，希望这是主上的一个战略方针，可是等了小半天，大家开始纷纷怀疑，主上真的是要撤兵了，这场战役就这么打完了，主战场甚至都没有到就打完了？还是大家根本就不知道哪里才是主战场。

有人怀疑，是楚辞握着主上的把柄，因为江陵城摇摇欲坠，楚辞就用适当的方式提醒一下流暄：别忘了，你还有把柄在我手里。

可是胜利毕竟是胜利，金宫的地盘又往前推进了很多，如果再这么打下去，没多久金宫就要在江陵城家门口设战场了。

到时候楚辞要用什么东西来谈判呢？我忽然打了一个冷战，我不想知道，我确实不想知道。

　　下了课,我的习惯就是往流暄那里走,避开大家,偷偷溜到流暄那里去,这种伎俩我已经能运用得很熟练。

　　流暄大概在议事殿。毕竟发动一场战争和停止一场战争根本没那么容易,不是随便说三两句话就能解决的。

　　我在屋子里转了一圈,然后走到了院子里,就是流暄练武给我看的那个地方,我往前走了几步,就发现那个叫水仙的人在那里逗一只黑白相间的小东西,看起来是一只猫。

　　这个人我只见过两次面,第一次他在玩暗器,第二次他在玩猫。

　　这只猫显然不是喜欢给流暄当围脖的那只,水仙好像蹲在那里很久了,他伸出一只手逗身边的猫玩,然后猫伸出爪子来回拨动他手指,这猫爪子好像异常的尖厉,当它龇牙的时候,满嘴的牙齿让你忽然有一种错觉,这玩意儿很有攻击性。

　　水仙没有穿鞋,虽然脚经常地裸露在外面,可是一点都没有被弄黑,倒还是异常的光洁,不知道他为什么喜欢穿染着大团花的袍子,配着他的桃花眼和放荡的表情,极其邪魅,他夸张地说:"哟,流暄的小心肝来了。"

　　我的耳朵"腾"地一下燃烧起来。

　　我的表情这样尴尬,水仙也没觉得不好意思,很自然地冲我招招手,"流暄不在,来来来,跟我一起玩这个家伙,"然后故意婉约一笑,桃花眼一闪,格外有深意,"瞧这家伙伶牙俐齿的多可怕,其实它是很温柔的。"

　　水仙话音刚落,我就看见了流暄,不知道他站在那里多久了,红得耀眼的长袍在空中飞舞着,仿佛能撕裂所有的一切,舒展张扬,艳丽无比。

　　然后他微笑,有着掩不去的光芒,他骄傲而自觉尊贵,是不可能臣服于别人。

　　最近我总是莫名其妙地想起很多事。

　　我记不清楚那是什么时候,仿佛是在江陵城,有一天,我好不容易跑出江陵城正准备胡闹一番,没想到却碰见了在周围完成任务的师兄们。

　　他们是来处理一些反抗江陵城统治的人,听说这个组织的人很会用暗器,所以被派来的人都是在暗器方面比较擅长的,我蹲在那里准备看完这场打斗,然后再想去哪儿玩好。被派来三个师兄,其中两个年纪比较大,是主力,拿着镶着漂亮石头的剑把四个敌人围住,不大一会儿就把那些人杀倒在地,然后他们收回剑,开始数倒在地上的家伙,反复数了几遍,地上居然只有三个尸体,那一个逃到哪里去了?他们眨眼对望,谁也没看见怎么无缘无故就少了一个。

　　于是他们对站在一边没有上场的家伙说:"流暄,你留在这里打扫战场。"然后我看见一个少年从一边走出来,他的表情很特别,清澈的目光中带着少许的朦胧,是那种让人无法

第九章 往事

了解的迷惑，于是这种朦胧和迷惑就像灰尘一样，把他给埋藏了。

他仍旧是不喜欢做打扫战场这种事吧！要来回搬运尸体，流着血的尸体会染了他的手甚至弄脏了他的衣服，他会觉得很不舒服，特别是带着那些死人味和血臭，可是他必须要这么去做，这是他的任务。

他缓缓地往前走，然后从不远处拎出一个人来，就是那两个师兄认为已经逃跑了的敌人，他吩咐那人把同伴们的尸体拉进土坑里，在这个时候，他拿起地上的一颗没有来得及使用的暗器。

那人一边拉地上的尸体，一边盯着流暄手里的动作，很慌乱地说："别乱动，会炸的。"流暄没有动，只是在一边安静地看，那感觉不像是在研究一个危险的玩意儿，而是在看一块石头。

我的脚底下也有一枚这样的暗器，我想把它捡起来，手刚伸过去，就听见一句淡淡的话，"不是所有人都能这么做的。"

我猛然抬起头，一双手已经从我眼前划过，那枚暗器就安稳地落入他的手心里，那双手修长而异常的美丽，在月光下毫无瑕疵，从我手边经过，就像秀丽的竹枝遇见了枯枝，我从来没发现自己的手指是那么丑。

那双灵巧的手，在我面前就把暗器打开，里面塞进了一些东西，接着他就把两枚暗器还给了那个幸存者。

我开始搞不清楚状况，如果他不喜欢搬运尸体，那可以假手他人，可是现在用完这个人以后，他应该会杀了他吧，毕竟这个人是他的任务对象。

现在他却把这个人放掉了，并且还很好心地帮他选择了逃跑的路线。

那人逃跑了，他也开始往回走，我好奇地跟着他，可是他并不搭理我，我故意咳嗽几声想引起他的注意，咳嗽得嗓子都哑了，他还是无动于衷。

又走了两步，我隐约听到了拔剑声响，流暄皱了皱眉头。

看着他有些意外的古怪表情，我冲口就问，"怎么了？"

流暄的眉头皱得更深了，就在这一瞬间，远处一声巨响，竹林深处猛烈的气息冲出来，顿时把周围的竹林轰开，断裂的竹子纷纷倒下，那里就出现了一个奇怪的圆圈。

我顿时好像停止了呼吸。

流暄好像说："他们不是知道那些人身上有暗器吗？"

什么？他们知道，然后怎么了？那人身上的暗器爆炸了，那两个师兄呢？不会有什么问题吧，我求助地看着流暄，他细长的眼睛没有什么表情，如果说一定什么特别，就是他很意外，他看着远方，好像是在说，他们怎么犯了这么一个错误，但是他并不觉得惋惜，好像这一切与他无关。

然后他往前走过去，并没有再搭理我。

我想跑过去看看，可是又害怕看见可怕的东西，只能跟在流暄的身后，回到江陵城，我看着他冷漠地在我前面走，整个人就像一头等待觉醒的豹子。

我想知道刚才到底发生了什么，流暄不会告诉我，我却知道应该去哪里打听，我跑到楚辞那里，然后听到了结果，我那两个师兄和最后一个敌人，一起死掉了，这次任务，活下来的只有流暄。

楚辞笑眯眯地说："这个结果很让人惊讶，那两个蠢材怎么死的。"

有人规规矩矩地回答："是暗器爆炸，跟着敌人一起炸死的。"

然后楚辞脸上流露出跟流暄一样的表情，"他们不是知道那些人是暗器高手吗？我记得他们的轻功不错，看见敌人掏暗器，他们怎么不逃？"

回话的人接着说："他们把敌人围起来了。"

楚辞笑骂，"蠢材，要记住，看见那些暗器高手，要离他们远一些，即便是你看不见他伸手掏暗器，也要防备着他们，他们身上危险的玩意儿太多，万一哪个暗器失灵，你就要跟着他们一起当冤死鬼了。"

回话的人有些诧异问，"您是说，他们没看见敌人掏暗器，敌人的暗器是自己爆的？"

楚辞微微一笑，露出野兽一样的白牙，居然有些可爱，"我这是打一个比方，"然后想了想，"不过你说得也有道理，暗器自爆！这个想法很好，遇到暗器高手，把他身上的暗器掏出来动一下手脚，然后再还给他，这样你不用去杀他，只要等着他暗器自爆就可以了。"

回话的人脑门上出了汗，他伸手擦掉，"您说得简单，既然是暗器高手，谁能随便就打开他们的暗器……还，还给他们。"

楚辞说："之所以他们是暗器高手，他们才不会相信有人能动他们的暗器。"

我忽然想起流暄玩那颗暗器的经过，顿时打了一个寒战。

楚辞笑着看我，然后说："怎么样，我这个想法不错吧，以后我要试一试，这种打仗方法还没有人用过！"

楚辞又问，"他们都死了，为什么流暄还活着，如果流暄死了，流家就算彻底绝种了。任务过后，一般活下来的都是比较厉害的……"

回话的人说："这次是个意外，流暄是被留下来清理战场的。"

楚辞说了一句，"这个人很奇怪。"

对于我来说，流暄也许不只是奇怪，他更加神秘。

人就是这样，一开始只因为他神秘，于是琢磨他的时间就多起来，过了一阵子，我发现自己已经满脑子都是流暄。

后来我才知道，如果流暄不出现，我的生活会没有任何的意义。

第九章 往事

　　江陵城注重家族血脉，拥有政治、经济等各方面的优势，加上族中重视教育，族中上下，按照血缘等级修习武功、医方、杂学等，流暄所在地那一支以前背叛过江陵城，整个家族几乎覆灭，现在的流暄虽然在江陵城能生存下来，但是受重视程度可想而知，所以我们学的武功，看的地书，很多他是看不到的。

　　每一次看到那些深奥的武功秘籍，我就忍不住要想，如果流暄学这本秘籍不知道会怎么样！他会不会也有问题想不明白？也会像我们这样半天领悟不了一句？就算是师父在身边辅导，也学得一塌糊涂？

　　越这么想，越觉得应该把这秘籍偷出去放到流暄面前，然后看着他学秘籍，盯着他的表情，他会不会做出什么让人惊讶的事来？渐渐地，我的想法越来越深入，我竟然会琢磨，流暄学一本秘籍大概会用多长时间呢！

　　于是我开始有意无意地把秘籍的口诀都背诵下来，当然了，我挑的都是那些我看不明白的秘籍，上面的口诀极其的深奥，连师父们都不一定能叙述清楚。

　　这么懒的我，不知道是怎么样的动力才能让我把一本我几乎搞不明白所以然的书背诵下来，可见想看宝石发光的这种好奇心实在是太强烈了。

　　当我把一本普普通通的手抄本，献宝一样拿出来，得意洋洋地放到流暄面前的时候，我真怕他看也不看就拒收，流暄细长地眼睛眯着，我被看得不好意思，但是仍旧是挺直腰板说："这是我手抄的秘籍，你看看。"

　　流暄看了一眼桌子上的秘籍，没有说话。

　　我开始打量他的房间，简陋，没有什么家具，就连床上的被褥看起来都很单薄，即便是这样，被褥很整齐，甚至没有人睡过的痕迹，我的脸"忽"地一下红了，不知道自己为什么要这么研究流暄。

　　他可能和我大不一样，这种想法总是刺激着我。

　　太不一样了，很难有人连睡觉都特别。

　　风轻轻从窗子里吹进来，我跟流暄面对面坐着，我的手指尖很冷，心跳如鼓，整个人就像是一只全神戒备的蚂蚱，生怕忽然伸伸腿，就不雅得破坏气氛，可是我又难免小心翼翼地观察对面的人，睁大眼睛看清楚他的一举一动，然后恨不得回去马上记录下来。

　　他喝茶是轻轻地抿，细长的眼睛不大有表情，对一切事务好像都不在意，很严肃，独来独往，冷酷，让人觉得可怕，风中飘来流暄的气息，暖洋洋地钻进我的鼻子，我听着自己的心跳，我说："你这里跟我那里不一样，我那里都是书。"流暄这里没有书架，桌子上只有一本普通的武功秘籍，"不过我那里的书，我都看不懂。"所以我也会反思，我有这么好的学习条件，但是我却学不出什么来，能学好的人，偏偏就没我这样的条件，如果我和流暄位置变换，他不知道会多厉害。

这么一个有天资的人，在这里什么也学不到，浪费了时光，而我自己却过着暴殄天物的生活。

我的眼神可能太过于真诚，流暄又看了看桌上的东西，然后拿了起来。

我终于眉开眼笑，"翻开看看，这本秘籍你看过没有。"

流暄的表情很淡，从他的眼睛里什么情绪都看不出来，他很随便地看手上的书，他看书的时候眼睛是炯炯的，稍微认真起来，浑身就好像开始散发一些异样的气息，是那种宝玉开始淡淡发光的模样。

我忽然想到什么，冲口就说："我能不能……"

宝石发了光，可是又会嫌弃他引来一系列的问题，这是人奇怪的本性，喜欢欣赏，但是不喜欢麻烦。

我忽然被一种暖和给惊醒了，因为太暖和，太安逸了，所以也会想醒来，这是什么逻辑，醒了以后我就发觉有些不对，我的身体不由自主地靠上身边，还伸出手紧紧地抱住，这一系列动作是在我清醒的状态下。

做完这些动作以后，我想，坏了，我不是在做梦，就是做了奇怪的事。我撑起身体，薄被就顺着我的脊背滑下来，我还没觉得冷，就有一双手把被子捞起来，然后裹在我身上，我低下头，那双如宝石一般流灿的眼睛中，有一种近似于温柔的神色，几乎把我看愣了，我的心几乎在颤，嘴角无意识地上扬，我明明记得那双眼睛从来都是淡得没有表情，让人觉得疏离，可是现在不是这样。

我还以为再也看不到这么温柔的眼神，我还以为以后就算见到了，我也只能像其他人一样，被淡淡地打个招呼，他甚至不会再看我。

我无法叙述那种感觉，那种曾经在人前听到有人提他的名字，我就会因为和他有着特别的关系而窃笑，听到别人说他淡漠的样子，我都忍不住想跳出来辩驳，我想说，他细长的眼睛弯起来很好看，尤其是他笑的时候，嘴角微微勾起，眼角会轻颤。

他看着我微笑的模样，我还以为随着时间的推移，会在我心底慢慢地落上灰尘，褪掉颜色，和逝去的岁月一起被掩埋。

然后我再也不会记得我们那时候的心情，或者再也记不得他对我说过的话，再也没有资格在别人提起他的时候，我会因为他在我身边而骄傲，甚至于他建了金宫，有那么辉煌的成绩，我也只能在远处眺望。

这时候，脑子就好像被轰了一样，整个思维轻飘飘的，无着力点，不管是伸手还是皱眉都没有经过思考，我自己流露出什么样的表情，自己都不清楚，我只能看着眼前的人，他深深地望着我，他那种表情，是不加遮掩的，仿佛他知道此时此刻根本不需要去隐藏，他那种眼神是要把一切都融化了的，让人心里暖暖的。

第九章 往事

我开始想探索这是不是真实的,还有我那个现在尚有一丝记忆的梦境,我的手开始无意识地捂头,我有点害怕,我觉得这是一个回忆的过程,我需要有人帮忙,只要有人能帮我稍微理清我的思绪,我想这就算是梦,也应该会留下什么线索。

我求助地拉住了他的胳膊,我看着他,眼睛里都是期望。

他轻声问,"是不是很辛苦?"

我诚实地点头,"很累,脑子里好像有什么,很奇怪,我要把它弄出来,可是这很困难,我又没法跟别人说,这种朦胧的感觉,朦胧的记忆得不到回应,我觉得很心酸,我发生了什么事?"我希望有人来告诉我,我发生了什么,我应该要怎么去做才能脱离这个困境,我的头很疼。

他的眼睛亮晶晶地看着我,"你感觉到了什么?"

我把支离破碎的梦境拼凑,很模糊,可是我还是说了出来,"是一段回忆,有那么一段记忆,很快乐的,好像是跟谁相遇,那个人好像是你。"

他轻轻闭上眼睛,等再睁开的时候,我看见他的眼睛里在震动,他低声问,"是一时的心血来潮和谁认识?"

我立即反驳,"不是,"很郑重地说,"绝对不是。"那是一段让人温暖的记忆,在某一天阳光下可以一起携手慢慢回忆,怎么会是心血来潮呢,它很重要,我要记清楚,不想再忘记。

"我要想起来,只要有人提醒我,我现在就能想起来,"我去摇晃他的胳膊,"如果我能想起来,我就说给你听,我告诉你我那时候的感觉,你让我想起来吧。"

流暄的手指忽然之间紧缩,他闭上眼睛,仿佛是在思考,等他睁开眼睛的瞬间,晶亮的眼睛不再波动了,而是一种深刻的恒定,我静静地等待着他说,我的脑子已经开始越来越模糊了,还有深深的倦乏。

他伸出手,摸着我的长发,嘴角露出一丝微笑,"你是在做梦,你还没有醒过来,什么都不是,不是记忆,那是梦,谁都会做梦,现在你也累了,需要接着休息。"

我反手抓住他的手指,拼命摇头,"不对,你不应该说这个,你怎么能告诉我,我是在做荒唐的梦。"

他却笑笑,就像是在哄小孩一样。我不喜欢他这个表情,因为他这个表情流露的意思是我只是一枕黄粱。

我说:"如果你告诉我,我是在做梦,那我就真会把它当成是梦,因为如果当成是梦的话,我忽然就轻松很多,谁不会做梦呢,梦醒以后就烟消云散了。"

他看着我笑笑,"你要吃糖吗?"他从身边找出一块糖来放在我唇边,然后我不假思索就含进嘴里,糖很甜,甜得我皱起眉头笑,"有一股药味。"

我看着他的眉眼，他秀丽的眉毛，他离我这么近，可是我开始越来越看不清他，他的笑渐渐地变了，上扬的嘴角落下来，然后我就看不见了，"可是如果你骗了我，我会很难过。"这是我最后要说的话。

我迷迷糊糊醒过来的时候，昏头昏脑的，我坐起来，就这样呆呆地看着对面的墙，和没有打开的窗子。

清醒以后，对发生的事有七分印象，是我在看水仙玩猫，然后看见了流暄，看见流暄以后，我忽然感觉到了什么，然后就什么都不记得了，我几乎要从床上跳起来，这不是我的小屋，我仔细打量这个房间，这分明是金宫殿里的那张大床。

我到底有没有做梦，我做了什么梦，是不是也把流暄梦进去了。

我不但睡了人家的床，还把人家弄到梦里去了。

记忆空白，然后还做了某种暧昧的梦，犯了错，感觉自己立即渺小了很多，幸亏自己的衣服还穿得整整齐齐的，流暄也没有在这里。

想想自己的罪过，最好的情况就是：不小心昏迷，然后被流暄批准留在金宫里。不然再用力回想，我确实也没干什么啊。大发脾气，砸碎东西？我仔细看了四周，呃，没有这种可能，一切都好好的呢。

迷迷糊糊，非礼了流暄？我咽了一口唾沫，这种事我不敢肯定，我到底有没有更失礼？

急忙从床上下来，轻手轻脚穿好鞋子然后把床整理好，两个枕头也摆放整齐，然后鼓足勇气面对可能在外面书房里的流暄。

我走到书房里，又是出了一头的汗，心都要跳出嗓子眼了，我听着自己的心跳，环视了四周，结论是，没有人。

然后我又把屋子里仔仔细细找了一遍，除了晒太阳的白猫，一无所获。

看样子我是睡了一晚上，现在接近正午，早课那边是肯定迟了，但是我如果继续藏在这里，不出现在大家面前的话，以后就更没办法解释这件事了。

于是想好了一切，我就匆匆忙忙往外跑。

谁知道是不是好奇心作祟，还是做了错事有点慌张，竟然就七拐八拐跑到一个陌生的小院里来了，两边站岗的头带党，竟然也没有提醒我走错路，我就好像一只被给了特许的无头苍蝇，到处乱窜，引来别人侧目看两眼。

走到陌生的地方，我就更加的小心翼翼，一边提醒自己应该转头离开，一边好奇地往里面走，不知不觉还提了一口气，走路几乎没有了声音。

往里走，空气中就传来一股药香，我想起曾在藏书阁里看见的那个浑身草药味儿的年轻人。

整个屋子气氛有些怪异，我立在那里没有动，然后就听见有人说话，"想让一个人变成

第九章 往事

另外一个人，只有两个办法，一个是让她把以前的事全都忘记，另一个是把属于别人的经历当作记忆灌输给她，对于我们来说，第一个是不适用的，所以我们用了第二个，现在看来，不是很有效吗？"

"这样就可以让她将从前的事忘记，完完全全变成另外一个人，你是怕白砚殿下那边……"

我听到了什么？虽然我弄不清楚，但是心里感觉不是什么好事，于是我想转身就走，踏出去一步，我心底仿佛听见"嗡"的一声清脆的响动，一脚落地，就像踩到了弦上，屋里的谈话这时候停止了，我就僵直在那里一丝也动弹不得。

屋里的帘子晃动，从里面走出一个人，那人不管穿着什么样，永远都是那么好看，整个人就是一颗闪闪发光的宝石，美丽的眼睛，漂亮的红唇，头发没有束起，落在肩膀上，看见我，他嘴唇轻勾，"醒了？没什么事，可以再睡一会儿。"

我猛然想起自己睡在流暄床上这件事，心情莫名地由紧张变成慌张，我想道歉，可是当看见流暄温和地看着我，我忽然觉得如果我道歉，他会很失望，索性我就把话吞进了肚子里。

流暄身后又走出一个人，果然是穿着规矩的灰白相间的衣裳，手里还握着药草，他脸上还残留着惊讶的神色，他看看我，又看看流暄，那眼神很奇怪。

流暄微笑，"那要回去？我帮你找了两本书，放在书房的桌子上。"这意思很明白，按道理我就该告辞，然后跑回金宫殿，拿到那两本书，或者去练功，或者回住所补觉。

我看着流暄，流暄疑惑地抬抬秀丽的眉毛，我低头想了想，我忽然很奇怪，难道流暄是不想让我跟他之间有隔阂？他想要我梦里的那种感觉？仿佛很亲近。

可是……我听到了什么，我听到那个名字我忽然不受控制，他不在我身边的时候我可以不想他，因为我的余下时间已经被流暄占满了，可是当听到有关于他一点点隐喻着不好的消息，我都会关心起来。

我抬头看流暄，他暖暖地笑，"如果不愿意回去，就在书房等我。"

我不应该问，流暄好像有点介意我会提白砚，我半天没有说话，流暄好像明白我要干什么。因为我的表情他觉得太不对头了吧，我这个人实在不会掩饰自己。

我听见流暄身边的年轻人叹息一声，好像是为谁颇为心疼。

流暄还是暖暖地看着我。"怎么了？刚才我正在想事，你进来我都没有听到。"他皱了皱眉头，我才注意到他眼底有红血丝，好像是没有睡好。

流暄看着我，微笑，"这次打仗我们这边没有什么损失，他们过几天就会回到金宫。"

我这是怎么了，他那么累，我不应该再来烦他，我还站在这干什么，他明确说了金宫没有什么损失，自然白砚也不会有问题。

我笑笑准备转头走，"白砚殿下怎么了？"想说道别的话。可是还是说错了。

流暄听了我的话，只是眯了一下眼睛，也许他早就料到我肯定要问地，没想到那么提示我，我还是直白地问出来。

流暄身边的年轻人使劲摇头，好像这样才能表示出他此刻的心情。

我只不过是提了白砚，喊了白砚的名字。

流暄揉了揉胸口，脸上出现倦乏的表情，但是他还是很有耐心地告诉我，"白砚没事，他很好，过几天就会回来。"流暄一定对我很失望，我开始慌张地攥裙角，然后我看见他淡淡扫过我额头上的红头带。

我忽然之间很想解释，我说："对不起，我就是想问问。"

对我一直特别纵容的流暄，听到我的解释以后，眉头皱起来，他转个身，然后淡淡地说："没事，你回去吧！"

流暄好像变回了我才认识他的时候，冷漠、疏离，我心里忽然很难受，心头有一种奇怪的感觉，酸酸地蔓延开来，我很想像那时候一样紧紧地拽住他的袖子，可是手伸出去了，却又放下，然后说了声客气话，转身走了出去。

我几乎是跑着回到书房，拿走桌子上的书，然后回到家，一头扎进我的床上，我在床上翻来覆去地想，为什么我会这么在意流暄，我在意流暄，为什么还那么关心白砚，想起白砚的眼睛，我心里就会难过。

就这么躺着，一直听到有人敲门，我也懒得应，那人敲烦了，就推开门往里看，然后看见床上的我，走过来，"清雅，你在屋里，怎么了？你不舒服？你今天一天跑哪里去了？"

我睁开眼睛看了小莫一眼，有些心虚，于是仓促地闭上眼睛，"我在屋里睡觉。"

小莫狐疑地接着说："早上没有见到你。"

我说："我出去练剑了。"想到昨晚的事，我的脸又开始泛红。

小莫居然就这么相信了我的话，她说："白砚殿下要回来了，你很高兴吧！"短短的一段时间，好像人人都在我面前提起白砚。不知道是出于什么心理，我竟然笑一声，喊出来，"是啊，白砚要回来了我很高兴，我很担心他。"

小莫愣了一下，"校场竞技的事要开始准备了，你知不知道？"

我说："不知道。"我一直在流暄那里，没有听说这些。

小莫顿了顿，"明天我们过去看看吧！就算是替补也要去做做样子。"

我"嗯"了一声，就算是答应了，现在我心里乱乱的，有事做正好，省得我自己胡思乱想。

小莫走了，我仰躺着看房顶，想起今天听到的另一句话来，"想让一个人变成另外一个人，只有两个办法，一个是让她把以前的事都忘记，另一个是把属于别人的经历当作记忆灌输给她。对于我们来说，第一个是不适用的，所以我们用了第二个，现在看来，不是很有效吗？"

流暄想把谁变成谁？我的手摸向枕头下的糖袋子，流暄在我可能去的地方都放了糖，在

第九章　往事

没见到他之前,我真的没有发现自己有爱吃糖的习惯,我想起我跟流暄第一次见面的晚上,我忽然感觉到我很爱吃糖这玩意儿,并且在这以后,我开始越来越喜欢,逐渐的,吃糖变成了我的习惯。

虽然这是一件小事,是不是就代表了什么。我猛然打了一个寒战,如果你想改变一个人的习惯,是不是就想让她变成另外一个人。

所以我刻意在睡觉前没有吃糖,然后我发现没有糖吃的日子很难熬,从来没有发现夜这么的长,静而沉闷,我想沉浸在这种沉闷中,但是脑子里就像是开了锅,很多想法都莫名其妙地蹦出来,就连紫苑手腕上的虫子都会让我想半天。

我很累,想睡,可是又睡不着,有几次我想摸出糖来吃,我觉得吃了糖,嘴里甜甜的,还能呼吸到那种水果的香气,我就会沉睡,可是当想到这是我的习惯,我就想克服它,我觉得我应该反抗,因为从下午开始我就一直不舒服,我仿佛一直都能看见流暄皱着眉头疲倦的样子。

我坐起来抓抓头,活像是地狱里吃不到饭的恶鬼,我起床在屋子里转来转去,又坐在凳子上发了一会儿呆,想到明天还要去准备竞技这件事,长长吐了一口气,我必须要睡觉,不然再磨蹭天就亮了,一宿没睡我哪里有精力再去干别的,我站起身,打开窗子准备看看外面的天,来判断时辰。

窗子开了一个小缝,刚呼吸到一股稍冷的新鲜空气,眼前就一闪,一个白影子蹿了进来,还带着一股水果香气从我面前飞过,我吓得"嘭"的一声把窗子关上,然后回头,那东西已经完成了三两下跳跃,蹿上了我的床。

我看清楚了它,它也扭头看我,微微眯起的眼睛,不耐烦地瞪了我一眼,然后甩甩尾巴动动爪子,准备卧下。

流暄的白猫怎么跑我这里来了,我悄悄地往床边靠过去,白猫看着我的动作,好像还有点藐视,翘了一下尾巴后柔顺地帖服在我的床上,不再搭理我。

我爬上床,身体越过白猫的时候,我发现这家伙好像刚洗完澡,身上非常香,跟我那糖的香味儿差不多,我盖上被子,然后试探着用手去碰它,摸上它的脊背它没有反抗,然后又扭头瞪了我几眼,本来就睁得不大的眼睛,来回眨了多次,有点不情愿的样子,不过它的模样实在逗得我发笑了,明明是它自己跑到我床上来的,居然还是一副被迫的表情。

我笑了,它就优雅地看了我一眼,然后开始昏昏欲睡,规律地呼吸,还打着轻轻的呼噜,加上身上的水果香气,我马上就被它传染了,有了困意,我躺下,白猫毛茸茸的靠了过来,并且把小爪子搭在了我的手腕上,爪心的肉垫柔软而有弹性。

怎么看都觉得这只猫在哄我睡觉,而且是迫不得已,不情愿地,我盯着这只古怪的不速之客,它的猫眼抬了抬,然后把头也靠近了我的怀里,搂着一个毛茸茸而有香气的可爱玩意儿,我想有脾气都难。

　　它均匀地呼吸，打着小呼噜，让我眼皮发沉了，我决定不再研究这个世间有没有来哄人睡觉的猫，直接进入梦乡，我很平静地做了一个梦，像是在深夜享受一个睡前故事，又或者是在有意识地回忆一段平静的岁月，这几天我绷紧的神经微微地放松下来，于是又梦到了让我愉悦的事。

　　那是姐姐在讲故事。

　　"我闯进去的时候，他的表情很意外，他的眼睛还不是很好，就把耳朵侧过来，问：谁。"少女一边说话，一边帮妹妹包扎伤口。

　　妹妹喊："哎哟，好疼，你接着讲，要把我注意力吸引走，你知道单纯的故事不能吸引我的注意，你要告诉我，你是不是故意闯进人家房间？你想看人家什么？没穿好衣服？"

　　姐姐啐了一口，笑着骂，"你先说说，手臂上的伤哪里来的？"

　　妹妹笑一声，神秘兮兮地说："你说奇怪不奇怪，我一觉醒来就这样了，该不是晚上我出去夜游练剑，不小心自己砍伤了吧？真的有可能，你看我平时也不怎么练剑，怎么就进步这么快呢……"

　　姐姐的脸色忽然变了，"别胡说，你要是对我说谎，我就再也不理你了。"

　　妹妹觉得很委屈，瘪瘪嘴，"我说的都是真的，真是一觉醒来就发现胳膊疼。"

　　姐姐的手停了停，低下头，半天才又接着说："好了，不讨论这个了，我们刚才说到哪儿了。"

　　妹妹说："说到你要看人家脱了衣服的样子。"

　　姐姐脸红起来，"你再胡说，我就不给你讲了。"

　　妹妹伸出单只手做出作揖的样子，"好了，好了，我再问一句话，那人叫什么名字来着？"

　　姐姐笑了，轻声伏在妹妹耳边，"再告诉你一遍，他叫白砚，好听吧，一纸白，砚墨无色。"

　　妹妹听到以后哈哈笑，"这个名字是挺高雅，但是不好，砚墨无色，他是真的看什么都无色了，他看不见了。"

　　姐姐脸真的沉了下来，"我会给他治好的。"

　　妹妹赶紧说："好了，好了，这次真的是我错了，以后我再也不敢说了，姐姐赶紧讲故事吧，我想听。"

　　姐姐给妹妹包扎好伤口，然后让她躺下，自己坐在妹妹床边，妹妹觉得不好意思，"姐，你再这样就把我宠上天了。"

　　姐姐说："好了，我给你讲故事，如果你困了就直接睡。"

　　姐姐开始讲，妹妹眼前浮现了姐姐说的场景，还有少女的敲门声和半夜里被惊醒的少年，少年撑起身子，只是微微的惊讶，但是不慌乱，然后露出一个大大的笑容，问："谁？"

第九章 往事

其实他早已经知道是谁，因为他的视力的关系，听力就异于常人。

少女因为在夜里奔跑而有点狼狈，额头上都是汗珠，气喘吁吁，她一边关门，一边笑，"是我。"

少年没有问多余的话，只是拿起一件衣服披在身上，等着少女接着说话。

少女说："我是偷着跑过来的，师父不知道，如果明天师父发现我不见了，一定会生气，"她吐吐舌头，"我越想越害怕。"

少年笑着眨眨眼睛，"害怕你还偷跑。"

少女反身把酒坛放在桌子上，然后得意洋洋地说："这你就不知道了，我是因为太热爱自由了，所以会突然想完全不受束缚地放纵一次，可是因为我这种行动，我肯定要付出代价，我很怕被师父骂的，可是喜欢这种事，你不知道，虽然害怕还是要去做。"

她看着少年长长的睫毛扇动，然后心平气和的样子，就故意说："你什么都没喜欢过，你才不知道这种感觉。"

少年笑得神采飞扬，好像一点都不被影响，"我怎么不知道，喜欢是会上瘾的。"

少女愣住了，原来他是知道什么是喜欢的，虽然他笑得那么坦率，但不代表他心里什么都没有呀，原来他也知道喜欢的感觉，是会上瘾的。

他问，"怎么了？"

少女不自然地笑一声，"我还以为你什么都不喜欢呢。"

他说："你过来就是跟我讨论什么叫喜欢的吗？"笑起来的样子很纯洁，很可爱。

少女一时被堵得说不出话来，可是她又不甘心，再一次坏心眼地顺着他的话，"不是，我不是来跟你讨论什么是喜欢的，我是要讨论什么是爱。"

她想看他发窘，哪怕一次都可以，没想到他爽快地答应了，抿着嘴，唇角上扬，文静的脸颊微微发红。然后他坐起来，开始收拾被褥，他虽然几乎看不见东西，但是他的屋子里很干净，不论她什么时候来，屋子里所有的东西都摆放得井井有条，反而倒是她容易把他的屋子弄乱。

即便是晚上沉睡的时候，忽然被人惊醒，他也要坐起来。收拾干净被褥，然后让她坐在他旁边，开始听她的长篇大论。

他这么正式反倒让她觉得不好意思起来，也不知道要从何谈起，于是想了想说："我妹妹可能爱上了一个人。"

他静静听着，"是什么样的人？"

她说："很聪明，很厉害，但是又深藏不露，平时很少说话，做事不露破绽，我去偷偷看过他，他长得很好看。"

他笑了，"听你这么一说，是一个不错的人。"

她"哼"了一声,"男人就会替男人说好话。"

他有点委屈地皱了皱鼻子,"不是吗?因为你并没有说他的缺点,我总不能假想出来吧?"

少女笑了笑,"不过这么一想,他确实没有缺点,但是没有缺点就是缺点,我觉得他太骄傲。"

他笑眯眯地说:"嗯,勉强算是缺点,你到底想说什么?"

少女说:"说真的,我怕我妹妹会受伤害,万一他们好了,然后男的又始乱终弃,或者承受不住压力,那怎么办。"

他想了想,"爱你妹妹要承受压力吗?"

少女"嗯"了一声。

他说:"如果他们相爱的话,我是说两相情愿的话,你没有必要担心,因为受伤的不会是你妹妹。"

少女说:"我不应该跟你讨论这件事,因为你只会安慰我,不会分析出什么,也没有什么好建议。"

他笑了,"我不是在安慰你。我是说真的,我们要从这个人的性格分析,你看首先他很聪明,你说爱上你妹妹会有压力,他这么聪明,一定会知道这一点,不会稀里糊涂地就往火坑里跳,再者,他很骄傲,骄傲的男人是不会出卖自己的感情和色相的,如果爱了,那就是爱了,最重要的一点他是强者。"

少女说:"爱情这种东西,还分强弱?"

他说:"爱情也是人生的一种啊,强者会更有责任心,特别是那种智慧的强者,他每做一件事都是经过仔细的思考,他几乎不会做错事,所以不会轻易地去做一件事,如果他决定去做一件事的话,不管那件事多难他都一定会把它做好。"

少女说:"我从来都没听过你评价别人,还以为你根本就不懂这些。快多跟我讲讲这样的人,也许我能帮我妹妹多分析一些。"

他说:"那你要讲一些他的事,不然我怎么分析给你?"

少女笑笑,就把妹妹偷偷告诉她的事告诉给了少年,少年仔细地听,很认真。

然后少年道:"这个人真的很厉害,这样的人我还没见过,如果让我见到,我一定会逼着他,让他跟我做朋友。"

少女说:"这个人真的不会伤害我妹妹吗?"

他说:"如果他爱上你妹妹,不但不会伤害你妹妹,而且还没有人敢跟他抢你妹妹。"

少女问:"为什么呢!"

他说:"谁也不愿意给自己树立一个打不死的敌人,我早说了他这种人如果下决定要办一件事,他是不会放弃的,这就像是打仗一样,除非他死在战场上,不然不会有输赢,谁愿意给自己找这样的敌人？他的智慧和做事方式，在不懂他的人眼里是很完美的，在懂他的人眼里是很可怕的，可怕而且让人敬服。"

少女问："那如果是你呢，你也不敢去跟他抢吗？"

他轻松地说："我不会爱上他爱的人，敢跟他做敌人的，都是些疯子，我刚刚跟你分析了那么多，我既然知道这些，我还去做，那我不是比疯子更疯？明知道是错误还要去犯错，这不是自找苦吃吗？"

少女"啧啧"惊叹，"没想到你还胆小如鼠，还敬畏强权。"

他说："这么多年，我一直看不见东西，所以我有大量的时间听别人念书、摸书、晒太阳，晒太阳的时候我就难免要多分析一些书里的故事。他厉害是让人觉得可怕，但是我觉得骄傲的人也很可怜。"

少女问："为什么可怜呢？"

他说："一般人遇到自己承受不住的困难或者挫折就会退步，他那种人决定了一件事就会做到底，就算再大的打击他都当没事人一样，虽然他没有表现出疼痛和难过，他好像根本没有痛的感觉，但是你忘记了，他也是人生肉长，怎么会不痛，但是大多数人都会认为他不痛，不去理解他。"

他说完这些话，天空开始放亮，少女撇撇嘴，"我带来的酒我们还没喝呢，一晚上都在请教你问题，你不会嫌我烦吧！"她渐渐地凑近他，想试探他的视力。

他漂亮的眼睛，没有聚焦，一直到她离他很近的距离，再往前一步就可以碰到他的脸，他忽然凑过来把嘴唇印在她的额头上，然后他笑了，"我不是瞎子。"

第十章 相恋

我从床上爬起来的时候，白猫已经早就跑没影了，我揉揉眼睛，十分纳闷，我没开门和窗子呀，它怎么就不见了呢。莫非它真的会自己开窗子不成？用它那双肉肉软软的爪子把门或者窗子打开？

这只猫实在太让人诧异了，它有着部分人的行为，尤其是它那双猫眼，看人的时候还带着情绪。

我准备整理床，穿上外面的衣服，然后才发现我居然就睡了床的一半。

独睡的人会慢慢养成一个习惯，那就是总会睡在床中央。我会在床的一边睡眠，这件事还真有点特别，主要是一张床，你睡在里面，外面让出了足有一个人的位置，简直就像是在故意给另外一个人腾出地方，这种想法听起来很荒谬，可是我还是忍不住掀开被子去证实，没有什么明显的痕迹，就算是有人睡过，那人也是小心翼翼，轻手轻脚的。

我摇摇头，我这种白痴的想法，如果说出来会被笑话死，就算是被当成笑话讲，那也是冷场的笑话。

要么就是晚上那只猫故意挤我，挤出了一个人的位置。为自己无聊的想法我打了一个寒战，然后咬咬牙卷起袖子一边被冻得咧嘴，一边快速洗脸的过程中，我看着脸盆里自己的影子，心里猛然被触动，好像不只看到了自己的影子，还能看到一个跟自己长得一模一样的人。

我正发愣，小莫就敲门露了一个小脸，她观察了我一下，然后问："在想什么？"

我招手让她关门进来，随意就说："我在想，什么情况下两个人会长得一模一样。"

小莫被我问笑了，"双胞胎呗，这还不知道。"

我愣了一下。接着说："你说，这个世间会不会有人跟我长得一模一样。"

小莫说："那要问你的父母，有没有给你生下姐姐或者妹妹。"

根据我脑海里那些零碎的梦境，我猜测自己可能有一个双胞胎姐妹。

显然这只是一个疯狂的猜测，这一切都根本不能成立的。

可是我现在居然有点相信自己这个猜测了，开始郑重考虑一个问题，我到底是谁，我跟温清雅到底有没有关系，如果没有关系，我跟她为什么这么相像。

想到这里我就出了一身冷汗。

跟江陵城这事在战场上告一个段落了，现在金宫内部马上开始忙乎处理俘虏的事。

小莫气喘吁吁地跑来跑去，然后过来告诉我，"你猜这次校场竞技负责人是谁。"

我有点愤怒，"我看见了，紫苑嘛。"我觉得紫苑就是一只苍蝇，整天在我耳边晃悠，我走到哪儿，哪里就有她的情影，她打扮得花枝招展，脸上是传统圣女般的微笑，男人女人都喜欢，可是在我心里，我还是觉得她是一只苍蝇。

紫苑不停地被提职，现在还管到江陵城俘虏身上去了，不仅能从各项供给中捞点银子花花，最重要的是能随意出入金宫。

开始有人围着紫苑问三问四，"紫苑啊，你是不是见过主上了？"

紫苑腼腆地笑笑，"没有。"

大家静了一下，然后接着说："紫苑啊，你别跟我们开玩笑了，主上没见过你，怎么会那么注意你啊，还点你名字让你负责，这是要给你升职的前兆啊，如果校场这件事顺利的话，你肯定会晋级啊。"

第十章 相恋

是啊,前提是校场这件事能顺利的话,我一边扫地一边想,如果我在这里,这里埋点爆炸性暗器,等到竞技那天,把这里炸出几个大洞,到时候不知道紫苑要怎么收场,想想就算了,当然这只是小人物受压迫后的自娱自乐的想法罢了,我弄不来这种暗器,就算是我有这种东西,我也不能神不知鬼不觉地把暗器埋在那里,更何况暗器爆炸会死人,想到死人,我就会觉得这件事太可怕了。

我只能坏心眼地跟老天磨叨几次,但愿到了那天校场上出点什么事吧,至少别让紫苑就这么顺利地晋升上去。

紫苑已经好几次爬到我头上了,按理说我应该懂得适应,可是这一次我感到格外的难过,不只是因为她越爬越高,最重要的是这是流暄下的命令。

我在想,紫苑也在想,她再抬起头来的时候,"我仔细想了想,我真的没有见过主上。"

大家都疑问出口,"没见过,主上怎么会下这种命令呢?难道是风遥殿下请求的吗?"

说到风遥,紫苑脸上出现了那种见到馊臭饭菜的表情。

大家闹哄了一下,然后又有一个人提出了一个更大胆的设定,她说:"说不定主上见过你,只不过你没注意罢了,紫苑那么漂亮,谁见过都会记住的。"

紫苑开始谦虚,"不不不,不会这样的。"

那人接着自己的论述,"再说了,注意这种事是要讲契机的,说不定主上是因为某件事恰好注意到了你,金宫里有很多漂亮的女人,但是不一定每一个都能让主上注意到,感情这种事是一瞬间的,讲究天时地利与人和,也许就在那一瞬间,你有了那个能让他注意到的机会。"

有人悄悄地说:"紫苑,万一主上也喜欢上了你,你要怎么办?主上和风遥殿下你要选哪一个!"

紫苑"啊"了一声,整个人陷入一种矛盾中,她从袖子拿出那个小傀儡,另一只手上放着那份突如其来的任命书。

忙乎完校场上的事,紫苑吩咐明天要操练一些别的,然后自己就匆匆离开了,看她那恨不得小跑的架势就跟要去会情郎似的。

草草吃过饭,我就扎回屋里看书,书没看两行,小莫就敲门进来,跟我讨论紫苑是不是被主上看上了这种问题,谈话半途中,我一脚就踹在了桌腿上,然后愤愤地抱怨起来,"今天干了太多活,累得腿都抽筋了,疼死我了。"不知道怎么的,就想往桌脚上踢。

小莫看我龇牙咧嘴,连忙说:"你休息吧,我走了。"

抱着腿坐了一会儿,我的思维就飘起来,今天一天都没有看见流暄了,主要是怕他还在生气,他现在干什么呢。

他昨天明明说的没关系,可是我怎么想也不像是没关系。

我低头翻书，终于在书里找了两段似乎有点难度的问题，拎起书一瘸一拐就往金宫殿里跑。

虽然从前流暄说过，他不经常在这里，可是每一次当我来这儿，几乎都能看到流暄。

这一次却没有见到。

我颓废地一屁股坐在书房的凳子上。

他还说："没关系。"分明就不是那么回事。以前以为见他很容易，几乎想找他的时候就会马上见到他，现在忽然觉得见他很难，就像小莫说的那样……我们之间的距离，是被我拉远了。

坐了一会儿，就重新走回自己的屋子，在灯下厌厌地看书，流暄根本不想见我，而演变成也许他真的很忙，我的心就像被针刺了一样，然后书上的字就一个也看不下去了，只能草草地洗了脸，脱衣服上床睡觉，脑袋刚落在枕头上，就听见两声猫叫，我弹跳起来去开窗子，那团毛茸茸雪白的家伙就蹭了进来，然后熟练地卧倒在我的被子上，我躺下来开始晃动它的爪子，我说："你主人呢，你主人哪里去了。"

白猫挺起胸，伸了个懒腰，打个哈欠后开始蜷成一团睡觉。

大概是白天累着了，晚上居然睡得很好，早上一起来，那只猫还是不在了，我神清气爽地起了床，准备到处散散步。

不小心溜达到了湖边，看见一个人正在就着湖水看自己脖子上的伤，雪白的颈子上有一圈清晰的牙印，然后她拿一块雪白的丝绢轻轻捂住了那暧昧乌青的伤痕。

我几乎能想象到那人咬人的样子，露出一个孩子般的微笑，懒洋洋的，整个人看起来无伤，但是牙齿尖厉。

紫苑坐下来，看着湖水中自己的倒影，然后竟然旁若无人地喃喃自语，"我真傻，我怎么会动摇呢，就算是主上真的看上我又如何，难道我真的要去想在他们中间选择一个吗？难怪他要生气。"

趁着紫苑不注意，我就原路溜了回来，顺便还去了饭厅吃早饭，吃饭的途中又一次看到紫苑被簇拥着走过来，看到紫苑，难免往她脖子上去瞄，高高的领子挡住了伤痕，什么也看不见。

紫苑出入金宫越来越频繁，对我来说这是好事啊，静谧的房间里少了一只苍蝇在你耳边嗡嗡。

时间一多，我就爱往流暄那里跑，但是前院后院跑了好几个来回，都不见他人影，就连水仙我都没有看到。

晚上我垂头丧气地从流暄那里回来，走到半路上，又遇见那群喜欢扎堆讨论的人，在闲谈，有人叹气，"为什么主上会把参加的校场竞技和白砚殿下归来安排在同一天了呢！这明

第十章 相恋

明就是逼人选择嘛！"

我停下脚步，真的假的，校场竞技和白砚回来在同一天？这不明摆着要流暄和白砚拼人气嘛！

"其实可以错开啊，一直都没有过这种惯例啊。"

我从她们身边走过，我的脚步声一直都很轻，可还是被发现了，然后就有人问："温清雅，你是去正门迎接白砚殿下，还是去校场看主上啊。"

我是要去找白砚呢，还是参加竞技？

竞技报了名应该就不能改了吧！到了那天，我只能去找桑林然后上场当替补，哪里有选择的权利，想到这里，我反而松一口气，不用我选择，是一件好事。

从报名参加校场竞技，一直到竞技的时间和白砚回来的时间是同一天，我怎么感觉就像是一个连锁反应啊，最终导致的结果就是，白砚不可能会在正门看到我。

推开自己的房门，我抬头就看见卧在床边的白猫，它闲闲地把爪子垂在床边，然后半眯眼睛看着窗子的方向，我听到"咕咕"叫几声，扭头在窗台上看见一只小白鸽，小白鸽不时地抖着羽毛，长长的嘴巴来回戳窗棱，一双黑豆样的眼睛看着我，然后翅膀忽然振起，把我吓得顿时出了一身冷汗，几步就跑到床前，抱起白猫。

我很害怕鸟类动物，尤其是它长长的尖嘴，总觉得它们喜欢盯着人眼睛看，然后下一步就会飞过来，用嘴巴啄人的眼睛。

我喜欢毛茸茸的小猫，不喜欢尖尖嘴的小鸟，所以我准备用猫吓唬吓唬小鸟，把它赶走，我来回晃动白猫的身体，它终于叫了两声，小鸟看着猫晃晃头，不安地在窗台上跳几步，它的右爪来回跺的时候，我算是看清楚了，它的腿上绑着一个小小筒。

汗，我说这鸟怎么随便往我这里跑，原来是送信。虽然说是送信的，可是我还是不敢去拿，被它的小尖嘴啄一下可不是闹着玩的。

于是我就在床上坐着想办法，看着窗前的小鸟，搂着白猫，竟然就糊里糊涂地睡了过去，醒过来的时候，小鸟已经不在了，看到空空的窗台，我松了一口气，可是马上想到，小鸟腿上的信，我没有看。

更让人惊奇的是，我是不知不觉睡着的，居然还脱了鞋袜和外衣，钻到了被窝里，我对这一系列的动作，还一点记忆都没有。

发生在我身边奇怪的事逐渐增多，估计和我最近的焦躁不安有很大的关系，好几天不见流暄了，心情变得很差不说，也提不起精神来练武，我把头埋在两膝间，这一切只有一个解释，那就是我真的喜欢上流暄了，很深很深的那种喜欢，所以一见不到他，我就会失魂落魄。但是我对白砚算什么呢？有一点点愧疚和放不下的关心，莫名其妙，下意识地充斥着我的心，我跟流暄距离越近，这种感觉越明显，就好像我真的亏欠了白砚很多似的。

我害怕看见白砚那双眼睛流露出犹豫和难过。

校场竞技快要开始了，最近几天桑林殿下就要押送俘虏回到金宫，听到这些消息我一点感觉都没有，闷闷地吃过饭，就在小莫的眼皮底下绕了几圈，然后奔向流暄那里，并且我也豁出去脸皮了，见到门口的头带党，我就问，"见没见到主上？"她们纪律很严格，大家对我这一句话，一致没有任何反应。

我只知道我好久没有看到流暄了，我必须要干点什么。

只因为看不到他我就会很难过，就好像身边忽然失去了一样很重要的东西，就像人被砍了一半，然后又找不到那一半了。

那一半在哪里？他会不会突然出现，出现以后还会不会像以前一样对我笑，对我好。

我喜欢他，不过是因为那天夜里听到他说话的声音是那么的好听，牵着我的心，好听得让我熟悉，让我想哭。

我抓着他的袖口，只不过是因为他打偏了米袋子，让我没有被压在袋子下。

只不过是因为这样吗？当然不是。

他漂亮得就像一朵月桂花，我无数次梦见的月桂花，曾软软地贴在我眼皮上的月桂花瓣，我无法忘记那阵柔软的芬芳，和那蛊惑人的妖娆。

本来以为他会一直在我身边，可是他却忽然不见了，我找不到他，所以惊慌失措，他一定不会相信，我现在心里乱极了，我怕我会永远也找不到他，他会从我身边消失。

流暄居然还没出现，一直没出现。

不知道找了多久，从大殿到院子里，我已经跑得气喘吁吁，再也跑不动了，我把下巴放在膝盖上，眼睛四处望。

夜沉静得让人觉得难过，我再望，望到了其中一处，我停下来，眼睛直直地看着那里，有人坐在另一侧的台阶上，风在他腿上吹拂，让那抹脆弱却张扬的白，在黑夜中若隐若现。

我站起来，"主上。"对于我来说，我一直认为是我在暗处，我做了那么多事就等着流暄来发现，却没想到会由我去发现他。

就好像一切都颠倒了，我觉得我是在等他，而其实是他一直在等我，当然这是一闪而过的想法，而且是一个永远想不通的问题。

我跑过去。

他坐在石阶上，好像很久了的样子，他的头发没有束起，左手握着自己的右手腕，他不说话，也不想动，他静静地沉默，但是他却看着我，微笑，冲我伸出一只手，我吓了一跳，愣了一会儿，然后试探着把手放了上去，他的手指修长，轻轻一弯就能勾住我的手指，他的指尖很冷，他站起来，长发散着，垂到了他的腰际，红色的薄衫也像流水一般从腰间分开，露出里面白色的长袍，红艳里面透着柔软的白，若隐若现，就似一朵欲放未放的月桂花。

第十章　相恋

他拉起我，往屋里走，我的心跳得很快，路过门口头带党的时候，我看着她们的表情，是惊讶的，流暄的出现，仿佛是一记惊雷，进了屋，他环顾了一下四周，长长的睫毛扇动了几下，然后侧过头，弯起嘴角看我，"这么晚还不睡觉。"

我一时不知怎么应答，忽然觉得方才的自己就像一个疯子。

流暄眼睛一眯，"你今天要在哪里睡？"

这话真的把我问愣了，问我在哪里睡？他那表情好像是在等我睡觉一样，我决定了要在哪里睡，他才能去哪里，我也想得太多了吧。

我说："最近几天都没见到你，你……"抬眼再看，流暄身上的衣服也太单薄了，明明就是一副准备睡觉的样子，既然都准备睡觉了，他怎么还在外面跑。

而且他身上还透着一股凉气，我说："这么晚了，你还在外面，又穿这么少……会不会……会不会……冻着。"

流暄笑着看我，"你冷不冷。"

我吸吸鼻子，"不冷。"不冷我怎么会吸鼻子，然后坐在那里弯成虾米。

我说："主上，我有一件事要告诉你，"我低着头，没有看他的眼睛，"我那天说白砚殿下，并不代表什么，你知道白砚殿下很照顾我，但是对于我来说，他只是一个朋友。"是朋友，一个身上透着熟悉气息的朋友。

我继续说："那天您可能是误会了，也可能您没有误会，但是我还是要说清楚，不然我睡觉都不踏实，"这都不是关键，"其实我真正想说的是，我喜欢您。"谁来捂住我的嘴巴，我觉得我已经激动得嘴角发颤，面颊痉挛，完全不受控制，我怎么说出这样的话。

我深深吸一口气，我已经准备好接受打击，流暄会跟我说：对不起，然后我会笑笑，坦然回他一个：没关系。

我们之间相差得太多了，不光是身份，长相，智慧，好像一切都离得好远，他看我的眼神很亲切，但是总有些朦胧，好像在遮掩着很多事，就像他刚才看我的样子，让我看不明白。

我低着头，看不到他的表情，可是我知道沉默是什么意思，是另一种回答。

我往后退了一步，忽然庆幸我没有挪动屋子里的那把椅子，不然我会被绊倒，摔得很惨。

"那我回去了。"我压低了声音，嗓子里像噎了馒头，我摸上身侧的剑，动作干净利落，颇有点江湖儿女的风范。

我弓着腰错开一步，准备从流暄身边走过去，我缓慢地迈步子，希望能听到什么挽留的声音，可是没有。

就这样，什么都没有。

我又吸鼻子，然后笑了一声，我一定把流暄吓到了。

通过这件事，我要给他一个教训，不要随便去帮助一个人，你可以帮她，可以对她好，甚至可以因为可怜她而去纵容她，但是你也要做好准备，她也许会爱上你，就这么简单，这不像你养猫或者养狗，人是有感情的动物，随便对一个人好，是会让她对你产生感情的。

所以以后，不要错用你的同情。"

外面的风很大，让我几乎喘不过气来，可是我还在拼命地呼吸，一直到胸口有点痛，我走得很缓慢，是因为在欣赏夜的美妙，我甚至抬起头数天上有几颗星星。

我磨蹭到了住所外，却怎么也不想进去，忽然之间我很害怕独处，我害怕流泪，可是过了一会儿，我还是伸手推开房门。

谁也不能逃避现实。

打开门，我呆立在门外，我不敢相信自己的眼睛，我说不出话来。

流暄看着我，微笑，"对不起。"

我几乎要哭出来。"我知道，这没什么。"我不想听到他回复我，我已经跑出来了。他还要专门比我早一步来到我的屋子里，然后给我一个否定的答复。

这听起来很滑稽。

他对我的告白说对不起。可是我却不能拿早就准备好的台词来跟他对答。

"没关系"这三个字，真的很难出口。

我想潇洒一次，没有潇洒成。我说："主上，这些东西，明天我会还回去，有什么惩罚，我也愿意接受。"

流暄笑笑，"你好像没有弄清楚我的意思。"他的笑容极为利落，仿佛现在才能看见他血液里的真正因子，"你认为我是那种喜欢可怜别人的人？慈善家？"

看着他的脸，我彻底愣住。我说："那……你……你的意思是？"

他微微一笑，"我不可能无缘无故去对一个人好，对人好无非有两种可能，一是有所图。二是喜欢她。"

我的手在微微发抖。

流暄笑笑，"我喜欢你。"

是哪种喜欢，是浅浅的那种喜欢，还是深深的那种喜欢？他喜欢的是我，温清雅？不，我不是温清雅，我是金宫。

我看着流暄的眼睛，我小心翼翼地问，"你喜欢的是谁？"我顿了顿，仿佛整个人都要退到墙角，从来没有这么在意过自己的身份，因为以前不管是金宫还是温清雅，我只要知道我就是我自己就可以了，这个秘密我准备烂到肚子里，谁也不会知道，我是一个再生的灵魂。

因为对我来说，他们知道不知道完全没有任何意义。

可是现在我在乎了，流暄喜欢的人是我吧，毕竟我和他经历过那种由冷淡变熟悉的过程，我抬起头，流暄正在看我，我紧张地去捏衣角。

第十章 相恋

流暄弯起嘴角,"那么你是谁?"他的眼睛神炯,黑得不见底,但是里面却有美丽的光在流动。

我愣了一下,我说:"主上……"

流暄笑了,"哦"他的笑容给人很舒服的感觉,但是同时也在纠正你的错误,让你没有勇气接着错下去。

我咽了一口唾沫,改口,"流……流暄……你相信有人会……"呃,我忽然不知道要怎么说,借尸还魂?这个词如果说出来,我会不会被当成妖孽杀死?"让人生重新来过?"差不多就是这个意思吧!

我想无论是谁听到我说这些都会惊讶,流暄却笑着看我,"让人生重新来过,是自己的愿望?如果有人经历过很痛苦的事,想挽回却无法挽回,大概会有这样的愿望。"

我说:"如果这种愿望真的实现了呢?"

流暄说:"你确定会有这种事发生吗?也许很多人都有过这样的愿望,甚至于会产生错觉,但是这个世间总是遵循一定的规律的,也许有人会记得前世的事,但是不能跨越生死循环的过程,一下子变成另外一个人。"

我一下子搞不明白了,本来是很清楚的一件事,却忽然混乱起来,我明明是重生在温清雅身上的,如果这世界上没有重生这种玩意儿,就像流暄说的,让人生重新来过,这只是谁都可能有的愿望。

如果按照一个推理,那么我就是温清雅,那么金宫是谁?我为什么会记得金宫。

我说:"我有点混乱,如果没有重生,那一个人为什么会记得不同的事。"

流暄说:"譬如呢?"

我想了想,"譬如,如果想扭转自己的命运,就要学会最厉害的武功,找到……"我看一眼流暄忽然不说了,脸猛地红起来。

流暄说:"学到最厉害的武功!这可能是一种愿望,人的一生总有记忆最深刻的几件事。"

我说:"这么一说,我好像又明白了,我就是温清雅,我会有混乱的记忆是因为我记不清以前的事了。"

流暄抬了抬眉毛,"没关系,总能想起来的,可以慢慢来。"

我一定要把所有的事想明白,把自己的以前都找回来,不然我永远都觉得自己像飘浮在半空中,没有落脚点,而且只要不把这些都想起来,就感觉好像头上悬着一把刀,那把刀随时都要掉下来。

在我心里流暄是无所不能的,他那么厉害,他跟我分析所有的事都那么有条理,而且就算什么都想不起来又怎么样,没有以前的记忆,我会觉得我生活得很开心。

我说:"流暄,你建金宫是为了一个人吗?叫金宫是因为,那个人的名字叫金宫?"我看着流暄，眼神总有些控制不住地表达我的意思。

流暄说："是，金宫就是这么来的。"

我一直以为我是金宫，但是当我发现我可能不是金宫的时候，我多么期望我是金宫，原来我是温清雅。

我说："我还以为我是……现在知道不是……"我差点就犯了一个大错，有可能我会一辈子相信有重生这码事，然后把自己当成是金宫。

流暄笑笑，"你是谁，跟我喜欢你有关系吗？"

是没有关系，只要我喜欢他，他喜欢我，不就够了吗？

流暄喜欢过金宫，为她建了金宫，我是很羡慕，我甚至还希望我就是金宫，可不是金宫又怎么样，难道一个人就不能喜欢过谁吗？

只要他喜欢的是我，只要我不是替代品。

可是问起来了，就想接着问下去，哪个女孩子不想问喜欢的那个人的过去啊，嘴里酸酸的，心里也酸酸的，但是脸上还是一副无所谓的模样，还是要问，我说："你们很好吗？我说你跟金宫。"流暄笑笑，没有回答。

我说："她是哪种类型的人？"

流暄说："为什么要问这些？"

我的手紧张地握在一起，"我就是随便问问。"

流暄走到床边坐下，然后拍拍身边的位置，示意让我也坐过去，因为流暄喜欢过金宫，所以我就难免拿金宫跟我自己做对比，金宫有让流暄为她建一座宫殿的资本，那一定是比我强很多。

我说："金宫武功好吗？光听她这个名字就觉得很有气势，她一定很聪明，武功很好吧，长得也很漂亮。"

流暄说："她的武功不错。"

我悄悄吐一口气，想想自己的武功，开始连剑都拿不稳，简直跟人家没法比。

我说："她武功好，是因为你吗？因为你武功好，所以她才那么努力！"真是小女人心在作祟，说出这话以后，我自己牙都酸了。

流暄说："怎么这么想？"

我挺不好意思地笑。"只是直觉。"

流暄说："她武功好，是因为她出生的环境，"他想了想，然后勾起嘴唇一笑，"后来也有一些我的原因。"

我觉得流暄的笑容是很幸福的。就像想起了一件往事，其实我看见他的笑容我也很高兴，只是忽然想起，他是在回忆金宫，我就高兴不起来了。

第十章 相恋

我说:"就是这样的,我想也是,错不了。"一个人喜欢另一个人是这样的,就像我后来武功开始有所进步,那也是因为我下意识想要跟流暄接近。

流暄笑笑,"那都是以前的事了。"

我说:"你也教过她武功吗?"问了这么多,我自己都脸红起来,心里想流暄可能嫌烦了,不会回答我。可是嘴上仍旧忍不住问。

流暄脾气挺好的,他掏出一只糖袋子递给我,"教过。"

我接过糖袋子,从里面掏出一块糖吃,水果味道的糖果甜得我抿抿嘴,流暄看着我的样子,笑了起来,他的眼睛漆黑,衬着他骄阳般的笑意,仿佛连整个房间都照得光芒四射,我不由得又看愣了,半响才想起来说话,"那我以后不敢跟你学了。"流暄教金宫武功,也教我武功,会不会是因为这样,从这些相似点上,让他注意到我,这种想法要让我忍不住叹气。

流暄侧侧头,"我对你严厉?"

我忙摇头,"不是,"又掏出一块糖,放进嘴巴里,"我怕我比不上她,会让人笑话。"

流暄被我逗笑了,看着我,黑不见底的眼睛波荡着淡淡的温柔,"你就是你,不用去跟别人比,我喜欢的是你,跟其他人无关。"

喜欢的是我,虽然他这么说,可是我还是……忽然感觉到有些困。

流暄说:"你这么问我,是觉得我不是真的喜欢你?"

我的眼皮开始打架,我说:"我也不知道,"说出来的话,居然也没有经过思考,"我总觉得不是这样。"

流暄像花开一样的笑容,暖暖的,仿佛像是在叹息。

他好像说了什么?可是我忽然听不清楚了,只觉得被子上的味道很好闻,让我坠入一种舒服的睡眠中。

直到我感觉到我的手指在被一个东西舔,甚至还轻轻地咬了咬,指尖又痒又麻不自觉地就轻微动了一下,然后我就暂时稍微清醒了一些,我在迷糊中听见有人说话。

"这东西你爹用过,你妹妹也在用,你也用了吧,这样你们一家子都跟蛊毒有缘了。"这声音懒洋洋中带着一些魅惑,听到他的声音,仿佛就能见他那种放浪形骸的样子。

屋子里静了一下。

"这种蛊毒虽然能随便改变人的记忆,但是对人身体有很大的伤害。"

听到这声音,本来欲再睡去的我,顿时又清醒了几分,是流暄的声音,他在跟水仙说什么?是在我的房间里?我怎么会忽然睡着了,我想彻底清醒,但是整个身体仿佛都睡得很沉,我在半梦半醒之间,动动手指仿佛都十分困难。

"其实人就像一根线绳,受过几次打击整个人就脆弱了,在崩溃边缘,如果这时候你再把这根线绳弄成一团然后重新拉直,它就会断掉。所以现在任何对她有伤害的药都不能用,否则会有危险。"这个人我也认识，是那浑身药味的年轻人。

　　水仙用懒洋洋的声音，"不能任意改她记忆的话，那只能有两个结果，让她病下去或者让她好起来，可是怎么想都不是一个好办法，楚辞把她扔给你的时候，你以为她只是病了，忘记了自己是谁，你试探着帮她治病，让她慢慢想起过去的种种，可是在关键时刻，楚辞又告诉你，你不能让她想起来，否则后果会很严重，楚辞这个游戏还真伟大。"

　　水仙接着说："流暄，我忍不住要提醒你，这件事现在已经很麻烦，但是恐怕真正麻烦的还在后面，其实人有时候要学会放弃，如果当年你爹放弃你娘，那四国早就统一了，我不知道你这么多年是怎么过的，你身体里流着那种可怕的血，如果不限制你，让你随便成长，会长成什么样我们先不说，单单是江陵城那种变态的培养人的方法，还有一个楚辞那样的敌人，在我看来，你早应该变得比楚辞还残忍，可是为什么你没变呢？我很好奇。"

　　流暄说："在江陵城那个地方，只有你足够强大才能生存下来，人在追求生存的过程中会渐渐崇尚力量，"他笑笑，"所以我也变过，差点就变成和楚辞一样。"

　　我的手轻轻地被人握起来。

　　我仿佛想明白了一些事，这些谈话就像是一条线索，我循着这条线索仿佛就能找到什么，可是我发现我无法思考。

　　水仙叹了一口气，"江陵城里还能容下一个善良的丫头吗？江陵城里能有善良的人活下去吗？"

　　这句话忽然像针一样扎进我的心，我不断地重复着这句话，恍恍惚惚又陷入了睡眠中，然后我能回想起来，第一次说到，善良这个词的时候。

　　我说："我觉得大家都很好，很善良啊，师姐们会指点我武功，大家都待我很好。"

　　楚辞在我面前蹲下来，"很好，善良，我这是第一次听到这个词。"他穿着华丽的衣服，很俊秀地微笑。"如果以后有人发现我身边跟着一个相信人是善良的人，我会被笑掉大牙，所以我要告诉你一件事。"

　　"你经常在身上发现不明伤痕，难道你就没有怀疑过吗？你不是没有怀疑，只不过你不愿意去想，如果你想通了，你就会发现你生活在一个什么地方，并不是一个繁华的大家族。"

　　我从草地上站起来，准备要走。

　　楚辞却微笑，扯住我的袖子，"知道为什么有得金宫者得天下的预言吗？因为他们发现一种武功可以激发人的潜能，而这个武功需要人在没有意识的情况下才能练。"

　　我的背后忽然出了一身的冷汗，我淡淡一笑，当作什么都没发生。

　　可是楚辞仍旧在说："其实你跟你姐姐生下来的时候，并没有确定谁叫金宫，因为资质好的人才能练那种武功叫金宫，那时候你们只有小名，没有真正的名字。你还记得你什么时候才叫金宫的吗？"

第十章　相恋

我猛地甩开楚辞的手,往前跑去,可是我还是听到楚辞的话,他说:"在你姐姐练武不久,有一天她不小心从树上摔下来,摔断了琵琶骨,身体的整体水平就比你差了,不再适合练那种武功,你姐姐是一个聪明的孩子,你是个傻丫头,江陵城里真正傻的只有你。"

我傻吗?不,我只是不愿意去想,为什么所有人都要那么去做,为什么所有人都要去崇尚力量,个个都戴上虚伪的面具,如果不是虚伪的,那不是很美吗?

我在江陵城里,我把这些看得都很真实,我闲散,我故意不去拿好剑,我不想去追求更高的位置。

现在我才发现,无论我怎么做,我都是孤独的,我有一个和大家格格不入的想法,我很孤独。

今天楚辞告诉我这些。他只是想说:你是在伪装,你假装什么都不懂,什么都无所谓。只是一个傻丫头,但是你真的都不懂吗?不对。

假装朋友是朋友,师兄是师兄,亲人是亲人。

我这种假装能换来什么,换来姐姐笑着跟我说外面的世界,笑着说她的自由,我很高兴,我希望就这么糊涂地过下去。

晚上我会吃得非常多,身边的师兄师姐都笑话我,师姐会把一些饭菜分给我,然后捏捏我的胳膊,"吃这么多怎么不见胖。"

我笑着,"没良心不长肉。"笑嘻嘻地接着吃饭。

我早就发现自己不是晚上睡觉不老实,而是有其他的原因,一个人睡觉再不老实也不能起床的时候发现浑身酸痛,尤其是胳膊就跟干了一晚重活似的,腰上,腿上,不时地会有乌青,感觉就是跟谁对打被踹了。

琢磨了这些,我只有一个想法,我要多吃饭,增加营养,不然说不定哪天早上再也醒不过来,晚上睡觉之前在腰上绑一个布袋,省得被踢得太惨。

即便是这样的日子,我过得不是也挺高兴的吗?

练了剑,默默地往回走,江陵城里一片静寂,我把腰间的剑拿下来握在身前,在江陵城什么事件都有可能突然发生,走到哪里都必须要有戒备,低着头看裙角,我忽然感觉到很累,一种被逼得无处可逃的疲惫,我一步步下台阶,无意识地脚下一滑,整个人扑跌出去,我还来不及用武功阻止我飞出去的身体,已经猛撞上了一个人,我落到他怀里,他扶起我的剑,让我稳稳地重新站在地上,我的脸离他的怀里还有一段距离,是一柄剑的距离,我低头看着剑鞘不说话,如果没有扑到他身上,我说不定差一点,就落在地上摔碎了。

接我的时候,他往后退了几步,撞上了树干,把树上的月桂花摇晃下来,落了满地,刚才风还卷着花瓣纷纷扬扬地吹着,现在却忽然停了下来,时间在冻结,天地间都静寂了,我没有抬头,也没有要离开。

我想起楚辞的话，于是抬起头问流暄，"你身上有几十种能杀人的武器吗？"我发现楚辞还玩一些恶意的游戏，流暄真的好像是清教徒，不良嗜好一点都没有。

是因为他的全部心思都投入到了其他方面？

我以为他不会说话，他却说："用不了那么多。"

我扑哧笑了出来，是啊，哪用得了几十种。我说："我们为什么会生在这么一个地方，人人都身不由己，不知道有没有那种人民富足、政治安定的国家。"

我今天太难过了，眉毛皱起来，流暄看着我，微微眯了一下眼睛，他说："不论是在哪里，都一样会面对困难，在这里是如此，就算是在一个稳定的国度生活，将会面临其他的问题，譬如人心虚荣、冷漠，在哪里都是一样的。"

他愣了一下，仿佛在想什么，然后展颜笑笑，就像精美的宝石发出耀眼的光，"单纯地追求力量，我差点也变成这样。"

我猛然之间愣了，瞪大了眼睛，我没想到他会这样回应我。人生就像一条轨迹，所有人到什么时候就会走上一条什么样的路，大家像坐在一条能往前运动的道路上，随着时间流动，生老病死，做着一样的动作，干着一样的事。

流暄道："建金宫的时候我就这样想，我们要改变，不要像江陵城那样冷酷。"

原来是因为这个流暄才会建金宫。

我忽然扑到流暄身上。我开始流眼泪。

人生的开端不是出生的时候大声哭泣，而是找到那个人以后的流泪，就像心脏上也长出相似于泪腺的东西。心在哭。

我曾经惶恐，因为怕终究在这种环境中迷失自己。随着年龄长大终究随波逐流，保持不住心中的那丝清醒，现在我不怕了。

流暄站在原地一动不动，他无论在什么情况下表现的都是淡淡的从容，可是我能感觉到他有一些微微的错愕。本来有几分冲动的我，顿时在他微微僵硬和惊讶中烟消云散，取而代之的是浓浓的羞怯，风很冷，是因为我的脸在发烧。

一边流泪，一边发烧。

月桂花瓣飘落在我的眼皮上，软软的，我小心翼翼地捏在手里。我说："流暄，你教我武功吧！我拜你为师，我叫你师父，我想离你近一些。跟你一起成长，也许有一天我的武功会帮到你，如果我武功好了。我在你身边我会觉得你很安全，因为这个世界上肯定不会伤害你的人，是我。"

从此以后我对他有了一个特别的称呼。亲切而又柔软的称呼。

我有一个好师父，每天练武也变得快乐起来。不但快乐，而且用心，因为我不能给我师父脸上抹黑。

第十章 相恋

流暄教我武功的时候表情很正经，但是他教的招式却和书本上的不一样，他总是会这变一点，那变一下，我每一次练的时候，想起书本上画的图画，都忍不住想笑，流暄不会在偷懒，故意不好好教我吧。

旁边的男人看看我，话不多，秀丽的眉毛一挑，"有空去试试。"这一试不要紧，我发现这么刺和那么刺虽然只有角度不同，但是结果完全不一样，我屁颠屁颠地来问流暄，"为什么这样做就比那样有效呢？"

流暄说："因为你个子矮。"

我的笑僵在脸上，个子矮所以刺剑的角度也不同。愣了一下，我脸上就像挂了一朵花，高兴得合不拢嘴，张嘴说话猛然发现自己的声音比平时软了几分，我说："怪不得和那些师父教的不一样，那些师父是给大家吃大锅饭，你只教我一个人。"

流暄拿剑的手停了停，"我不能教别人吗？"

我僵了，"这怎么行，你怎么能教别人，就因为武林中人肯定都会收弟子在身边，我才当你弟子的。"

流暄没有说话。

我说："我怕将来有人能像我一样离你这么近。"

流暄脸上总是有那种孤傲，绝冷的表情，倒不是因为他绷着脸，即便他在淡淡地笑，也会让人觉得离他很远，他仿佛在很高很高的地方，偶尔让人仰头看见了他，看见了他就会被他吸引，把他牢牢记在心里，但是他不会记得你，他根本也看不到你。如同银白的雪地里的一朵鲜艳似火的花朵，绝傲地绽放着，盯着这朵花看，会被耀眼的光刺伤眼睛。

我想跟他接近，可是他又不懂得跟人接近。

我喜欢流暄，所以姐姐试图通过调查流暄祖宗三代来判断他的性格，经过了几天的冥思苦想，姐姐说："一点都不像，他跟他爹，他爷爷，他祖爷爷，一点相似的地方都没有，苹果树上会长出雪莲花来吗？不可能啊。"我牢牢地抓住姐姐的手，"怎么办？"

姐姐戳戳我的鼻尖，皱着鼻子喊："小丫头。"后来她又背着药箱出去了，一走大半年，再次回来的时候，她就有了点主意。姐姐说："他这种人，好像天生就有了孤傲的性格，很难接近，我猜他小时候就已经开始不喜欢别人接触他，对他这种人感情要从小培养……"我瞪了姐姐一眼，这不是废话吗？

姐姐说："听我把话说完。也不是不可能，他不懂得喜欢人，你就教他啊！先不要要求他离你有多近，只要你能保证你是离他最近的，总有一天会有机会让他喜欢上你，当你发现他对你跟对别人不同了，那你就成功了。"

有一天我会发现他对我不同吗？

姐姐拍着我的肩膀，"一步步地来，慢慢地引导他，我相信你总有一天会成功的。"

引导流暄，让他只对我一个人好？呃，这是一件很困难的事，万一他永远不开窍，或者他根本就不喜欢我这个类型呢？但是如果有一天，他对我很好，当别人都觉得他可怕，而我不这么认为的时候，我一定非常的高兴，会快乐得不得了。

我高兴得得意忘形，叫了一声，"姐！"姐姐没理我，我又喊了一声，"温清雅。"

姐姐才像忽然惊醒，她额头上都是汗，可是我没有思考太多。

我在想，我要站在流暄身边，我要笑着跟他说："离我近一点，再近一点。"

我想和他站在一起，永远在一起。

早上醒来的时候，我觉得浑身轻松，好久没有这么舒服地睡一觉了，刚打开院子门，眼前的景象将我吓了一跳，我忙向后退了两步，差点把不大结实的门给撞飞了。

一个人蹲在院子里磨刀，雪白的匕首，刀刃上泛着寒光，他的手指正要去摸刀刃，看着他的动作，我不禁倒吸一口凉气，急忙喊出声，"小心，会割到手。"

他的手挪开，然后抬起头，"被自己磨的刀割到手指？"

我转身回到屋子里倒水，"桑林，你什么时候回来的？我怎么没听到消息？"刚才推门看见桑林蹲在地上，把我吓了一跳，我还以为是什么不速之客。

桑林看了我一会儿，才一本正经地道："我跟着林殿下先回来布置校场。"

弄得我下意识用手背去擦脸，然后用眼神询问他，桑林看着我的动作笑了，挪开眼睛，"我认识的一个人收了个徒弟。"

我的手僵了一下，呃，怎么突然讲起故事来了，桑林一边说，居然接着磨刀，屋子里的气氛怪异极了，我关上门，拖了一个凳子，坐在一边。

桑林说："结果，他徒弟差点把他给杀了。"

啊，这事严重了，我说："这叫欺师灭祖吧！按道理说，那个人……"该被杀了。我眨眨眼睛，不知道为什么手心出了冷汗，这个故事听着让人很不舒服。

桑林这下完全停了下来，手捏着刀刃，"被自己无论如何也想不到的人伤了，你知道那是一种什么感觉吗？不管你多骄傲，都会觉得悲哀，没有愤怒，直接变成了悲哀。"

我扯扯嘴角想给桑林一个安慰式的微笑，可是我笑不出，我有一种浓浓的痛楚，从心底里的某一个角落冲撞出来，噎在嗓子里天空渐渐黑暗，犹如一片乌云压过来，盖住了一切光源，屋子的空间一下子变得狭小而紧闭，空气稀缺，让人喘不过气。

我听见自己的心跳，在一个狭小的地方，半死不活地折腾着，我坐在角落里，不敢抬头，整个人也快要被黑暗吞噬了，我把手放在膝盖上，单薄的肩膀支撑着整个人。

桑林接着说："校场竞技安排了几个替补，都是从江陵城那边投奔过来的，林殿下这么安排的意思是，看看他们是不是奸细。"

"我不明白这些人为什么要做奸细，主上建金宫的意思是让大家更自由，难道那些人天

第十章 相恋

生就有奴性？就喜欢给人当傀儡？"桑林停了一下，"当然，我说这话可能有点过分了，但是希望不要破坏美好的东西，美的东西不是用来破坏的，而是用来珍惜的。"

桑林说："校场上是最能分辨人真心的地方，无数只眼睛都盯着你，哪怕你只露出一点马脚，都会被人看出来，到时候一切都会变得清楚，那后果真的会让人很失望。"

"当然，过去的事已经过去了，错过的人如果能被原谅，那已经是天大的恩赐了，可是有人，并没有抱着珍惜的心态。"我虽然低着头，但是我感觉到桑林在看我。

桑林说："如果我猜测错了，我会道歉，但是如果有人再做什么不好的事，恐怕就不会再被原谅。你说是不是。"

我的拳头忽然攥起来，我很紧张，不知道为什么。

不知道桑林什么时候走的，他临走的时候点燃了桌子上的灯，本来我应该能感觉到灯光，可是我仿佛离灯越来越远。

我依旧坐在一个黑暗的屋子里，坐在凳子上，低着头，只能听到仿若从遥远方向传来的滴水声。

我好像很疼过，我在痛苦中回忆，痛苦中等待，然后麻木，我希望能听到一个声音，一个温柔的，撕裂那些痛苦和悲哀的声音。

有人推开了门，我猛然抬起了头，不是在做梦，他穿着白色的长袍，肩膀上有一条美丽的白色围脖，他正暖暖地看着我。

就像一道光，带着微风，把黑雾都吹散了去，又把我从远处一隅里拉了回来。

天空虽然已经黑暗，但是闪闪的明星是那么的璀璨。

他的衣角上甚至还沾着月桂花的花瓣，明亮的眼睛像一泓泉水，优美的红唇轻勾着，绝美的身姿高傲地站在那里。

他眯起眼睛，冲我微笑，肩膀上的白猫也侧过头来，他说："怎么了？"

不是在做梦，我看见他了，并不是浑身黑暗，一脸悲哀的他。而是那么骄傲，那么雍容的他。

我愣着看流暄，眼睛都不眨，房间里像被撒了奇怪的香气，就像太阳晒过的被子一样，有形无形的，朦朦胧胧，让人觉得熟悉，幸福。

流暄是很高兴的样子，他的脸是放松的，柔和的，他说："在想什么？怎么还没睡？"

我的手指动了动，看看外面的天空，是不早了，我居然坐在凳子上愣了那么久。

流暄四处看了看，"谁来过了？"

我急忙说："没什么人，是一个朋友。"挺起腰来，顿时觉得后背针扎一样的疼，肩膀上像是扛了千斤坠。

"朋友？"流暄挑起了眉毛。

我看着流暄，比平时更专注，简直就像两个人劫后余生，这样面对很不容易。

他的长发里夹杂了火红的月桂花瓣，我想提醒他把花瓣弄下来，可是又觉得这样挺好看的。

他闲散地走过来，穿着柔软的袍子，就像是睡前习惯到处走走放松一下似的，和他这样的相处模式，让人觉得格外的亲切。这种在生活中最随意的一面，不能轻易见到的。平日里他不会松开绾起的长发，不会让白猫蹲在他的肩膀上，就连衣服也不会穿得这么柔软，也不会在脸上原原本本出现真实的表情。

如果在其他地方，不是这样的气氛。即便是见到他，他也是那副淡淡的模样，高高地坐在那里，好像跟你没有任何关系，从他的眼神中找不到你的存在。

我的心莫名其妙地抽了一下。

流暄说："过两天校场竞技，你要去看吗？"

他突然问到这个。

我"啊"了一声，脸红了，迅速整理谎言。"不……不去了。"

流暄扬一下眉角，"你不好奇？"

我当然好奇，如果我不是去做替补，怎么也会挤着去看，我身上可没有矜持。

流暄走到桑林曾蹲过的地方，停了一下，然后忽然一笑。

我当时没有理解他这笑是什么意思，不久之后，看见桑林痛苦的样子，我才恍然大悟，想笑的冲动太强烈，几乎忍出内伤来，当然这是后话。

流暄做事，你是搞不清楚的，非要等事件发生以后，你要回忆哪一天，他笑了笑，或者有过什么特别的表情，然后你忍不住愣着"哦"一声，原来如此。

所以你越接近他，越觉得他是那种能无限吸取和承受的人，有可怕的血统，又无所限制，天然长成的男人。

我老这么盯着流暄看也不是办法，于是我提议，"我们干点什么吧！"不然没有正当理由留住你，你要走了，你走了，我就会被黑暗盖起来，黑暗下面是冷清，我会变成一只不知道该干点什么的蚂蚁，在屋子里团团转。

桑林刚才说了一大堆……校场竞技快开始了，我很紧张。可怕的是，不但紧张，我还有点心虚。

好像如果我正在做一件坏事，我以为永远不会有人知道，这时候出现一个人对我说："人在做，天在看。"我猛然会很害怕一样：当桑林讲有人"欺师灭祖"的故事，我在难过。

我说："你好久都不教我武功了。"

过了一会儿，身体舒展开了，吸了很多新鲜空气，微微疲惫，但是恰好没有出汗，可以直接清爽地睡觉。

第十章 相恋

我还是不希望流暄走，可是运动完以后，我确实有点困了，我支撑着央求流暄讲武功秘籍心法的含义给我听，听着听着，我就半睡半醒，等我忽然醒过来的时候，已经盖着被子躺在床上，流暄坐在床边看书，我的一只手从被子里伸出来紧紧地握着他的手指。

睡意一来，居然就有点糊涂了，我的手没有缩回去，甚至还把身体虾米样地弯起来，这样又离流暄近了一些，流暄侧过脸看我，我说："我再睡一会儿行吗？就一会儿。"

流暄笑笑，握着我的手收紧了一些，他很高兴，"好，睡吧。"

我闭上眼睛，嘴角还在弯，原本绷紧的神经猛然放松下来。

这么睡一觉以后，才发现，以前那些都不叫睡觉，短短的几个小时，所有体力都找补回来了。

然后就是做梦，在江陵城的后山，很绿很绿的草地上，我站在地上摆着刺剑的姿势，在闭着眼睛偷懒。

闭一会儿眼睛，赶紧再换一个姿势，然后瞅瞅不远处靠在树下看书的师父流暄，发现他没有注意到我偷懒，我才微微地松了一口气，耸耸肩膀，准备接着睡，再睡的后果是，真的睡着了，手里的剑都掉下来。

嘎，这次该挨骂了，我的美人师父教学向来都是正经加严肃。

我盯着流暄，慢慢蹲下去捡剑，然后立正站好，"刷刷"几下，舞了几招漂亮的。我眼睛继续瞥一边，奇怪，今天流暄怎么什么也不说？难道他跟我一样在睡觉？

刚想到这里，流暄抬起头，很平常地看我一眼，淡淡地说："内功心法练好了？"

怎么会突然提到心法，没练，当然没有，我吞了一口唾沫，"师父现在要检查？"

流暄指一下不远处的树荫地，淡淡地，"那边去练。"

让我坐在地上练内功心法，那不是要让我睡觉更方便吗？

我走过去，坐下，开始练功，不，开始睡觉。

等我睡醒的时候，已经是日落西山，流暄已经走了，在他坐过的地方，放着一块淡蓝色的石头，石头的整体形态，是一个清秀的女孩子，靠着大树在睡觉，她的手指还装模作样地摆成练功的样子。

虽然岁月已经逝去，但是现在的心情又有点旧景重现的样子。

很完美的一觉过后，虽然什么都忘记了，但是睁开眼睛在对面的桌子上发现了淡蓝色的石头，石头被捏成了人形，是一个女人在睡觉，身体弯成了虾米，被子盖在腰下，慵懒得有些可爱。

没想到自己睡着以后是这个样子，我将桌子上的石头拿在手里，能捏成这样，要多么高深的功夫？看到这个石头，除了看见自己不雅的睡姿以外，还把昨晚我挽留流暄的事记录下来。

我的脸豁地一下红了。

感情突飞猛进的发展，反而让我有些不知所措，恨不得躲起来不见人，怕被流暄一看，脸就烧得不像样，毕竟我不可能像他一样一直都是优雅淡淡的表情，从不失控。

除了吃饭和练剑，天一黑就躲进屋子里，睡觉的时候立起耳朵，怕流暄再来，夜里盘腿坐起来，会发现床上居然有些冷，那只白猫都没跑过来。

跟流暄好久不见了的样子，用手指头算了算，才一天。

一头扑在被子上，折腾了一下，又睡了过去。

金宫上下这两天都很忙碌，不但要准备校场竞技，还要布置庆功宴席，看起来流暄还挺重视当晚的这些节目的，很多人都猜测，主上是不是要提拔人啊，或者是不是有喜欢的人啊，并且开始羡慕。

我把手插进兜里，摸着那蓝色的石头，没人的时候拿着它对着太阳看，在石头里面发现一片漂亮的花瓣，花瓣居然会在石头里出现。

虽然没有跑去流暄那里，但是我一天之中很多时间都在玩那块石头，我害怕我心里的小火苗，现在不加柴火，压制着，忽然有一天—加柴火烧成冲天大火。

还好我没时间想太多，校场竞技终于开始了。

竞技当天，我早早就起来梳洗。床上放着普普通通的替补竞技服，还有一副小面具。洗脸的过程中，我回头看了两次，我真要穿上这衣服上场吗？就因为小莫想看流暄一眼？

正在我迟疑的时候，小莫闯了进来，粗鲁地抓我去穿衣服，嘴里喋喋不休地念叨，"不能临阵退缩啊，你怕什么，替补只不过是戴着面具站在那里罢了。"

我不说话，她捧着衣服扔下了杀手锏，"竞技这件事，只有奸细才害怕。"我看着小莫的眼睛，什么意思，说我是奸细？不是你要眼巴巴地去见流暄吗？

箭在弦上不得不发，我把小莫推出去，换上水蓝色的衣服，用彩线把头发绑好，提起剑利落地走了出去。

小莫上下打量我一下，然后指指我手里的面具，"面具不戴上？"

我说："现在戴干什么？闷死人。"

流暄实在是一个仁慈的领导者，给敌人一次选择的机会，这种事做起来很难，更何况大家都知道江陵城那些人，简直就是经历过无数次集体残杀后的变态产物，一个个生命力超强，又极其危险，在校场里把他们再打败一次，也算是一项高难度的考验。

爽心的是，金宫里的那些武功秘籍都算是全天开放式。即便是我这种等级比较低的弟子，只要能拿到四殿的推荐信，就能随便到任何一个藏经阁全天候地看书，这样的规定，让金宫里面的弟子武功都进步很快，所以，俘虏想在校场上胜利，那也是很困难的。

最终选择只有两条路，死或者投降。

第十章 相恋

我忽然想起一件事，就问小莫，"今天参加竞技的有从江陵城那边投奔过来的吗？"

小莫像看怪物一样看我，"江陵城那边投奔过来的人？"然后哼了一声，"那些人只能去分舵吧！怎么会出现在这里。"

我不禁怔愣，不对啊，桑林明明跟我说，林殿下安排了几个从江陵城投奔来的人，还要出现在校场上，现在小莫告诉我，没有这样的人，那到底是谁在说谎？

而且桑林不也是背叛江陵城来的吗？

这里面真的有蹊跷，我开始回忆跟桑林说的每一句话。

第一次见面，桑林说，别人怀疑他是江陵城的奸细，第二次我们见面他告诉我金宫要攻打江陵城的消息，而且这个消息让我的心情忽然变得很奇怪，然后他说了一句话，说："我们终究会在战场上见的。"第三次，就是他帮我报名参加竞技。

最莫名其妙的是他从战场上回来以后，居然出现在我的院子里磨刀。

我往前走，小莫招呼我戴好面具，校场的气氛紧张、沉重、压抑，甚至还有浓浓的阴谋味道。

金宫中的人，在以独有的方式庆祝着自己的胜利，一个个昂首挺胸，眼睛喜悦得都要放出光来。

校场上是那些被捕的野兽，他们一张张脸上有些漠然，他们是江陵城培育出来的果实，无爱，残忍，一双手不知道曾杀过多少人，他们是坏人，但是坏人能活这么久，也很不容易。

我以前想，有些人是坏人，因为他们没有成为好人的机会，现在我开始发觉，自己的想法实在是太天真了，给他们机会，他们就能变成好人吗？

但是无论如何，我微笑，流暄给了他们机会。

我握紧了剑，侧着头看着校场上的人，继续前行，场中的那些人在思考，也许他们在想，他们是不是楚辞要牺牲掉的棋子。

在这种压力下，他们的眼睛泛着血丝，惊骇，恐慌变成了愤怒，他们开始挣扎，想不分敌我地毁灭。

这就是江陵城的人，爱和信任，宽容和豁达，这种东西是完全没有的。

我正在发愣，身边有人走过来，跟我一样戴着面具，"怎么样？在想什么？"

看不到人的脸，听到人的声音，这让我想到一个人，桑林殿下，我回过头，仔细瞧了瞧，身边的人，是桑林。

我说："随便看看。"

桑林说："没想到你还挺关注这事的。"

我笑笑，"谁知道呢，大概是好奇吧！"

江陵城的俘虏们开始安排谁先出场了，他们中的一个无奈地笑笑，耸肩，走到场中央，然后忽然想起什么，冲其他的人打了一个手势。

我几乎不假思索地走几步，从前面的人要了一个水囊，扬手往场中央扔过去。场中的俘房听到我掷物的声音，转头，然后诧异地把水囊接在手里，他的眼睛中透出一股锐利的光，神色说不出的复杂。

桑林眨眼，微笑，"没想到你还能看明白他们的手势。"

是啊，我，怎么能。

场上的俘房把水含在嘴里一边吞咽，一边看我，桑林也很有兴趣观察我的脸色。

我急忙解释，"我是蒙的，也许他并不是要水囊。"桑林说："俘房竞技前都要吃饱喝好，那里还有馒头，你要不要也丢过去。"

我顿时不知道该怎么回话。

桑林顿了顿又说："主上来了。"

我慌乱地转头，在高而华丽的座椅上看见了流暄。

流暄穿着一身耀眼的红衣，坐在椅子上，立刻引起了下面的骚动，大家拼命地看着高处的主上，有些人居然会忽然大声说话，想要让流暄注意到他。

很可惜，流暄只是淡淡地环视了一下四周，他的目光投向我的时候，我紧张得捏紧了裙角，真怕被他看出什么。

他很平常地看了我一眼，就挪开了目光，没有认出我来。

我松了一口气，同时也有一点失落。

桑林说："用不用我给你介绍规则？"他戴着面具，我看不见他的表情，不过我能感觉到，他有一种要抓住人尾巴的兴奋。

"一会儿竞技开始，参加竞技的弟子会按照抽签的顺序，依次和俘房在场中比试，一直要比试到分出胜负为止，这个不用我再多说吧？"

我点点头。

"作为替补弟子，要在一边为上场的弟子放松。"我看向一边，有一个跟我穿一样衣服的替补，在给人捏肩膀，脸上是一副谄媚的表情。

"还有，等竞技开始以后，要在那边擂鼓，为大家助兴。"

完全是一个伺候人的活，居然还要擂鼓助兴。"擂鼓而已，也不会很累，而且从那个角度能直接看到主上，只是记得不要乱敲一气。"

好了，事情演变成这样，别说敲鼓了，就算马上让我去场中央和俘房对砍我也得去。我平静地从紫苑手里接过鼓槌。

所有人都到位了，流暄轻拍一下手。笑笑，"桑林。"

我想起那修长的手，那漂亮的手指，我握过整整一晚，还有红色的长袍下，那是很柔软

第十章　相恋

的内衫，我的心跳不由自主地加快。

我戴着面具，所以可以肆无忌惮地笑，更可以像别人一样盯着流暄看，反正他也不知道我是谁，被我盯久了，流暄又抬头看了我一眼，很冷淡，没有任何表情，然后侧过头开始跟身边的人微笑，"可以开始了。"

我这才注意到他身边的人，戴着黄金头带，穿着青色的长衫，很有英气的少年，我手里的鼓槌差一点都握不住掉下来。

现在谁说我不幸运，我都要跟他翻脸，在金宫随便做一次杂役，我都能碰到一位殿下，这位殿下还跟我说说笑笑，帮我干活。

桑林殿下，桑林？这算什么？

我看着桑林殿下，他在井井有条地致开场词，并没有搭理我，流暄坐在那里微笑，一切都很完美。

这是一次盛会。

桑林殿下例行完公事，接着说："主上给我们机会，让我们获得自由。"

"在江陵城统治的年代，我们从来没想过有这样的生活。"

"我们可以立场不同，可以战死，但是绝不允许有人用阴险的手段来达到某种目的。"

我听着手有些抖，怎么像是要大清洗的样子。

阴险手段，说的是江陵城的奸细吗？

桑林殿下说完这些有深意的话，然后跟流暄汇报，"差不多都是按往年的规矩办的，只是有一处我做了些改动。"然后他侧头瞥了我一眼。

流暄笑笑，"这件事我已经交给你了，你想怎么做，不用问我的意思。"伸手从身边拿过一只琉璃杯，在手指间摇晃。

桑林殿下愣了，有点意外。

流暄浅嘬了一口杯子里的水，又笑着看桑林一眼，"怎么？"

桑林的笑有些不自然了，他转过身的时候，对我意外地扬起嘴角，表情是，好顺利。他上前几步，"养兵千日，用兵一时，现在是你们表现的时候了。"

帷幕拉开，金宫弟子走向校场中央。

同在校场中的俘虏，吐掉嘴里的草叶子，睁大了眼睛，看了一眼他的对手，然后把目光扬起来，盯着我的脸，他扯扯已经爆裂开的嘴唇。

金宫的弟子戴着青色的头带，神清气爽，他没有上战场，这段时间都在为竞技赛做准备，光是在这方面，就比已经经过残酷的厮杀，显现出虚弱的俘虏强太多了。

还是惯例，金宫弟子说："校场竞技是给你们一次选择，投降还是死。"

俘虏从腹腔里吐出一口气，"投降还是死，没有胜的机会？"他习惯性地动手指，可是手里已经什么都没有，可想而知他的武器在战场上已经用光了。

金宫弟子冷笑一声，"暗器，你已经没有了。"说着亮出招式。

俘虏睁大了眼睛，"这是专门对付江陵城人的武功？"

对付江陵城人的功夫，都是大家研究出来的，所有人对这一项活动热情非常高，随便从金宫的中级以上弟子中挑出一个人，他都能立即在一面墙上写满对付江陵城人的招式。

金宫弟子随手摘下身侧的剑，抽出来，插在地上，"或者用武器？"

明亮的剑身，晃得人眼睛疼，俘虏伸出手，比了比，眼睛开始爬满红血丝，他走几步，从武器架上，挑了一把刀，攥在手里。

金宫弟子也握起了身前的剑，大家都屏住呼吸，空气中有一股肃杀的味道，隐隐带着血腥味，和死亡的召唤，让人兴奋，让人疯狂。

金宫弟子的剑往前一送，就将是俘虏的咽喉处。这样的争斗中，没有人能及时收手，双方都必须用命去拼。

俘虏忽然瞪大了眼睛，大喊一声，"流暄，这就是你给我们的机会？输了以后还能再选择一次？"

流暄没有说话，他只是看着。

俘虏忽然转身冲着自己的伙伴，"诸位，我知道大家都是抱着必死的决心上战场的，我们可以跟江陵城一起存亡，但是不能看着被楚辞当成棋子，"他的眼睛忽然扫向我，"我们可以死，但是不能是牺牲品。"

他的视线已经带着疯狂，眼底出血，像一只濒死的野兽，他已经没有思维，不去想什么对什么错，他不认为在校场上还能存活，所以他认认真真地想死也要拖上一个，他不相信任何人，不相信谁给他活下的机会，"如果竞技是公平的，那我是不是可以选任何一个人做我的对手？"

桑林殿下笑了，"可以。"

场上哗然，我身边传来窃窃私语，"桑林殿下不怕他选替补人员吗？"

桑林看着我，他的眼神告诉我：不会，因为我知道他会选谁。

俘虏再次对伙伴们攥拳，"诸位，睁大眼睛看着。"抬手，"我选她。"

俘虏的手指向我指过来，我睁大了眼睛。

选我？

俘虏笑得极不协调，一边的嘴角在激动地抖动，"金宫尊贵的主上，你不会不同意吧？这是你们定下的规则，要半途更改吗？"

流暄放下手里的杯子，面带微笑，手交叉放好，"你可以选择。"并不看我一眼。

"可以，"俘虏笑起来，"我只是想活命，我想给自己找一个机会。"

第十章　相恋

桑林看着我，他流露出冰冷生硬的表情，"你还等什么？"

我走过去，途中我一直在想，那个俘虏怎么会点我？因为我刚刚看了他的手势之后，扔给了他一个水囊？所以他觉得，我肯定会在竞技中放水？

大家纷纷把目光挪到我身上。

离俘虏还有一段距离，我站定。

桑林说："拿下你的面具。"

竞技前，要拿下面具，我抬起头看流暄，没有动。

桑林又重复了一遍，"拿下你的面具，挑选武器。"

周围开始陷入死寂，我在沉默，只是用右手压住腰边的剑，我就这么尴尬地站着。

俘虏开始说话，"想必流暄主上没有忘记离开江陵城的那一晚吧！你身上的那一剑是我们金宫殿下刺的。"

我的心迅速跳了一下，我抬头，看见流暄的手动了一下，摸上了肩膀下面离胸口不太远的地方，他的脸上依旧没有什么表情，情绪很平稳。

周围的气氛变得更加紧张起来，流暄身上的伤，不但是他自己忘不了，金宫中所有的人也都恨得咬牙切齿。

"你为什么会在那一晚被刺？是因为你信任一个人，因为她是离你最近的人。"俘虏眉毛一扬，"这些你都知道，但是有一点你不知道，即便是很多人曾这么告诉过你，你可能一直都存在着怀疑，现在由江陵城中的人说出来，你应该可以相信了。"

"那就是，她为什么会接近你？"俘虏回头看自己的伙伴，"我们的金宫殿下曾说过什么，大家说出来。"

俘虏轻笑一声，然后看着我，"金宫殿下说过，接近流暄是听从楚辞的命令，这话你们大约也听说过，可是有句话，只有我们知道。"

周围静寂无声，所有人都盯着那俘虏的嘴唇。

俘虏目光忽然投向我，然后用很平静的神情很清楚地说道："我会拿到流暄那块玉，然后杀了他，把他的人头带回来。"

流暄依旧不说话，他的表情比刚才更加的漠然，长长的睫毛仿佛凝结了一层冰雪。

让俘虏愤怒起来，"桑林殿下，你还等什么？别忘记我送了你一样礼物。"由于过度的激动，让他胸前的伤口崩裂开来，鲜血再一次染透了衣服，盖过了旧的血迹，狰狞地四处扩散。

俘虏道："如果不是我重伤，我并不怕这最后的比试。"

其他俘虏叫了一声，"大人。"

那人"呸"了一口，"他妈的，大人，如果我死了，我们家族这支就灭了，为楚辞死，他还不配。"

他恶狠狠地看我，"这个世间对楚辞最忠诚的只有金宫殿下。"

被他盯着的感觉，是必须要辩解什么，可是我要辩解什么？就算他说的都是真的，金宫接近流暄是为了楚辞，金宫对流暄不是真心的，可是这跟我又有什么关系，他说的是金宫，不是我。

我再一次看向高台上的流暄。

流暄勾起嘴角，露出一丝微笑，刚才一直都没有表情的他，现在笑容满面，是那种优雅的，极其生动，仿佛富有无限美丽和生机的笑容，只是他的睫毛落下来，遮盖住他的眼睛。

桑林殿下的手在颤抖，攥紧了拳头，看向我，"摘下你的面具。"

俘虏正式转过身面对我，"你对我们江陵城人之间打的手势很清楚啊，"顿了顿，"谢谢你的水囊，但是比试还是要继续，我想这是我唯一活的机会。"

他又说："我今天早上为自己推算了一下，今天在校场上我是有一线生机的，我想我没有找错我的生门，那个生门就是你。"

我缓缓拿下脸上的面具，扭头去看流暄，流暄看了我一眼，我这才发现，他黑发下的脸异常地苍白，甚至连嘴唇也成了淡淡的颜色，瞬间，他转头，挪开了目光。

我抽出腰边的剑，耳边响起那句话，"我会拿到流暄那块玉，然后杀了他，把他的人头带回来。"

这句话让我有种莫名的熟悉感，流暄那块玉，叫流暄的美玉，有什么不同？我真的是一个事外人？

金宫，江陵城，这一切跟我有什么关系？

胸口如同被火炙烧，皮肉就要裂开来，一种疼痛深入骨髓。

俘虏用手指头把刀鞘拂到一边，他攥拳，"请了。"

我看见了不远处，那些江陵城的俘虏在看到我的脸之后，那种惊讶、错愕的神情，有人还伸出手指，张着嘴唇，各种复杂的情绪中，竟然还有一抹喜色和期望。

略一失神，刀锋从我胳膊上划过，一边冰凉之后，感觉到热热的东西晕湿了一片，我抬起手，勉强招架住又砍下来的一刀，这一刀力气极大，震得我虎口发麻，刀剑相撞爆出了火花。

我现在才意识到，这是在校场，有人在跟我拼命，如果我输了，大概只需要一眨眼的工夫，脖子凉一下，就永远地跟这个世界告别了。

我抬起头看向高台上的流暄，他没有任何表情，只是端坐在那里。就这么一失神，我马上感觉到手臂被针扎了一下，赶紧后退，没想到手臂已经被刀尖戳穿了，上面出现了一个小洞。

见了血，俘虏变得更加的疯狂，猩红的眼睛，目光凌厉，一刀接着砍下来，有很大的冲击力，我双手握剑，仍是跟他硬碰硬，他那么大的力气，我手里的剑居然没有被震飞，只是感觉到耳朵被金属的撞击声震得嗡嗡直响。

第十章 相恋

血越过我的手背，流到剑身上，血是刺激人的东西，没想到有一天，我的血也能够娱乐这么多人。

我忽然感觉到一种难过，不是因为怕死，而是因为怕在流暄面前这么狼狈，不愿意露出可悲的样子，渺小地挣扎着，可怜地想在刀锋下逃生，我的手臂在发抖，俘房的刀面上，照出我可笑又可怜的样子。

我一边躲闪却一边开始兴奋，是一种濒死前绝望的兴奋。

生命是多么美妙，我这样的人，在这个时候居然也能爆发出可怕的力量。

我在毫无章法地乱挥剑，脑子里完全没有思考，可是却忽然跟俘房势均力敌，两个人舞出来的招式惊人的相像，谁也找不到谁的破绽。愤怒中，我的剑越舞越顺，俘房脸上露出一种畏惧，但是也让他的脸变得更狰狞。

我不知道他在想什么，反正从来没有杀过人的我，现在认真地想让面前的人倒在我的脚下，结束这场战争。

我不是不能死，我只是不能死在这里。

想着在流暄的眼皮底下死亡，死得很难看，我就会难过。

所以面前的人一刀再劈过来，虽然我的虎口已经被震裂了，我还是结结实实地扬剑挡过去，一股大力从他刀上顺着我的剑身压到我的身体里，我只是感觉到喉咙里有东西涌出来，第一个想法是把它咽回去，不停吞咽。

血的味道很特别，涌上来的时候喉咙口感觉一甜，可是咽下去的时候却感觉稍微有点咸，吞下去以后还接着涌出来，有点让人恶心。

桑林的视线没有在我身上，他看着流暄，眼睛里有浓重的恳求，就好像是你求一个好朋友，求他迷途知返、悬崖勒马。

人在危急关头爆发出来的潜力是挺可怕的，面对疯狂、凶狠的对手，我也只是受了点小伤，而且每一次都伤在自己失神的时候。

我扭头去看流暄，再一次给了俘房可趁之机，他一刀下来，我躲闪不及，眼见又要挂彩，我举剑，被巨大的力量震得很晕，血从手掌里流出来，我头昏眼花跌跌撞撞地往后退。

这下完了，说不定会站不稳，他再给我一刀，就不是轻伤的事了，剩下的俘房们惊呼"大人。"

叫什么，受伤的是我。

他们接着又喊，"金宫殿下。"

我不是金宫，如果我是金宫，这里不死，出去也要被剁成泥。流暄肯定不会原谅金宫，他听了刚才那些话，如果金宫站在他面前，他就算是不杀她，也要给她一个耳光。

第十一章 受伤

流血，狼狈，阳光刺伤我的眼睛，一片淡蓝色的衣角从我前面掠过，就像雨后清爽美丽的天空，我正好要倒下，他就伸手揽住我的腰，黄金的头带落在我的肩膀上，"桑林，这是怎么回事？"愤怒的声音，回荡在整个校场。

桑林有恃无恐淡淡地说："白砚殿下，我们在比武。"

白砚握着我的手腕，夺过我的剑，扔在地上，"我是问你，她怎么在这里。"

桑林说："是她自己报名参加校场竞技的。"

"竞技？"白砚冷笑一声，本来阳光的脸上冷下来，让人觉得可怕，"她穿着替补的衣服，明明是替补，为什么让她上场。"

桑林笑笑，"噢，忘记告诉你了白砚殿下，今天竞技的规则有所变动，俘虏可以指定参加竞技的任何人做对手，无论是正式的弟子还是替补的弟子。"

桑林那边正说着，白砚已经解开身上的披风披到我身上，然后他接着摘掉手套，并把我领开几步，拿下腰畔的小金剑，交到我手里，然后转身回到校场中央，对着俘虏，"我空手，你可以用武器，现在，开始。"

我抱着剑，看着白砚的背影，桑林殿下有点怒，"白砚殿下，虽然您的地位比我高，但是这个校场好像是归我管的。"

白砚"哦"了一声，"那又如何。"

桑林殿下苦笑一声，"如果您一意孤行的话，那我只有……"摸着自己身边的剑，"白砚殿下，你我都知道，她是那个……"

"够了，"清淡的声音传过来，音线悦耳，流畅，流暄转过头看白砚，"这件事我已经交给桑林了，谁都没有权力插手，你退下。"

白砚只是和流暄对看着。

流暄凡事不会说第二次，他只是坐在那里，眯着眼睛看俘虏，"竞技还没有结束，你还有活的机会。"

俘虏眨了一下猩红的双眼，"我还有活的机会。"

我走过去，把怀里的剑还给白砚，把我的破剑捡起来，露出一丝微笑，"竞技还没有结束，不管是赢是输，让我结束掉。"不然这样太难看了，特别是在他的注视下，我要接受其他人的保护。

白砚拉住我的手，他的手心灼热，"别傻。"

我笑，"没有，我没傻，真的。"我只是感觉，如果你替我把人杀了，我会很难过，我看着流暄，我有一种浓浓的悲伤，关键时刻我不想躲在别的男人身后，我这样做了的话，以

第十一章 受伤

后不知道要怎么面对他。

我和俘虏又重新面对面站着。

俘虏扬起刀,"我一直很尊敬您,到现在也是,但是没办法,人要生存。"

所以善良是没有用的。

现在我深刻地体会到一句话,有时候不想被伤害,就要去伤害别人,这也是没有办法的事。

在这之前我善良得有些懦弱,在面对悲伤的时候往往选择逃避。

如果这场竞技想要告诉我些什么,那就是,如果以后让我面对痛苦的事,我不会再是一只受伤了的小动物,我会反抗。

我挥剑,比刚才更果决,而且时间和力度都掌握得刚刚好,用的是流暄教我的几招,这一招过了以后,我的手臂上会再多一道伤痕,但是我也会把剑尖送进对方的左腹,这么一交换,我还是很占便宜的。

俘虏没躲开我这一击,但是我却躲开了他划向我胳膊的一刀,我脚底下的步子很到位,一挪就拣了一个空隙,让刺向我的刀锋贴着袖子滑了出去。

俘虏受了伤,他的劣势表现得越来越明显,身上开了一个洞他可以不觉得疼,但是洞多了,他就开始喘粗气,行动缓慢,他可以忽略疼痛,但是不能抗拒失血带来的虚弱。

如果你看过野兽间的互相厮咬,你就知道,即便是濒死的野兽,它尖利的牙齿依旧不可忽视,所以越早结束战斗越好。

不过,在我得到自然胜利之前,他可以投降。

我投过去一个眼神。

俘虏笑,"我的生门在于杀死你而不是投降。"他的眼睛里冒出一丝希望,他还有最后的底牌。

"金宫殿下,"他的声音不大不小。"你还能记起那天晚上的事吗?"

那天晚上?我愣了,俘虏扬手,趁虚而入。

我知道他是想扰乱我的心神,我必须冷静,可是我冷静不下来,他说出的话,就像一根针扎进我的心脏,我希望他再说点什么,那天晚上,我盯着他的嘴唇,他说:"还没想起自己是谁?"然后一刀"呼"地砍过来。

他这一刀,又快又稳,这是用来形容高手最好的词语。

刀锋迎面劈过来,我还以为能随手把这一招卸掉,等我的剑快要接触到他刀锋的时候,我才感慨他这一刀隐藏得够好,我没想到他保存了那么多的实力,用来最后一击,我的剑过去,大概会被砍成两截,这一刀我避不掉了。

周围还是静悄悄的,没有人注意到场中的形势忽然大变。

我抬起剑,这一瞬间,我听到身后有声音,是白砚发现不对了,但是已经晚了,如果他能早一步的话……或者我用了他的小金剑。

这世界上哪里有那么正好的事，除非事先准备好了。

既然白砚不可能救到我，我就硬着头皮往上顶。俘房一定想着，这一次一定要杀了我，我再想，能侥幸不死？气势已经比他弱了一截，他虎虎生威的刀落下来，我绷紧手臂，鼓着劲跟他的刀撞的时候，剑上居然没有感觉到压力，但是我收不住力气，剑上扬起来，在我剑尖上扬的瞬间，我面前的俘房冲跌了出去，我来不及看他脸上的表情，他也来不及反应。

我只是恍惚看到一块红色的石头，我呆呆地站在原地看着，直到白砚来到我身后。俘房往后跌，跌进他身后的兄弟堆里，撞上了两个人之后，三个人一起重重落在地面上，然后看到一股黑烟，白砚把我往后拽。

看到俘房掉在地上，黑烟，白砚拽着我后退，听到巨大的爆炸声响，仿佛是一瞬间发生的事。

衣服上都是尘土，爆炸声过后，所有人脸上都是震惊，地面大概被炸出一个大坑，但是周围人除了多少都吃了点土，却又没有被伤到。

我的心跳得很快，我虽然想让竞技早点结束，但是没有料到是这种结果，白砚帮我吹掉头顶上的尘土，问我，"有没有伤到，没事吧，没事吧。"

我指着前面，怎么回事，说不出来，只能摇头，没事，这次有事的不是我。

白砚握起我的手，"没事就好，"把我揽过来，护在怀里，动作很娴熟，一边往前看，还一边帮我抖衣服上的土，我的脸已经撞到了他的胸膛，他还是用手臂把我往怀里拢，好像我是一只受到惊吓的小动物，他想把我藏在安全的地方。

这场变故真的让我震惊了，也确实被吓了一跳，所以被白砚搂着，我居然就没有挣扎，仿佛是单纯地被安慰。

我侧脸注意到桑林殿下，他的脸好像瞬间黑了下来。

流暄看着场子中央，笑了，"桑林，你这差事办得好，这炸药是俘房们带进来的，还是事先已经被人埋在了校场上。"

桑林殿下的脸微微一动，低了一下头，没有说话。

流暄眯了一下眼睛，"负责布置校场的人是谁？"众人开始往我身后望去，我转身，在不远处看见了风遥殿下和紫苑。

紫苑的脸变得煞白，大概也被爆炸吓到了，风遥殿下正在拍她的后背安抚她，听到流暄说话，风遥殿下的手停下来，紫苑抬起头，美丽的脸上控制不住肌肉颤抖，表情惨不忍睹。

风遥殿下先说了话，"主上，这件事，是我的人布置不周。"紫苑眼巴巴看着风遥殿下。

流暄松开握着的手，对风遥殿下道："是你的人？那好，你把这件事查清楚然后给我一个结果。"清冷的眸子扫过紫苑。

第十一章 受伤

紫苑没站稳，顿时跪了下来。

我回过神来，往身下一看，正好对上紫苑那双隐含着恨意的眼神。

流暄说："校场不是你布置的，为什么治你的罪。"

风遥殿下沉下头，手又握紧了一些，"主上，紫苑是我的人，我理当替她承担责任。"

流暄说："她是你的人，我刚才已经知道了，可是你的人多了，你不用替每个人都承担责任。"

风遥殿下终于抬起头，脸上一片绯红，"她……她是我喜欢的人。"

"哦？"流暄惊讶了一下，挑挑眉毛，"这我倒不知道。"

风遥殿下规规矩矩地，"是……所以，这次她失误……"

流暄笑笑，"规矩不能废，无论怎么样，都是要罚的，不过她是你喜欢的人，你又在战场上立了功，就从轻处罚吧！"

风遥殿下欣喜不已。

流暄说："让她交出头带，其他的就免了，"顿了顿，"既然她是你喜欢的人，我就送你们一些礼物，你们择日完婚吧！"

听到流暄这句话，我迅速看向紫苑，紫苑剧烈地抖了一下，抬起头，刚才愤恨我的那张脸，已经变成金箔一样脆弱的颜色。

流暄勾起嘴角，笑容有点太过谦和完美，"明天就是良辰……不过时间有些赶。"风遥殿下马上说："不会赶，"俊脸像煮熟的虾子，"我会好好准备。"

流暄回头，"桑林也去帮忙，要把这件事办好。"

桑林高高兴兴地答应，走过来拍拍风遥殿下的肩膀。

风遥殿下拉地上的紫苑起来，紫苑腿一软，差点跌倒在地，风遥殿下把她揽进怀里，紫苑的那双手一只藏在袖子里，握着傀儡娃娃，她侧头，我看见她那双决绝的眼睛，一闪间，她隐去了那样的眼神。

风遥殿下去解紫苑头上的头带，他的手试探着希望用温和的手指去安抚紫苑，紫苑用另一只手死死拽住他的衣襟儿，是在发泄不满。

她可能觉得风遥殿下遵从流暄的命令是一种懦弱的行为，我看见她袖子里的那只手在动，仿佛一遍遍在抚摸那个木偶。

头带解下来，紫苑发青的手指也松开，好像是彻底放弃了，嘴角一边微扬，趁着风遥殿下低头不注意，冷冷地看了他一眼，是准备扔掉变质食物的表情。

紫苑没有了头带，看起来缺少了什么，却比以前更少了束缚，整个人变得异常不同，眼神迷离，甚至有些兴奋，极白的脸开始转红，笑容让人捉摸不透，然后她把两只手放在一起，很自信地看了我一眼，这种"等着瞧"的眼神，让我觉得可怕。

这下所有事都完结了，流暄要走了，我看了看白砚，白砚显然有很多话想要跟我说，我正要向白砚点头，却手指一紧被人握住，我抬起头看到了面无表情的流暄。

流暄忽然紧紧地握住了我的手。

我不禁错愕，照流暄方才的表现，应该已经怀疑我就是俘虏口中的"金宫殿下"，却怎么还会来拉我。

我的手在他那里，我自然也是跟着他一起走。胳膊一动，很疼，虽然点穴能止血，但是远不能止痛。

我抬头咧了一下嘴，然后看见不远处的白砚。

我就这么跟流暄走了，那么白砚怎么办？

我稍微地挣扎，流暄立即察觉，他顺着我的目光望过去。

流暄看见白砚，笑笑，"你辛苦了，这里的事跟你没什么关系，就交由他们办好了，你回去好好休息。"

这里的事跟你没有什么关系。流暄这么说。白砚没有露出什么特别的表情，但是我看见他的眼睛在跳。

流暄平静而坦然地看着白砚，浅笑。

白砚看看流暄，又转头看我，我莫名其妙有点心虚，想松开流暄的手。

流暄没有看我的动作，说："别动，会疼。"

刚才紧张的时候不觉得，现在放松下来真的开始疼起来，如果现在我动动手，一定会疼得我龇牙咧嘴。

说完话，流暄脸上露出不容置疑的神情，拉着我慢慢地从白砚眼前走过，白砚那双清澈的眼睛，微微有些泛红。

我跟着流暄走进金宫，到了屋子里，两个人还是像连体婴儿一样，他走到哪里，我跟到哪里，他拿出一些棉花和白布，还有各种瓶瓶罐罐，然后他依旧握着我的右手，开始看我的伤势，我紧张地缩手。

他捏着我的手指，安抚我，还抬起头冲我笑，"要吃东西吗？"

我的眼睛离不开自己的伤口，一边看着一边问，"什么？"

流暄从怀里掏出一个小荷包，"吃糖。"

我伸手去接，好，吃糖，省得一会儿疼得咬牙，一只手接过荷包，上面还打着扣，我就去笨拙地去解那拴着的线绳。

等我把它弄开了，从里面拿出糖放到嘴里，再看向自己胳膊的时候，吓了一跳，伤口已经被清理好，上面抹了淡黄色的药膏，流暄压了一些棉花在上面，正准备缠白布。

我说："怎么，怎么。"

第十一章 受伤

流暄说："疼吗？"

我摇头。

流暄说："虽然不疼，但是也不能随便活动，伤口还是在那里，而且等药劲儿过了，还是会疼的。"

我刚准备大笑的脸，迅速软下来，"过了药劲还会疼？那……"

流暄说："药劲儿过了还可以再抹。"

我再度欣喜，"那，能不能把这个送我一些。"

流暄笑笑，"不行。"

流暄耐心地解释，"这药，你不知道要用多少剂量，用少了不管用，多了会出问题。"

我感觉到自己失望地"啊"了一声，泄了一口气。

流暄说："你可以住在这里，这样我随时能看到你的伤，按时给你抹药。"

我往周围看看，"可是，不会不方便吗？"毕竟是住在这里，而且现在的气氛暧昧得，好像我们是情人一样。

流暄说："你不是经常在这里看着书睡着？方便帮你治伤而已，很正常啊。"

让流暄这么一说，我还真的觉得这是顺理成章的事，再说我又不是没有在这里睡过，我说："这伤也不知道什么时候能好。"

流暄已经开始处理我受伤的伤口，"我给你看的话，会很快，如果你自己乱弄，就难说了，伤口不好，很不方便，不能碰水，"又看了一眼我左臂上的伤口，"虽然这边伤得轻，但是也伤到了，我先治好一只手，你也方便一些。"

两只胳膊都伤了，确实做很多事都不方便，提水困难不说，用力过猛会让伤口撕裂，然后伤口不能碰水也是件麻烦事。

让我几天臭烘烘的不能洗澡，我看还是算了吧。

静下来了，我看着流暄修长的手指穿梭在白布条中，就算是谁也不说话，气氛也好得让人舒服。

流暄包完我身上的最后一个伤口，有人快步走了进来。

赤着双脚，长发四散，脸上是魅惑的笑容，"流暄，他来了。"

什么？他来了？我把视线从水仙脸上，挪到流暄脸上，流暄温柔地笑笑，"今天晚上放烟火给你看。"

烟火？是什么？

水仙甩甩袍子，胸口咧得更大了，我慌忙挪开视线，可是这家伙一点都不知道适可而止，居然大模大样地一屁股坐在我旁边，还支起修长的大腿，我的头扭得越来越厉害，他满带花香的身子向我靠近，我终于忍不住站起来，流暄走过来把我搂进怀里，摸着我的头，"别欺负人。"

我突然之间好像变得小了，我还在流暄的手里扭头，水仙看着我们的样子，忍不住发笑，笑得淫邪，暧昧极了，"流暄，你不再准备准备。"

准备什么？我仰头看流暄。

流暄笑，"我很了解他这个人。"

"要不要在这周围再布置点什么？"水仙伸了一个懒腰，"你知道他的目的是这里，为了稳妥你可以去其他地方。"

流暄说："这里最高，看得最清楚！"

我忍不住问："看什么？"

流暄笑，"看五颜六色的烟火。"

水仙说："万一他不是晚上过来，你们就看不到烟火了。"

流暄勾起嘴角，"不会有这种事发生。"

水仙懒洋洋地站起来，"看来这里没什么事好做了，我过去看看风遥殿下，让他看好自己的新娘子。"

流暄笑笑，"你别吓坏风遥。"

水仙很诧异地看着流暄，"要吓他的不是我吧，我是过去透透风，给他一个心理准备，别等到突然事发，把他给吓傻了。"

水仙走了，屋子里又剩下我跟流暄，我看着自己的伤口好奇地在上面摸来摸去。

流暄说："你要不要休息一下？"我抬起头，"休息？"流暄这么一说，我还真的觉得累了，校场上我几乎把所有力气都用光了。可是一想到在流暄这里休息。我又开始别扭起来，流暄屋子里的东西都亮晶晶的，我一身尘土，要是在床单上滚一下，还不立即把人家的床弄脏了。

我看看自己的手。我说："还是算了。"流暄扬了一下秀丽的眉毛，"怎么？不洗洗睡不舒服？"

嘎，我的脸顿时红了起来。

流暄说："洗澡水我已经吩咐人准备好了，还有新衣服，你洗个澡，换上衣服，然后睡一会儿，等到了晚上我们一起去看烟火，吃饭。"

我听着流暄这么一大串的安排，我眼前浮现起热腾腾的洗澡水还有柔软的大床。

流暄说："洗澡的时候要注意，你的右手有伤，只能用左手。用左手的时候也要小心。别让胳膊上的伤口浸了水。"

我低着头，隐藏着自己红得像苹果的脸，点头，一直点头。

流暄笑了，"或者，你如果觉得不方便，我可以……"

脑子里出现一片空白，好像被雷劈了一下，我站起身，慌忙摇手，"不用，不用，我自

第十一章　受伤

己来，不用你帮忙。"

流暄黑不见底的眼睛，忽然荡漾起波澜，仿佛皓月当空下的湖水，他勾起红艳的嘴唇，"我的意思是，可以叫下人来帮你。"

我呆若木鸡地看着流暄。

愣了一下，撒腿就跑。

流暄在后面说："别着急，里面滑，要小心。"

我脚下一趔趄，差点就摔倒。

洗过澡，整个人都放松下来，再穿上香喷喷的衣服，盖上软绵绵的被子，不想睡着都难，我把被子盖在脸上，闻着被子上淡淡不知名的香气，大胆地翻了一个身，在干净的大床上伸开手脚，闭上眼睛，睡起来。

记得有一段时间，看见了流暄，第一个想法就是逃跑，一溜烟跑个没影，然后在很远的地方对着他笑。

原因是某一天，我不小心捉弄了他。

我从怀里掏出两块糖，上面裹了一层像纸一样的东西，我还记得我把这糖递给流暄的时候，他把糖上面的纸剥开时的情形。

我说："美人师父，糖上面的纸，是用大米做的，不用剥开。"我是故意的，因为我觉得我们在江陵城的生活太单调了。

流暄能教我武功，可是我却不能为他做任何一件事。

毒虫子，厮杀，能爆炸的暗器，这些东西也许能让一个人变得十分强大，但是不能给人其他东西。

我想做一些从来没有人为他做过的事。

早早起来在他上早课之前，煮一锅黏糊糊的面条站在他门口，等他开门走出来的时候，细长的眼睛看见我冻得脸发红，可怜兮兮的直吸鼻子。

他从我身边路过，我几乎要哭出来，可还是倔强地站在那里一动不动。

可是他终于还是返回来，从我手里接过那些东西，然后把它们都吃掉。

他吃饭的样子很好看，不管面前是什么东西，他都能吃得很优雅，是从骨子里透出的那种独特而让人难以效仿的气质。

面条煮得有些发烟，还黏在了一起，像面团。

我说："算了算了，你还是不要吃了。"伸出手要去抢碗。

流暄抬起头，"怎么？它有毒。"

"当然不是，我怎么可能会害你。"

流暄嘴角隐约扬起来。

我说:"我是不是只能给你添乱。"

流暄把锅里的东西都吃完,拿起身边的剑,"嗯,我只当我养了一只猫。"

他走到门口拉开门,看着我,准备我出去以后再关门。

我打了一个哈欠,盘起腿,"你养的猫能不能在你这里休息一会儿,"然后耍赖一样躺在他的床上,"现在我还是你养的猫吗?"后悔把我当猫了吧,没有理由赶我走了吧。

流暄眼角颤了一下,露出一丝微笑,把我看愣了,直到他关门离开,我才又想起来,"对了,我会包饺子,包成老鼠样子的饺子。"

流暄在屋里看书,我喜欢在他面前踢毽子,他也不嫌我吵,我嘟嘟囔囔在他跟前介绍毽子要怎么踢,然后玩得高兴了,我会把毽子从窗子那里踢出去,然后整个人也像毽子一样飞出窗子把草地上的毽子捡在手里,再跑到窗子前对他做鬼脸。

梦里的场景简单,但是美丽得就像是在恋爱一样。一边打仗,一边恋爱。

桑林进来的时候一定是吓了一跳,我从屋子里到书房,见到这一幕也诧异得合不拢嘴。

流暄在书房的桌子上捣鼓东西,一个小小的笸箩,我站在这里往里看,发现里面有看起来很好吃的东西,流暄拿着笸箩在摇,男人干这种活,袖子挽起来,长袍的前襟儿掖在腰际,修长的手下的家事儿显得格外的小巧。

流暄看看桑林,笑了,放下手里的东西,"有事?"

桑林咽了一口唾沫,"是,有事。"顺便观望了我一眼。

流暄给我准备的衣服,是一件白色的裙子,上面绣了各种颜色的宝石,穿起来很漂亮,最重要的是,这种面料的衣服,穿到身上格外地舒服。

我慢慢地向流暄走过去,路程中发现自己的步幅也比平时小了,难道是穿了下摆微大的裙子,人就自然而然变得淑女起来?

难不成今天是什么重要的日子?

比起我来,平时很有教养和涵养的桑林殿下,就显得特别的焦躁,流暄没有整理好衣服,一派闲暇的样子,不像是准备谈正经事的表情。

流暄说:"你刚回来,不用急着到我这里报到,应该好好休息一下。"

桑林殿下的脸顿时狼狈起来,他说:"我是过来看看……"

流暄笑笑,继续摇笸箩,我探过头去看,一个个圆圆的东西在里面,裹着白白的面粉。流暄说:"里面是黑芝麻,我还放了一些糖。"

我用手指着里面圆圆的东西,"你怎么会做这个。"一脸期待样。只要听到是甜食,我就控制不住想吃。

流暄说:"街上看别人是这么做的。"

桑林咳嗽了一声。

第十一章 受伤

我和流暄才同时抬起头，今天桑林好像格外地严肃，流暄倒是异常的放松，房间的气氛就变得很不协调。

往常流暄最悠闲也就是拎本书看。流暄笑笑，"想吃？可以拿走几个。"

桑林殿下不得已半跪下来，"主上，我是真的有事。"

我瞪大了眼睛。

桑林跪了下来，这下子整个屋子的气氛终于严肃起来了。

流暄笑，"怎么了这是？校场的事？我不是说过不怪罪你了吗？"

桑林殿下铁黑着脸，有点壮士断腕的味道，咬咬牙，"主上这里有没有什么异常？"

"异常？"流暄说，"都很好啊，现在你回来了，我就更轻松了。"

桑林殿下脸上有些难堪，这我就不明白了，流暄明明是在夸他啊。

桑林说："主上，我的意思是，你有没有看见一些特别的人，或者……"

流暄说："异常？这些应该是你管的吧！从把金宫的安全交给你以后，我一直都很满意。"流暄微笑着看桑林，笑得很单纯，完全是夸奖下属的意思，"你还要说什么？"

桑林的另一条腿也跪了下来，"主上，这么说吧，您有没有发现江陵城的人在附近。"

流暄说："江陵城的人？他们进来了？"

桑林急忙说："没有，没有，"脑袋彻底耷拉下来，"紫苑跑了。"

我本来要戳笸箩里那圆圆东西的手停了下来，流暄正好把我的手拉下来，"还没弄好呢，要摇圆了才行，我也是第一次弄，你别帮倒忙。"

桑林又叫了一声，"主上。"声音低沉，很难过的样子。

流暄仿佛这才想起来，自己还跟桑林说着话，"不着急，可能要结婚了，心情激动，再说不是受罚了吗？出去散散心也没什么。"

桑林说："我开始也是这么想的，后来水仙来了，让风遥注意他新娘子的安全，我跟风遥都知道水仙喜欢开玩笑，可是风遥突然又不放心了，于是准备把紫苑找回来，我想他当新郎官挺忙的，这件事我去办就行了。"

流暄的嘴角落下来，沉默地看着桑林。

桑林说："我发现紫苑跟江陵城的人在一起。"

流暄眯起了眼睛，我顿时也僵住了，紫苑她……

流暄说："这离校场竞技结束才几个时辰，紫苑就认识江陵城的人了？"

桑林把手放在膝盖上，"看样子是早就搭上线了，而且，楚辞也在附近。"

流暄说："早就搭上线了，早是什么时候？"

桑林接着规矩地回答，"紫苑擒了江陵城的奸细立了功，我想是那个时候。"

流暄说："噢，是攻打江陵城的时候。"

桑林说:"我是攻打江陵城的主将,我居然没有察觉到紫苑已经变成了奸细,所以我是来领罪的。"

流暄把长袍放下来,并不说话,桑林说:"等这件事过了,属下任凭主上发落。"

流暄说:"那还不至于,你对我如何,我很清楚,你平时办事素来小心,是我的得力助手,所以你犯了错,我也不会罚得很重,但是你自己要记得。"

桑林点头,"主上,我想楚辞早就有所行动……"

流暄笑笑,"不着急,你去把该做的都做了,今晚不会太乱。"

桑林站起来,低头出去。

我发现我没有带佩剑,准备返回去拿,刚转身,就被扯住了手,流暄笑着,"干什么去?"

我仰头看他,"江陵城的人不是要来了吗?大家不是都要准备一下。"

流暄微笑,"我说过,要带你去看烟火,然后吃饭。"

我点头,"你是说过,可是今晚不是突然有事了吗?没关系的,我们明天看烟火也一样。"我的脸猛地红了起来。

流暄细长的眼睛眯起来,伸出手,"现在差不多了,我带你过去看。"

我发现我很难拒绝流暄,尤其是他笑着跟我说话,我的心就会突突跳个不停,有点意乱情迷。

我和流暄手拉着手,站在高高的台子上,流暄掏出两块棉花,"放烟花的时候会有很大的声音,就像校场爆炸的时候一样,所以要把耳朵塞起来。"

我说:"那会不会伤到人?"

流暄笑,"不会,我已经把那里的人调开了。"

流暄把棉花塞进我的耳朵,我抬头刚想笑着说:"谢谢。"

嘴唇就被压下来的柔软物体堵住,我的心几乎要冲出胸腔,手指都挛缩起来。

唇瓣间的轻轻碰触,带着熟悉却又陌生的清香,辗转侵入,糅合在一起,嘴唇被分开,舌尖小心翼翼地滑进来。

这世上难有比唇舌还更柔软的东西,那份柔软足以让人悸动而难以抑制,十指在探索中纠缠,我终于想起要闭上双眼,耳边忽然响起巨大的爆炸声响。

我在甜蜜中意识不到害怕,只是有更深的激动,仿佛是另一种意义上的庆贺,呼应着我的心情。

流暄离开我的嘴唇,在那一瞬间,我睁开眼睛,看见了前面五颜六色的天空。

就好像空落已久的心房,终于听到了期盼已久的欢呼和祝福,无数人会抬头望,会张大嘴巴,在胸前攥紧双手,陷入这种突然的喜悦中。

我仿佛听到流暄说:"告别过去,这将是我们新的开始。"

我的眼泪违背我的意志，顺着脸颊滑落而下。

番外一　紫苑

楚辞睡醒，看看天，"这回差不多了。"笑眯眯地问属下，"爆炸品都埋好了吗？"

下属规矩地说："好了。"

好了，那该行动了，楚辞这一觉没有白睡，在半梦半醒间，他忽然又想玩游戏了，他起身的时候已经想好了点子。

楚辞说："带上几个人，我们到金宫去转一圈。"

下属吓得连忙跪下，"主上三思啊，现在突然去金宫……"这可不是好玩的，绝对不会好玩。

楚辞在玩手指，"你叫什么？"

"属下，张显。"

"哦"楚辞笑了，"张显你过来。"

楚辞没说，你起来，说你过来。张显不敢站起来，只能在地上跪行。

楚辞温和地招手，等张显行到身前，挥手打了他一个耳光。楚辞的理论，狗是有奴性的，你不打它，它就不知道听话。

但是狗太听话了，就不是狗了那是狼，狼会伺机而动，趁你不注意，咬断你的喉咙。楚辞就是在狗堆里长大的狼。所以他不会觉得挨打的人有什么委屈，因为他也是挨打过来的。

岁月在磨他的性子，也在把他磨得更锋利。

谁让他难受，他就不会让那个人好受。一个人做了绝对的强者，他就会觉得这个世界很好，很和谐，这就是楚辞的理论。

可是有一天，楚辞突然发现，还有一个人能影响他的情绪，那个人让他难受了，以他的教养，他也会让那个人难受。

那个能影响他的情绪，又让他难受的人就是金宫。

所以他要让她活得很悲惨。可是不聪明的金宫，却有强盛的生命力。

楚辞在弯筷子，看你强还是我强，他手里的筷子断了，他把筷子扔在地上，"时辰到了。别错过好戏。"

刚到金宫附近，就看见一个女人从金宫里跑了出来，楚辞"啧"了一下，笨得像猪的女人，楚辞本来想走了算了，等到这件事完了以后再收拾这只猪，可是他在远处望到女人脸上充满幸福和憧憬的面容后，忽然改变了主意。

金宫离开江陵城以后，他想玩游戏，可是一直都找不到替代品，楚辞心里马上否认，我不是要替代品，我是想玩儿而已。

于是他露了一小脸，紫苑马上飞奔着扑过来，楚辞在恰好的时候闪了一下身，紫苑精心打扮的身体扑到了泥土中。

楚辞用蔑视的眼睛瞅她，"哟，你来干什么。"

紫苑愣了一下，第一时间用袖子遮住自己的脸，怕被情人看到自己脸上沾泥土的样子，她迅速修整一下妆容，放下手，露出讨人欢心的笑容，"我已经彻底脱离金宫了，以后我们可以光明正大地在一起了。"

这个女人居然愚蠢得没有去追究自己为什么会摔跤。

楚辞笑了，流暄背叛江陵城以后，跟金宫已经不站在同一战线上了，金宫还想着他，别人看起来，这感情多难能可贵啊，有多难呢。

楚辞一脚踢到紫苑胸口上，老子也能做到让一个女人来投奔，可是老子不稀罕。

紫苑发出沉闷的"哼"声，然后就跌了出去，等她再挣扎着抬起头，脸上的表情已经崩溃了，"为……什……么，为……什……么。"边咳，边溅出血沫子。

楚辞看看自己踢飞紫苑的脚，靴子前面好像干净了一些，"流暄给了你多少好处，让你来我身边做奸细。"

紫苑的脸部肌肉顿时失常，楚辞看见她的鼻涕流出来了。

紫苑匆忙抹掉鼻涕和眼泪，"我没有，我不是奸细，我是真心爱你的，你要相信我。"

楚辞想了想，然后扔给紫苑一把短刀，"把自己的手指割下来。"留着长指甲的手指，我看着就恶心，楚辞想起金宫的手，从来不加修饰，很随意很干净。紫苑这个女人让她想起金宫，所以他要好好地惩罚她，楚辞自己这么解释。

说完这些话，楚辞准备转身离开，他听见"窸窸窣窣"的刀鞘相击的声音，紫苑一遍遍地，"为什么不相信我，我没有……没有。"

天已经要完全黑了，楚辞准备找一个地方歇会儿，然后开始指挥爆破，走了几步，他在张显脸上看到一丝特别的表情，接着是不大不小的惨叫声。

楚辞转过身，虽然天黑了，可是练武之人的眼神比普通人要好得多，他看见紫苑手下一小摊血，血坑里是跟手掌脱离的手指。

紫苑有些疯癫，"是不是，可以相信我了，我没有。"

紫苑边说边向前爬。

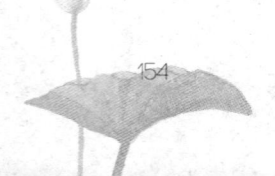

楚辞开口想说，把鼻子割下来，又觉得自己太残忍了，他眨了眨眼睛，很仁慈地说："把手指吃掉。"

楚辞蹲下盯着紫苑看了一会儿，发现她好像傻了似的一动不动，很失望地叹了一口气，好玩的事没有发生。

楚辞站起来，伸一个懒腰，仰头看见圆圆的月亮，今天真是一个特别的日子，如果我没有记错，某一年的这一天，在江陵城出生了一对双胞姐妹。

楚辞下了"爆破"的命令。

"轰"的巨大声响，高墙坍塌。

楚辞捂着自己的耳朵，可是他睁着眼睛，天空上出现了五颜六色的火光，像湍急的瀑布和美丽的铁树银花，这一瞬间，他看愣了。

这是怎么回事？爆破用的东西，是我自己做的啊，我怎么不知道它还有这功能，除非是有人在同一地方放了其他的东西，我爆破的时候，恰好当了火种子把他放的东西也给点燃了。恐怖节目变成了娱乐节目。

楚辞笑着问吓剩半条命的张显，"这是怎么回事，你不是说爆炸品已经埋好了吗？"

张显说："是……是……是埋好了。我找了最适合埋暗器的地方，然后妥善地……"

楚辞笑，"妥善地……"伸脚把张显踹了出去，这回用的力气大，把张显的另外半条命踹没了，"最适合埋暗器的地方。你知道，流暄不知道吗？蠢货。"

楚辞生气了，手下人更不敢多说话，只能跟着他往金宫里闯。

当烟火进行到第二轮的时候，紫苑抬头看天空，狼狈的脸上绽出一抹恐怖的笑容，她低头，笑癫地从地上捧起自己的手指，往嘴里送，手指里有骨头，很硬不好咬，口水和血顺着她的嘴角和露在嘴外的断指尖流下来，她一边奋力地嚼，一边跌跌撞撞站起身来，往楚辞离开的方向跟踉地走过去，嘴里模糊不清，"相……信……我，我……没……有……啊……哈哈……好漂……亮。"

楚辞已经冲进了金宫，楚辞感觉身边不时地有暗器问候，这还无所谓，不能伤到他分毫，只是他那些虾兵蟹将就倒了大霉。

再加上事先已经等在那里的护卫队，楚辞此行真是一点都不轻松，过了一会儿，楚辞身边终于有人开劝，"主上，这里太危险了，请主上回去吧！"

危险，我不知道吗？楚辞展展袖子，瞧，我的衣服都脏了，可是我为什么还是要进来呢？我来要干什么呢？取流暄性命？显然这是不可能的！我想见一个人，因为我忽然很怀念她，更何况今天恰好是月圆之日。

黑暗中飞来暗器，楚辞很自信地伸手去抓，他把东西攥到了手里，开始发现不对劲，那东西在飞行中是没有任何威力的，人手一抓反而像是触发了某种开关，楚辞立即把东西丢出去，可是已经晚了，东西在半空中爆炸，里面的碎片弹出来划伤了他的胳膊。

在躲避的过程中，楚辞气喘吁吁地靠在背后的树上。

火红的月桂树，月桂的花瓣飘落下来，有一股淡淡的香气。

这已经离金宫最高的地方不远了，她会在这里吧！

在这里看烟火。

楚辞深深喘息了几口，胸口像压了石头，鲜血顺着他的手指流下来，他另一只手紧紧握着一样东西，没有人知道是什么，但是大家很害怕。楚辞的东西都是能让人致命的。他向来会给自己留好后路。

他从树后闪出来，发现不远处的月桂树林很漂亮，树杈上仿佛放着各种灯笼，越过这片林子就能够到达金宫殿。

楚辞往前走了几步，刚走进林子，脚下踩到了软绵绵的东西，他低头一看，月桂花瓣铺了满地。

流暄这是要干什么？

"主上，小心下面有陷阱！"属下提醒。

软绵绵的下面。最容易安上几个陷阱，在这方面，流暄算是高手。

楚辞走到了相对安全的区域，靠在树上，他在等，他自己都不知道在等什么。等到他终于觉得不能再等的时候，才离开了金宫。

几乎是狼狈地归来，但是楚辞大人却觉得自己是在散步，走得很慢，肩上的伤在恶化。如果他说他在想事情而忘记了自己的伤，大家一定会觉得楚辞大人在开玩笑。

等楚辞大人回过神，开始吩咐属下造药，把七七八八的草药弄在一起砸烂，敷在他的伤口上，在这之前，楚辞负责给自己放血，他把手里的东西揣回怀里，拿着匕首为自己刮骨疗伤。

等到他感觉到疼痛了。他吐了一口气，"他妈的，好了。"流暄至少现在不敢危及他的生命，不然他要做出狗急跳墙的事来。

他把周围的人遣散了，躺在床上，一边哼歌，一边从怀里掏出东西，刚才被他攥在手里的东西。

他的手指拿着，往窗前月光下一凑，他手里的东西要吓人一跳。

他冲着东西吹了一口气，那东西抖了抖。

是一只鸡毛绑的毽子。

他怀里的东西千千万万，差不多都是致命武器，关键时刻，他居然会掏出一个毽子。看来他要趁早把这东西扔掉，不然再拿错说不定会要了他的小命。楚辞扬手要扔东西，可是又把东西揣进了怀里。

楚辞闭上眼睛，他做了一个很好的梦，梦见树上拴着一条流浪狗，它撕咬，挣扎，脖子上的锁链却勒得更紧,几乎深入它的骨髓,所以每当它反抗得到的就是剧烈的疼痛,后来它不再反抗,那锁链就长进了它的身体。

它开始适应,并在适应中找到乐趣。

直到有一天,它看见了另一只流浪狗,流浪狗小心翼翼地接近它,甚至曾被它尖利的牙齿咬伤了多次,它以为那只流浪狗会像其他狗一样离开它,在远远的地方敬畏它,可是它没有,它耐心地叼来各种美丽的东西,它开始变得不那么暴躁,它教它不要伤害其他小动物,它开始不屑一顾,然后下意识地改变。

锁链是让它痛苦的东西,可是那只流浪狗让它感觉到锁链不再那么可怕。它在改变,一点点地变化。

这不算是一种救赎,却胜于救赎。

终于那条流浪狗决定不再走了,在它身边趴下来,它伏在地上小心地看着这只让它改变的流浪狗,眼睛不停地眨动,然后它笑了,安静地闭上了眼睛,做了一个有生以来最美好的梦。

楚辞微微动,仿佛要从梦中醒过来,因为这是属于别人的梦,不是他自己的,可是他还是想沉迷其中。

画面开始发生改变。

它还是被拴在树上,孤零零的。它真的看见了一条流浪狗,可是它不肯再向它靠近,它远远地跑开了,跑进了别人的梦中。

这才是属于我的梦,楚辞笑,这才是我。

不是没有人来救我,而是我根本不会为任何人而改变。

第十二章 相依

等我回过神来,我才意识到一点,我跟流暄接吻了,刚才烟火冲天,把我的窘态暂时遮掩过去,现在四周渐渐静下来,我顿时有一种羞怯的感觉,不知道该怎么去面对流暄,而偏偏他就在我身后环抱着我的腰。

我的手有些不自然,去攥裙角,手刚动就被流暄握住,放回我的腰上,然后用温柔的声音笑着说:"怎么?紧张?"如果我说自己紧张那不是代表心里有鬼?我连忙摇头,"不,不是。"

流暄说:"那好,再这么待一会儿。"

我的心"扑通扑通"跳得厉害，又是高兴又是紧张，自己都分辨不出是种什么情绪。心跳快，身体反而会冷，在流暄怀里直打哆嗦。

流暄把我抱紧一些，好像把我整个人都搂进了身体里。

平时总看他很瘦，很优雅，绝美甚至秀丽，可是现在倒把我比得很渺小，男人的身体和脸蛋居然这么不相称。

"我们在一起吧！"流暄说话的声音柔和而腼腆。

"啊……"我仰头看流暄，从这个角度，看见他蹁跹落下的睫毛，和美丽的红唇，他似乎抬了一下眉毛。

不在一起的话，刚才那个吻算什么呢？

可是我还有很多东西没弄清楚，譬如流暄是否喜欢我，这个问题可以马上被处理。流暄喜欢我，不喜欢的话，为什么要跟我在一起。

然后，流暄是不是还喜欢金宫。

他不会是今天受了刺激以后的突发奇想吧！我眨眼，不敢说话，怕一说话就投入更多自己的心，自己先无法自拔的话，以后就很容易难过。

在没有确定别人的感情前就陷入进去……可是流暄真的对我很好，我瞪大了眼睛，红了脸，"我们已经不小了。"流暄这种郑重而调皮的口吻，让我想不放松都难。

好像是历经沧桑的恋人，在用一种平淡而朴实的语调说话，"可是我们认识的时间不长。"

流暄笑笑，轻轻抚摸我的鬓角。

我突然想到，"你对金宫说的那句话怎么看？"

流暄的手停住，然后笑了，"我觉得那不可能。"

我说："即便是本人说出来，你也会觉得不可能吗？"

我想俘虏会认错，只有一种可能，那就是我跟金宫长得很像。

我点头，接着点头。"你很相信她？"信任是恋人之间最基本的东西。

流暄顿了顿，没有说话。

他的手从我脸边拿开，手指蜷缩起来。

我心里在笑，看吧，我刚才还把我们比喻成历经沧桑的恋人，而其实我们的关系还脆弱如纸。

我说："你还喜欢金宫吗？"

流暄再一次停顿了一瞬，微笑，"我喜欢的是你。"

流暄的表情，他分明是不舍得说一句金宫的不是，他的内心在斗争，他发自内心不想说，于是很完美地处理了我这个问题。

我说："对不起，以后我不再问了。"

第十二章 相依

流暄笑笑,居然没有说话。

就这样默认了,我以后不去过问他的历史?这样两个人相处就能愉快一些?这就是所谓的距离美了?

刚刚看到烟花的感动和喜悦顿时被现实拉下了马。我认真地鼓鼓嘴,还不算了解对方,流暄了解我吗?等他了解我以后还会喜欢我吗?这好像是很大的问题,同样的,我也不了解流暄,可是我还是说:"好。"

虽然你连我的名字都没叫过,将来说不定有一天你会忘记我。

虽然你高高在上,让我有患得患失的感觉,甚至让我觉得跟你在一起很有压力,让我觉得跟你在一起,可能有这些困难。

但是我还是喜欢你。

流暄说:"我很高兴,真的很高兴。"他捧住我的脸,垂下头亲吻我的额头、鼻梁,然后是嘴唇,然后在我嘴角展开一个笑容,和我额头相抵。

虽然我略有一些悲哀,但是我在笑。

流暄直起身子,看着我的眼睛,有拇指细细地摸我的眼角,看得有些发愣,他说:"你不高兴?"

"不。"不是不高兴,我明明觉得很幸福。

我伸出手,擦了擦眼角。

流暄低头,笑着拉起我的手,领着我走到高台的边缘,风吹起我和他身上的衣衫,互相交融重叠着,白色红色夹杂在一起,就好像是我脚下烛光照耀下的月桂花。

流暄说:"就是因为这片月桂林,我才决定在这里建金宫。"

我说:"你很喜欢月桂树。"

流暄笑,"是,很喜欢。"

流暄说:"月桂花好看吗?"

我点头。

流暄眯了一下眼睛,把视线落在月桂树上,"但是它不能时时刻刻都这么好看。"

我和流暄相拥在一起,我的手放在他左边肩膀下方,离心脏不远的地方。

流暄拿着我的手,放在他右侧对应的位置,然后又放回左侧。"两边不一样了,因为这里受过伤,一直不愈合,伤口周围的皮肉有点萎缩。"

我的手不敢使劲去碰,"怎么会这样?"

流暄说:"受伤以后,没有及时去治,后来治的时候。已经严重了。"

我说:"那是什么时候?"

流暄抿嘴笑,"我刚背叛江陵城,亲手督办金宫,天气不是很好,总下雨。"

我说："即便你想坐拥天下，也不能这样啊！命都不要了，以后还谈什么天下。"我的手在小心翼翼地摸索，"那以后能不能好起来。"

流暄说："心情好的话可能会好，"勾起嘴唇，"心情不好的话，大概也会好。"

我眨眨眼睛，"这怎么说。"

流暄微笑，"心情好了，身体各方面也都会变得很好，恢复就会快。"

我问，"那心情不好呢？"

流暄用开玩笑的口吻说："心情不好就无所谓了。"

我的心迅速又酸了一下，我说："以后你别这么说了，我不爱听，好像将来有一天会变成那样似的，只要你勤练武，就一定会好的，身体这么长时间不恢复，一定是因为你偷懒。"

流暄笑，拉过我的手，环住他的腰身，"我吓你的。"

这还真的把我吓住了，莫名其妙地后背就出了冷汗，就好像预感到了什么不好的，心都提前悲伤起来。

月桂花瓣在空中飞舞，借着树枝上灯笼里朦胧的光芒，展露着它的绝艳，纷纷扬扬，仿佛天地间都能感受到了这片树林带来的美丽。

我的视线越过月桂林往外望过去，奇怪的是，我居然看到了在一棵大树背后，有一角象征着尊贵的紫色衣衫。

等我再定神望过去，视线所及，那里什么都没有。

过了一会儿，有人上了台阶，我和流暄还是手拉手在一起，我顿时觉得自己脸皮不够厚，额头上已经惊出一层薄汗，急忙在流暄怀里挣脱着，心脏比剧烈运动时跳得还快，手脚麻软。

流暄笑着看我跳开，我一抬头就看见了白砚。

我的笑容目光都装得很平常，只是手不由自主去整理头发。白砚看着我的动作，眼睛顿时暗淡下来。

我这才有所觉悟，手臂僵直在那里，我弄什么头发，这不是不打自招吗？

白砚继续看着我，"他已经走了，"在向流暄汇报，然后奇怪地对我说："天晚了，我送你回去。"

我愣了，呆呆地看着白砚，一时之间不知道要如何反应。我张了张嘴，没说出话，无声地笑，眼睛开始四处瞟，欸，我要说什么？攥起衣角。

白砚向前走了一步，脚步声，把我的视线立即弹了回来。

白砚嘴唇苍白，面颊却奇怪地泛红，神情义无反顾，跳跃的目光有些失控，我退后了一步，让他的表情增加了一些尴尬和痛楚。

我眼睁睁地看着流暄走过来，拉起我的手，立即，我和白砚之间隔了一道墙，就像一张白纸上被划上要撕开的痕迹。

第十二章 相依

白砚的眼睛在难过,深暗的眼底发红,他的声音压得很低,"这件事还没有完全确定。"

流暄说:"是你不敢确定还是不希望确定。这一次去江陵城,我以为你都明白了。"

白砚失控地摇头,"她是我带回来的。"

流暄说:"那,谢谢你。"

白砚笑,"你不会犯错吗?她们长得一模一样,她自己都不知道自己是谁。"

流暄说:"白砚,人说十指连心,何况她不是连着我的心,根本就是我的心。"

我听不懂流暄在说什么,茫然地抬起头,流暄注意到我的另一只手,脸色忽然变了变,我笑得轻松,"怎么了?"

流暄说:"松开手,没事了,把手松开,会伤到自己。"

我诧异,"我没有……"顺着流暄的目光望过去,我的手攥着我的衣服在发抖,我睁大了眼睛,眼角也有东西流下来。

流暄把我抱进怀里,"没事的,放松下来。"

"为什么我觉得我的身体在难过,"浑身在颤抖,仿佛经历了什么可怕的事,眼泪不受控制地流淌,"可是我却什么都感觉不到。"

流暄把脸埋进我的颈窝里,用极其轻柔的声音说:"下面那片月桂树林你喜欢吗?我还想要跟你到下面走走。"

流暄的手在抚摸我肩膀上的流苏,他揉捏安抚。我低头看见漂亮的流苏和绣满宝石的衣裳,我这才记起来,我今天洗了澡,穿了一件漂亮的衣服,在镜子前精心打扮了一下,是跟流暄一起看烟花来了,这期间我很快乐,没有发生任何让我感到恐惧的事。

我的手终于松开了衣角,流暄把手伸过来,与我十指交握。

我安静下来,流暄抬起头冲我微笑,"你今天真漂亮,衣服也很适合你。"

我说:"这衣服好繁琐,开始我都不知道怎么穿,但是它又好漂亮……光肩膀上的这条流苏我就弄了好半天。"

流暄笑笑,把流苏卷在手指上,然后低下头亲吻了一下,他的红唇慢慢压在华丽的流苏上面,柔软的嘴唇侵入丝绸中,按压出性感的痕迹。

我的心仿佛被水烫了一下,最脆弱的神经被牵动,脊背上有一种战栗的感觉,流暄伸手揽起我的腰,我的额头上顿时就出了一层汗,甚至不为人知地心跳如鼓,刚才的那种难过的情绪马上就烟消云散了。

流暄转了个身,"白砚,我希望这件事到此为止,你知道,我并不是一个善良的人。"

白砚和流暄对视,"那又怎么样?既然你那么相信自己的心,为什么我不能相信我的心?不管她是谁,我喜欢她。"

流暄说:"你的立场动摇了,这我管不着,我只能说你跟我的感情不一样。"

白砚顿了顿，低头没有说话，过了一会儿他抬起头关切地看着我，"她在你身边，你们都要受到伤害，难道你没想过用其他的方法吗？"

流暄笑，"可以有各种方法，但是前提一定要在一起，"说着眯起眼睛，"我的立场是，一起老，一起死。"

白砚说："至少你应该给自己和她找一条退路，任何事都是不确定的，即便你做事再完美，也会有错。"

流暄微微一笑，"我不需要有退路。"

白砚睁大了眼睛，片刻间他笑了，"我们换个时间再谈。"

流暄说："你眼睛不好那些年，你虽然看不见，但是一直都在思考，所以才能厚积薄发，处事做事都比别人成熟得多，我和你一样，从很小的时候就在思考，"流暄笑笑，"我想要什么，我很清楚，你不用跟我讲任何道理，我做人的标准，并不是要完美。"

白砚一步步地后退，他白色的靴子撞击地面的声音格外地悲伤，身上的猫眼石蒙上了一层黑色。

我想起我和白砚第一次见面的情形，他眨眨黑溜溜的眼睛斯文地跟我抢饭吃，他羞涩暧昧地笑，完全跟金宫正殿前的巨幅画像画得不同。

在别人崇拜他的时候，我会想起他跟我嬉笑着的样子，白砚对我来说并不陌生，甚至于很亲切，在他身上我找到一种特别的情绪，那就是溺水者手里的一把稻草，从他身上我莫名其妙找到一种自欺欺人的踏实感，就好像从白砚那里我能看见另一个人，想起另一个人，想起她提到他时眉宇飞扬的样子，但是通常时候，特别是在黑夜里，我总能感觉到这个人在离我远去，我无法挽留。

我想念她，或者根本无法接受她消失得无影无踪，我情愿那个消失的人是我，而现在活生生地站在别人面前的人是她。

我龟缩在壳里，继续自欺欺人，在壳里的这部分灵魂我是看不见的，所以现在我只有一个直觉反应，我觉得我对白砚很愧疚。

跟流暄在一起像是犯了某种错误，白砚成了无辜的受害者。

流暄坦然地笑，眉宇飞扬。

流暄说："你回去以后告诉桑林和风遥，今晚他们就不必来我这里了，他们可以任意处理自己的事。"

"任意处理自己的事？"白砚有些迟疑，于是抬头看向流暄。

流暄笑笑，"是，任意处理，不用向我汇报。"

白砚低头想了想，突然之间明白了，试探着说："主上是说紫苑的事？"流暄的脸色没变，白砚继续说："风遥可以把紫苑接回来？"

第十二章 相依

流暄说:"那是他自己的事。"

听到紫苑的消息,我第一个反应是皱了一下眉毛,然后似乎意识到了什么,扯扯流暄的袖子,是叫他的意思,跟说"喂"差不多,扯得流暄回过头,我顿时抿嘴笑起来。

高高在上的男人,任我扯袖子,谁想到这点会不偷着乐,流暄侧头问我,"怎么了?"

我抬起头问,"紫苑会怎么样?"

流暄说:"至少不会有生命危险,楚辞是这样的,杀一个人,他觉得太没意思。"

我张着嘴,脑海里在想那些对女孩子用的可怕手段,身上起了鸡皮疙瘩,"不会是,不会是……把她给……"

说完这话,我就觉得奇怪,为什么我这样了解楚辞,而流暄对我的反应也没有表露出意外的情绪,很自然地道:"不会的,他有洁癖,而且他也不喜欢别人娱乐。"

我的脸"呼"地一下红了,流暄的意思是,楚辞自己不会做出那种事,也不会看手底下兄弟干那种事,不是因为他不够坏,是他没有兴趣。

流暄笑笑,握了一下我的手,"这件事交给他们自己处理好吗?"

毕竟是风遥殿下和紫苑的事,旁人只能看看,适当的时候关心一下即可,这是流暄一贯的处事方式。

我仰头看着流暄,流暄低头看着我笑,等我再看向白砚的时候,只能看见他身上的白袍被风吹拂,蹁跹飞扬然后大幅度落下,很快他就消失在台阶的尽头。

我的心突然紧缩一下,难受得我差点一屁股坐在地上,多亏流暄扯了一下我的手,我一头汗,下意识地说:"谢谢。"

流暄抬起秀丽的眉毛,"你对白砚什么感觉?"

"我对白砚殿下?我跟他没什么……"眼光流离,说话的速度快得失常。

流暄笑,目光在我额头上停了一下,又转过头,没有说话。

我抓了一下衣角,深吸一口气,伸手碰碰头上的红头带,想把它拿下来,结果手指蜷起来,没下得了手。

我说:"也没什么,第一次见到白砚殿下,只是觉得有一种熟悉的感觉,就好像见到了一个一直被别人提起过的人。"

流暄勾起嘴角笑笑,很开心。

我接着说:"只是不知道为什么,看见他难过,我心里也不舒服。"

流暄的黑发在空中飘舞,细长的眼角轻眯着,静静呼吸,静得让人感觉不到他。

我低下头又抬头说:"不像是第一次见到你。"

流暄的眼角颤了一下。

我说:"第一次见到你,就觉得这世间没有比你更美的男人。"

流喧笑了，"你攥着我的衣角就是因为觉得我好看？"语调温柔，话音清晰而缓慢，说到最后一个字的时候，把气息压得很轻。

我说："在那之前我不知道你就是主上，所以……"我为什么会攥住流喧的衣角？难道真的仅仅是因为他好看么？别人问我对白砚的感觉我能说清，对流喧我真的反而说不清楚了。

我觉得自己再这么解释下去，真的会弄得满头大汗，我摇摇流喧的胳膊，笑脸看他，借着月光，我看见流喧额头上都是细碎的汗珠。

我诧异地愣住了，然后挑着眉毛说："怎么了？"流喧的手心明明很凉，怎么会突然出那么多汗。

流喧露出一抹淡笑，"我在想，相爱的两个人，就算其中一个将从前所有一切都忘记了，当她再见到爱人，也应该会有一种特别的感觉，你说是不是？"

没想到流喧会突然想到这么个问题，我想了想，"应该是这样吧！除非她不爱那个人……"

流喧忽然说："别这样严肃，你吓到我了。"他那黑不见底的眼睛像水中的月亮一样，沿着风吹的方向，细细起皱，明灿地晃动了一下。

我不过是说了一句话，怎么会吓到流喧。

流喧把我的手握得更紧。"过两天我带你出去看看，愿意去吗？"

出去？我眼睛睁得大大的，点头，"我还没出去过呢！不知道外面什么样。"流喧拉起我的手，把我重新带回房间里，让我坐在软榻上，然后在我坐下的瞬间，低下头，碰触了我的嘴唇，我的脸迅速红起来，流喧微笑的样子，嘴唇红得发亮，然后他松开我的手，"我去拿东西。"

我呆呆坐在那里，看着自己的手掌心，简直不敢相信今天发生的一切，没有人在的时候，我可以大胆表露自己的心情，我弯起嘴唇，满脸都是笑容。

流喧会喜欢上我，这是我从来都没想过的事。

以后，我们也会这样永远地在一起吗？结婚，然后生一个他的孩子，有着和他一样优秀血统的孩子。

然后从那个孩子身上，我能看到他小时候的样子。

我并并脚，好像一切都要变成真的一样，即便是抿着嘴唇，我都能感觉到自己的笑意。

外面突然响起一道惊雷。

吓得我扭头往外看，屋子里朦胧的灯光暖洋洋的，跟突然要刮风下雨的天气成了显著的对比，这要是平常，我大概会缩在被窝里，然后皱皱眉头。

现在不一样了，无论外面风雨怎么刮，屋子里的灯光都是恒久，我站起身走到窗前，准备打开窗子看看外面的天空。

我伸出手，宽大的袖子落在肘下，十指贴在窗子上，有些凉，微微用力推，窗子动动，

第十二章 相依

马上有一股雨前的味道从窗缝里钻进来。

我的眼睛被风吹得眯起来，我刚要踮起脚尖关上窗户，就听到外面一声凄厉的喊叫，"你到底是金宫还是温清雅。"

我吓得脚跟落地，手一哆嗦，反而把整面窗子都打开。

"温清雅早死了，你是金宫，金宫，你姐姐温清雅早就死了，哈哈，你不是温清雅，你是金宫，"声音呜呜咽咽被掩在一双手掌后面，"紫苑，紫苑，"那人急切地喊。

"咯咯……咯咯……"紫苑笑得让人毛骨悚然，"我不是奸细，我没有害你，我只是吃了我的手指。"

我顿时愣在那里，喘口气之后，我开始慌乱，不知道该干什么好，踮起脚做了一个关窗的动作，半截又停下来，去拽自己的袖子，寒意从手臂蔓延到了全身，让我整个人都开始颤抖。

风全都灌进来，蜡烛被吹得摇晃，我突然觉得整个世界都在晃，我的脚在慌乱地动，然后我两只手都抓住自己的袖子，捂在了自己的耳朵上。好像只要听不见，就能够活在自己的梦里——

温清雅早死了，金宫，你姐姐温清雅早死了，这才是事实真相。

不，她没有死，她是一个追求幸福和自由的人，是我最亲的人，她不可能死在我眼前，死的应该是我，我是温清雅，我不是金宫。

我是温清雅，我真的是温清雅。

"金宫，那天晚上发生了什么呀……我看见了，好多的血啊……是楚辞告诉我的，他说，我说了你就能想起来。"

"金宫，你有一个姐姐你知道不知道，你姐姐才叫温清雅，咯咯……"

我捂着自己的头，缩在角落里，可是我眼前出现了好多的鲜血，它们不停地流，流到了我的脚底下。

我的脚立即像被烫了一样缩回来。

屋子里突然间到处都是人影，黑色的影子，在灯下移动，我看不清，拼命地眨眼睛，全都是黑影。

感觉到有人来到我身边，紧紧抱着我，我拼命地张牙舞爪往他怀里缩，只要他能把我这个人围起来，我缩在别人看不到的地方就好，我就什么都不怕了。

可是当我睁开眼睛，还是有黑影扑过来，火光冲天，到处是血和尖锐的惨叫声，眼前一个个陌生的面孔，重复着惊愕扭曲的表情，一个个不甘心地倒下。

都是血，迸溅在我的衣服上，我的手背上，我的脸上，我拿着剑不停地向前刺去。

面前的人，有一双双绝望的眼睛，他们看着我，喊我的名字，"金宫，金宫，你醒醒。"

醒醒，醒醒，不要再继续。

一个接着一个的人死在我面前，每死一个人，我的心都会撕裂一样的疼痛，他们是谁？为什么看见他们死，我的心会痛？谁杀了他们？我又是谁？

睁不开眼睛，一切都在黑暗中出现，又在黑暗中消失，大概我也要死了吧！心疼到死！异常地觉得是种解脱。

汗流下来，不停地流，湿了我的鬓角，我的额头隔着薄薄的衣料反复磨蹭他的身体，"点灯，快点灯。"

"灯在亮着，你睁开眼睛看看，什么都没有。"

我缓缓地睁开眼睛，灯光下一切如故，没有了重重黑影，我的汗沿着面颊流下来，外面已经不再打雷了，万物恢复了静寂，可是我还是觉得喘不过气来，整个房顶在压低，我的呼吸沉痛而且窒闷。

我缓过神来，发现流暄拥着我坐在地上。他宽大的袖子把我整个人几乎包起来，我把他的衣衫扯得凌乱，他领口的那条绢子已经松开垂在我的胳膊上，我坐在他的两腿中央，紧紧抱着他的腰。

长长的衣裙下摆铺满我们身体的周围，我的脚蜷缩着，摆出一种无助而痛苦的姿势，仿佛是我心底的写照。

我说："我看见了好多黑影，还有血，就在屋子里。"

流暄温柔地看着我，"你刚才睡着了，在做梦，屋子里什么都没有。"

我摇头，"我真的看见了，不是做梦，我睁着眼睛看到了。"

流暄说："在哪里，你指给我看。"

我在流暄怀里小心翼翼转过半个身子，松开一只扣着他腰身的手，往后指，眼睛也跟着转过去，"就在那里，黑色的影子，不是树影，是很清晰的好多人的影子，他们在动。"

流暄四处看，笑笑，"什么都没有啊，我进来的时候发现你靠在墙上睡着了，直到刚才，你才醒过来。"

我做出了像孩子一般幼稚的动作，反身重新反弹回流暄的怀里。"有的，好可怕，我好想哭。"

流暄摸着我的头发，"知道今天为什么要放烟火吗？"

我在他怀里摇头。

流暄说："因为今天是你过生日，辞旧迎新的日子。"

我吸鼻子，"我过生日？我出生的日子？"

流暄说："是啊，所以你今天可以哭，眼泪掉下来，是流给过去的。"

我起身看着流暄，仿佛他黑色的眼睛周围有一层淡淡的蓝色，我的鼻子很酸很难过，不知道是心先酸还是鼻子先酸，然后有一股气流向眼睛流过去，外面又打了一个响雷，就像刚

第十二章　相依

才的烟花一样，流暄说，辞旧迎新。

我说："那我哭了，我哭了。"眼泪就流下来，光明正大地，也许在别人为我庆祝的时候，我忽然难过，不知道为什么而哭。

大概是为了过去。

响雷刺激了我哭，也刺激到了某个人，她又挣扎起来，她已经疯了，嘴里在喃喃喊着能穿破人耳朵的话，"金宫，金宫，温清雅已经死了，咯咯，已经死了，我知道，我知道，你受不了这个刺激，想象温清雅没有死，把自己当成温清雅，其实你是金宫……咯咯……所有人都知道你是金宫，流暄知道……白砚也知道……楚辞知道……现在我也知道了，我好聪明啊，好聪明……"

"流暄想把你找回来，可是你不愿意回来，你还是觉得自己是温清雅，为什么不愿意呢？因为那天晚上……那天晚上……"她说话的声音越来越低沉，越来越诡异，"那天晚上……"

流暄把我抱起来往里走，那声音也如影随形，被人打断，被人捂住嘴巴，被人按倒在地上挣扎，她仍旧是要喊，因为她已经疯了，什么都不怕，没有感觉，没有疼痛，没有恐惧。

流暄把我放到床上，笑着摸我的脸，"我出去一下，一会儿就回来。"他起身，我坐起来紧紧地拉住他的手腕，我仿佛知道他要去干什么，"不要去，不要去。"我摇头，求求你不要去。

我的眼泪不知道掉了多少，我根本也不在乎，可是我害怕流暄走，我害怕他到外面去，我紧紧抓着流暄的时候，外面有人下了狠手，挣扎的声音立即断了，然后是风遥殿下在请罪，我央求着流暄，"别走，别走。"

我闭上眼睛，"别走，别走。"我从来没有害怕过，小时候练武被打，肩膀上扛着巨大的压力，我不曾害怕，可是现在我好害怕，金宫不应该活着，她不应该活着，所以我不能是金宫，我只能是温清雅。

我叹口气，"我好累啊，我想睡一会儿。"闭上眼睛，仿佛只是一瞬间我睡着了做了一个梦，我梦见了我自己，姐姐还有流暄，这次比以往每一次都清楚，都要令我痛苦。

人在悲伤过后会掉眼泪，我的悲伤始终在我心里，没办法让我遗忘，也没办法让我记起来，我能去想了。我曾祈求让一切停止，如果不能停止的话，就停止我的生命，可是生命还在继续，姐姐还是在我眼前闭上了眼睛。

我最开始接近流暄的时候，真的不是单纯地喜欢他，而是楚辞的命令，我必须要听从楚辞的命令，这样才能让姐姐获得相对的自由，才能在波涛汹涌的江陵城里粉饰太平。

当流暄冲我笑的那一瞬间，他放松的眼角，勾起的嘴唇，让我觉得悲哀，也许他是知道的，知道我接近他的目的，可是他装作不知道。

他聪明，无论做什么，都能找到正确的做事方法，他骄傲，他自信，当他看着我的剑刺入他胸膛的时候，他没有惊讶，失去光芒的眼睛中只是有一种悲哀，被不可能会伤害自己的人伤害，只能是一种悲哀。

我接近流暄，我懂得接近却不懂得互相取暖，我懂得放松自己像一块浮木一样在江河里漂流却不懂得去眷恋身边的一切。接近我懂，却不懂得用心，用心，是流暄教我的，可是用了心又如何，最后关头我还是管不住自己，我把剑刺入了流暄的胸膛。

刺入的那瞬间，我知道什么叫痛苦。

流暄受伤离开江陵城之后，楚辞蹲在我面前看我的表情，让我讶异的是，自己什么都没想，竟然在数地上的血滴，从此以后，一切都好像是梦，而我活在了梦中。

流暄离开江陵城之后，楚辞说："你做得很好，你差点杀了流暄，你记不起来了，但是大家都看到了，"他眨眨眼睛，"金宫殿下，你在最冷静的时候，做了一件大事啊，从此以后，我让所有人，每天都崇拜你。"

我沉默了，看着飞舞的月桂花，觉得自己很冷。

楚辞说："下一次他见到你会怎么样呢？你们会不会自相残杀？你想去找他吗？你去找他吧。"他笑得兴奋，好像是要开始另一场游戏。

楚辞说："我告诉你一件事，流暄可能不是流潇的儿子，我们抓流潇一家的时候，在屋子里发现了他儿子流暄，大家没见过流暄长大以后什么样，只是因为他脖子上戴着刻着流暄名字的玉，而认定他是流暄，流潇那只老狗如果能生出这样的儿子，他会那么容易就被我弄死吗？所以流暄有可能是一个无辜的替代品，我被流潇那只老狗愚弄了，可是流暄从哪里来，他的真正身份是什么呢？他爹他娘都是什么样的人？他们全家会不会都很好玩，至少比江陵城中的人好玩吧！"

流暄不是江陵城中的人，没有流着江陵城中人不正常的血液，我很高兴，流暄会完全跟江陵城脱离，他会有自己的生活。

这样很好，我笑。

楚辞说："哟，笑得跟白痴一样。"对于各种感情，楚辞总是不屑一顾。

流暄离开江陵城以后，外面一直阴雨连绵，他曾说要造一座殿送给我，就用我的名字金宫，现在他做到了，我却不能去看。

有几次我想不顾一切去找他，可是我知道了流暄对金宫里所有人下的命令，"金宫里永远不能提到那个叫金宫的人，见到金宫杀无赦。"

也许事情不像我想的那样，流暄造金宫，只是为了恨我，这辈子就会这样了吧，失去的永远都找不回来。

我咧嘴笑，笑容格外的美丽，那天晚上我喝得酩酊大醉，看着夜空，紧紧抿着自己的嘴唇，我仿佛又看见了流暄，淡淡的月光下，他站在那里，恍若月桂树上血红的花朵，蛊惑着，

第十二章 相依

让人痴迷。

他站在月桂树下依旧美丽依旧优雅,只是他的眼睛中却不再有感情,而是一种冷漠。

后来我总是想,如果不是我时时刻刻都想着流暄,妄想终有一天我们会和好如初,那么楚辞也许不会接着玩游戏,也就不会发生那天晚上的事。

那天晚上楚辞让我知道,我不能再活在世上,失去亲人的痛苦让我万念俱灰,了悟一切后的恐惧和爱流暄的那颗心,让我瞬间把自己雪藏了,我选择去忘记了一切。

金宫不能活着,如果活着的是姐姐温清雅,那么姐姐可能有机会跟白砚过幸福的生活,流暄也就完全安全了,于是从内心上,巨大的打击让我把自己当做了姐姐温清雅。

不是因为懦弱,而是我的选择。

不知到底过了多久,我睁开眼睛,发现流暄在看我,将所有一切都记起来,再见流暄有一种恍然隔世的感觉。

有很多话想要跟流暄说,却到了嘴边又不知要说些什么。

我忍住泪水,尽量不去发脾气,"你就看我吧,看我吧,不用睡觉了是吧!"流暄是一个笨蛋,我是楚辞下的一个饵,他就真的把我这个饵吃掉了。

其实我出现在金宫那一刻,他就应该杀了我,就算不杀我,也不该再理睬我,这样他后面的人生会过得很舒坦。

我看着流暄的脸,好像要倾注进我所有的感情进去,我的手还是无意识地拨弄他的眉毛,不停地来回摸索。

当我的嘴角上扬的时候,他的呼吸仿佛突然之间停滞了一瞬,他眼中有一点欣喜温柔的笑意浮出,却又有些惴惴不安,他在等待,却好像又在害怕。

要好好看眼前人的那一个,应该是我才对,而他为什么眯着眼睛,比我还要专注,仿佛过一会儿我就要消失不见。

他的脸慢慢地贴近,饱满的红唇在灯光下也散发着异样的光辉,长长的睫毛落下来,在轻阖上眼睛的时候,他的嘴唇已经轻柔地覆盖住我。

我嘴角绽开,在他唇间轻笑,早知道他喜欢我这样看他,那以后我就天天这样做,表露我全部的爱意,那是因为我再也无所顾忌。

我知道我是谁,我知道在我眼前的是谁,我明白我们的过往,我们的一切,所以我珍惜,轻轻地碰触,轻轻地亲吻,就好像在保护易碎的陶瓷一样,那是经过多少年后,我们才第一次在一起,他用他那独特的亲吻方式诱惑着我,让我气喘吁吁,我在笑,我一直在笑,我说:"流暄,我来了,我来找你了。"

"以后我再也不走了,就在你身边,腻死你,你不准赶我走。"

他的眼底有些红,于是他习惯性地眯起眼睛。

我忽然之间想起了什么，急忙地去拽他的衣服，"你能不能原谅我，你的伤，我……"我停住了，脑袋忽然针扎一样的疼，我把手小心翼翼地放在他胸口的上方，摸到了一个明显的疤痕，疤痕周围的肌肉略微萎缩，这里是被我这个傻瓜刺的。

流暄攥住我的手，我的手指敲击在他的手背上。我说："如果你问我来金宫之前发生了什么，我不能告诉你，我不记得了，我也不想去想，就当我都忘记了好吗？"

流暄点点头，"好。"

我把头枕在流暄肩膀上，躺得更舒服一些，"楚辞把我扔到白砚长大的那个小村庄，那时候我已经病了，什么都忘记了。"

"后来白砚见到我，把我带到金宫，他把我认错了，当成了姐姐，但是那时候我隐约还知道，我要见的是你，不是白砚。"

"可是你不肯见我，金宫里的等级制度更是把我压得死死的，"流暄伸出一只手，无限爱怜地把我的头发往后拢，然后摩挲我的耳朵，我被他摸得发痒，笑着低下头像猫一样钻进他怀里。

我弯着嘴唇傻笑，眼前还是起了一层白雾，想起了楚辞的话，楚辞曾说过，"流暄那家伙我掌握不了他，我没有必胜他的把握，"他玩他手里的木傀儡，扯出一根线，把木偶的胳膊扯上扯下，"可他有一根线在我手里，那根线就是你。"

"为什么流暄有这么一根线呢？因为流暄爱你啊，"楚辞摸着自己的下巴，"我比他强在哪里呢？我不知道什么是爱，我没有爱。"

我不同于其他的女孩子，我没有什么好的出身，我平凡，我需要为了生活摸爬滚打，所以我练就一身厚厚的皮肉，我不懂得什么叫娇贵，也不会娇情，更不懂得个人魅力和与众不同，正因为这些，我敢跟楚辞抗争，我一无所有所以我什么都敢做。

后来我发现我并不是一无所有，我身上也有东西被楚辞捏在手里，我的姐姐，我的家人，我的爱人。

我刺过流暄一剑。还莫名其妙地在金宫里的月桂树下自杀，我控制不住自己的身体。

这些事都发生过，我还能装作什么都不知道，无忧无虑快乐地跟流暄生活在一起吗？

我不能，因为我恐惧。

现在想起我被小莫救了以后，在某一天晚上我再次见到流暄时的情景，我竟然就真的扯着他的袖子不放手。

那是因为，我真的好想拽着他不松开，虽然不能一辈子，但是一瞬间也可以。

那时候他真的冷着脸站在那里，跟我在江陵城喝醉的时候幻想的差不多，他的脸那么精致白皙，偏偏有黑不见底的眼睛，红艳似血的嘴唇。

流暄看着我，"笑什么？"

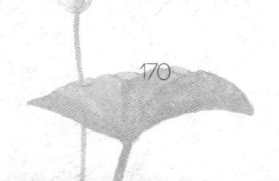

第十二章　相依

我忽然沉默了一瞬，然后抬头，看似不经意地说："我突然想起一句话。是谁说的，见到金宫格杀勿论？"现在想到这句话，心里还是很疼，即便是我变回了真正的金宫，刀枪不入的金宫，我还是难过，我跟流暄之间真的出现过裂痕。

流暄表情平静，想了想才说："想起来吗？"

我一下子掀开被子坐起来，冷得我连续打了两个哆嗦。

流暄马上把我搂在胸前，背后给我披了斗篷，我在他胸前蹭啊蹭，如果天天都有这待遇多好啊，流暄系好斗篷上的带子，侧个身拉住我的手，他往前走，我们之间的距离还没有到能感觉到他的拉力，我已经提起裙子跟在他身边。

我眯着眼睛笑，我会有这样的表情，是因为流暄是我的师父，他不但教了我武功，渐渐地把我的心也教走了，然后我所有的生活习惯也跟着改变。

我问，"去哪？"他攥了一下我的手，"去下面的月桂树林。"

出了门，走过长廊下几节楼梯就能到金宫殿外面去。可是我的脚却往别处踏去，流暄跟我走的也是一个方向。

这世界上最了解我的就是流暄，不用我多说话，他就知道我要干什么，我是要跑到最高最高的台子上面，台子下就是月桂树林。

跑到台子上面，我一刻也没停顿，就往台下冲去。

高台下是一片如墨的静寂，好像我落下去就能激起一片波纹，能听到冲入黑暗的声音，我的衣服在身后展开，被风舒展得异常美丽，只有风和自然才能创造出最美的东西。

高空，美丽的风，下落的坠感，能让人仿佛瞬间洗尽铅华，变得绝艳起来，风一层层地吹，就像过滤人的痛苦。

在我落地之前，已经有人抱住我，软软的怀抱，天空中绚丽的闪电，纷纷扬扬的月桂花瓣，纠缠在一起的青丝黑发，我低头看，流暄那双美丽的眼睛正在闪烁着星芒，勾起的红色嘴唇，宠溺地微笑。

月桂花瓣软软地贴在我的眼睛上，遮盖住我的视线，我干脆闭上了眼睛，仿佛又回到了那一年，我把流暄撞在树干上，让月桂花瓣撒了我们一身。

我的眼泪不合时宜地流出来，流暄低头吻上我的嘴唇，月桂花还在我的眼角，我看不到流暄的表情，只能感觉到他轻轻的碰触，所以整个人变得格外的敏感，嘴唇上的麻痒感觉从舌尖开始扩散，我的头发好像是散了下来，我的身体被压入，两个人纠缠得更紧。

我听着他沉重的呼吸，自己喘息的声音也变得急促起来，鼻翼间呼吸着彼此身体的气息，不用更深入的接触，淡淡的耳鬓厮磨就让人脊背都哆嗦着战栗。

我紧紧攥着流暄的衣服，有点无所适从。

幸福来得太快了。在江陵城的那几年的孤寂，突然变得不重要。

受的那些煎熬，那些苦，都不重要。

流暄亲吻我的眼泪，"别哭，别哭。"

我用手背胡乱去摸，然后眼睛上的花瓣掉下来，我说："我知道，我知道，你不让我哭，是因为你见不得我哭，因为你怕你自己也被惹哭了。"

我笑，可是流暄在静静地看着我。

他的眼底真的在发红。

这样一来，倒又把我看哭了，我推他，"别让我看见你。"我往外推他，他就握住我的手腕把我往怀里拉，他拉我，我哭得更厉害，始终不敢再去看他的样子。

我说："你说见到我就杀了我。"

流暄抱着我不说话。

我说："我知道你不喜欢说什么，但是这次你要告诉我……"

我听到流暄叹了一口气，"我怕你来找我，楚辞会伤到你。"

我停止了抽噎，静静地抱着流暄的腰，"我自己这样偷偷想过，可是又怕是自作多情。"我说："你知不知道，那时候我总是做一个梦。"

我笑着，"我总梦见站在你面前要跟你说话，可是怎么也张不开嘴，就算是努力张开嘴了，也发不出音，然后你就挥剑很不耐烦地把我杀了，你那时候是不是真的很想把我杀了？我始终都是你的累赘，在江陵城拖你的后腿，后来还让你受了那么重的伤。"

流暄笑了。

我说："不然我为什么会做那样的梦，一定是你生气的时候，有那么一瞬间是这么想的。"

流暄说："你做的梦，现在也要赖在我身上。"我故意噘起嘴，"不管怎么说，我至少梦见你，你是不是一直都不梦见我？"

流暄勾起嘴唇，细长的眼睛弯起来，"经常梦见。"

我马上逼问，"梦见我在干什么？梦见我很坏？是不是？"

流暄笑着不说话。

我说："看你这样子分明就是，梦里一定把我大卸八块了，所以我才会做那样的梦，这叫心灵感应。"

流暄低低笑了一声。

我看着流暄，或者新生对我来说是好的，她就像是一个局外人，在场外看着我们纠缠这么多年，我在黑暗里挣扎，我痛苦，然后我要退场，她会走进局里，她纯净如白纸，她会代替我爱你。

对不起，流暄，我要走。

流暄看着我，他的眼睛那么坚定。自从我跟他在月桂树下约定人生以后，他的眼睛就变

第十二章 相依

成这个样了，他是在跟我说："无论发生什么，无论如何我陪着你。"

自己把自己关起来的感觉没有几个人知道，我放弃流暄，把自己关起来，别人会觉得我残忍吗？我是残忍，我残忍到瑟瑟发抖，没有理智支撑，最多的时候整个世界是一片空白。

刺伤流暄那一剑，其实我是有一点感觉的，我刺伤他的同时心在难过，我看着他的眼睛，我只能想：放弃我吧，如果放弃我，你会有更好的生活。

有没有想过，在困难面前说出这么一句话。说的时候，自己在哭，可是还要说出口，只是因为自己已经无法救赎。

我对眼前的流暄微微一笑，"我累了，背背我。"我很轻，并不沉。但是要背我走很长一段路，直到我可以独立行走。

然后他转过身，漂亮的身影。挺拔的后背，像一朵永不颓败的花朵，我看了一会儿，才扑上去，熟练地攀爬上他的脊背。

其实有很多很多次，我都幻想有这样的情景。在某一天，流暄背着我，我伏在他耳边说话，时间停顿，我们就这样平凡而快乐。

大部分时间用来想。只有少部分时间实践，但是意外地也能让动作熟练，一气呵成，和想象出来的大致相同。

然后我趴在流暄的肩头，无声地笑了。

快乐是无声的，被爱的人背起来是一件简单而幸福的事，从他的肩膀上看风景会觉得很不同。

他愿意托起你的重量，证明他的心在爱你。

流暄一步步往前走，我仰头看月桂花，和被闪电穿梭的天空，有细细的雨滴落在我的脸上。

有时候，经历痛苦，没有悲伤或者放弃。而是展露出一丝微笑，那瞬间觉得自己很美。像罂粟，这样的日子一直持续着。在江陵城里，我不是一个人，而是一件武器，每天晚上在无意识的状态下被训练，然后学着用多种手段去杀人。

遇到流暄，我们之间就像隔着一面透明的墙，他那边干净，高贵，美丽，光华耀眼而让人炫目，我不能眼睁睁地看着他和我擦肩而过。

爱上流暄，那是一种救和自救的过程，我们都没有变成另一个楚辞。

我放下两条胳膊，在流暄耳边轻轻地亲吻。

如果能重生一次，我一定要全心全意地爱他一次，我不会再有羁绊和恐惧。我们可能还会面对许多痛苦才能在一起，但是有好的开始，就一定也会有好的结束。

流暄把我背回屋子，我又在他背上磨蹭了一会儿，才跳下来，然后绕到他前面去，很郑重地说："现在，你要帮我解开那个噩梦。"

流暄笑，"什么噩梦？"

我飞快地在他唇上亲吻一下，冒失得像一个孩子，然后我抿起嘴唇，笑吟吟地看着他，"就是我总梦见，你不肯原谅我的那个梦，现在我们见面了，终于可以把那个梦解开了。"

我认真地看着流暄，"我只想跟你在一起，从现在开始我想珍惜所有跟你在一起的时光，流暄我们和好吧，我们永远在一起，好不好？"

我说完话屏住呼吸小心翼翼地看着他。

他那像在美丽的河流里闪动的黑珍珠样的眼睛，他那上弯着如同花瓣一样的嘴唇，他微笑着看我，"好。"

我的眼泪冲了出来。

我扑过去，抱住流暄的脖子，"我刺了你一剑，那一幕我总是反反复复地想起来，我很害怕，我很后悔，我死都不想伤害你，可是为什么我会刺那一剑……我每天都在做噩梦，梦见你恨我，你想杀了我，你永远都不会原谅我，你说我骗了你，你说我是楚辞的走狗……我以后再也不会伤害你，我会永远在你身边。"

我抬起头，流暄正看着我，他的眼睛里有晶莹闪亮的东西，亮得让人觉得难过，然后他闭上眼睛，轻轻地遮掩过去，他说："忘记了不要紧，只要你记得自己是谁就够了。"

我现在很清醒，我说："我当然知道，我是金宫。"

流暄没有动，他只是轻轻张开手又合上，然后把手臂轻轻地放在眼睛上，等他再次睁开眼睛，嘴角上扬，可是有些轻微的颤抖，"我爱你，我会永远爱你一个人。"

我愣在那里，眼泪不受控制地流下来。

他抬手帮我擦掉我眼角的泪水，我透过水雾看着他，我从来没有见过他流泪的样子，可是当他说："别忘了。"他的眼角就流下泪来。

我忍不住哭出声，我说："不会忘，这怎么能忘，如果我忘记了，忘记我们的过去，那你不是会很寂寞？那段历史就没有人陪你回忆，没有人陪你了解了，那你每天会在黑暗里自己去想，我不要那样，我要陪着你。"

他微笑，眼睛中的光芒闪烁，倾倒众生。

我的手滑下来，被流暄紧紧地攥住，"我困了，"扬起头，扯出一抹笑，"美人师父。"我挣扎了一下。

流暄停下来，揽住我的腰身。

我说："时间怎么过得那么快啊，已经很晚了，可是我不想睡。"可是我必须睡，如果我还是金宫，楚辞随便一个口令就能让我失去控制，所以我想我必须忘记我自己是谁，我不能做楚辞的武器，伤害流暄的武器。

我说："美人师父，再背我走两步吧！好么？"

流暄把我背起来，我软软地伏在他的肩上。

流暄说:"我会把你带回来。"

我咧嘴一笑,流暄的脚步还在继续,我在他的背后睡着了,不管是过去的我,还是现在的我,有没有记忆,我都是我。

一觉过后,重新有了感觉,就像是在月桂树下睁开眼睛时一样,仿佛听到了什么声音,那声音足够感染我,让我心痛,让我悲伤,我仿佛就是为这心伤而生,而自愿进入这段感情中,我看见远处那个受过伤的男子,他穿着黑色的长衫,站在月桂树下,倾倒众生,他面对别人的时候,也许雍容、优雅、高贵,但是他不为人知的地方冰冷,我一无所有,但是我想给予他温暖,虽然不能改变历史,但是我会用更坚韧的心去面对未来。

我在月桂树下睁开眼睛那一瞬间,一切都将改变,一切都不同了。

第十三章 恨意

楚辞在做流暄制造出来的暗器,就是这玩意儿让他受了伤,楚辞捣鼓着手里圆形的东西。流暄把暗器开关设置成了"握式",也就是说暗器在飞行的时候,根本不会爆炸,但是只要有人把它接在手里,就算触动了它的开关。但光是这样还不能让楚辞受伤,当他感觉到暗器要爆炸的时候他已经用绝对快的速度把手里的东西扔了出去,让他受伤的是什么呢?是暗器里面的碎片。

楚辞在考虑,流暄都往暗器里面放了什么东西,是炸药?但是炸药需要点火啊,到底是什么东西能让人一握就爆炸?

楚辞靠在树下睡着了。等他醒过来的时候,他身边的亲卫已经换岗了,离他不远处站着一个小丫头,楚辞从这个角度看过去,那小姑娘的背影和一个人重叠在了一起。

楚辞打了一个哈欠,懒洋洋地揉揉眼睛,然后咳嗽了一声。

那丫头回过头来。

看到这一张脸,楚辞忽然觉得挺无聊,他拎起自己身边的杂七杂八准备走开,他刚走了两步突然想到了一个问题,然后他把自己的亲信找来,笑眯眯地吩咐了几句。

天气大好,楚辞对着躺在床上的少女。

背面很像所以不用改了,光改正面就可以了,楚辞拿起小小的刀子,开始研究怎么改变一个人的相貌问题。

为了不让别人看见创痕，楚辞把少女的嘴巴撑开，从里面下刀子，他小心翼翼地掏啊掏，又刮又砍，终于弄了一块骨头下来。

森白而带血的骨头，让站在一边的亲信额头上布满了汗，然后他忍无可忍地挪开了视线。

楚辞还在继续，一切都在进行。

……

睡觉睡到自然醒，阳光照在身上，让我有种懒洋洋的感觉。

我想要睁开眼睛，却听到流暄和那个郎中在说话。

那郎中说："昨晚她全都想起来了？"

流暄没有应声。

郎中说："那是我们的治疗起作用了，她想起来了以后你有没有开解她？"

流暄说："我不想让她想起来，就这样吧，挺好。"

那人叹了口气，"这样也好，如果她什么都不记得了，楚辞大概就无法控制她了。"

我感觉到有人轻轻地抚摸了我的脸。

我睁开眼睛，看到流暄温和的目光。

流暄道："你下去吧！"

郎中收拾了药箱走出去。

流暄侧过头看我，眼光柔和，"醒了？"

他长身玉立，衣装整齐，我神态慌张，衣衫凌乱。

他眼神清朗，仿佛早上起来已经做了好多事，衣衫上都沾了寒意，我还沾着床笫间浓浓的慵懒，带着少许惺忪的暧昧。

我的脸突然红起来，顿时觉得自己穿得太少，不由得把被子抓上了身。

我怎么就不记得昨晚到底都发生了什么，现在我躺在床上，面对流暄，心情是五味杂陈，欣喜、紧张和尴尬顿时上涌，比上他的自若和坦然，我越掩饰越是捉襟见肘，躲躲闪闪半天，还是找不到合适的话题转移注意力，索性我就不挣扎了，鼓起两腮来看流暄。

反正已经不是一次睡人家床上了，睡都睡了，现在害羞已经来不及了，流暄那么大方，干脆我也大方一点。

流暄笑了，"再不起来，早饭也吃不成了。"

说到早饭，我的肚子顿时"咕噜"一声响，我连忙捂住肚子，笑红了耳根，昨晚大概没吃饭我就睡着了，现在立即感觉到肚子空空的。

流暄取来一件外衣，我低头伸手接了过来，然后偷偷看流暄转过身，我这才披上衣服，边穿我还一边看着流暄，生怕他突然转身再弄我一个大红脸。

流暄拉起我的手，往前走去，"先吃饭。"

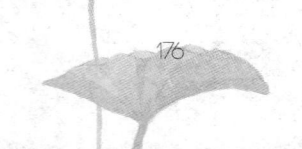

第十三章 恨意

我长裙曳地跟着他的脚步,好奇心不安分地在我嗓子眼里跳,大幅度走了两步。

我被拉上了软榻,流暄击掌,有人送来了一只小巧的炉子和几盘刚刚包好的饺子,接着是各式各样的小菜,侍女呈上了饭菜就满脸笑容地站在一旁。

水开了,流暄将饺子一个个夹进滚水里。

圆滚滚的饺子在水里翻腾。

没想到流暄会亲手煮饺子给我吃。

我仰头看流暄,"要煮多长时间?什么样算是煮好了?"

流暄看着我,"我也不知道。"

我不由自主地向他靠近了一些,"那我们怎么办?一会儿试吃看看?"我挑一下眉,看着饺子浮起来,拿起筷子戳戳,我说:"你看,饺子皮变成透明的了,饺子好像也大了,应该可以了吧?

流暄拿起小碟,修长的手接过我手里的筷子,他的手指轻轻勾了一下我的手,我立即低头笑起来。

饺子放到碟子里,流暄把它夹开,顿时随着热气飘香了满屋,我的肚子更不客气地叫起来,我说:"可能还没熟,我来尝吧!"

流暄浅浅一笑,夹起饺子放进嘴里,"不怎么熟。"

我忽然发现,流暄真是一个很温柔的人。

终于把所有的饺子都煮熟了,我和流暄并排坐着吃饭,我一边叼饺子,一边侧头望他吃饭的样子,他吃得不慢,但是无论做什么都好看,长长的袖子不会因为动作大而落下来。脸上的表情总是淡淡的,美得让人迷惑。

饺子太烫,我"嘶嘶"直吸气,流暄夹起自己碗里的饺子,吹几口气,然后放在我碗里。

平心而论,和流暄接触了这么长时间,感触最多的就是,他很聪明厉害,他的心太大,他不光是要灭了江陵城建金宫,也许还会想争天下,创立国家。

我正胡思乱想,流暄已经放下手里的碗筷,然后把一块半圆的宝玉塞进我手里,这是他戴在脖颈上的其中一块玉,我把这块玉翻转来看。

玉底的字迹仿佛一下子把整块玉石颜色浸染得深暗,我拿到眼前仔细辨认,上面的文字和我们平时所用的文字稍微有些出入,但是可以隐约猜测出来,上面的四个字是:东临国印。

"东临国?"我在脑子里仔细搜索,东临国,我从来没有听过这样一个国家。

流暄说:"我并不是出生在这里,我跟你讲过,在大海的尽头,还有其他的土地,我少年时候到处游历,去过很远很远的地方。"

"我出生的地方土地辽阔,那里有四个国家,东临国,西丰国,南国和北国。我少年的时候从南国游历去北国的途中,在大海上遇到风浪,失去航向,经过了很多天的漂流才来到这里，然后遇到流潇，流潇为了救他儿子，把家传的玉石戴到我身上，偷梁换柱瞒过江陵城的人，我那时伤得很重，根本没有抵抗的能力。"

原来流暄出生在离我那么远的地方，以前我从来没听说过世上还有这样的事，这远远超出我的理解范围，我以为大家众口相传的就是真相，我甚至愚蠢地认为人们已经很聪明了，已经用各种理由把自己生活的地方研究透彻，可原来，那些类似于传说的东西，并不是不存在，而是人们无知。

他就像是在传说中，书中才存在的人物，他的经历和他的人仿佛只是虚空杜撰出来的，这样的人和我的距离本应该是远在天边，远得不真实，可现在我却看着他那银白色的长袍，抱着他的腰身，看着他淡淡的笑，他就是真真实实，血肉之躯的常人。

我离他那么近，不再觉得不真实。

我说："江陵城中的人就这么轻易相信你就是流暄？"

流暄笑笑，"我在养伤期间，凑巧学了流潇家传的武功心法，江陵城中的人就是试探出我有流潇一脉的武功才相信我是流潇的儿子，加上我戴着流潇的家传宝玉，那块玉是不可能轻易给他人。"

我说："那你的身世呢？你是东临国的人？"我拿玉的手轻颤了一下。

流暄说："我是东临国太子，东临碧。"

我的手无意识地攥紧，是太子，将来要继承王位的人，那他势必会回到生他的土地，有一番作为。

那我呢，我要怎么样？等着他一展抱负然后娶我进门？我是否有资格嫁入皇室？我毕竟是一个平凡而普通的人，可是我不想成为这一场轰轰烈烈变动的局外人。

如果我身边的人都在过平淡的生活，我大概会和他们一样，选择平凡地过下去，可是如果历史的车轮在我眼前，在我目所能及处，我会选择跳上车，不论是有多辛苦，更何况，我爱的人就在车上。

一步跟不上，就会步步落后，所有的变化发生在我能跟上的时候，我一定会紧跟到底。

流暄拉起我的手，我的手渐渐地用力，那场我生命中最大的变化终于就在眼前了。

……

远方

楚辞正在给他的艺术品剪指甲，他记得金宫的指甲向来都是短短的，可是不知道为什么，有些女人就喜欢留长长的指甲，里面藏一些污垢，楚辞想到就恶心，招呼身边的人，"你来剪。"丢下小刀子，站起来懒洋洋地伸一个懒腰，去兑药水，这药水能把人手上的茧子洗掉，当年他洗掉金宫手上因为握剑留下的茧子，就是想迷惑流暄，可谁知道流暄根本不上当，看见了金宫几乎没有任何的犹豫。

第十三章 恨意

楚辞把药水也丢给身边的人。然后问:"这次派出去打探的人回来没有?"自己望着茫茫大海。

下属恭敬地回答,"没有。"

走的时候船上只放了够吃一个月的米粮和淡水,现在一个月已经过了,这一拨探子大约是死在海上了,马上挥手,"再派一拨人去。"

下属应一声,准备去找一些没有家眷的人去送死,他刚转身走两步,立即被楚辞叫了回来,"让有家眷的人去,譬如那些刚当爹或者刚娶妻的,他们如果死在外面,就把他们的家眷也杀掉。"

楚辞咂一下嘴,人心啊人心,其实我本来不想利用人心。谁叫我没有心呢,谁能让我找到心,我也愿意改邪归正啊。

……

我和流暄手拉手走出去,刚下了台阶。就看见前面跪了两个人。

屈膝跪下垂着头,但是还能看见他们额头上金黄色的头带,在空中飘舞,我一时之间没反应过来到底是怎么回事。

流暄倒是不惊讶只是淡淡地说:"事情都处理好了?"

风遥殿下先开口,头低得身体都弓起来,"是,请主上责罚。"

桑林殿下接口,"是属下的错。"

这让人不难想起在校场上,流暄曾对桑林殿下说:"我不会罚你,除非你自己来找我。"现在桑林殿下果然自己找上门了,他的手紧紧地攥着,真的是一副服法认罪的姿态。

流暄看了看桑林,"你知道你错在哪?"

桑林咬咬牙,"擅自做主,未听从主上的命令,才让楚辞钻了空子。"

流暄说:"知错就好,那就到正殿前受罚吧!"

"正殿前?"桑林殿下惊讶地睁大眼睛,汗流下来。

正殿前?难道流暄想让大家都看着桑林殿下受罚?如果是这样的话,不管罚得轻重,桑林殿下以后在属下面前,必然会威严尽失。

流暄说:"正殿前,让大家都看着,打一百板子就行了。"流暄抱着我,说出的话却冰冷,生硬。

桑林殿下半天没有反应过来,风遥殿下已经求情,"求主上换一种责罚。"

桑林的脸红着,很难堪。

风遥殿下接着说:"如果这样的话,桑林在下属那里会丧失威信……"

流暄笑,"你们也知道威信?我的威信是让你们瞒着我自作主张?"转脸看风遥,"还有你,跟他也是一样。"

风遥殿下的脸本来就苍白得不像样，眼神也不如往常清澈，甚至有些迷茫，所以对自己将受到什么惩罚也没有挣扎的意思。

流暄说："威信可以慢慢培养，但是有些错误必须惩罚。"

桑林英挺的眉毛舒展开来，低头道："是。"两个人站起来，转身去领罚。

看着两个平时威风凛凛受人尊敬的男人退出去，我仿佛看见了他们在正殿前，趴在长椅上，被撩开下襟打板子的情形，顿时心里有点不舒服，我仰头看着流暄，在想要不要开口说话，停顿了一会儿以后我终于说："一定要这样吗？"

流暄笑笑，"现在不受点教训，以后带兵打仗就不知道什么叫军令了。"

带兵打仗，不是江湖中人的殴斗，而是几十万兵马的混战，冰凉铁甲和震耳欲聋的战鼓，充满硝烟的战场，血肉横飞的场面。

流暄紧了一下我的手，"害怕吗？"

我摇摇头。

流暄笑笑，"东临国这些年已经国富民强，我想做的不仅仅是在这块锦缎上再添繁华。"

我说："你是不是要统一四国？连同这里一起？那就是，你要整个天下？"

流暄敛起笑容，几乎我每一次看到他，他都是淡淡的笑，在校场听到那几句话，他的脸色苍白，但是依然微笑，我很少看见他深深地凝望远方，有那种强硬，霸道而炽热的神情，"你觉得我应该如何？"

我看着流暄，捏起手，"坐拥天下。"说这几个字的时候，我的心跳得很快。

流暄伸手揽起我，我把脸埋在他的胸前，掩饰着自己的激动和不安，我在不安什么？我深吸两口气，鼻翼里都是流暄身上的温暖，我说："你走的话，会不会……带上我？"

腰间的手一紧，流暄垂下头，暖软的唇贴我的额头上，"傻瓜。"

我的手在他胸前搥了一下，以示我对他喊我"傻瓜"的不满，但是我的嘴却悄悄地咧开，微笑。

惩罚桑林殿下和风遥殿下，流暄并没有让所有人都参加。正殿前，刚搬上两张长凳，我就借口溜号。

我回到自己的小屋，整理一些东西打一个包裹准备搬到流暄那里去，还没出屋就听见外面有跌跌撞撞的脚步声。

我打开屋门，看见一个被捆绑了上半身的女人，挣扎着从远处跑过来，她身后跟着两三个人一边喊一边追。

那女人看见我，脚下一滑，"扑通"一下栽在地上，她被摔得"哼"了一声，可是她仿佛不觉得疼，仍旧要挣扎着爬起，口里塞的破布左右摇晃。

她还没爬起来，后面的人已经追上，伸手按住了她向上的肩膀，把她整个身体再次按在

第十三章 恨意

地上，她呼口气激起一片尘土。

我呆呆地看着这一幕，女人还在挣扎，手臂被捆绑在背后，她整个人都像一条垂死挣扎的鱼。

按她的人毫不客气，拳头，脚全都用上了。

女人的头发被揉乱了，她的身体起伏中我看清楚了她的脸，那是紫苑。一夜之间紫苑怎么就变成了这个样子。

她穿着得体而端庄，漂亮的脸在阳光下飞扬，指挥我在墙头上跑来跑去的日子仿佛就在昨天。

一夜之间而已，人怎么就能成这样！眼神混乱，痴痴傻傻。

紫苑现在这个样子，我不可能假装什么都没看见，从她身边走过去，紫苑在挣扎，众人去拖她后背的绳子，一边不耐烦地拖拽，一边拳打脚踢，许多人看见这一幕，只能立在一边叹气。

紫苑背叛金宫，背叛风遥殿下，这件事大家都知道了，即便是她没有惹出什么大祸，但是也罪责难恕，更何况风遥殿下和桑林殿下都因为她而受到责罚，一旦背叛就不能再祈求别人宽恕。

"别打了，"我的嗓子有点哑，我走过去，蹲下来，看着狼狈不堪的紫苑，提着紫苑绳子的人看着我喊，"温……温清雅……"

我皱皱眉，"怎么弄成这样？"

那人说："风遥殿下吩咐把她绑起来。"

我说："风遥殿下知道她现在这个样子？"

那人哑声了，半天才说，"风遥殿下一直在主上那里请罪，所以还没有时间来……她做了奸细，伤到了风遥殿下，风遥殿下是不会原谅她的。"

紫苑睁大眼睛看着我。但是她的视线没有聚合点，她喘气，然后开始哼哼，她的嘴唇已经爆裂出一条条血痕。

我伸手把她嘴上的布帛取出来，她那过分撑开的嘴唇顿时合拢，上面一片褶皱，鲜血顺着褶皱流下。

旁边的人立即说："她会胡言乱语。"

我说："既然知道是胡言乱语，谁会相信。"我站起身跑回屋子拿了茶壶和杯子，再一口气跑回来。

旁边的人看我拿了茶杯，立即委屈地说："不是我们不给她水喝，一拿出她嘴里的布帛，她立即大喊大叫。"我倒了水，送到紫苑嘴边，紫苑睁大眼睛往前看，喉咙里"呼呼噜噜"一阵响，我把杯子前倾，水染上她的嘴唇，她才有意识地喝起水来。

紫苑喝完水，众人都捂上耳朵看我，我也静默地看着紫苑，等着从她那疯癫的嘴中说出些什么，可是出乎意料地，紫苑看着我左右晃晃头，已经是一副完全呆滞的表情。

我抬起手把她乱糟糟的头发拂开，紫苑露出脸冲我傻笑，从她身上我感觉到了楚辞的可怕，我忽然有一种预感，在不久的将来我一定会和楚辞见面，而且是那种长而久远的见面。

旁边的人把紫苑提起来，推搡着准备走开，"紫苑的事，还是等风遥殿下回来再说吧！"

等到那人说完话，地上的紫苑突然跳起来，撞开身边的人，拔腿往前跑去，一边跑一边笑，缚在背后的手臂尽量摇晃着，袖子上全是干涸掉的血迹，整个人就像是从地狱里冲出来的小鬼，不停地嚎叫。

众人愣了一瞬，马上大喊，"快抓住她，别让她往那边跑，那是正殿的方向。"

正殿前桑林殿下和风遥殿下正准备受罚，流喧也在那里。

在人眼前奔跑的紫苑，好像是人濒死前发出的最后一声吼叫，爆发着强大的力量，谁也无法理解她变成疯癫时的痛苦，大家只是鄙夷她，像对待牲口一样对待她。

她的疯狂和病态，演绎着她承受不了的痛苦。

听着紫苑喊叫的声音，我身上的寒毛忽然都立了起来，就好像是在深沉的夜里，自己对着天空在喊，除了流泪，只能弓起嘴来嘶吼，仿佛喊一声，这个世界就停顿了，自己也会死去，那么一切都不会存在了。

等我回过神来，已经到了离正殿不远处，紫苑还没有被抓住，她冲进行刑的人群里，大家纷纷让路，谁也不敢去碰触她这个炸弹，任凭看管她的人大喊，"抓住她。"没有人插手管这件事。

紫苑终于跑到了台前。

流喧高高地坐在那里，风遥和桑林趴在长凳上，紫苑跑来的时候，行刑刚要开始，紫苑看着长凳上的风遥，不停地歪头，很好奇的样子，然后她开始继续往前走。

风遥殿下听到声音，立即有了动静，他侧头望过去，只剩下微弱光亮的眼睛在看见紫苑之后立即燃起了火苗，病态红的脸上也有了紧张的神色，他的第一反应是支起胳膊想撑起身子从长凳上下来，可是他马上意识到自己现在的处境，看着身下的长凳，拳头攥起来。

现在这里是流喧的地方，除了流喧没人有说话的权利。

追紫苑的人追到了台下，也不敢再上前，只能规规矩矩地跪下。

风遥殿下用力支撑的手在抖，他看了紫苑半天，然后抬起头在四下搜索，看到我以后立即把目光停留在我脸上。

他的目光里有挣扎和浓浓的祈求，他屏住呼吸注意着我的表情。

流喧好像是不会管这件事，他也没有什么动作，只是他眯起眼睛，嘴边的笑意有一种震慑的威严，观刑的人几乎全部跪下，我的视线顿时开阔起来，我看见了不远处的白砚，他握

第十三章 恨意

着身侧的小金剑，正在看我。

我往前走几步，挡在了紫苑身前。

风遥殿下像失去了力气一般，颓然倒在长凳上，无声地看着我，用嘴形说了一声，"谢谢。"

我在看流暄。

流暄笑笑，"不是不想来吗？"

我捏了捏裙角，"我想去带紫苑治病。"

流暄笑着看我，黑玉一般的眼睛发着淡淡的光芒，他不会拒绝我，他一向不会拒绝我。

我说："我想知道楚辞到底跟她说了什么。"我身后的紫苑"咯咯"笑起来，不管楚辞说了什么，不论是真是假我想知道。

总有一天，我会自己面对楚辞，在那之前，我想知道楚辞究竟想要什么，我要抓住他的弱点，对待一个魔鬼，有时候用以暴制暴的方法是不能把他消灭的，必要的时候要了解他，甚至要把他变成人。

经过了昨晚，我突然什么都不怕了，我的恐惧完全地消失了。我终于能真正地做我自己，不再是缩在壳里的蜗牛，我不能整天躲在那里成为流暄的弱点，这不是我想要的。

我已经软弱了太长时间，是时候站在流暄身边了。

流暄深深看我一眼，温声道："去找无流。"

我点点头，看了眼跪在地上的那两个负责看管紫苑的人。他们抬头知道我的意思，但还是小心翼翼地试探着站起来，一人架起紫苑的一只胳膊。

紫苑"咯咯"笑，"那天晚上，那天晚上……"我们三人开始下台阶。

紫苑说："那天晚上……那天晚上……流暄好狠啊。"

我忍不住回头去看流暄，流暄冲着我淡淡地笑。

紫苑说："那天晚上，流暄好狠啊。"

我们继续往前走，路过白砚，白砚沉默地看着我，然后突然转头看向流暄，他的眼睛里有许许多多可以点燃的火种，一不小心就要爆裂开。

紫苑路过白砚，"流暄好狠。"继续她的疯言疯语。

白砚握紧了身侧的剑，握得指节发白，然后他整个人好像都变得不安、迷茫和痛苦，我看着他一直看着他，直到他转过视线看我，一点轻微的声音都没有。只有一双微红的眼睛，他看着我，想从我脸上看到什么，也许他想看到一个人，那个人已经不见了。

我现在才知道，那个浑身药味的年轻人叫无流。

我撩开帘子走进去的时候，无流正坐在小凳子上熬药，药汤在锅里翻腾，苦涩的药气冲天，这服药一定异常的苦，光闻它的味道就让人想吐，更别说要把它喝下去。

我忍不住问，"这是谁的药。"

无流抬起头看我，很意外，然后看见了我身后的紫苑。

他站起身，我让搛着紫苑的那两个人退出去，然后去关上门，反身走回来给紫苑松绑，绳子放下来，我小心翼翼去挪紫苑的手，一只手没有大碍，另一只手已经血肉模糊，只剩下肉掌，手指没有了。

我的手在抖，楚辞，楚辞，让我手脚冰凉。

紫苑还在一边哼哼，"流暄……可怕……"

流暄可怕还是楚辞可怕。

我说："能不能把她治好。"

无流低头看，捧出一个银盆清洗紫苑的伤手，紫苑开始挣扎，不肯把手放进水里，"咯咯"笑个不停，我和无流吃力地按住她的身体。

无流的额头上出了汗。药锅里的药汁在翻腾，一定是到了需要用筷子搅和的时候，可是无流又腾不出手来。

被紫苑这么折腾，我也出了汗。无流实在是没有办法了，看了我一眼，"你的糖还有没有？"

无流问起这个，我倒是没有想到，"糖？"我顿了顿，"有。"

无流用肩膀蹭了一下脖子上的汗，"给她吃一些。"

给紫苑吃糖会管用？无流不像是跟我开玩笑，我瞅准紫苑稍微喘息的空当，迅速放开一只手去掏糖袋子，结果还在喘息中紫苑一下子就活脱起来，差点把无流推开。

我忍不住要拍自己的头，伺候病人真的要有耐心，就拿紫苑来说，她受了刺激，整个人就像孩子一样，到处撞，她仿佛并不觉得疼，可是好几次撞到我的痛处，疼得我说不出话来。无流比我好一些，他只是忙活出了汗，一副老手的样子，气定神闲。

我把糖袋子掏出来，拿出几块糖塞进紫苑的嘴里，然后终于腾出手来帮无流。

糖是甜的，紫苑没有把它吐出来。

我松了一口气，吃了糖的紫苑又挣扎了一会儿，慢慢地变安静。

我当然不会幼稚到认为受了刺激的人跟孩子一样，只要你给她糖吃，她就会安静，就算是我，吃了糖以后也会犯困，这两种情况只能证明一点，糖里有特别的东西。

松开安静的紫苑，我呼口气，和擦汗的无流对视，无流的眼神好像是说：知道伺候病人的辛苦了吧！

无流转身去捣鼓他的药锅。

我问，"这糖里有什么？"

无流专注在药锅里，半天才放下手里的筷子回答我的话，"里面有一些安神的东西，人受了刺激，吃这样的药对她的病情有帮助。"

第十三章 恨意

所以流暄给我吃这样的药，因为之前我也受过很大的刺激？

屋子里很热，让人有些憋闷，无流把药倒好以后，开始处理紫苑手上的伤口，过了一会儿他抬起头，"你想从紫苑这里知道些什么？"

我看着无流用白布一圈圈缠住紫苑的伤手，"知道我应该知道的。"

无流的手停了，"然后呢？"语气低沉让人听着不快而且压抑。

我说："对于我的事，我应该有知情权！"

这么一句我认为合情合理的话，好像激怒了无流这个老实人，"知情权？为什么你该知道的你不去知道，不该知道的非要知道。"

无流温文的脸上起了小小的波澜，就像是一个文弱书生忍无可忍的时候苍白着脸用稍大的声音来指责那些不该，"有一个人曾在这里不眠不休地抱着一个病了的人，那个病人把他的旧伤撞得鲜血直流他也不肯放手。"

我往后退了一步。

无流说："为什么人人好奇那些不好的事？"

我为什么一定要知道紫苑说的那些事，我为什么从来不想想流暄为了我做了什么？我总是害怕，别人一说出什么，我就要猜测我在流暄心里到底有多大分量。

我想弄清楚我跟金宫是什么关系，也是怀疑流暄喜欢我只是因为这副长相，如果我就这样下去，一点都不去了解，也不去知道，是不是更好？

我难以下结论，我只是知道我想知道这些事，并不是因为怀疑流暄，只是单纯地想知道真相，可是真相真的有那么诱人吗？

无流说："你还想紫苑好起来吗？"

我步步后退，身体撞上了门，我说："我想，我想知道。"我还是想知道，就算知道了所有的真相。知道自己的身份，知道那天晚上发生了什么，我也不会离开流暄，无论发生过什么，我都不会跟他分开。所以，那我还怕什么呢？

无流说："好，我会治好她，你要耐心等待。"然后垂下头不再说话。

从此以后无流很少跟我说话。后来过了很多年，我才发现，我这个人无论做什么事都太笃定，我跟楚辞犯了一样的错误，我自认为很了解自己，什么事都能放下，事实证明这件事成了我跟流暄之间的隔阂，我没有让它消失掉，等我为这件事后悔的时候，无流说："流暄太了解你，他太了解你。"

我从无流那里跑出来，一口气跑回校场。

桑林殿下和风遥殿下已经受完罚，大部分人都有秩序地散去，楚楚红着大大的鹿眼准备去扶桑林走路却被桑林拒绝了。

楚楚盯着桑林殿下染血的裤子，哭了起来，桑林叹了一口气，对这个爱哭的下属一点办法都没有，只能伸出手拍拍她的肩膀，楚楚哭得声音更大，桑林说："想让我再挨一次板子？"回头看看不远处的流暄。

楚楚马上咬住了嘴唇，抽噎在嗓子里。

桑林再这么训斥下属，以后金宫里的人更要害怕流暄了。

等楚楚和桑林走了，我才接着向流暄走过去。流暄和白砚正在说话，他红色的丝织缫衣在空中像花瓣一样飞扬，背着手眯起眼睛淡淡地笑。

我隐约听见白砚说："你可以把她安排到一个妥善的地方，战场上刀枪无眼。"

流暄说："她是什么样的人，我很清楚。"

白砚文雅的眉毛皱起来，"那是在江陵城，没有选择的权利。"

流暄说："你弄错了，她是在悬崖上也会露出笑容的人，她只要做她自己。"

听着流暄的声音，我发现自己无法顺畅地呼吸，我的手在颤抖，但是我的心和嘴角都弯起来微笑。

无流说："有一个人曾在这里不眠不休地抱着一个病了的人，那个病人把他的旧伤撞得鲜血直流他也不肯放手。"

他是在说流暄吧，我病的时候流暄这样照顾我，他还教我剑法，抱着我看烟火，甚至把他的身世讲给我听，他对我这样，将来就算有多大的困难我都不会离开他。

我也不可能会离开他。

我又往前走了一步，白砚立即发现了我，回过头来看，我看看白砚，然后转过头去看流暄。

白砚从我身侧走了过去，他的手在我手边停顿了一下，然后就大步离去，我额头上的头带随风飘扬，划过我的手背。

白砚走远了，正殿前只剩下我和流暄两个人。

流暄冲我微笑，"无流怎么说？"

我咬了一下嘴唇，"他说可以治好，只是可能需要很长的时间。"

流暄走过来挽起我的手，"那就好。"

我低了一下头又说："你会不会怪我自作主张去给紫苑治病？"

流暄停下来，"你想做什么就去做，"伸手整理我被风吹乱的头发，"你只要自由自在地做你自己，其他的不用去想。"

自由自在地做自己，这句话听起来多么的奢侈啊。

流暄笑着刮了一下我的鼻子，"天天哭眼睛会肿的。"

我破涕为笑，"现在眼睛肿了吗？"

流暄敛起笑容很正式地低头看我，"让我看看。"他这么一正式让我也不好意思起来，我一边忍着笑，一边看着他宝石般的眼睛。

流暄离我越来越近,我下意识地闭上眼睛,他的嘴唇压在我的眼睛上,他说:"鸟儿被关得太久了,应该无忧无虑自由自在地飞了。"

我说:"如果飞不见了呢?"

流暄说:"我会绑着她,不会让她不见的。"

我叹口气,"可是这世间能有多少人无忧无虑呢?"想到自己记忆的那块空白,我就害怕,万一某一天我想起来一些不愿意想起来的事,那要怎么办?如果我以前是一个十恶不赦的人或者犯过让人难以饶恕的罪过,我还能快乐得起来吗?

流暄抱着我的腰身,"别害怕,我会永远在你身边。"

我点头,拼命地点头,永远在我身边,永远永远也不要离开。

我和流暄手拉着手缓步往前走,天边的云都变成了笑脸,我忽然变成了这个世界上最快乐最幸福的人。

第十四章 家人

清早起来,我从房间溜达到书房,发现流暄不在,我探头探脑地往外屋张望,流暄也不在软榻上,自从我搬到金宫殿里住,流暄就到了外屋,惯着养伤行为的我,分明就是鸠占鹊巢。

我跳到软榻上缩起来,揪桌子上的葡萄吃,然后就瞥见软榻的另一边放着一大叠衣服,花花绿绿的裙子,我一边吃葡萄一边看,正吐葡萄皮,就听见外面有人说话,"送进去没有?"

"送进去了。"

"还没有回音?"那声音高扬起来又说,"我进去看看。"

"不行,你不能进去。"那是楚楚的声音。

"不能随便进金宫殿,这是规矩,桑林殿下今天早上来巡视,特意又嘱咐过了。"温柔得低声的说话,真不像是跟着桑林打过仗的人,我想起楚楚那双大大的鹿眼,被流暄吓哭的时候那模样,忍不住笑起来。

"那你进去通禀一下。"那人还没有放弃。

"啊……不……不行。"

那人仿佛是被逗笑了,"怎么不行?通禀都不可以?这是哪门子的规矩。"

"不是不可以,主上早就出去了,温……"没找到合适的称呼,"大概还没有起来。"

那人又笑，"那不是正好，主上在的话你不能进去，主上不在。你进去又怎么样？就算小姐没起床，大家都是女人，你还怕看到什么？"

"不是那样……随便进去会打扰小……小姐休息。"楚楚顺着那人的称呼说，对称呼我小姐一词，还不是很习惯。

那人笑声大方又很好听，"我忘记了，小姐是学武的人，比一般人要警觉，但是你也要帮我问问，小姐喜不喜欢那些衣服。弄不清楚小姐的喜好，我将来怎么当差。"

我仔细听过去，脚步声响起，那人慢慢地离开了，光听这轻盈的脚步声，就知道这人一定是沉稳而大方得体，这是一个什么人？流暄之前一点都没有跟我提过。

我又吃了几颗葡萄，在屋子里待了一会儿，才把门口的楚楚叫进来，楚楚进来，我立即让了个座给她，可是她说了一大堆规矩，就是不肯坐。

楚楚大大的鹿眼，长长的睫毛"扑闪扑闪"地眨。还没等我问她，自己就半哭着说出来，"小姐你看看那些衣服你喜欢吗？"

估计在我没醒过来之前，楚楚和那人已经在门口说了半天话，不然楚楚也不会一见我面，就直奔主题，想把这件棘手的事给办了。

我琢磨着应该怎么说话，想到楚楚的直脾气，还是直说吧，我说："刚才外面的那个人是谁？"

楚楚果然"啊"了一声，小脸更加难看，"是……是从主上家里来的人。"扯扯自己的衣服，还把自己的护腕整理整理。

我说："你怎么了？"

楚楚眼眶红了，"刚才我在院子里想到一招剑法，然后比画了一下，刚比画完，颜小姐就来了，颜小姐说，既然离主上这么近，衣服就应该穿得更整齐一些……其实是我刚练完剑没有注意。"

我说："她叫什么？"

楚楚说："叫颜云。"

是从流暄家里来。当然不可能是江陵城，是流暄说的大海的那一侧，很远很远的地方，颜云送衣服给我，她还说不知道我喜好，没法在我身边当差。

我的脸猛地红了，流暄已经跟家里人说到我了？所以家里人派人过来。我说："楚楚，颜云小姐是个什么样的人？"

楚楚说："是个小姑娘，听说她坐了好久的船才到这里，我以为她会休息几天，没想到刚到金宫，她就去置办了好多衣裳，还在门外等了半天要见你。"

我听着楚楚的话，看着榻上花花绿绿的衣裳，我沉默了。

楚楚眨着那双善良的鹿眼，"那些衣服还是试试吧。"

第十四章 家人

试啊，肯定要试。可是我看着那些衣服，不大像是我们这里的服饰，我看看楚楚，楚楚看看我，又瞄我身上的衣服，脸上露出为难相。

我说："楚楚，你帮着我套在身上试试。"

我穿袖子，楚楚拽带子，费了半天劲儿，才穿上一件中衣，托盘里还有七八件衣服等在那里，我指盘子，"这是要都穿上？"

楚楚观看了剩下的衣服，提出一个问题，"这些衣服都穿上，要怎么拔剑。"

我动了动胳膊，流暄家里的女人们，不会都穿这些吧？那她们定然是仪态万千，举手投足透露着优雅和贤淑，不像我这样，就算我不带剑，说话、走路，还是跟这衣服不相配。

把所有的衣服都穿上，我在房间里试着走路，走了两个来回，额头上已经冒出汗，比腿上绑沙袋还要累，一抬手，层层叠叠都是袖子，数一数我穿了几层衣服，我开始感觉到气闷。

楚楚看着看着忽然说："挺好看。"

长长的下摆，腰带上金花，流苏下垂，肩膀上绣满宝石，裙子中央还有一条华丽的带子，走路的时候，只要步幅小，步子轻盈，衣裙轻轻地晃动，宝石闪亮，就会异常美丽，并且雍容华贵。

看着镜子里的我，就像是换了一个人一样。

我正看着，侍女从外面进来规规矩矩地道："颜小姐……又来了。"

我和楚楚同时张大嘴巴，然后我往前迈了一大步，顿时被身上的衣服绊了一下，穿着这样的衣服我只能试着小步走路。

我好不容易挪动到门口，眼前立即出现一个乖巧的少女，她安静地站着，脸上是恬静的微笑，小巧的嘴巴轻轻抿起，浓重的亲和感。

我向那少女体面地打招呼，"你好，我是温清雅。"

颜云没有回应我官方式的介绍，她愣了一下，然后说："那衣服你喜欢吗？这是我家主子亲手做的，钗钿礼衣，对襟襦裙。"

我顺着她的眼神回到自己身上，开始怀疑我有没有把衣服穿错，然后我抓住了她话里的重点，我抬起头，冲她俏皮地眨眼睛，"你家主子？"

颜云点头，"是，我家主子，东临碧殿下的母亲，东临国的皇后。"听到这句话，我立即觉得自己是一个被扔进火炉里烤的土豆，我舔舔嘴唇，我的皮已经爆开了。

太阳火烧火燎的，我的心火烧火燎的。

颜云坐得很优雅，我势必要学得像样一些，坐的时候身体直立，看起来很淑女，但是腿和腰就遭了殃，时间一长，我的腿已经麻木得像木头了，此时此刻真是怀念盘腿坐在草地上，嘴里嚼根草，眯着眼睛晒太阳的日子。

颜云比我想的要温和，十分容易接近的样子，笑着跟我说了几句话，顿时让我轻松下来。

说了会儿话，我站起来，"我带你四处看看，这里挺大的。"

颜云拉住我的手，"我娘是皇后娘娘的丫鬟，但是娘娘对她情同姐妹。娘娘让我过来跟着您，我定然会好好照顾您，无论您去哪里，我都会在您身边。"

突然之间身边多了个人让我很不适应，我抬起头看到楚楚诧异的神情，楚楚之前一定以为这位颜云姑娘是来为难我的，谁知道她是要留在我身边照顾我，而且是流暄母亲的安排。

我正不知道该怎么办，幸好，流暄回来了，颜云也就暂时退了出去。

流暄清清爽爽地出现在我面前，我猴急地向他汇报今天的种种情况。我说："你母亲让……"

我的话没说完，流暄看着我的衣服笑起来，"我娘做的钗钿礼衣，对襟襦裙。"

衣服不是重点，重点是颜云这个人。我说："颜云，颜云。"

流暄眯起眼睛笑着摸我的头，"颜云怎么了？她不好？"

我有点急，"她不是不好。"我只是很不习惯身边会多个人。

流暄拍我的后背，安抚我的情绪，"如果她还不错，就让她跟着你，你觉得她不好的话，就让她回去。"

我摇摇头，"我只是觉得，你的身世和你的家里人离我很远，我怕……我不能应付。"

流暄把我抱进怀里，"你是你自己，你只要做你自己，别的我会安排妥当。"

我从小到大没有那么容易听一个人的话，没想到轻易就被流暄说服了，然后自然而然地让颜云留在了我身边。

我品着颜云沏的茶，听颜云说流暄小时候的事。

颜云说："殿下小时候喜欢看书，经常待在书房一天不出来，或者会玩一些东西，但是绝对不会让别人看见。"

"殿下会抚琴，马上吹箫，他不会做的事很少。"

我说："那你们那里的女子都做什么？"

颜云喝一口茶，在我面前毫无拘束，也没有防备和生疏，"女子啊，相夫教子，站在男人身后，不过皇后娘娘不是那样的女子，她会做她喜欢做的事，写一台戏啊，开几间店铺。"

我喝了一口水，在想象，无拘无束的女子，选择了一种恬适的生活，那我呢，我会不会也选择这么一种生活状态，我在握茶杯，低头在茶水里看自己的眼睛。

流暄能给我舒适的生活，比如一座豪华的宫殿，我可以把它设计成田园风格，种满花花草草，没事的时候我可以学一些从来没有学过的东西，譬如抚琴。

平常时候我也可以试着经营一些店铺，赚一些银子，然后生一两个孩子，他们围着我跑，我会用特别的教育方法让他们觉得我比他们的爹爹厉害，我会整天穿得漂漂亮亮的，在庭院里穿梭，既不厚重也不轻浮。

第十四章 家人

偶尔我在秋千上荡来荡去，发觉自己已经是万事顺遂。

颜云笑着看我，"小姐怎么想的，可以跟我说。"

我一口气把茶杯里的水全都喝掉，"让我想想，让我想想。"

我把楚楚找来下棋，准备赢她点值钱的东西，玩的方法还是楚楚教我的，简单的连子棋。玩了几个时辰，楚楚输得一塌糊涂，我得意地在手里攥着棋子，楚楚的眼睛都要渗出水来。

我说："楚楚，如果你是我该怎么办？"

楚楚眨眨眼睛，"应该入乡随俗，就算你是从很远的地方到那里的，也应该慢慢地适应那里的环境。"

我"嗯"了一声，"人要适应环境而不能让环境适应人，这是很大的学问。"

楚楚说："既然颜云小姐来了，就应该向她打听一下，那边具体的情况是怎么样的，然后才能知道以后做事要有什么样的尺度。"

我点头。颜云说过，流暄的母亲也是一个无拘无束的人，但是她喜欢恬静的生活。

楚楚小声说："其实我也打听了一下，那边也有会武功的女子，只不过都站在男人的身后，我想这也没什么，只不过是退一步而已。"

我说："如果我去那边开店当掌柜，你就过来帮忙。"

楚楚认真地想了想，"可是……桑林殿下这边……"

我说："桑林没有你就不能干活了是不是？还是没有你他就不能活？"

楚楚使劲摇头，"不是，不是。"神情有点恍惚，有点小小的难过，"我只是一个下属而已，桑林殿下有那么多下属……而且我还经常闯祸。"楚楚弓起背，样子很委屈。

"我来跟你赌棋。"不温不火的男中音响起，楚楚的身体顿时一抖，抬头看过去，嘴也开始不好使，"桑……桑林……殿下。"

我笑着伸手，"桑林殿下，坐。"

桑林英俊的脸紧板着，"从我手里要人，也应该问问我的意思吧！"

我还没说话，楚楚急忙解释，"不是……不是……温……小姐是开玩笑的。"

桑林殿下冷哼一声。

我说："我不是开玩笑，我说的是真的，以后跟着我不能带剑。"

桑林殿下大怒，"你给我差不多，"我吐吐舌头，"你赢了我再说。"

桑林气呼呼地走到楚楚身边，楚楚赶紧让开位置，桑林拖凳子坐下，屁股刚挨到凳子，楚楚就惊呼一声。

桑林扭头询问，"怎么了？"话出口，才开始皱眉。

我都"嘶嘶"吸凉气，替他疼，屁股上挨了板子，再气势汹汹地坐下，伤口撕裂加上压伤，不出血就是好事，疼就别说了。

听到我"嘶嘶"的声音,桑林殿下抬起头瞪我一眼,身体难耐地动了动。

楚楚的眼泪流下来,一副小媳妇的样子,胆子也大了,去推桑林,"你站起来,站起来。别坐了。"

桑林挥手,"没事,没事。"仿佛不耐烦的模样。

楚楚急了去夺凳子,两个人在我面前推推搡搡,楚楚一边哭一边抢凳子,把桑林弄得手忙脚乱,竟然就让她得手了。

我说:"怎么着,还玩不玩了。"

桑林瞪我一眼,一脸黑气,只能蹲着跟我下棋。他拿着黑棋子咬牙切齿地往棋盘上放,我抬起头看他,忽然想起他蹲的地方位置好特别,我左看右看,想起了某一天,桑林半夜在我屋子里磨刀这件事来。

当时,桑林走了以后,流暄还在这个地方转了几圈,现在想起那时流暄微笑的样子,忍不住想笑。

桑林殿下的脸更黑了,楚楚也紧张兮兮地盯着棋盘,看着两人紧张的样子,我故意下错一步棋,我眨眨眼睛看桑林,小小声说:"我不抢你的人……我输了。"

桑林殿下惊讶地看着我,半晌,他的表情还是沉淀,从震怒到沉稳,他说:"你到底在打什么主意?"我站起身,无辜地摆手,"没打什么主意,下棋罢了。"

桑林沉吟了一下,"你没觉得你变得跟以前不一样了吗?"

以前,那个懦弱的温清雅?那个好像被吓得缩在墙角的温清雅?我没变,我还是我,只不过我丢掉了身上的包袱,变得一身轻松。

从我的小屋里出来,低头想事,随便溜达,抬起头往前看的时候,看见颜云坐在石凳上,在她身边围了很多女弟子,颜云水袖一动,手腕轻翻,拇指食指间捏着一根绣花针,立即有人说:"这花绣得真好看。"

颜云说:"这很简单,如果你们喜欢,我可以教你们。"

颜云身边立即出现其乐融融的景象,颜云站起身,让其中一个女弟子坐下,然后亲手教她,我站在一边看了半天,看她们盯着手里的刺绣说说笑笑。

一会儿不知道是谁看见了我,说了一句,颜云直起腰回头向我这边望过来,和我目光对视,莞尔一笑,"小姐。"

颜云当众这么称呼我,让我顿时脸红耳赤,倒不是因为这词怎么样,是这个词带来了不少能让人联想的东西,例如流暄和我的关系。

颜云走过来,手里还拿着绣花针,长长的手指夹着绣花针的样子很好看,女人的手比男人秀气,所以做一些精工细活理所当然,她另一只手里还拿着未完工的绣品,她直接把这块东西放在我眼前。

第十四章 家人

火红的月桂花在白色的丝绸上绽放,丰容靓饰,娇艳无比。

颜云问我:"好看吗?"

我点头,"好看。"

颜云笑,她手里的针细细的,穿针走线这要费多大功夫才能把它绣好啊。

颜云把针递给我,教我绣了几针。

颜云说:"对,就是这样,小姐真聪明,一学就会。"

我说:"做什么都是相通的,其实绣花跟学武也差不多。"

颜云笑,"只要想学,就肯定能学会。"

我看着颜云笑,楚楚说得对,人没有适应不了的环境。

我拿着颜云送我的一半绣品和绣花针准备走回金宫殿,笔直的小路上,我前面,站了一个人,水蓝色的长袍,雪白的靴子,肩膀上大大的猫眼石,身侧精致的黄金小剑。

我停下来。

白砚从战场上回来以后,一直都有话想跟我说。

第一次在校场,我们没有说话的时间,第二次在看台上我缩在了流暄身后,第三次在正殿前,我们只是擦肩而过。

这一次,狭路相逢?我停下来,沉思,半天才抬头看向白砚的脸,他英俊,沉静,有一双又黑又深漂亮的眼睛,他认真盯着你看的时候,让人怎么也无法忽视他的存在。

我的手指缩起来,心跳如鼓。

没想到是他先和气地笑,然后看看我的手,"你在学绣花?"

我"啊"了一声,"就是随便看看。"

白砚"哦"地轻笑一声,"这样挺好。"

白砚用很温柔的声音,"安静的生活,"他的眼睛里一闪而逝的痛苦,他抬头看看天,笑了,安静的生活,不像是对我说的,好像是说了别人的愿望,"我回来之前送给你的信,你收到没有?"

我眨眨眼睛,"送我的信?"我左想右想,"那只鸽子?"

白砚点头。

我苦笑,眉毛皱在一起,"那只鸽子被我吓走了,因为我害怕尖尖长嘴的东西。"

白砚惊讶地挑眉,然后苦笑,"怪不得。"

我有点理亏,"那信里都写了什么?"

白砚说:"也没什么大不了的。"可是我看他沉静的样子,并不像是他说的那样,我看着白砚,鼓起勇气,"白砚。"

白砚也回看我,他站在我面前,风吹起他的衣衫。

我说:"白砚,你真的觉得我现在这个样子好?"

白砚说:"我觉得很好,你应该有恬静的生活,就这样不再经受风雨,就这样下去。"言语中有希望和浓浓的期盼。

我这次确定,我真的弄明白了白砚的意思。我说:"白砚,你有没有把我当成别人?"

白砚的目光深切,里面有很多让人看不清的东西,半晌他道:"没有,我没有,"说着露出了轻松的笑容,"但是你也可以这样想,只要你快乐就好。"

白砚说完话伸出手,手指在我额头前停下然后僵在那里,半晌才放下,慢慢地从我身边走过。

我坐在金宫殿的台阶上,夜幕低垂,流暄还没有回来,靠在柱子上,我迷迷糊糊要睡着了,突然感觉到身上一紧,我下意识地往后靠去,温热的气息暖暖地拂在我的耳颈上。

我闭着眼睛,转个身,勾住他的脖子,靠在他胸前,"流暄,我好像知道我要干什么了。"

他贴近我,我的身体腾空,被他抱起来,"想干什么?"

身体着了床,我反而觉得冷,我边笑边缩成一团,"好冷,好冷。"我的手拉住流暄不肯放开,然后整个人都靠上去,在他身上汲取温度。

我听见流暄说:"以后别在外面睡。"

我半梦半醒之间,不假思索,"那你以后也别去软榻上睡,在这里陪着我。"

他的手指修长把我的手包住,我往他的肩上蹭,"你们家有好多人吧,颜云人挺好的,会做很多事,我也想有一个那样的家,哪怕只有一个亲人也好。"

流暄笑着道:"我有兄弟姐妹,我会将他们介绍给你认识。"

我点了点头,笑着睡着了,第二天一早起来,掀起被子在床上发呆了一会儿,昨晚我干了什么?竟然拉着流暄睡在一张床上,我脸红了一阵,然后脑海里浮现出流暄沉稳淡定的样子,想了一会儿,决定从床上爬起来找件衣服穿。

换衣服的空当,把楚楚叫了进来。

我一边低头换衣服,一边随意问,"楚楚,你干什么呢?今天有什么好玩的?"

"也没什么……我看着颜云小姐绣的东西好看,我也试了试……"

我笑了一声,声音低沉有点深意。

楚楚急忙改变话题,"今天主上叫了三位殿下去议事。"

我的手停下来,然后把腰带系好,转过身,撩开帘子走出来,另一只手还在腰带上,长吸一口气,嗯,很轻松。

门口的侍女就进来道:"白砚殿下叫人送东西过来,说是给温小姐的。"

我点点头,守卫退出去,一会儿工夫进来两个人,一个手里拿着一些书籍,一个手里捧着用极好木质做的七弦琴。

第十四章 家人

我想起昨天跟白砚的交谈，琴和书摆在那里，整个屋子多了几分柔美和宁静。

楚楚看了那琴半天，等人都出去了，才鼓了勇气说："小姐……你……还跟……白砚殿下有……"

我笑了，"我跟白砚，就像你跟我一样。"

我和楚楚一起走出去，一路上引来不少人的侧目，看见一个我就善意地点点头，直到后来的人，不敢看我，这时我才觉得很有成就感，刚走过几条路凑巧就看见风遥、桑林两位殿下和无流在一边站着说话。

我居然找了一个隐蔽的地方待起来，并且阻止楚楚发出声音。

风遥殿下很憔悴的样子，脸上还有几道抓痕，他很深切地看着无流，"她什么时候能好一点，好几天过去了，怎么一点都没有起色。"

无流说："这种病，需要慢慢来。"

风遥殿下苦笑，"慢慢来。"

无流说："她是一个病人。你势必要多用心。"

风遥殿下说："我会的，只是她一点都没有好转的迹象。"

无流叹了一口气，"你要有点耐心，就像……"

风遥殿下抬起头，"就像……"带着红血丝的眼睛闪烁，瞬间了然，"就像老大一样。"

无流拍拍风遥殿下的肩膀，"紫苑病得不算重，不会那么长时间，这种病最重要的就是要有耐心，不能急躁。"无流顿了顿，"就算是再差，你起码还在自己的地盘，费些精力而已，好吃好喝的，也不用过多去防备，你可以想想，当年他是怎么过来的。"

风遥殿下低下头，"是我过于焦躁了，也不理解老大，还给他找了这么多麻烦。"

桑林殿下的脸也红了，但是倔强地没有说话。

无流说："好多事是没有人能理解，有时候往前想想，他都做了什么，就会发现他那份淡定，真的很难得，淡定，从容不迫，那是因为经历了很多，心里有把握。"

我的心"扑通扑通"地跳，甚至跳得有点疼，我不明所以，仿佛从这段话里抓住了什么，可是仔细一想却什么都是糊涂的。

但是我知道，要想了解一个人需要有恒心，这种恒心只要有爱就可以了，抓住了，锲而不舍，即便是死也不能动摇，这是一种强烈的，就算是人灰飞烟灭爱也不变的情感，这种情感，在它周围就能感觉到它的热度，让人为之向往。

可是要了解一个病人，不单单是要有恒心还要有耐心，热烈往往能把人燃烧得变形，而适当的温度会把人化水重塑，这种过程是漫长而煎熬的，但是看起来却平淡容易让人忽略。

我不知道我这时候跑到校场上合适不合适，我扯一下自己的衣服，这个时候校场上的人不少，有很多女弟子穿都比平常好看一些，只是长长的裙子，我不觉得穿着它适合在校场上练武。

　　颜云已经到了，她回过头，看见我愣了一下。

　　我很大方地走过去，然后笑着跟她说："我想好我要干什么了。"已经想好了，连以后的事也想好了，包括去流暄的家乡。

　　阳光有些刺眼，我眯起眼睛笑，站在太阳底下，很舒服。

　　远远地，白砚走过来，他握着身侧的金剑，眼神深炯而阴沉，缓缓地在我脸上打量，我对视过去，没有畏缩。

　　我不知道那边的国度是怎么样的，女人是否只能相夫教子，站在男人身后。人的适应能力很强，我自己也说过，很多事做起来是相通的，既然我能练武，用心的话也能学会绣花。没有武功的人多了，都活得很好，不跟男人一样在战场上并肩作战的女人更多，但是不代表我也去做她们中的一员。

　　……

　　楚辞在考虑，优秀的江陵城血统是什么样的呢？阴险？毒辣？不，不，他摇头，这都不是褒义词，如果配优秀的话，应该用同样的词语。

　　楚辞找到了阴险，毒辣的相近词汇，那就是聪明，果断，如果没有这样的血统，江陵城也不可能为所欲为地统治这么长时间。楚辞端起酒，深深地喝了一大口，然后他开始问身边的人，"如果江陵城的血统一直延续下去，那是一件多么美好的事。"把盘着的腿放开，懒懒地躺在床榻上，楚辞眨了眨眼睛，美丽英俊的脸懒洋洋地发着淡淡的光彩。

　　旁边的近侍老实地低着头，是，没错，江陵城的血统好，这谁都知道，但是这血统背后并不是什么光彩，人漂亮，但是狠毒得变态，这才是对江陵城人最好的概括，变态的生长环境，当然是长出了变态的人，如果没有变态的话，把这种血统流传下去，当然是一件非常好的事。

　　近侍平心而论，真的是一件很好的事。可是这不可能，没有人能脱离江陵城单独成长。

　　楚辞仿佛知道近侍在想什么，于是"哼"笑了一声。没有人能脱离江陵城单独成长吗？这可不一定。

　　楚辞翻一个身，但是江陵城中的人真的会死一大批，大概会差不多都死掉吧，可惜了，可惜了，从另一个角度出发，让这么一个血统灭绝了，真的是件可怜的事，因为血统本身是没有问题的。

　　楚辞开始兔死狐悲起来，想到会死那么多的人，难免要悲伤。何况那些人都是他的手下。想着想着，楚辞睡着了，梦里自己也死了。等他醒过来，心情依旧不错，眼角没有泪。

　　生命不值一文。楚辞从心里"呸"了一口。

　　近侍小心翼翼地说："其实您想把血统传承下去，那就得，就得找个女人……"

　　楚辞抬眼，"哦"这个人不错，没有被我吓成哑巴，他还敢在我面前说话，楚辞示意让

第十四章 家人

他接着说。

近侍说："您还年轻，想要孩子的话，很容易。"

楚辞挑眉，"你的意思是让我播种？"

近侍吓得跪在地上。

楚辞不知不觉走到一个房间里，推开门，他看见了他亲手做出来的"金宫"，她拿着剪刀正在屋子里剪纸，剪出一个个漂亮的小动物，她听见有人开门，抬起脸，眼神柔美而纯真，楚辞愣了一下。看，这一幕挺美的，她看着我，冲我微笑，她是我亲手制造出来的，她的想法和思维都是我灌输的，所以她心里只有我一个人。

所以她是不是适合做我种子的土地呢？楚辞看着这张脸，心里觉得很舒服，女人放下剪刀，张开木棉一样柔软的嘴唇想说话，被楚辞用一个手势阻止了。

就这样，让我看着就好，千万别说话，我厌恶噪音。

看了一会儿，楚辞说："晚上，我过来睡。"

女人的神情先是梦幻一般蒙了一层雾，然后脸红，惊讶地低头腼腆羞涩地笑。

楚辞在房顶，坐在瓦片上。不管下面有多喧哗，有他在的地方永远都是静寂的，就算是眼前的月亮，也要半遮半掩，仿佛不待见他似的，楚辞无奈地笑一声，不待见我，我也不能把你怎么样，谁叫你是月亮呢，我还得用你来照明，让我的心底别完全黑暗了，我该谢谢你呢，是吧月亮，虽然你不把光芒给我，他默念一句，众生平等。

江陵城的血统不是那么好继承的，江陵城在不远的未来，一定会从这个世界上消失。

楚辞又想起那个人，想起那个人的姐姐，姐妹俩完全是两个性格，一个看起来聪明，摔坏自己来获得自由，另一个看起来愚蠢，把所有都支撑起来，在房顶跑来跑去傻笑，如果让这个傻子无忧无虑地成长，那大概是江陵城最优秀的血统吧！

谁也无法忽视她的影响力，潜移默化地改变周围的人，受她影响最大的就是她姐姐，有谁知道姐姐有时候拍着药箱，调皮的样子，其实是妹妹内心的一个写照。后来，让我觉得，姐姐就像是妹妹的影子，因为在江陵城最容易做到的一件事，就是迷失自己。

楚辞可怜了一下白砚，白砚爱的不知道是姐姐，还是妹妹的影子，如果他爱的是妹妹的影子，那他一辈子也找不到自己的爱人。

楚辞看着月亮，她总是会做出让人意想不到的事，即便是受了刺激变成了胆小鬼，那没心没肺的样子也让人觉得很可怜，想完这些，楚辞忽然觉得，今天自己是不是想太多了。

大喜的日子，他原本已经定好了去那个女人屋子里睡觉，可是现在他忽然觉得索然无味。

楚辞在房顶躺下，迷迷糊糊地要睡觉，睡了一会儿，他睁开眼睛，我何必在这里吹冷风，是不是应该找一个暖和的地方，譬如那个已经为我准备好的房间，想想，在哪里睡都一样会感觉到冷。

……

我拿起一张弓箭,眯起一只眼睛,瞄准,拉弦,黑色的羽箭飞出去,正中靶心。

手臂松下来,眼睛仍旧盯着在靶上颤抖的羽箭,流暄说,我只要做我自己。

我自己是什么样的呢?不可能把大把的时间花在种植花花草草上,也不可能捧着一块缎子绣上一整天。

我的热血沸腾,我希望不论什么时候,我有资格站在流暄的身边。

我低头看自己的衣服,简单的袍子裤子,而不是裙子,我的长发利落地束在脑后,剑放在身侧,清清爽爽,随时都可以抽剑御敌,这才是我。

我迎上白砚的目光,对,这就是我了,我的嘴角放大,弯起一个大大的笑容,你的七弦琴我用不上了,你说的安逸生活我可能过不下去,以前我只是害怕地缩在壳里,让你产生了错觉和想象,所以你看清楚了,我是什么样。

白砚在看我,他眼睛里的光不停地变化,然后他走过来,嘴角扯出一丝微笑,"何必呢?你可以做回你自己,不用事事为别人考虑。"

我眨眨眼睛,笑,"你说得不对,这就是我自己,没有别人来勉强,你觉得我应该是什么样。"

我与白砚对视。他看着我的目光在变化,会突然闪过一丝清晰,然后他马上赶着把这丝感觉毁灭掉,可是我希望能抓住这一线光芒,把它扯出来。

白砚挪开视线,我一转身看见了流暄,流暄手里拿着一条金黄色的头带,我发现他浅浅一笑的样子,美得谁也比不上,所以他在我面前,我的精力想分散也不可能。

流暄走过来,把黄头带系在了我的手腕上,流暄牵起了我的手。

黄色头带是给四殿的,四殿有白砚、桑林和风遥,正好少了一个。难道流暄他故意留着这个位置,从建金宫开始就留着这个位置?我被自己的想法吓到了,差点不自觉地后退一步。这怎么可能,谁也不能预见到未来。

流暄握着我的手,紧紧地握住,这时候我才感觉出我和他的掌心中间有一块暖暖的东西,我低头,然后抬起手来看,流暄拿开他的手,我的手掌间就出现了一块莹白的美玉,上面清晰地刻着两个字"流暄"。

流暄什么时候把这块玉从身上拿下来的?就在这几日?我怎么一点都没注意到,这块玉和平常的玉有些不同,它的暖意不是来源于人体温的传递,而是它本身。

流暄把玉拿起来,亲手戴在我的脖子上,玉石顺着我的领口滑下去,正好暖在我的心上。我拉住流暄的手,眼神流动,不知道要说什么,可是我隐隐觉得,这块玉对流暄很重要,现在他把它给了我,对他自己会不会有影响。

流暄微笑,"我把它送给你,你不高兴?"

第十四章 家人

我摇头，不是，不是不高兴。

流暄说："我早就想好了要给你，这块玉很特别，不知道流潇从哪里得来的，当年我受了重伤，全靠它来疗伤，戴上它可以助你练武，还可以护住你的心脉，楚辞曾伤过你的心脉，我让你练《云摩心经》也是要稳固你的心脉，今天让你戴这块玉是同样的道理。"

我说："你把玉给我了，你自己怎么办？"

流暄笑着摸我的头发，"傻瓜，我的伤早就好了。"

我低头想了想，"不对，我明明听到过水仙说，当年你武功弱得像蚂蚁一样，这样的话，你当年既然借助这块玉疗伤，现在把它取下来，不可能对你的身体没有一点影响，除非……"除非让我看看你的武功，我才能相信。

流暄笑，"要看我的武功吗？"

我凝视着他，没有挪开目光，流暄说："好，给你看。"转头看向走过来的风遥殿下，"我十招之内卸了他的剑。"

风遥殿下抬起头睁大眼睛，表情定格了几秒钟，咧嘴难看地一笑，"老大，你说……"他的瞳孔在缩小，人也不再往前走，谁都能看出来，风遥殿下不想跟流暄来一次武功上的交流。

可是交流不交流不是他说了算的。

风遥殿下不愿意，他还是得拔剑，然后全身开始准备活动，他低头想了想，"十招……"扯嘴皮笑，"……不用内力，只比剑法是不是？"

不用内力比剑法，这是同门较艺的方式，主要怕误伤对方。

流暄微笑，"只比剑法，不用内力。"

风遥殿下松了一口气，"如果用内力的话，我恐怕几招就要飞出去。"

流暄抽出身侧的剑，我顿时又惊讶了一下，流暄从什么时候开始身侧带剑了，这么多天，我一直都没注意到这点，感觉到自己很羞愧，流暄在我心中总是理所当然地被我想成什么样，我自己从来都不去注意他，他仿佛天生就披了一层黑衣裳，让人根本难以注意到他，又或者说，因为有华丽的外表和尊贵的地位，就没有人想起来要去了解他的内心。

流暄和风遥殿下较艺，识相的全都往后退，我也不例外，走了几步，找了个良好的看台，我的眼睛紧紧盯着流暄，我知道这太明显了，可是就是控制不住自己的视线。

他的动作简单精练，只是把剑简单地往身前一横，淡淡的笑，风遥殿下攻过来，流暄轻松地挽剑，一招很完美。

我紧紧盯着流暄的剑尖，看它的走向，为什么同样的一招不管是看起来还是威力，他使出来就大大不同，就像是写字一样，同样的字有人写得好看，有人写得难看，哪怕是一笔一画都一样，写出的感觉也绝不相同。

平时看的是流暄骄傲尊贵的气质，现在看的是实实在在的他，那么真实。

"这小子会的东西太多了。"声音一传过来,我马上回头,眼睛还没看到,鼻子先闻到了花粉的味道,脑海里立即勾勒出一个人的影子,前襟大大的咧开,穿着鲜艳的团花袍子,一脸魅惑的表情,是神出鬼没的水仙。

不见其人,先闻其声,"啧,别转头,漏看一眼都不得了。"

我的脸"忽"地一下火红,眼睛又转回场内,看着白衣翩翩的流暄。

"是不是觉得这小子很厉害?年纪不大却什么都会,不管是暗器,机关,武功还是布兵打仗、国事政务,一点都不落下,"顿了顿水仙又说,"我不是拍马屁。"

我差点笑出声,虽然水仙说得有些夸张,但是好像还真的是这么一回事,流暄懂的东西很多,换一个人的话是学不过来的,人说专而精,不管是机关暗器还是武功,学一样学到顶级已经很不容易,如果都染指的话,有个粗通就已经算是了不起,但是流暄仿佛每一样都学得很好。

"聪明不聪明另说,主要是心里有那个打算。"

"一个人想得到什么,想要保护什么,从有这么个打算开始,就为这个打算做准备,他学那么多也是为了以后做准备。"

我说:"那他是怕面对很强的敌人,所以才什么都学?"

风遥殿下的剑脱手而出,正好是第十招,风遥殿下的脸憋得紫红,虽然说是第十招被卸剑,其实前九招流暄根本没有与他正面交锋,只是在第十招的时候,流暄手里的剑快速一晃,风遥殿下的剑瞬间离手。

我顿时愕然,流暄的剑好快,不光是我,白砚和不知道什么时候赶来的桑林都愣了一下。

风遥殿下看着地上的剑,瞪着眼睛,第一个发出声音,"主上,您武功又精进了,剑好快。"

流暄把玉给我了,他的武功没有后退反而精进。这是我亲眼看见的,流暄的剑很快,绝对不是假的,我心底的大石现在才算落下,呼了一口气,看来说流暄会没有武功的那句话,要么是我听错了,要么是流暄找到了其他的解决办法。

流暄转过头,我眯起眼睛冲他笑。可是当我侧头看向身边笑容软软的水仙,对于刚才水仙和我的谈话,我隐隐地有不好的感觉,就好像突然有一天,你感觉到不好,却又不知道是为什么。

流暄把手上的剑利落地入鞘,看向白砚,"准备围剿江陵城,不留活口。"

我的身体僵了一下,笑容定在脸上,围剿江陵城,不留活口?对于江陵城,流暄终于耗尽了耐心,江陵城对于他来说没有任何存在的价值,所以速战速决是最好的办法,快速让它灭绝也是最好的方式。

我握紧了拳头,虽然接受了流暄看来的目光,可是心底还是有些发冷,另一只手掌收紧,发现掌心里还握着那弯弓,但是刚刚我已经决定了,决定要和流暄走下去,血腥从现在开始,

第十四章　家人

而我也会接受。

流暄牵起我的手,他的手暖暖的,代表我的手很冷。

我盯着手指尖看,然后忐忑不安地,却假装若无其事,"围剿江陵城,要怎么分工？我……"

我看见流暄的手收紧了,"你不用去。"

我说："那不好,我一定要去。"

流暄把拉着我的手放下来,我不得已把目光从手上挪开,抬起头看他的眼睛,发着光芒,美丽的眼睛,"你不能去,你要留下来,我教你怎么和玉里的武功融合,"他伸手拂开挡在我眼前的碎发,"这样你以后才能不怕楚辞。"

就这样,流暄第一次在我面前表现了他领导者的一面,他下的命令干脆,强硬,甚至血腥,他抬头微笑的时候,不但晃了别人的眼睛,也震慑住别人的思想。

围剿就这样开始了。金宫和江陵城对峙的局面不复存在,流暄成了脱缰的野马,从此以后谁也别想再拦住他。

接下来的日子,流暄说要帮我练武,我深呼吸无数次,攥剑许多回,并且心里铺好厚厚的垫子,准备在这期间打起精神承担集训,刚走回来,颜云就端出一杯茶让我解渴,笑吟吟地看着我,我被笑得有点发烧,喝口水低头微笑。我没想到颜云对我的决定一点都不惊讶,简直就像很了解我这个人的样子。

我想了又想,颜云直言说："是小主子殿下告诉我的。"

既然是这样,那前几天又是刺绣又是衣服的往我身边推是干什么？

颜云看出我的心思,直言道："我初次与小姐接触,也想自己弄清楚小姐的心思。"

我想我是喜欢这种感觉,像溪水一样流过心脏的感觉,纯净,不用怀疑,我放下茶杯,"那边……"

颜云说："小主子殿下有一个弟弟两个妹妹,都会是小姐的家人,两位主子就更不用说了。"

真好,流暄的家人都会对我很好,但是虽然我心底坦然了,可以挺起背接受一切,还是有些害怕,心里隐隐的很疼,我转头,再一次望着江陵城的方向。

流暄拿着包袱和剑走出来,把我吓了一跳。

教我武功不是在金宫里？还要到其他地方去？留下来的侍卫一脸羡慕地看着我,在他们眼里我看见一句话：主上要给温清雅殿下吃小灶。

特别是看了流暄和风遥殿下对打时那一剑。谁不想那种绝世书法家握着你的手教你写出他字的精华,用最简洁而有效的方法传述给你他的经验,因为写字是人人都能做到的,写出一手好字不但是要经验和刻苦的练习,有时候也需要有人指点的机遇。

正常人写字和江湖中人练剑那是一个道理。

流暄准备把经验传授给我,所以风遥殿下都流露出那种赤裸裸的羡慕。

流暄伸出手,"走吧!"

流暄拉着我的手往前走,修长的手指,保护和包容,金宫外停着一匹马,我上马,他把我护在身前,两个人在马上挨得很近,我心乱得无法聆听自己的心跳声,敏感地觉得马儿原地踏了两下,马背起伏,身后贴着修长的身体,我离他那么近,静下心来可以听到他轻微的呼吸声,仿佛吹到了我的心上,如同纷纷扬扬的杨树花划过脖颈,我的耳后在发烧,就算是会骑马,身体也变得软弱无力。

流暄揽住我坐好,五指扣着缰绳,马儿开始往前跑,他用长长的斗篷把我围起来,只剩下面孔,我忽然觉得自己缩小了很多,小到被流暄轻轻一搂就完全拥在了怀里。

马儿往前走,我抬头舒服地靠在他胸前,侧头能闻到他身上的馨香,脸颊也能感受到他的体温,我悄悄地笑。

路途一长,我身体渐渐告别了僵硬,手臂也环上了流暄的腰,流暄笑着低头看我,我说:"你好瘦。"

流暄狭长的眼睛眯起来,"其实不瘦,"伸手把我整个身体拉过来,让我的手臂完全贴上他的身体,他灼热而有力量,虽然看起来仍旧是淡定,从容不迫,他脸上的微笑甚至没有变过。

我故意把耳朵贴紧流暄的胸口,他因为我的贴紧而心跳加快。可是他还是拉着缰绳给我讲周围的景色,有条有理,我对上他的视线,发现他的眼睛极其的明亮,里面的水纹在异常地波动,马蹄声响着,裹紧斗篷,两个人像一个人,半晌,流暄说:"害怕吗?"

我抬起头。

流暄说:"江陵城的事害怕吗?"

有一瞬间我很害怕,我觉得我不认识流暄,因为他第一次在我面前下达那样血腥的命令,这和跟我在高台上看烟花的他完全不一样,我慢慢地在了解他,了解他的方方面面,可是,我说:"我是江陵城的人对不对?"

流暄温柔地笑着,"对。"

我说:"金宫是我的妹妹?我们是双胞胎,我们长得一模一样,是不是这样?"

流暄点头。

其他的我不想问了,金宫怎么样,我怎么样,流暄怎么样,我不想问了,我不愿意纠结在这个问题上,更不愿意用一辈子去研究这个问题,但是我有一点必须要问,我很认真地说:"江陵城内还有没有我的亲人?"

流暄说:"没有了,现在江陵城里没有你的亲人,她们都不在了。"

我抱住流暄的腰,沉默了一会儿,眼睛自动流出一些眼泪,"我很难受,原来只剩下我

第十四章 家人

自己了,"我勉强鼓起勇气,"你是不是一定要灭江陵城?迅速解决这边的事,你要回你的家乡?"

流暄抱我抱得紧了,他说:"是。"

虽然有些难过,因为想想江陵城毕竟是我长大的地方,长大的那个地方就算再不好,喧嚣的背后还是繁华的假象,可是等它完全灭亡了,假象都没有了,只剩下凄凉,这样也还好,亲人也没有了,至少不是爱的那个人造成的,也算是上天最大的仁慈。

虽然苦,其中没有仇恨与否让我选择,我靠近流暄,对我最大的仁慈,我没去看流暄的表情,只是听他温柔地说:"我们会有我们的家,相信我。"

流暄说:"难得出来一次,好好看看周围的景色。"

我窝在他怀里懒得抬头。

流暄笑笑,"一会儿你睡着了,要着凉。"

我蹭蹭脸,"不知道为什么,好困,"打哈欠,动动头,忽然发现了什么,"是因为你像火炉一样,把我烤得昏昏欲睡。"

我伸出手戳戳流暄的胸膛,又摸自己的脸,温度确实不一样,现在天气越来越凉,抱着流暄的感觉很好,而且他的味道把我熏得晕晕沉沉的。

我说:"这不怪我,一靠近你,我就想闭眼睛。"闭眼睛,红尘俗世都离我远去,舒服又宁静。

流暄抱着我,换了一个角度,我听见他说:"你看,远处那座山,因为很少人能上去,山上就像一块从未被污染过的净地,上面有许多平日见不到的花草,并且常年云雾缭绕,是我在这块土地上见到的最美地方。"

我睁开眼睛,看到了远处隐约在云端的一座山峰,越看越觉得新奇,整座山峰好像陡峭无比,我在流暄怀里挺直了脊背,"这山能爬上去吗?"

流暄笑,"能,但是山上表面的土壤比较特别,就像流沙一样,容易把人的脚陷进去或者滑下来,这就需要很深厚的内力,保持身体平衡的情况下,一口气爬上峰顶。"

我看着山峰,咽了一口唾沫,仿佛是受了打击一样,弯下背,重新缩回流暄怀里。

流暄说:"怎么?还没试就放弃了?"

我不甘心地看着山峰,噘嘴。

我被搂紧了,身下马蹄快速翻腾起来,我沉下脸,直到鼻端开始有细腻的香气淡淡地随着风传过来,我的双腿也落上奇怪的花瓣,纷纷扬扬像雪花一样,我抬头看,奔马前方似乎进入了那座山脉的区域,周围一切变得莹白一片。

马蹄踏在厚厚的木叶上,没有留下任何足迹,没有了来路,只是置身于神奇的景色当中。

马儿开始缓步前行,流暄抱着我,我看着这一切,一句话也说不出来,只是伸出手掌,让柔美的花瓣吹入掌心，还来不及感受它的稚嫩，它就被风卷跑，我的眼睛跟着这片花瓣，仿佛视线上升，轻拂，飘荡……天际变得广阔，雪白的区域一望无垠，马儿在原地踏了两步，马身被拥抱的恋人衣角覆盖，银白色的长袍与一切融合在一起，于是飞扬的青丝黑发，闪亮着深不见底的眼眸，火红似火的嘴唇，变成了这世界上唯一的颜色。

我呆呆地看了半晌，才听到流暄问我，"美吗？"

流暄声音非常欣喜，"不管是白天还是晚上，这里都美得让人惊叹，尤其是在那座山峰顶看日出，我第一次来到这里的时候，就想要带你过来看看，一直想你看到以后会是什么表情。"

我说："那座山你上去过？"

流暄笑，"上去过，站在山顶，看脚下花瓣飞扬，就像站在制高点看人间。"

我问，"美吗？"

流暄说："美，但是如果只有一个人的话，再美也觉得有些悲凉，"手伸过来与我十指相扣，"看到美的东西，会想到一起分享的那个人，然后带着那个人把这个愿望实现，人人都会做梦，梦里的场景多少与现实相关，有一些是你很在意的，有一些是你愿望的表现，我一直做梦，梦见跟你站在山顶，是世间最高的地方，身后太阳初现，四周静谧无声。"

我的脸火红，我说："那我们马上就上山顶去，等着看明天的日出。"

流暄笑，"今天天气好，晚上一定是月光高照，坐在上面等日出，也是很美的。"

我说："上山要很长时间吗？"

流暄说："不用很长时间，只需要用内功一口气就能跑到山顶，我带着你……"像是忽然想到了什么，身体一僵，我睁大眼睛抬头看他，看见他隐在嘴角的笑意，可是只是一瞬间，他又淡淡地笑了，像以往一样，笑，"两个人一起上不去，要独自一个人能上去才行。"

我上扬的眉毛落下来，两个人一起不行，我再看那山，以我的内功，肯定是上不去，刚想叹气。

流暄笑笑，"别叹气，等你的武功跟玉里的融合了，就能上去，我告诉你从哪里上，走哪条路最容易，到时候你按照我说的，一口气跑上去，到山顶深深吸一口气，很舒畅。"

我的笑容重现，可是想想又不对，"为什么你要告诉我走哪条路？你不跟我一起上去吗？"

流暄摸着我的长发，"你在前面走，我从后面追，看看能不能追上你。"

我说："那也好，可是如果你追不上我呢？"

"追不上？"流暄淡淡地笑，"那我以后什么都听你的。"

看着他淡定的模样，我伸手戳他的胸膛，"知道为什么有人一夜豪赌把自己都输了吗？因为就像你这样有恃无恐，觉得肯定能追上我，押这么大的赌注，我要让你输得倾家荡产。"等找到落脚点，我就好好练功，一定要让流暄惊讶。

第十四章 家人

流暄笑着把眼睛别开,侧面的脸完美而带着淡淡的朦胧。

落脚点是流暄早就准备好的,树林子里不太简陋的屋子,静静地待在那里透着一丝安静和高雅。

我已经迫不及待地要从马上跳下来,虽然赶了一天的路,但是整个人还是神采奕奕,这大概跟胸口那块软玉有关系。

原来内功对一个人来说是这么重要,有了内功无论干什么事都像有了巨大的靠山,底气十足,无论干什么都不累,我往前跑两步回头看着流暄笑,"第一次发现我体力这么好。"

流暄把马鞍卸下来,拍拍马头,马儿无拘无束跑开了,他拎着包裹进屋,我已经在试用我的轻功,飞来飞去,在树木之间流窜,弄得满头满身都是花瓣。

流暄走出屋,我从树枝间伸出头,逗得他笑意很浓,狭长的眼睛晕了一层美丽的光泽,看得我一愣,一个人是不是在很高兴的时候才会比平时更美?

流暄说:"那边有条河,里面有很多鱼。"

这附近还有河流?那真是山清水秀了,我笑着要从树上下来,忽然又想到了什么,于是笑眯眯地冲流暄招手,"你过来。"

看着流暄走过来,我笑眯眯。

流暄站在树下,我冲他招手,"跳上来。"

流暄笑着看我,"不行,我跳不上去,只能爬上去,爬上去太难看了。"

我像一只猴子,他还能宠溺地看看我,没有说我这样太不像话,这明明是纵容的意思。现在他还开玩笑逗我,我忍不住笑出声,准备从树上下来。

流暄仰着头笑着说:"别乱来,你现在有内功。"

我笑着没说话,打量地面。

流暄说:"放松,别用武功。"

我跳了下去,目标是流暄的怀里,跳下去的瞬间,我知道我用的力气大了,而且用了内力,身上有武功而不用,是一件很难的事,可是我相信就算我用了内力,流暄也应该能接住我,结果却出乎我意料,我把流暄扑倒在地。

我愣了半天,流暄无奈地笑着,"告诉你别乱来。"

完全趴在流暄身上,他支起腿,我整个人溜到他腿中央,我的手不小心按到他另一条腿上,慌忙缩手,结果再放下来的时候勾住了他的腰带,腰带下面的身体暖暖的,稍微柔软,我的手指尖就像被烫了一样,喉咙也发痒。

流暄说:"摔到没有?"伸手把我扶起来。

我说:"你一定故意的。"故意让我摔倒。

流暄笑,"明明是你跳下来,怎么倒赖上了我。"

继续说下去我可能就会脸红，我咳嗽一声转移话题，"不是要去河边吗？"

两个人站起来，拉起手，在树林里穿梭，流暄从草地里摘了两片淡紫红叶子，我接过其中一片，学着流暄，把叶子放在嘴里，轻轻咬，有一股清凉微甜的味道，我说："这是什么？"

流暄说："地钱草，也叫金钱薄荷。"

再往前走，就是小河流水。

流暄抽出剑在河边抓鱼，我卷起衣袖在上游洗我的薄荷叶，阳光正好落在流暄额前的头发上，一团淡淡的光晕，他手里的剑刺下，一条鱼就会出现在剑尖上，我拿手绢把薄荷叶包好放在一边，然后蹑手蹑脚地走过去，一掌拍向河面，顿时河水涌起，我笑嘻嘻地脚下用力准备滑出去，却被人伸手抱住，我虽然用的力气不小，把他也带离开来，但就是身体一滞的工夫，两个人都被水花淋得半透了身子。

我抹脸上的水，嘴角笑着，"你要赖，大家各跑各的，你抓住我也把我连累了。"

流暄说："不抱你，湿的就是我自己。"

我弯腰笑得喘不过气来，明明两个人都是高手，一翻身就能跑得无影无踪，却弄成了落汤鸡，流暄帮我擦脸，我也踮起脚尖手指在他脸上乱抹，水都抹干了，手也不想放下来，风吹过树叶子，这世界上最美最自然的东西。

斜阳西垂，预示着迟暮，小河流水，不断地流淌。

流暄说："天黑了，回去吧！"

天黑了，就要回去吗？我晃动他的手，"不回去，就在这里生火烤鱼吧！"

流暄说："衣服湿了也不用回去换？"

我吐吐舌头，"不用换，不用换，这么干净的水，我们是武林中人，江湖儿女。"流暄笑。

我说："所以尊贵的主上，用用你的内功吧，一会儿衣服就干了，"我又眨眨眼睛，"就浪费九牛一毛都不到。"

跟流暄在一起容易脸红，因为他实在是太美了。

流暄架好火堆，用打火石把木柴燃烧，古老的生火方式，我在一边看。

流暄说，如果这是白天，就可以让木柴自动着火。

木柴自动着火？我瞪大了眼睛。流暄不会开这种玩笑。他说可以就一定可以。流暄说："我小时候喜欢玩一些东西，各种各样的。如果你相信一些奇怪的东西不是神话造成的话，总能找到一些解答它的理由，我小时候听母亲讲故事，就会想故事里那些事的可行性。"

我问："你会和别人一起去做这些事吗？"

流暄说："没有，我玩什么没有人知道，所以当我看见楚辞的时候，我觉得我跟他其实有些地方很像，因为很像，所以在他身边隐藏自己，并不容易。"我知道，听到楚辞我会很害怕，楚辞就是魔鬼，所有人都知道，他杀人不眨眼，任意折磨人，即便是爱他，也不能成为被特

第十四章 家人

殊对待的借口。

流暄只不过比可怕稍微好一点，他有威严，威严跟可怕距离不远，一样的没有人敢在他面前放肆。

鱼串好了，放在火上烤。

我深吸一口气，湿衣服变成了干衣服，昏暗的天空变成了黑暗，潺潺流水在月光下，更加静谧。

流暄笑着问，"跟书里写的一样吗？"

我笑着扭头，"一样。"想凑过去坐他身边。

流暄急忙摇手，"别过来，这边烟大。"

烟大，我才不管烟大不大，于是闻着鱼香，我跑了过去，揽起流暄的手，流暄说："拉着我的手，鱼要煳了。"

我试着去接他手里的鱼，"我也试试。"

两只手臂凑在一起烤火。

我还有一只手，另一只手去抓流暄腰间的衣服，手碰起来一开始没感觉有什么特别，流暄伸出一只手盖在我手上，已经感觉不出特别，只能感觉到手温，当我的脸垂下来，靠上流暄的肩膀，脖子上最敏感的部分感觉到了，流暄的衣服好像还是湿的。

我起身，用手去摸，衣服不如刚开始的时候湿了，是用自己体温把水汽吸走了一些，于是潮，没有完全干，我盯着流暄，"怎么回事，衣服还没干。"

流暄继续烤鱼，很恬静，火光在他脸上跳跃，"我弄不干。"

我说："看在你教我那么多武功的分上，"流暄笑着看我，我接着说："那我也教你一次，如何让衣服干，用内功把自己变成一块烙铁。"

我这块烙铁扑了上去，如果流暄身上够湿，就能看见蒸腾的白雾，现在即便看不到蒸腾的白雾也有湿气混合着身体的香味。

流暄笑开了，"鱼煳了。"我说："你怕不怕痒。"身体乱钻，流暄的身体没挣扎，但是眼角在抽搐。

流暄说："你饿不饿，鱼上面我刷了一层料。"

我在流暄身边吃鱼，我一边吃，他一边烤，这些鱼刺很少，味道又好，等到我低头看的时候，我已经吃了很多，数数自己面前的木签子，再数数流暄前面的，不甘心数了两遍，我居然比他吃得多，揉揉肚子，嘎，放纵性情，放纵吃喝，把黑暗里缩着的小人这些年没有的，全都弥补回来了。

一地的鱼骨头，有点破坏美感，流暄问，"还要吃吗？"

我说："这可是在我记忆中，我吃得最多的一次了。"原来，白砚送来一桌子饭的时候，我可能因为不大适应而没有吃那么多,后来有了头带我的饭食一直都不错,而且金宫里讲究的是吃饱政策,因为没有放开自己,我还是没吃那么多。现在放开自己了,居然连带肚皮也放开了。

我说:"我猜不管过多少年,很多女人都不敢顿顿像我这么吃。"

流暄笑。

我说:"心宽了,生活舒适了,吃得多了,人也胖了。"

流暄忍不住的那种笑。

我说,"你想说什么别心里说,快说快说,让我也笑笑。"

流暄说:"我在想,"忍不住又优雅地笑,"想让别人多吃点,结果劝得自己吃多的人不多啊。"

我说:"你也别笑,全都要怪你。"

我正要接着喋喋不休,流暄已经搂住我的腰,低下头轻轻地跟我接吻,他不知道什么时候吃了薄荷叶子,薄荷香气清爽、甜腻地透入我的口腔,熏得我头皮发麻,我真的爱上了这种接吻方式。

过了一会儿,流暄说:"我陪你散散步。"

就算是陪我散步也不能让我消食,流暄传给我的那些内功,像是在我身体里装了一个万能武器,让它帮我消化食物那简直太容易了。

灭了火,流暄拉着我,在月光下散步。

我说:"跟我讲讲你的想法,对以后的安排。"

流暄说:"跟我一起到陌生的地方,离开熟悉的环境,你会不会害怕?"

我摇了摇头,"如果是以前可能会,因为缩在壳里总怕被伤害,改变环境大概也会让我恐慌,现在就不会了,只要跟你在一起,去哪里都一样。"

流暄把我的手握得紧一些,"我想用最短的时间结束这场战争,所以势必会牺牲一些人。"

我仰头,"譬如?"

流暄说:"我二爹爹的养子,西丰国的国王是我二爹爹,我娘先嫁给二爹爹,后来才被我爹抢走,我娘跟我爹走了以后,二爹爹一直都没有再娶,后来收养了一个家族里的孩子做养子。"

流暄仰头看看亮,眯起眼睛,"我二爹爹病重,他的养子已经继承王位。"

我说:"如果他是你二爹爹认定的继承人,你也要……也要……"

流暄说:"是,也要。"我望着流暄的侧脸,他抬起头微笑,"这世界上如果想坐到第一位就没有退让的道理。"

我忽然有不好的预感,说不上是什么,但是,我说:"即便会伤害到很多人也要继续下

第十四章 家人

去吗？"

流暄想了想，"一个人在世上生存，是有他的理想和坚持，我不会像楚辞一样滥杀无辜，但是不代表我手上就不染血，我想要的，我不会放弃。"

流暄说："只看到一个人善良的一面是自欺欺人的想法，武林中人学武是为了单纯的强身健体吗？那制造暗器是为了什么？我小时候看那些兵法，玩沙盘，学国策，就证明我会有一天把它们都用上，如果单纯为了修身的话，不会学这些。"

流暄说："万事难两全。"

我说："流暄你有没有伤害过别人很重要的人？"

流暄沉静了一下，说："有。"

我的手瞬间变得冰凉，"也是万事难两全吗？"

流暄说："是，万事难两全，我不是万能的。"

我说："流暄……"你有没有伤害过我的家人？为了把我从江陵城带出来，有没有做过一些我知道以后不能接受的事。

我承认我失败，这件事我依旧不敢问，就算是流暄做过这样的事，他不是楚辞，他不会故意的，是迫不得已。可是我希望他说没有，在不能肯定他说没有之前，我不能问。

流暄在等待我说话。

我换了一个方式来问，我说："流暄，紫苑的事你早就知道是不是？在她受到楚辞伤害之前，你能不能阻止？"

流暄说："我能阻止，但是不是最好的办法。"

后来紫苑疯了，风遥殿下伤心，他们受到的教训你早就应该预料到了一些。这就是最好的办法？

远处忽然像打雷一样，轰轰鸣鸣，我扭头望，光芒在闪动，照亮一部分天，空荡荡的响声，让人害怕，毛骨悚然。

如果我不说打雷，流暄肯定也不会说打雷。

我说："是不是楚辞在追我们。"从金宫追到这里，流暄故意把他引来的，还是……好了，别婆婆妈妈的了，流暄的炸药我不是第一天见，不是打雷，是炸药爆炸。

我按上身侧的剑，流暄说："别急，离这里还远着呢，遇到第一层防护就踩爆炸了，再往里走他们会小心，所以越走越慢。"

我说："只有炸药？有没有其他的？"

流暄说："风遥在前面守着，他不会放过楚辞的，"风遥碰楚辞，最好的人选，我撑一下剑，"不行，风遥殿下碰楚辞，楚辞那么可怕，一定不行。"

流暄拉紧我的手，"我不会让风遥直接面对楚辞的，"晶亮亮的眼睛看着我，"相信我。"

相信是相信，我苦笑一声，"可是我不能什么都不做，见到楚辞我会想办法去杀他。"

流暄看着我，"你有其他事要做。"

我被流暄拉着往前走，走到小屋前，流暄又把我拉进屋，流暄带我走的时候就在屋里点了香炉，所以香烟袅袅掺杂了凉爽的风，竹子做的桌椅上飘了花瓣，美丽而优雅。

可是我捂着剑，焦躁不安，我怀疑突然之间从黑暗里会蹿出一个人来。

流暄点燃了灯，屋子里很干净，流暄拉着我坐下来，从一边拿出一张图，就着灯光看，不是什么藏宝图，也不是武功秘籍，是一个圆形物体的分解图，跟平日里看见的那些图画不一样，它不是单一线条，而是有结构的图像，我拿着那张图凑过去看，看了几眼，发挥了最大的想象力，这不是图文游戏，我想到一样东西。

我看了半响，"这是暗器？"

流暄点头，"是暗器，你仔细看这张图，看它有什么不同。"

我没回答，再去看手里的图画。

我说："这张图上面画的东西，就像是完整地摆上去的，而不是单一地画出一个面。"

流暄说："是为了方便了解暗器的各个方面，我才这么画的，"他从怀里掏出一枚和图上画得一模一样的东西出来，"这枚暗器是我拆好的，里面我没有装炸药，你可以看着图，随便地拆装它，把它从头到尾了解透彻，等你觉得肯定没有问题了，"他指指床脚的方向，"那里有我配好的药，你把它装进暗器里，"流暄把纸铺在桌子上，"这里有一个铁片，分成两个格子，格子里要分别放两种不同的药，暗器装好以后，暗器表面会有一个凸起，平时这里别着铁针，无论你怎么动，暗器都不会爆炸，用的时候把铁针拔起来，扔出去，无论是敌人接住暗器还是暗器落在地上撞击，都会爆炸。"

流暄接着说："制造暗器需要的东西都在床脚，"拉住我的手，"除非你觉得万无一失的时候才去装炸药，否则，"他按一下手里的暗器，暗器打开，从里面掉落很多铁片，"爆炸以后这些铁片就成了致命武器。"

这个我懂，可是我真的有那个本事能做出精密的暗器来吗？我盯着手里的图，不觉得繁琐的线条让人迷惑，而是在脑子里勾勒出一个大概的形状，并且在纸上也得到了验证，我说："你就是要教我这个？没有其他的？"

流暄说："我们一路走过来，一边走，我一边打开埋伏的暗器阵，用去了不少，现在手里没有几个，你学会了，做一些，万一楚辞打进来，我们亡命天涯也有东西防身。"

亡命天涯，流暄是看我紧张在逗我，这世界上走投无路的人肯定不少，流暄不会是其中一个。

我说："你什么时候打开的暗器阵，我怎么不知道？"

流暄笑，"你那时候紧紧抱着火炉在睡觉。"

第十四章 家人

我脸红低头笑，我说："那你放下暗器，楚辞都没有发现吗？"

流暄说："他有布置，我也有布置，"他在桌子上画无数个小圈，中间画了一个房子样的东西，"这一圈圈是我的布阵，我们进来的时候是这个阵脚的唯一缺口，"他点向第一个圈，"我在关闭这个通道的时候，楚辞没有发觉，等他发觉的时候就晚了一步，我们最后走进这里，所有的布置都完成了。"我说："楚辞那么厉害，他怎么没有发觉。"

流暄说："谁都有弱点，稍微分神，什么都晚了。"

楚辞为什么分神？我想了想，"是不是出了什么事？"为什么要把图纸给我，并且交代这么多，其实完全没有必要，如果想教我这个，大可拿着暗器，在我身边直接讲给我听。

我猛然站起身，跨一步，拉着流暄的肩膀，一只手在他身上摸，灯光下衣衫雪白，"你是不是受伤了？在哪里？"

我的手摸遍他的胸膛还欲接着往腰下走，我的手被拉住了，力气很大，流暄看着我，手上力气大，声音却依旧温柔得软绵绵的，然后我的身体仿佛也受了传染，他说："我是个男人。"

我的心跳得很快，嗓子也有些哑，流暄拉起我的手，他的手心里滚烫。

流暄道："我只是旧疾复发，身上有些热。"他站起来，用平时一样的步子，优雅地走到屋里床铺边，我准备蹲下来帮他脱靴子，流暄拉住我的手，抬脚自己将靴子脱下来，"听我说，只要帮我退烧，楚辞打不进来，你不要到处乱跑。"

我说："你什么时候发现旧疾复发？"

流暄说："给你烤鱼的时候，突然发现有些压制不住。"

我急了，"那你怎么不早说。"

流暄笑笑，"没关系，不用担心。"然后躺在床上，突然之间不再说话。

流暄不说话了，我心头猛然涌上无尽的恐慌，就好像天塌地陷，于是僵立在那里，等到窗子被风吹开，我站在那里灌风，虽然我失去了记忆，但是生命中有过的感觉不会忘记，没有过的感觉是完全陌生的。

会不会是因为我从树上跳下来，压到了他的伤口，或者是因为他将那块玉给了我，所以少了一层保护，这才压制不住多年的旧疾。

片刻间，我就缓过神来，我扑过去看流暄，控制不住自己的力道，竟然硬生生把窗前的幔子撕坏了，清脆的撕裂声响中，颤巍巍的手已经摸上他的脉搏。

手指下强烈的跳动像按不住似的，快速得让我数不过来，身体很烫却没有一点汗液，我的手在抖，闭上眼睛让自己安静下来，张开手指握住他的手腕，要怎么样才能让脉搏恢复正常的跳动。

松开流暄，我寻上自己的手腕，脉搏虽然比平时稍快，但还是稳定的，我多么希望流暄的脉搏可以和我一起跳动。

我想起什么，快速地在屋子里找水盆、冷水和布巾。

湿润的巾子敷在他的额头上。"流暄，流暄。"我试着叫两声，床上的流暄没有反应，是啊，如果他还有力气回答我，一定还在陪我散步。都说发烧的人怕冷，怎么他躺在这里好像无动于衷，只是轻轻皱眉，身体优雅地舒展着，难道即使是昏过去，也在忍着身体上的痛楚。

我在屋里找到了两床被子，还找到几个暖炉。

我把被子铺在流暄身上，他依旧安静，压紧被角，又烧起了炭盆，装好暖炉放在他身体两侧，我能想到的所有一切都做完了，才发现我什么都没改变。

流暄仍旧没有退烧。

该怎么办？向来都是流暄照顾我，现在颠倒过来，我却什么都做不了。我拉开被子，跳上了床，张开双臂紧紧地把流暄抱在怀里。

这样就好了，只要我运行身体里的内功，炭火还是暖炉都应该比不上我，拜托了，有点反应，就像普通人的身体一样，疼会挛缩，冷会蜷起来，让我知道你到底有多难受，让我知道你到底受了什么伤。

朦朦胧胧地等待时间流逝。希望时间能过得快一些，好像这样流暄就会突然好起来。

身体挨着身体，我一刻也不愿意离开，到了半夜身上终于感觉到了湿润，于是抱得更紧，怕好不容易出来的汗水一瞬间就会跑光，手摸上额头，汗更多一点吧。

被子编织成一个蛹，两个人在蛹里拥抱，两个身体变成一个身体，不离不弃，这样就安全了。

早上醒来，衣服已经湿透了，我伸手摸摸流暄的衣服，同样湿润，伸出手摸上流暄的额头，潮湿，冰凉，是不是退烧了？我撑起身体，摇晃流暄的肩膀，长发在枕头上滑动，没有睁开眼睛。

为什么退烧了以后，人还不醒过来？想到流暄说是旧疾复发，旧疾？我马上看到他的胸口上方。

这不对，完全不对，人怎么会突然就倒下，本来一切都好好的，为什么一眨眼工夫就高烧不退。

我起身，站到一边，伸手去解他的腰带，虽然流暄没有反应，长长的腰带如剥丝去茧一样落下来，露出窄瘦的腰身，拉开长袍和里面的亵服，我的手终究是有些颤抖，胸口上，有伤，难看的疤痕，比其他地方要红的皮肤下隐隐看见一团黑色，好像是抑制不住要扩散开，以前流暄受伤的时候，不是单纯的剑伤，伤口里有毒，怪不得一个人治疗伤口需要这么久。

伤口很热，我把手指放上去，十指连心，我的心在疼，手指也在抽动，好像是被什么东西咬了一口。

我很怕这道伤疤，很怕这团黑色的东西，我很怕，很怕地搂住流暄，紧紧贴着他。

第十四章 家人

外面又响起爆破声,从很远很远的地方传过来,但是我觉得他们离我们很近。

这一瞬间,我有一种焦躁,很想跳起来,把那些人全都赶得远远的,是踢,是踹,还是干脆杀掉。

我低下头伏在流暄颈窝里,几乎不呼吸了,快要把自己憋死,恍惚的时候,喊了一声,"美人师父。"

流暄的睫毛微微有了些颤抖。

我接着喊,"流暄,你醒醒。"我喊得浑身是汗,黑珊瑚一样的睫毛颤了两下,眼睛缓缓地睁开。

我看着浓黑秀丽的眉毛下,那双边缘黑得仿佛微微晕染了紫色的眼眸,迟疑了一下,然后恢复了光彩,我所有的力气忽然泄了下来,上扬的身体瘫坐在流暄身上。

我的眼泪顿时淌出来,哽咽得说不出话,只是紧紧地抱着流暄。

流暄看着我,努力地笑着,好半天他才看看自己身上,声音沙哑地道:"我的衣服哪里去了?"

我的脸红了。

流暄漂亮的睫毛落下来,看自己赤裸的身体,苍白的脸上起了淡淡的红晕,我想立即站起来,我刚有行动,他就说:"你不是把我扒光了吧?"我脚一软,又重新坐在流暄身上。

我听到自己结结巴巴地解释,"没有,没有,你裤子好好的,我没……"然后我听到轻笑。

还能笑,那就是病得不重?比起害羞,我想到了最重要的事,我说:"你的伤怎么样了?是不是毒没有清干净,怎么才能好起来。"

流暄说:"旧毒,偶然才会发作一次,就是微微发烧,昏睡几天,"他看着我,弯起斜长的眼角,"你昨晚帮我退烧了?"

我的血再一次涨潮一样涌到脸上,支支吾吾蒙混过关,"啊……是,盖了所有的被子,点了暖炉。"

流暄眨眨眼睛,没有追问,也没想揭穿我,"也是从书上看来的?"一语双关,修长的手指动了动,缠上我的手腕,"热不热?"

温暖的声音,有些底气不足,可是让我出了汗,陌生的能让人微微战栗的感觉,我下了床,流暄就坐起来靠在床上跟我说话,我虽然没见过什么病人,但是像他这样即使病着也保持优雅的人不多。

如果是我,就算受了皮外伤,说不定我也要找借口在床上滚上一天。

流暄说:"你不用太担心我,只要在我昏睡的时候看好我,别让荒郊的野兽把我叼走就行了。"

他在开玩笑,可是我的心情很沉重,我知道有人喝醉的时候,喜欢说一些很轻松的话,人生病的时候是不是也这样？人没有平时清醒，所以就比较喜欢随性。

我抬起头来，流暄正侧头看我，他说："真的没关系。这种毒要不了人命，它的功能只是在折磨人，并不是要人死。"

可是谁都知道，折磨人比要人死更可怕，我的手指冰凉，握上流暄的手，"是楚辞，是不是？楚辞做的毒药？那么只要将楚辞抓到，想方设法地拿出解药，你的毒就能解了。"

短短的一夜之间，让我对楚辞的憎恨更加强烈起来。虽然我还没有真正地看到他这个人，可是在我的印象里，已经完全地在排斥他，不但排斥而且厌恶。

流暄没有接着说下去，而是微微皱了皱眉头，"能不能去做点饭？屋子里有米和水，只要煮点粥来喝。"

我自己不吃不喝就算了，流暄醒来这么长时间，我连水都没给他倒过，我这人实在算不上贤惠。

淘米、煮粥，我在灶周围来回转悠，趁着粥没好，我准备再去弄两条鱼回来。

我用轻功飞来飞去，到河边，粗鲁地捕鱼，把滑溜溜的鱼提回来，一边奔跑，一边看着不远处的房屋。

直到看见屋子里冒出很多青烟，差点把我的魂魄吓出来。

我浑身汗毛竖立，大惊之下腿脚发软。回到屋子，发现只是灶膛里冒烟并没有着火，我恨不得立即赞美老天，谢天谢地，屋子没让我点着。

灶眼里的滚滚浓烟布满了整个屋子，我不停地咳嗽，手足无措一点办法都没有，就差直接把火扑灭，可是扑灭了火，怎么煮粥和鱼汤，我没了主意，打开门窗让烟散出去，然后跑去看流暄的情况。

我一边捂着口鼻，一边流眼泪，流暄的房间比厨房总是好多了。

这个时候了，他笑得还很淡然，真是泰山崩于前而面不改色。

流暄这个样子可算是给我壮了胆色，我说："你再忍一会儿，等我做好饭，就把火灭了，烟就没有了。"说完话就火烧屁股般地跑了回去。

自己造的孽，就算眼泪花花的，也得忍着。

流暄吃上粥，我眼睛都红了，感觉到自己的狼狈，实在是不好意思。

流暄开始吃得不多，只是看着我微笑，等我把碗筷拿出去，再回来的时候，他已经躺回床上，再一次昏睡过去。

有了上一次的经验，我微微放下心来，在床边呆呆看了流暄半响。再一次听见爆炸的声音，我准备出去小心探查一下周围的情况。

我拉起被子盖到流暄的肩膀上，然后转个身坐在床边，刚才我冒冒失失身上带着浓烟冲进来的时候，流暄正好坐在这里，冲我淡淡地笑。

第十四章 家人

我的手放下来，手底下触摸到一样东西，我低头寻找，发现了一张纸笺，打开一看，上面俊秀的字体写着一行字：小溪边以外，要小心。

流暄把这张纸放在这儿，他早就猜到我会学他的模样坐在这里？我的脸再一次红了。

爆炸声离我们很远，因为整个山回音很重，所以我才能听到周围的响声，我往前走，响声反而越来越不清楚，我怀疑是自己走了相反的方向，于是退回来走另一边，响声变得更遥远，几乎听不到。

走回原地，我发现，流暄挑的地方是一个特别的所在，只有在这附近才能清晰地听到所有声音，昨晚我们从湖边走回来，也是快要到小屋，才听到的响动，而且还能看见很远处的天际在亮光。

流暄早就知道自己的旧伤会复发，这个地方是他事先准备好的，而楚辞大概也知道流暄会有旧伤复发的一天，他也在等这个机会，如果按照这个思路想下去，离开金宫的流暄和追过来的楚辞，不知道谁是谁陷阱里的猎物。

走过和流暄烤鱼的岸边，再往远走，我迟疑了，前面应该有流暄做的机关，流暄给我留下纸笺写得很清楚，小溪边外，要小心。要小心，有危险，这是最后一层机关。

我现在还不具备认出机关炸药的技能，流暄埋下的东西，就连楚辞都找不到，更何况是我。

我走不出去，他们也进不来。在流暄没有完全好起来之前，局面会永远地僵持下去吗？我走回来，开始看流暄给我的那个制作暗器的图纸，我拿出怀里的暗器，按照图上说的，想办法打开它。

时间在流逝，我手上的零件居然让我痴迷，掌握一样危险物品的诀窍，就相当于有了一个不为人知的能力，会在危险的时刻，别人没有防备的时刻使将出来，扭转整个局面，在别人脸上看到不可思议的表情。

抱着这个心理，像所有大隐隐于市的高人一样，隐藏起自己的某一个才能，在别人轻视你的时候微笑，这就是暗器，凡是暗器高手，都有这个心理，而制造出最精密暗器的人，我转头看床上的流暄，那个优雅而美丽，坐在高高座位上的那个人，他本身就是一枚暗器，无论什么时候他都在微笑，就算你拿一万颗心来防备他，都无济于事，他想做的，一定会做到。

所以楚辞这次一定会失败。

只要流暄好起来，以他的武功和他手里的东西，说不定会让江陵城这最后一批人马在这山谷里完全消失。

这几日是楚辞胜利的唯一机会，从外围一直攻到这里来，楚辞大概是这么想的，可是万一攻不到呢？这场决斗还会发生吗？楚辞是否已经有了第二种方案？如果他一直向前……我站起身，走到屋外。

我不知道我的感觉对不对。我总觉得楚辞依靠的不单单是流暄旧疾发作的这几日，流暄他是不是还有什么没让我知道？

他来势汹汹的病症，偶尔透露出柔软的话语，隐隐约约在泄露着什么。

想了一会儿，我又转身走了回去，给再次发烧的流暄换了额头上的毛巾，接着在灯下研究暗器的构造，并挑出一些暗器中的药粉来闻，我要做的，哪怕是一知半解。

努力了半天，我仿佛找到了拆解暗器的倒数几步，我要从后向前推理，一直到最后一步才能顺利把暗器打开。

我重新把暗器和图纸收起来，端来一盆水要给流暄擦身。

擦好了我不敢再动，埋头静静地待了一会儿，情况不见好转，我才试探着轻轻地喊，"流暄，流暄。"时间仿佛停滞，只有我如雷般的心跳声。

我紧绷着身体，脑子里不知道在想什么，想到最后，不知道是不是发了癔症，我居然与流暄十指纠缠，在他耳边轻轻地喊，"别害怕，别害怕。"

早上醒过来，静寂地想了一会儿，想到自己昨晚的所作所为，整个人像挨了重重一锤。

下床去做饭，饭端上来，流暄也醒了。

我冲他微笑，瞧，这就是经验。

吃完饭，我没有急着把碗筷收拾下去，而是跟流暄讲我学习那暗器构造的结果，大概说了一些，我知道不能耗费流暄太多的精力，我说："不如每天趁着这个时候，吃完饭就休息，这样才有力气对抗毒性。"

流暄的表情没有意外。

我想了想继续将心里的猜疑说出来，"就是这块玉弄的对不对？那时候你用它疗伤，突然不戴它了，对你的身体肯定有影响。"我想把这线绳扯断把玉摘下来。

流暄笑笑，"这世界上哪里有那么神奇的东西，这玉只不过适合你练功，没有其他的作用。"

我摇头，"你别骗我，我会把它摘下来，如果我摘下来，内功没有了，就证明我猜得没有错。"流暄的疲惫，让我的眼底发红，发疼，模糊视线。

流暄想了想，说："你摘吧！"

我一愣，半天没说话，低下头想想，"不要以为你这么说我就不会摘了。"手在发抖，不是因为怕失去平白无故得到的武功，而是流暄平静的表情，不管他会不会生气，会有什么样的反应，我忍受不下去他每日经受的折磨，所以只要能想到的，我都要去试试，手指在用力，线绳断裂开，给予胸口暖意的玉石落入我的手掌中，半晌我没动，没有感觉到异样。

流暄笑笑，"有特别的感觉吗？我没骗你。哪里有那么神奇的东西，如果是这样，大家都不用练武直接去找这些出来就行了。"我沉默了一会儿，往前几步，把手里的玉放在流暄床边，然后一步步往后退，退出屋子，一口气跑到稍远的地方，一掌挥了出去打在树干上。

第十四章 家人

树干裂开，树叶纷纷落下。

我收回手看着自己的手掌，我的内功还在，这也证明流暄说的是真的，不是任何人拥有那块玉就能变成武林高手，我跌坐在地上，两腿并拢，把头埋下来。

那块玉和流暄身上的毒怎么可能没有关系？

眼角湿润，无所适从，想到流暄马上可能又要"昏睡"我立即从地上爬起来气喘吁吁跑回屋子。

流暄靠在床上，捂着胸口，脸色苍白得失去血色，他在等我。

我扑过去，抱住他的腰，"我不相信，不相信，告诉我实话，我要听真话。"

流暄把手放在我肩膀上，他说："如果你中了这样的毒，需要这块玉才能控制住，你会把这块玉送人吗？"

我摇头，这是身体最诚实的反应。

流暄把玉放我手里，"戴上吧，别乱想。"

流暄额头有汗流下来，我知道那毒又要发作了，我扶着他躺下，然后坐在他身边，看着他不肯眨眼，直到纠缠在一起的手指彻底地没有了反应。

但是我知道，流暄是清醒的，他没办法睡过去，这就是那药的狠毒。

明明很累，脑子里却像开锅一样，人比平时还要清醒，哪怕掉针的声音都听得清楚，无法休息，无法睡眠。

我把手攥紧，攥紧，俯下身，"别害怕。"我爬上床，第一次感觉自己的脸皮比城墙还厚，我把流暄抱在怀里，我知道流暄清楚我在干什么，我就是要他清楚，即便他被禁锢起来，有我陪着他，我知道他是一个坚强的人，无论多痛都不觉得，可是所有人都是平凡人，没有人能超脱生老病死，陪着他，其实是在安慰我自己。

我抱了一会儿流暄又去研究手里的图纸，无论如何我也要将暗器做出来，万一楚辞靠近，我就能用它保护流暄和我自己。

浑浑噩噩地过了一天，直到太阳又升起来，照着身上暖洋洋的，我忽然想带怀里的人出去晒太阳。

我跳下床，伸开双臂比画了一下，"流暄，你说我能不能把你抱起来？你是男人，我是女人，女人抱男人总有点怪怪的。"

这样说着，我已经身体力行，搬出了椅子放在床边，然后将手放在流暄的腰和腿下。事实证明有内功相助我是可以做到的。

将流暄弄到外面的时候，午后的太阳已经不见了，可我还是靠在他的腿上跟他讲蓝天白云，我所能看到的一切。

我的心也慢慢宁静下来。

很快，我就能将手里的暗器拆得七七八八，弄下来的零件都深刻地了解过，自然对它的杀伤力也有了更深刻的了解，那些八角形的铁片，看起来不起眼，但是如果在爆破中快速飞起来，扎入人身体里就不是一道伤口那么简单了。

拍拍手准备去做饭，流暄从躺椅中醒过来的时候，我正左右手各端着一碗粥，两手中间夹着一盘菜从厨房赶过来。

流暄在看我放在小矮桌上的暗器，捡起那一点我没拆下来的，捏起来然后放下，转头看我，疲惫的眼睛微微眯起，"今天是野餐啊。"说完又看到我急匆匆地走过来，连忙提醒我，"慢点，小心，烫。"

我把盘子碗放在桌子上，拍拍手邀功，"怎么样？我现在算时间越算越准了，我想你大概会比昨天早点醒，结果是真的，看来毒性会慢慢褪去，我说得对吧？"

流暄笑，"不用那么急，以后我醒来的时间会渐渐延长。"

一语言中我的心事，没等我说话，流暄笑着看我，"吃完饭以后，我要办一些自己的事。"

自己的事？我睁大眼睛，不是很明白。

又想了想，流暄大约说的是正常的身体诉求，比如三急，想到这里，我忽然红了脸，低头用筷子戳戳粥。

流暄笑，"粥一点也不硬啊。"

我红脸，低头往嘴里扒饭，然后偷偷看流暄。

我把流暄的头带解了，长发放了下来，飞扬的黑色长发，微笑的红唇，白而细腻的皮肤，绝美的身姿。

流暄仰头看我，我才发现一碗粥都被我吃完了。

流暄说："不吃菜？不要挑食。"

我慌张地站起来，丢下一句，"我去给你烧水。"因为从上次以后，我的眼神就有些异样，我的目光看着流暄会往下移，到他胸膛上浏览一圈之后就会来到窄瘦的腰身，最恐怖的是，由于眼前一切都太美好，它会自动继续往下移。

而且看了以后会心跳加速，后背酥酥麻麻，我看着水里自己的倒影，红彤彤的脸，含着水的眼睛，玫瑰色的嘴唇。我扳着手指算自己的年龄，应该早就已经过了青春萌动期了吧！为什么流暄和我在一起，激动的那个人反而是我？

厨房太热，我解开一颗扣子，烧水的过程中，我打开窗子透风，半个身体探出窗外，笑眯眯的，院子里的流暄也向我看过来，他那一眼比平时要深谙，无法比喻，只是这特别的一眼落在我身上的时候，我觉得更热了，心跳加快，浑身酥麻，我急忙离开窗台，看着灶台里的火焰。

流暄在洗澡，我坐在门槛上等，听着里面哗啦啦的水声，我的手里在转草叶子，盘着腿，

第十四章 家人

笑眯眯地看天空，微微晃眼。

流暄的声音从屋子里传过来，"你相信有这么个地方吗？"

"什么？"我不大明白。

流暄说："这里不只美，还能听到很远处的声音，看到很远的天边。"

我把草叶子咬在嘴里，"这我知道了。"得意洋洋像是在说自己这几天考察的成果。

屋子里传来窸窸窣窣穿衣服的声音，声音过了之后，停顿了一下，流暄打开了门。

我回头望过去，嘴里的草不知道掉哪里去了，流暄换上干净的长袍，披着湿润的长发，微笑，"在看什么？"

我刚想扯一句别的，手腕被抓住，身体前倾，被抱在了怀里，嘴唇上碰触到温暖柔软的东西，就像热流一样划过身体里柔软的地方，然后下意识地张开嘴，被含住了下唇，亲吻一样的啃咬，修长的手插入我的长发，整个人因为让人思维模糊的亲吻而变得脆弱渺小，心跳如鼓，分不清彼此。

加重的呼吸，让人耳朵发烧，腿发软的节奏。热度从脸颊开始往下爬路过被抚摸的耳垂和脖颈，一直在延伸。

从来没有过的长时间亲吻，让人觉得永远空虚填补不全的亲吻。

让人手指卷起，眼角湿润的亲吻。

流暄搂着我的腰，"腰好瘦，"他的手放在我的腰上，好像把腰的半面全都占满了，我只有拼命往他怀里钻。

两个人在床上抱着睡觉，我背对着流暄，两个人弯在一起是那种像虾米一样的姿势，流暄的两只手环抱着我的肩膀。

我睁着眼睛，心慌乱得停顿不下来，我想扭头看流暄，却怕吵醒他，这是他难得的休息时间，过了漫长的一会儿，我才小心翼翼地转身，看见流暄的睫毛微微动了一瞬，换了一个姿势，我缩在他怀里枕上他的肩膀，他的手臂也动了动。

我的心情立即好起来，看这个样子，想来毒素已经消退了不少。半夜，我忽然醒过来，外面下起小雨，有一瞬间我不能确定我在哪里，空气很新鲜有泥土和花瓣的芬芳，夜寂静得能听到绵绵细雨的声音，我裹紧被子，满鼻芬芳。

第十五章　毒发

我把暗器卸了又安装，在草丛里点燃那些裹了一层药粉的纸，点燃以后，那张捻成线的纸像条蛇一样在草丛里穿梭，直到燃烧殆尽。

看到这种情形，我松了口气，成了。

托着腮坐在流暄身边，我说："总感觉他们好像要来了。"

流暄没有说话，只是伸出手来理顺我的鬓角。

我突然想起一件事，站起来，笑着跑进屋子里去，抱出七弦琴，坐在流暄对面，对着琴谱，开始弹起来，我对琴谱不是很熟，又是突发奇想抱着玩玩的心态，弹了两下，一直错音，干脆就乱弹了一阵。

弹完琴，我在草地上笑两声，琴棋书画应该是女孩子的专长，我却怎么也学不会似的。

等我生着了灶火，院子里传来流畅的琴音，此情此景我已经习惯了。

我会在流暄没有恢复行动能力之前削一个果子放在他面前，我会在他耳边讲我弄手里暗器的时候有什么难点没有解决。

等他能动的时候，他在看我安的暗器，吃我削的果子。

我说："可以了吗？"看着组合好的暗器，"我现在可以放药进去了吗？"

流暄笑，修长的手指拨动桌子上的暗器，"一会儿你拆开，再组合好，让我看看。"

吃过饭，我把暗器打开，一片片地重新装回去，手坚定如磐石，我一直都不知道我对组装暗器还挺有天分的，只要想着制造出一个威力巨大的东西，心反而会安定下来，一步步很小心地构筑。

最后一片插入，完美无缺。

流暄说："好了，明天放药进去了，暗器的原理你已经明白，怎么用，你应该很清楚吧！"

我点头，"你教我武功，现在又教我怎么做暗器，我是不是该叫你一声师父？江湖上的规矩，没有吃白食的道理。"

流暄说："你还记得小白吗？"

小白？"那只白猫？"

流暄淡淡地说："它也不叫我师父。"

我愣了一下，"你把我比猫？"柔身上去，花拳绣腿打在流暄身上，我一边打一边觉得好笑，笑得肚皮疼，打闹也出了汗，气喘吁吁，靠在流暄身上，"其实我觉得我们这样也挺好的。"

流暄笑，"你是说世外桃源的生活？"拉起我的手，"想让我带你隐居山林？"

我爬起来看流暄，完美如天人，归隐山林？不，那不是他的去处，就像是明亮的星辰一定要闪烁在天空，而不是落在草丛中一样，我说："自然是要隐居山林的，不过要等我们老

第十五章 毒发

了以后，很老了以后。"

将做好的暗器揣在腰上的皮囊里，我的嘴都乐开了花。

我说："流暄，你家那边有没有比这更厉害的暗器？"

流暄笑笑，"没有，这里因为是江陵城统治的关系，这里的武功和暗器比其他地方要厉害得多。"

也就只有江陵城这样的地方，才能做出这样的暗器。

我说："从我这几天听到的爆炸声来推断，楚辞带了不少人过来，最起码是江陵城一半的精英。"

流暄微笑，"不，应该是三分之二。"

我惊讶，"有这么多人？楚辞已经放弃了江陵城？"

流暄说："他早就放弃了江陵城，江陵城对他来说不算什么，不要说整个江陵城，就算是整个世间，能牵制他的几乎没有，他不把生命当回事，包括他自己的。"

我说："你的意思是，现在我们两个人要对付江陵城三分之二的人？就算是精英，三分之二会有多少？几百？而现在他们的目标，是我们两个人。"

流暄摇摇头，"我早有准备，桑林他们会带着人抵抗江陵城，可楚辞也不是傻瓜，他会分出一部分人追过来，不过多少人对我们来说都是一样，我们真正要对付的只有楚辞一个。"

我握紧他的手，"我们还有多少时间？"距离这一次决战性的生与死的选择，我们还有多长时间？

流暄笑，"别担心，就算他们冲进来，我们打不过还可以自保。"

我们有轻功，在任何情况下自保都应该是绰绰有余。可是，我心里隐隐不安，侧头去看流暄，"你的身体？"

流暄笑，"过两天我就会好了，我带你去作壁上观。"

我说："你身上的毒，除了我知道的，还有什么我不知道的？我所知道的这毒对你身体的伤害，除了不能控制自己的身体外，还有什么？"

流暄说："没有了，"张开双臂把我抱在怀里，紧紧地让我疼痛，"除了这个，其他的都不算什么。"

我在他怀里抬起头，"我疼了，勒得我好疼。"流暄挑起秀丽的眉毛，细长的眼睛眯起来，笑。

两个人靠在树下，我昏昏欲睡，等我醒过来，已经回到了小屋，流暄站在窗边，我悄悄地从床上下来，来到他背后，他仿佛都没有发觉，我伸出手要拍在他的肩膀上，一瞬间，手腕受制，人就被拖进了他怀里。

流暄的身体真的好多了，都已经能将我抱进屋子。

流暄笑，"我们明天到山上去观风景好不好？"

今天是异常温柔的声音，就好像是能渗入人身体的泉水一样，我一时没有反应过来，流暄看了我好久，我才咳嗽一声，"呃，好啊，如果你想去，择日不如撞日，就今天去好了。"

流暄微微一笑，看向窗外，"今天晚上还有其他事要做！"

其他事？

流暄说："今天晚上月亮会很圆，我们在月下喝酒聊天不好吗？"

月满如盘，良夜深宵，调琴饮酒。

我做了好多小灯笼放在草地上，风一吹，蜡烛微微闪动，窖藏的酒不但酒香宜人也极容易让人醉，我看着烛光，眼前晕黄一片。

托起腮，阖目微笑，看眼前的人，然后把自己的脸盯红了，酒进肚子里，热气上涌，"我好像是醉了，一会儿我醉了，你就要像我之前那样，看好我别让我被野兽叼走了。"

流暄笑着把我抱在怀里。

人喝醉有不同反应，但是酒壮人胆那不是针对少数人的，我看着流暄秀丽的颈项，他低下头与我接吻，红而灼热的红唇带着少许的酒气，当他的唇一离开，我的唇上立即有了凉意，几乎是下意识地我用手指盖住嘴唇轻笑，"流暄，你第一次接吻是在什么时候？"

闭上眼睛，听着流暄："还记得看烟花的那天晚上吗？"我的心猛地跳动，那晚，流暄和我在高高的看台上接吻，我希望流暄说的是那一天。

流暄笑笑接着说："是三年前的那一天。"

我的心立即空虚得疼痛，装作不在意，"你怎么记得那么清楚？"

流暄没有回答我的话，只是问我，"你还记得你的第一次吗？"

我笑，"当然记得，就是那天我们放烟火，"我会永远记得，可惜我的第一次和流暄的不是同一天，我好希望，他第一次情人般的拉手，拥抱，亲吻，以及以后的其他，所有的第一次都是和我在一起。

我喝醉了躺在床上，流暄抱起我，我闻着他身上的香气，不停地往他怀里钻，手还到处乱摸。夜半醒来，酒劲儿有点过去了，想起自己的所作所为不禁有些羞臊，"对不起，把你吵醒了。"

流暄说："没关系。"说话的声音清晰，不像是刚刚被吵醒的样子。

我说："呃，你不会一直都没有睡吧？我们明天还要去爬山呢，要早点休息。"

我抿抿嘴唇，干干的，于是坐起来。

流暄问，"怎么了？"

我皱皱眉头，"好渴。"大概是喝酒喝得太多，或者是笑得嘴干可是心情真的很好。

流暄拉了一下我的手，翻身下床去倒水，一杯水递到我眼前，我拿过来也不客气，一口

第十五章 毒发

气喝了个精光。

我笑笑,"现在没事了,赶紧睡觉。"流暄放茶杯回来,我还拎着被子一角,"好冷啊,快进来。"

流暄躺进来,我靠在他胸前,我说:"山上的风景很美么?我一定要好好看看。"看完风景以后,就要面对楚辞了。

流暄把我抱紧,睡着前我嘟囔一句,"流暄,你以前有没有过其他女人?以后能不能就我一个?"

我仿佛听到流暄在我耳边轻轻地说:"从头到尾,我就只有你一个,明天你要乖乖地上山,不要往后看。"

第二天早晨,我刚刚穿戴完毕,流暄伸手把我装暗器的小皮囊递过来,我拿到手里下意识地往腰上绑,绑到最后我才想起来,"我们去看风景,我带暗器干什么?"想解下来,后来想想还是算了,带上也无所谓。

流暄穿着一身绣着银线的白袍,身影优雅,带着极美的朦胧。长长的流苏从肩膀上垂下来,往前,白色的细穗落在我身上一些,我反身去攥他的衣角,"这件衣服我怎么没见你穿过?新衣服?"

流暄笑,"好看吗?"

我连忙点头,"好看。"让人看不够似的。

流暄淡淡地笑,"穿成这样,就是为了让你多看两眼。"

我愣了,流暄怎么也会说这种话,他从来都是淡淡的,即便是生病的时候开几句玩笑,也是很隐晦,今天他就这么直白地说出来,用他那清脆能达到人心底的声音,让人的心都沸腾了。

我慌乱地拿着梳子梳头发,梳到一半,手被人握住了,梳子离手,我看着镜子里的流暄,他捏着梳子仔细地帮我打理没有弄好的头发。

为什么今天这么奇怪,我欣喜得手指扭在一起。

镜子里的流暄笑了,"就这样散着头发,很好看。"他看我的眼睛,睫毛微眨,表情美而专注。

头发梳好了,我们两个人却在镜子里互望了一会儿,好像难舍难分一样,流暄拉起我的手,我站起来,看见他拿上了佩剑。

我意外地问,"怎么还要带剑?"

流暄笑笑,"有备无患。"

我想了想,楚辞就在附近,小心点总没有错,去爬山的路上走得格外慢,流暄牵起我的手,在初升的阳光下,就像散步一样,我偶尔侧头看着他笑,他也大方地让我看,仿佛就像他说的那样，他穿这身新衣服是为了让我多看几眼。

还是到了山脚，我深吸一口气，抬头望着高高的山脉，颇有点跃跃欲试的感觉，我侧头冲流暄笑，"我们上去吧！"

流暄笑着，"还记得我们的约定吗？"

约定，我眨眨眼睛，"记得，就是看我们谁能先到达山顶。"

流暄紧攥一下我的手，"别急，我告诉你怎么上这座山最省力。"

我继续眨眼睛，"你都告诉我了，就不怕我赢你吗？"

流暄拉着我的手，围着山走了半圈，"这条路是最好走的，你只要注意一定要一口气爬上山顶，不能泄气，否则会一落千丈，功亏一篑，"流暄微笑看着我，"懂了吗？"

我笑，"你等着看吧，我肯定要赢你。"

流暄说："那如果我赢了呢？是不是我想要什么都可以？"斜长的眼角轻轻一挑，竟然有几分暧昧，笑容又颇有深意，我顿时脸红起来，流暄说的不会是那件事吧！

流暄拉过我另一只手，低头亲吻我的嘴唇，唇分离开少许距离，"你不会故意输给我吧？"

我立即跳起来，往后退几步，红着脸，"谁会输给你，你不要故意输给我才对，你别忘了你身体刚好，体力肯定不如往常，我现在是如日中天，你凭什么跟我斗，不过，你的功夫总比我强，而且男女有别，你应该让我几步。"

流暄笑，站在风中，衣袂飘飘，他慢慢往后退。

我说："不行，还要远。"

白色的长袍，静谧地伫立在那里，脸上的微笑不变，一直认真地看着我。

我突然想跑过去，拉住他的手，可是我抑制住这份焦躁，继续说："还是不行，再远一点。"

流暄微笑，"你学做的那颗暗器，那张纸没有什么人能看懂，你能在几天之内把它拆了又装上，证明你很聪明，这么聪明的人我遇见过两个，就是你和楚辞，所以当你面对楚辞的时候，不要害怕。"一边说话，一边往后退。

远一点，终于看不清了，不知为什么，我心里无来由地浮上一丝慌乱，女人总是有一根敏感的神经，可是流暄刚才为什么要跟我说这些呢？是在给我打气？

我转身，终于提起气往山上爬，竭尽全力，不但是因为有一份好胜之心，还有流暄最后一席话，想起来我就脸红心跳，如果我真的输了，说不定他会说我就是故意输给他的，然后他会认为我也想……

收敛心神，一心一意地手脚并用，脚下流沙下滑，仿佛能把人吸进去，爬了一会儿。我就是想胡思乱想也不行了，因为在这样的情况下，只能把所有的精力都放在对抗这大自然的杰作上。

流暄说的没错，这样的山，一个人带着另外一个人是上不来的。两个人都必须有深厚的

第十五章 毒发

内功才能辛苦地爬上这座山峰,流暄怎么会找到这么一个地方?又爬上这么一座山?我微笑,继续努力,生怕流暄从我身后飞向前去,那样的话,到了山顶,我都不知道要怎么面对他。

往上看,一直到抬头视线可以越过山顶,看到天空,才笑起来,真的快要到了,手碰触流沙,按到一个微硬的东西,我想也没想就把它握在手心里,继续向上,终于又一口气爬上山顶。

这时候已经过了好几个时辰,太阳高高升起,爬一座山,用了大半天的时间。

跳上山顶,看到了一个奇妙的景象,大片大片如同月桂花般的花朵在地面上开放,淡淡摇曳,红如血的花瓣,散发溢夜的暗香,美得让人惊叹。

花瓣被风吹开,就像一个人站在风中,衣袂飘荡。

我坐在地上,流暄还没有到,那就是,我赢了。

我坐下来,看手心里抓到的东西,对着阳光一看,竟然是一块彩玉,形状很特别,是有人刻意雕琢出来的,把玉石立起来,立即看出整个玉石上刻着一个清秀的女孩子穿着厚重的礼服,却调皮地盘腿坐在躺椅上,手里捏着糖的情形。

时光沉淀,埋没了一切可埋没的东西,甚至到斜阳西垂,天地也仿佛陈旧得发黄,但是有些东西却仿佛是恒久不变的。

这块经过仔细打磨的玉,记录着一份心情,即使我们都老去,这份心情依旧会存在,永远永远也不会变。

我把手里的彩玉握紧,然后放进怀里,身边是一片花海,我在等待那个人出现。

我开始想颜云来的那几天,我穿着一层层厚厚的衣服,瞅准没人的时候偷懒,这一幕怎么也会被流暄看到?

我低头笑,天高云淡。

等待了相当长的时间,不安的情绪越来越强烈,就算是我比流暄先到,我们之间也顶多差上几步的距离,为什么这么长时间都不见他人影。

流暄说,让我别回头,在这过程中我确实不曾回过头,也没有听见后面有任何的脚步声,难道是流暄根本就没有和我一起上来?

我站起来,走几步,急急地往山下望,陡峭的山峰,空荡荡,没有一个人影。

我退后一步,山下忽然听到一声巨大的爆炸声,仿佛身体里所有的血液都被抽干,手指冰凉。

一切都瞬间明了,怪不得流暄会带着剑,怪不得他会递给我暗器皮囊让我防身,怪不得他会说那些平时不会说的话,什么爬山,什么看风景,什么赌约,他就是要支开我,因为今天就是他和楚辞面对面的时刻,他要独自面对楚辞,一刻也不再停顿,我就往山下冲去,爬山我已经浪费了太多的时间,高手对决胜负只是一眨眼的工夫,刚刚的爆炸声也足以说明了一切,也许山下已经是血染的战场,也许所有的斗争都已经结束。

我不敢想太多，那会让我疯狂，流暄的武功不弱，还有那些设下的机关，况且风遥也在附近，应该不会有事，就像他说的，就算是杀不了楚辞，凭靠轻功他也可以自保，既然是这样，他为什么要把我支开，而且还说了那样的话。

临上山前流暄对我说："你学做的那颗暗器，那张纸没有人能看懂，你能在几天之内把它拆了又装上，证明你很聪明，这么聪明的人我遇见过两个，就是你和楚辞，所以当你面对楚辞的时候，不要害怕。"现在想起来，就像是有一把刀子狠狠地剜着我的心，既然他已经把我放在这场战争之外，为什么还要说这些，我会独自面对楚辞，只有一个可能，那就是流暄这一次败了。

流暄会失败吗？他会失败吗？不会，他不会的。

我不允许有这样的事发生，绝对不允许，我的眼泪不停地往下淌，这座山真的太高了，我想立即飞到山下根本做不到，流暄就是算准了这一点，等我到了山顶发现一切，也为时已晚。

我从山上冲下来，迎头遇见两个黑影正往一边蹿，脚踩到地面，正和那两个人视线相对，那两个人惊讶、瞬间呆滞的神色兼有，而我的表情却很平静，没有一丝的波澜，三个人面对面，不知道是谁先选择的动手。

他们抽出腰间的剑，我已经从皮囊里掏出了暗器，"轰"的一声响，尘土四溅，我离开战场又折返，从浸染鲜血的泥土里拔出一把没有被炸断的剑，看着四处鲜血淋漓，我居然连一点恶心的感觉都没有。

我只是心里在盘算，这场战争已经开始了多久？

从我爬山开始？从我听到第一声爆炸声开始？那个专门穿了一身新衣的人，离我有多远？到底在左边还是右边，我该向前还是退后。

提起剑，往前走，空气里有浓烈的火药味道，我的心更加狂躁不安，我仿佛一直都在战场的边缘转悠，不论是我往左走还是右走，都是听到爆炸声出现在相反的方向，我深吸一口气，看着地面上斑斑血迹，既然有人能走进来，我也能走出去，我绝不会被困在这里，我现在只是输在方寸大乱，只要我静下心来，肯定能走出去。

我开始仔细在地面上寻找不属于我的足迹，在颜色微深的土地上，寻找那浅淡的小心翼翼踩在木叶上的痕迹，我一步步跟着这一丝蛛丝马迹往前走，耳边偶尔的轰鸣声响让我无法思考，我只能单纯地依靠我的耳朵和眼睛，我试图看见那条几乎模糊不见的路途。

刺激的火药味道，冲进我的眼睛，我的眼泪无声无息地流下来，我攥紧了剑，五指青白却全然没有疼痛的感觉，只要给我一个冷静下来的机会，我就可以用我的剑去保护我想保护的人。

我闭上眼睛喘息，这一天，天气很好，云朵纹理清晰像是滴在清水里的墨汁，慢慢晕染扩散开来，半透明的在天空中飘浮，云丝缠绕几下，变成了流暄腰间的丝带，它曾滑落在我

第十五章 毒发

身上。

流暄说过会永远在我身边，不会丢下我。

流暄说过会和我一起爬上那座山看山上的风景。爬上那座山的时候，我站在山顶，风从我身边飞过，看着空中飘荡着的衣带，我想流暄在我身边，我喜欢他看着我笑的样子，他笑起来的时候脸上荡漾着最美丽的光晕，仿佛有阳光在上面晃动，他优雅的长长手指相扣，美丽得像是高峰上的雪莲花，美好得遇到阳光就会融化。

这么美好的日子，断然不会突然之间化为乌有，我一步步往前走，走到关键这几步，我抬起手用袖子用力抹了一下眼睛，收敛心神，低头仔细辨认地上的痕迹。

转一个弯，山脉变幻，几个起落眼前的树干上已经没有我留下的记号，看来我这是走出来了。

静谧中，我半跪在草地上，像一只蓄势待发的野兽，等待着爆炸声的再一次来临，这一次我一定会辨别方向。

爆炸声起，我翻越山谷、小溪，越往前走我的心跳越厉害，开始接近战场边缘，草叶里的斑驳血迹染红了我的鞋面，我紧张得有些微微晕厥，我期待前面出现人影又害怕会看到不想看到的东西。

战场上趴伏着一些死透的尸体，穿着紧身黑衣，额头上没有头带，这些都是江陵城的人，没有金宫弟子，这说明什么？流暄真的让风遥殿下带着人直接面对楚辞了？连我都知道风遥殿下挡不住楚辞，流暄会做那种要无谓牺牲很多人性命的决定吗？不会，所以他支开我的同时也支开了风遥。

我再一次在紧张中发笑，我不曾了解流暄，我但凡有一点明白他，也不会被他骗得团团转。

咬牙接着往前跑，鞋子和裤脚的血迹让我发麻，这么多的血，一个人能杀多少人？他怎么能相信自己一定会取胜？

风吹草动，四周开始有脚步声传来，轻轻的那种有深厚内功人才会踩出来的步子，我潜下身，准备听清楚一些，当我抬起头，看见了远处一个人在笑，同样的手指相扣，只是靠在树上，懒洋洋的，看见我像孩子一样笑起来，露出洁白的牙齿，额前的碎发随风晃动，整个人的影子深深浅浅落在地上。

一双眼睛眯起，深炯且美丽，像微微绽开的花朵，好似一切光源的出处，整个人看起来疲倦，微皱的鼻子却彰显着一种危险。

我盯着他看了半天，因为他有一些特别的地方和流暄很相像。

譬如只要穿上一袭白衫，就会自然流露出那种让尘埃也望而却步的气质，譬如交叉的手指，美丽的笑容，敛起的眼角，致命的危险。

他代表了流暄的一部分，并且他在赤裸裸地彰显着这一部分。

看到他，我想起一个名字，楚辞。

我拿着剑，仰头往上望，楚辞靠在树上，也并没有想动的意思，微笑着脸一直在看我，我的手伸向腰间的皮囊，他才微微有一点动作，他看了我一眼，干脆坐在了地上，闲暇的侧脸面向阳光，好像是在跟我说，今天天气不错吧！甚至还调皮地眨眨眼睛，他张张嘴，我们之间距离很远，但是我熟悉他这种独特的打招呼方式，他说的是，"好久不见。"

他微笑，眨眼睛的工夫，周围几个黑影起落，在我还没有动作之前，他们已经有了攻击动作，各种暗器呼啸而来，我拔剑准备闪躲，一手也按上了自己的腰间，我还没有动作之前，飞起来的暗器似乎被一种巨大的力量吸引，在空中改变了方向。

暗器依旧爆炸，一股猛烈的气流和刺鼻的药粉味道扑面而过，在难以分辨人影的浓雾中，我看见了金色的光芒一闪，心里一紧，"白砚。"

为什么白砚会在这里？

楚辞听到我叫白砚的名字，脸上的笑意更加明显了，简直就是一个富贵家的小公子在摇扇听故事。

我的神态由震惊转为紧张，我看见白砚的青色长袍上已经有鲜血透出，他手里拿着小金剑，发冠脱落，乌黑的长发已经散落下来，浑身血腥，他一步地后退，我眼前一花，白砚已经来到我身边，伸出手臂把我抱进了怀里，我吃惊之下微微挣扎，手一撑却摸到一片黏腻的温热，顿时不敢再动，我说："白砚，你怎么……"白砚不是去江陵城了吗？他怎么会突然出现在这里。

白砚握起我的一只手，我看见他专注地看着楚辞的眼睛在发光，他低声说："我都知道了。"声音沙哑低沉。

我说："白砚，流暄他把我支开了，自己……"

白砚点头，"他不会有事。"声音很肯定，他不会有事。

我的手重新握起来，流暄不会有事，如果楚辞已经和流暄面对面对决过，他应该不会这样出现在我面前，就算是他是赢家，也不会如此的完整无缺，再说，江陵城那些人一个个都是谨慎小心的模样，这就代表他们依旧处在危险当中，而他们的这个危险就是流暄。

白砚拉扯着我往后退，整个身体挡在我前面，我紧攥他的手指，他也在回应我，我晃动他的手臂，用无比坚定的声音说："白砚，放下我，我也可以。"我已经不是以前的温清雅。

我仰头，郑重地看白砚，"相信我，"暗器从我手心里弹出去，快速飞行的铁丸在空中撞击，我反手拉起了白砚，一边前行一边舞起手里的剑。

流暄说得对，在面对楚辞的时候，我只要记住，我并不惧怕楚辞，我会依靠我手里的武器赢取胜利。

我只要微微注意一些，我就会发现，白砚手臂上的血迹在扩大，随着他舞剑的动作不断

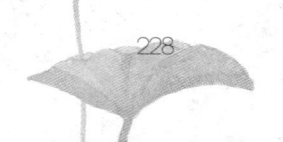

第十五章 毒发

地拉伸，可是他的速度没有慢下来，他的内功深厚，也抵不过失去大量的鲜血，渐渐的，鲜血已经湿了他大半个身子。

我急促地喊着，"白砚，白砚，我能行，快，快去包扎你的伤口。"

我们在树后喘气，我拉着白砚的衣袖，看着他晕染的带着浓烈血腥味的衣服，种种复杂的情绪顿时涌了上来，以前我知道白砚喜欢温清雅，但是我从来没有把自己当作是他喜欢的那个温清雅，所以即便是白砚在我心中和其他人是不同的，我也不会去特别注意他，我的心也不会因为这些而牵挂。

所以在白砚亲吻我额头的时候，在他打仗归来校场上救我的时候，我对他的瞬间关注会因为流暄简单的一句话而烟消云散。

可是这一次不同，真的不同了，当我看到，白砚为了保护我半个身子都浸在血里，心中油然生出一股撕裂般的疼痛。

白砚又摆出他那种善良无害的笑容，咧开嘴，一贯地说着俏皮话，就像我从月桂树下醒过来的那天，他面对我的时候那种表情，"我不是不信任你，你不要随便生气。你就不能有点女孩子的自觉？当一个男人救你的时候，你应该乖乖地躲在他身后，而不是在他耳边催促让他放你出来杀人。"

听白砚一席话，我顿时哭笑不得，我没有女孩子的自觉？这个人怎么不说自己没有一点伤者的自觉，都伤成这样了，还谈笑风生。

白砚说："这是跟流暄学的，以前跟着他，接受残酷的训练，比这严重多了，他身先士卒跑在前头一声不吭，其他人也只能咬牙挺着。"

我说："现在不是讨论你能不能忍痛的问题，现在是看你的伤势。"

我低头寻找，发现自己早就穿裤子而不穿裙子，自然没有什么裙摆拿来做绑伤的布条，于是只能去撕白砚的长袍下摆。

布条扯下来，看上他的肩膀，才发现根本不知道伤口在哪里，我只能小心翼翼慢慢寻找，伤口很大，还有一些东西扎在里面，我皱眉，"你的伤口需要清理。"

我仔细向周围看，"需要找一个安静的地方，这里显然不行，江陵城人不会给我们很多时间，我们必须从这里出去。"

我说完话抬起头，不禁愣住了，白砚在看我，温柔认真的眉眼，深刻的眼神，仔仔细细地看着我，一只手甚至抬起来就在我的脸边，他显然没料到我会这时候抬头，于是整个表情没来得及收回，和我一起僵在了那里。

我马上错开眼睛咳嗽了一声。

白砚叫我的名字，"清雅。"简单的一声呼唤，就蕴涵了无尽感情。

我的手顿时一颤，想避开，却被白砚伸手拉住了，白砚低声说："待在这里，别出来。"

他话音刚落，我手里的暗器已经扔了出去，可是手一抖，其中一个落在地上，滚向前，前面的黑影躲过我的暗器，脸上嗜杀的气息更浓烈，看见地上我掉落的暗器，嘴角浮起一丝阴狠的笑容，我急忙拉着白砚后退，那暗器的威力我再清楚不过。

江陵城中人在这暗器上也吃过不小的亏，他们势必会借着我这个小小的失误，来报复我。黑衣人拿起暗器，去抽暗器上的铁针，我拉着白砚趴在地面上。

这颗暗器的真正威力不是在我手里，而是在不懂这暗器的人手里，暗器上铁针拔出暗器即刻爆炸。

火药，连同黑衣人的身体，爆炸开来，他身边的同伴来不及躲避，这枚暗器顿时发挥了它巨大的破坏力。

如果流暄不教我拆装暗器，我可能永远都不会真正地使用它，鲜血和泥土落在我和白砚的后背上，白砚转过头看我，我抑制着胸中恶心的冲动，我也认真地看过去，不是我残忍，"生死之间没有选择，谁也不会给谁机会。"

一身的泥土和血腥，两个人像泥猴一样狼狈不堪，我抿一下嘴，抖抖胳膊，转身去拽白砚，白砚皱起眉头，"哎哟。"叫了一声。

我意外地看向他。

白砚笑，"现在有点伤者的样子了吧？"

我虽然没有心思在这种情况下跟白砚说说笑笑，但是看他这个样子，也忍不住在逃亡的时候说一句，"平时看你不是这个样子，你不知道金宫里有很多人崇拜你，说你优雅，你每一次看到那些写着崇拜你的话的纸条，就不会脸红吗？"

白砚"啊"了一声，笑起来，"这是我应得的。"

嘎，我愣住了，我还没发觉伟大的白砚殿下脸皮比城墙还要厚。

白砚说："我跟流暄的成长环境不同，我没在变态的江陵城生长过，没有从小要做君主的自觉，更没有因为这些去抛弃一些正常人的生活，我本来就想就做我自己无忧无虑过一辈子。"

白砚接着说："以前我是一个瞎子，也有很多小姑娘喜欢我，经常在我门前捧着花等我出来，我也会跟她们一起聊天，让她们念书给我听，说一些古今逸闻趣事，我想那就是我的生活，无拘无束，自由自在。我从来没想过要改变，我觉得每个人都有不同的活法，谁也不会为了谁去改变自己的生活，可是后来我发现我错了。"

我抬起头看他。

他冲我笑笑，"我开始配合一个人让她治疗我的眼睛，她把我带进了她的世界，她改变了我的生活。"

我问，"那个人呢？"

第十五章 毒发

白砚停下脚步，看着远处，"她不见了。"

我的心猛然酸了一下，不知道为什么，听到白砚这句话，我很难过，听到他说那个人不见了，我也像是失去了什么。

白砚拉起我的手，"像我们这样逃亡，很快就要被追上。"

我赶紧调整了自己奔跑的速度，但是心情一直很压抑，不管白砚说出什么让我安心的话，我总是惦念着流暄，只要没有见到流暄，我的心就一会儿也不会轻松。

跑了许久，两个人都难免有些体力不支，我就着月光看白砚的伤口，伤口已经流了太多鲜血，外翻的皮肉竟然有些苍白，不知道是为了转移白砚的注意力，还是真的想问一些问题，用清水冲洗他伤口的同时，我说："你说的那些都是骗人的吧？什么眼疾，什么那个人，都是胡编的。"

另一只手在挑拣药草的白砚停下来，转头看我，我挪开了目光，故意没有去看他的表情，但是听到他无奈地笑，"那你认为我为什么会从安逸的村庄里跑到这里来？"

我的手停顿了一下，看着摇曳的树枝挡住了空中的月亮，我说："在金宫除了流暄你最大，还带着金剑，许多人见了你都要行礼，等到将来流暄回到他的国家统一了四国，一定会封你做很大的官。"

白砚苦笑，"你觉得在流暄身边当差很容易吗？不但要准备好随时出去打仗，还要学着做一个让人敬仰的标志物，要不然改天把你的画像也摆在正殿前，你试试那种让人崇拜的感觉。"

我把草药敷在白砚手臂上，不禁一笑，"你这样一说，好像是真的，你说的那个人是谁？"

白砚停顿了一下，"你真的想知道？"

我点头。

白砚笑，捂住我帮他绑好的伤口，大方地把一条腿伸出来，我低头看过去，他的腿上一大片血迹，并不比手臂上受的伤轻，我的手攥起来，他的腿也受伤了可是我一点都不知道，这样的腿跑了这么多的路。

我去撕伤口周围的棉布，在湿润的布帛裂开的声响中，白砚说："那个人是温清雅。"我的手一抖按在了他的伤口上。

在白砚的哀叫声中，我慌乱地抬起手，想都没想就去捂他的嘴，仿佛只要他不出声了，伤口就不会痛了，就掩盖住我的罪行一般。

白砚的额头上都是汗水，一双黑夜里的眼睛可怜兮兮的在发光。

我面庞发热，一脸歉意地看着他，"对不起，我一不小心，"想到了他罪魁祸首的那句话，"你自己也有责任，这都什么时候了，还开这种玩笑。"

白砚哭笑不得，望着我直摇头，"我哪里敢开玩笑，我说的都是真话。"

我的心咯噔一下，这些日子和流暄在一起，偶尔也会想到自己是不是有一段没有想起来的往事？是不是也有一段让人难忘的记忆？我又害怕又期待从别人嘴里能听到关于我过去的事，有好几次我想张口问流暄，都硬生生地把这话咽了下去，现在从白砚嘴里听到关于温清雅，也就是我的事，我的心顿时像沸腾的水一样。

我看向白砚，"你说那个人是我？"所以我看见你会有一种特别的感觉，是因为我们有一段往事？

白砚的眼睛里仿佛有一种痛苦，在黑暗中闪烁了一下，"那个人是温清雅。"

我知道白砚说的一定是真话，那个人是温清雅，那么我不就是温清雅？

空气半天都是静谧的，只有我的心跳在黑暗里鼓动，"为什么突然之间问我这些？"顿了顿，"清雅，你对我有没有一丝特别的感觉？"

草木在风中颤抖，突如其来的一句问话让我微微张大了嘴，手却蜷缩起来抚摸自己手腕上的黄头带，半晌我才说："天一亮我们就要走，趁着这时间，早点休息吧！"

白砚没有动，我要挪动的身子在静默里变得很尴尬。

"如果是别人，例如风遥或者桑林送给你的红头带，你会一直戴着吗？"白砚低声说。会吗？每一次想到摘下红头带白砚会出现那种难过的神情，我都会把这件事自动搁置起来，是因为白砚在我心里的特别？

白砚笑起来，"你不说话我也知道答案是什么了，你心里是有我的，即便我不如流暄，但是我有比他好的地方，"他伸手去碰我的手指，"清雅，我已经失去过一次，我知道失去是什么感觉，不会有什么比那更痛，所以如果老天再给我一次机会，我什么都不怕。流暄是很强，他比任何人都厉害，哪怕是孤身一人面对楚辞和江陵城的精英，他也不害怕，但是这就会让他身边的人很累，追上他的脚步会很辛苦，没有人真正完全地了解他，他要做什么，在想什么让人揣摩不透，他是一个天生的领导者，这样比对的话，我什么都不如他，我甚至会做一些不够君子的事出来，可我比他更容易让你看清楚，会让你觉得更轻松。今天我把这些话说出来，是想告诉你，前一段时间我迷茫过，迟疑过，自私地把你想成是什么样的人，现在我发现我喜欢真实的你，和其他人无关，如果喜欢你是错的，那我永远用一辈子去承受这个过错。"

我呆呆地坐在地上好似什么都没听见，"这个时候居然说出这种话……"

"我知道这个时候最适合，你看我伤痕累累难免也要可怜我一下，不会听了这些转身跑掉，如果你走了，万一江陵城的人找到我，说不定你以后就再也见不到我了。"

我承认白砚这句话真的触动到了我，我伸手捂住他的嘴，手再一次不客气地碰到了他的伤口，我以为他会再一次呼痛，谁知道他却全然不在意，就着我的力气，握住我的胳膊，拖我入怀，我的指尖感觉到了温热的血，于是也不敢施力，瞬间被掣肘倒在了他身上，腰间被

第十五章 毒发

箍紧。

从来没有过如此贴近的距离，让我异常的惊慌，"白砚，我喜欢的人是流暄。"

白砚温热的手指碰触了我的面颊，"我知道，但是还没有到最后，除非人死了就不再有机会，跟他在一起，总会有累的时候，完美的东西会震撼人，但是不会永久地留在人心里，因为想保存这份完美实在太辛苦了，人喜欢把美丽的东西占为己有，但是并不喜欢照料。"

我使劲地摇头，"不，我不会那样。"

白砚看着我，"这是人之常情，所以我并不羡慕他比我强，你可能会追随他一辈子，但是总会有偶尔觉得累的时候，我不求别的，只求你累的时候能够依靠我。"

我慌乱地挣扎，"不，不，怎么可能这样，爱就是爱，没有退而求其次，你也不需要这样。"

白砚笑了，"我并不吃亏，你想想，如果总有一个人跟在你身后，你是不是也会时不时地回头看一看？"

我终于挣脱了白砚的怀抱，站起来走到山洞的另一边，"明天一早我们还要继续往前走，我很担心流暄，我心里只有这些……再……再也放不进别的了。"

白砚半天没有说话，我闭上眼睛想休息一会儿，却能清楚地听见白砚挪动腿的声音，如果明天还像今天这样跑，白砚的腿可能会支持不住，而且江陵城中人的轻功高超，我们稍微慢下来就会被他们追上，我倒不是怕被追上面对一场厮杀，受伤或者死我都不怕，可是时间拖延下去我就越担心流暄，我要不惜一切代价快点到流暄身边。

白砚长长吐了一口气，"你的轻功怎么样？"

我仔细想想沉吟一下，"从流暄把玉给了我以后，我的内力大增，单从轻功上来说，应该算是不错了。"

白砚想了想，"如果楚辞把所有的主力调来对付我们，打不过的话，你能不能逃掉？"

白砚的腿受了伤，就算是我用轻功带着他跑，他可能也会吃不消，但是如果是我一个人的话，想跑掉应该是可以的，我轻松地笑笑，"我们怎么可能打不过，我手里有暗器，他们会有所忌惮的。"

黑暗中，白砚仿佛无声地浮起一丝微笑，他靠在石壁上，柔声说："好了，别想太多，好好睡吧！风遥他们已经听了流暄的命令退出这里了，但是这里的机关暗器一直都在发动……"

听到这里，我激动地撑起身子，"这就证明流暄一直在启动机关，所以他很安全，是不是？"

白砚笑了，"是，他很安全，他的潜力是我们预想不到的，所以你不用过分担心他，只要照顾好你自己的安全，他把你支开，也是想要保护你。"

我点头，微笑，"听你这么一说，我安心多了，可我还是想尽早看见他，只有他在我眼前，我才能真正地放下心。"

白砚笑一声，"早点睡觉，我从那么远跑过来找你，就是为了把你送到你想去的地方，"从怀里掏出一瓶东西，"你手臂也受了伤，抹上这个好得快些。"

白砚手心里是一只小巧的方瓶，在月光下看不清颜色，但是它圆润的形态仿佛和白砚手腕上一串手链同出一辙，白砚什么时候带这么一个东西在手上？

我接过那瓶子，"你带着伤药，刚才为什么不拿出来用，还要敷那些现采来的药草。"

白砚说："我的伤口太大，渗出来的血容易把药冲掉，所以用草药更合适，再说，这瓶药很特别是专门给姑娘家准备的，"说完他笑笑，看我没说话，只是打开药瓶在看，于是他又说："这其实是一瓶特制的胭脂，里面还有一些治疗伤口的药性，姑娘家平时携带，万一受了小伤还可以用它来涂抹疗伤。我上次攻打江陵城的时候得来的，我发过飞鸽给你，就是要把这东西送给你。"

白砚上次发鸽子给我，因为我害怕那些尖嘴的鸟类，就没有去看鸽子爪子上的信，我说："你手腕上戴着的东西，是不是和这瓶药一起得的？"

白砚说："是一起得的，原来准备卖个关子，等你看到以后，喜欢的话开口来跟我要，结果我戴在手腕上这么长时间，你都一直没有注意到，我卖个关子，倒把货砸到自己手里了。"

我能感觉到白砚的笑意很深，于是心里越发不是滋味，我低下头，"这药我收下了，手链你戴着好看，还是戴着吧！"白砚你不必这样，真的不必，你这样会让我很难受，即便是我们没有什么，可是也让我觉得心里有负担。

白砚靠在石壁上，闭上了眼睛。

我轻轻地从药瓶里取出药膏抹在伤口上，然后也调整了姿势，沿着石壁靠了上去，想起和流暄在一起这几个日夜，我的嘴角浮起一丝微笑。

天还没亮，我和白砚就已经离开石洞开始前行，我们走得早，江陵城中的人也不落后，太阳刚刚照到整片大地，我就发现情况仿佛变成了白砚昨晚说的那样，楚辞似乎动用了主力来围追我和白砚。如果让我施展轻功，我大概费一番周折就可以突围，我好像感觉到我和流暄之间的距离在缩短，如果我能从这里跑出去，也许没有多久我就可以看到流暄，越是这么想，我就越心急，无奈白砚的腿受了伤，我实在不忍再加快脚步。

白砚苍白的脸上有汗水不停地流下来。他微微喘息，"再往前走，不用很远大概就到了流暄的掌控区，所以楚辞才在这里安插这么多人手。"

四周有不少人影攒动，看来在这里打一仗是在所难免，所以我干脆把白砚扶到一边靠在树干上休息。

白砚伸手指着不远处陡峭的小山坡，"我们到那里去，那里地势高，对我们有利。"

我点头，拉着白砚迅速上山。白砚说："一会儿他们攻上来，等我喊跑，你就用你的轻

第十五章 毒发

功,全力以赴往前跑,我们的机会不多,你一定要把握好。"

我当然知道白砚指的机会是什么,就是我们把包围圈打开一个缺口的瞬间,我用轻功是没有问题,可是白砚腿上的伤,"你腿上的伤能受得了吗?我们是不是还有其他的办法?"

白砚揉捏着自己的伤臂,"除了这个我没有想到其他更好的办法,我们离流暄近了。楚辞也离他很近,我想你应该不想拖延时间。我受了伤,基本上已经成了你的累赘,我们和江陵城中的人硬碰硬肯定讨不得好。如果这时候楚辞再出现,我们俩就必死无疑,所以趁着机会逃跑是最好的办法。"

我四处查看周围的情况,转了一个方向,"我们去那里吧!一会儿他们上来,我手里还有炸药。"说完了转身,却发现白砚一动不动。

细密的阳光下,白砚身上已经被汗湿透了,我忽然有一种很不好的感觉,于是不知不觉地冲着白砚主动伸出手,"我扶你过去,别担心我们总会从这里出去的。"

白砚看着我伸出的手,有些惊讶,甚至于愣了一下,然后才像往常一样笑起来,戴着红色石头手链的手伸过来,放在我手心里,手指冰凉,我整个人仿佛被冰刺了一下,我说:"你的伤不能再这么折腾下去了,不然我们不要往前走,先随便找一个地方处理你的伤。"

白砚笑看了一下四周,"我们好不容易走到这里,再说现在想离开已经晚了,一会儿我在这里拖住他们,你要以最快的速度往前跑,还有,把你的暗器都给我留下,简单教我一下要怎么用。"然后开始仔细查看,找安置暗器最好的地点。

我看着他努力挺起身子,在草地里穿梭,青色的长袍上都是斑斑血迹,我终于明白他说的话到底是什么意思。

白砚在地面上画好小圈,招呼我把暗器埋在里面,我看着他的侧脸,他却好似完全没有注意,我一瞬不瞬地观察他,甚至手脚僵硬不情愿,他也置若罔闻,我终于忍无可忍地抓住他的胳膊,他像平常一样笑眯眯地回头看我,挑眉很无辜,样子像极了抢我饭食时的那一刻,我的手渐渐用力,"你的意思是不跟我一起走?你什么时候拿定的主意?为什么要这样?"

白砚看了我一会儿,然后脸上才有表情,那种表情绝对不是要跟我辩解的样子,而是要把这件事继续下去,"快一点,别浪费时间,这里再放一个,他们马上就要上来了。"

我立在那里不肯动,死死地攥着白砚的袖子,"这时候不要这样对我,我不喜欢这样,没必要用这个来换我的眼泪。"

白砚回头,叹口气,"我不是要换你的眼泪,我是想要保护你。"伸出手摸我的眉毛。

我的眉心冰凉一片,"你现在一切都很好,只差自由自在的生活,"白砚顿了顿,"再说,我有我的办法,我也并不是要送死的,流暄的计划总是能很顺利就实施,我的计划也未必会失败。"

我的肩膀感觉到一股力量,整个人向后跌去,白砚看着我,"我说跑,你不会走,那我只能换一种方式，我曾爱一个人付出了我全部的感情，等我失去她以后，再选择爱另一个人的时候可能我的行为是卑劣的，但是我为了那个人会付出我的生命。"

我的身体往下落，双手展开风从身体间隙吹过，我死死看着白砚和攻上来的敌人，我再也看不见他，他会死去，如果我稍微注意一下他的伤势，不那么自私地直想着要尽早到流暄身边，也就不会发生这样的事。

假如白砚真的为了我死去了，那就像书上写的那些故事一样，我怎么会离那些故事这么近，我怎么会要承担这样的事，不，不。

白砚说，"我会为你付出我的生命，也许就是像楚辞说的那样，我爱的那个人本来就是你的影子。"听到白砚最后一句话，我的眼睛猛然睁大，眼泪毫无预警地被风吹散，在脸上上扬着纵横。

我闭上眼睛，任身体直接下落在地上，内力自动运行，整个人完好无损，我静静地躺在地上两秒，然后听到爆炸声响，灰尘从高处落下来，冲进我的鼻子，我开始不停地咳嗽，爬起来痛苦，呕吐，然后却又微笑。

那个讨厌的头带党不见了，那个像强盗一样，叫花子一样抢人剩饭的人不见了。

那个在黑暗的屋子里拥抱我，亲吻我额头的人不见了。

那个送了我三次头带，把想送我的东西故意放在手腕上吸引我注意的人不见了。

那个人昨晚就想好了这样的对策，然后把放在怀里很久的东西送给我，然后接受了一次我委婉的拒绝，那个人就是抱着这样的心情靠在石壁上睡眠。

他说他回来是要把我送到我想要去的地方，直到他跑不动。

我站起身，我想告诉他，他手腕上那串东西很漂亮，戴在他手腕上确实也合适，因为温暖得就像是他的笑容一样。

那个明明做着错事，却正直无辜的笑容。

为什么呢，到底是为什么？

我仿佛回到了很久很久以前的一个夜晚，同样失去的感觉，悔恨的，难过的，那些人，以后再也看不见了，碰不到他们温热的身体，看不到他们灿烂的笑容，那些人紧紧闭着眼睛，再也不见了美丽的脸，像秋水一样的眼睛，再也没有起伏的呼吸，再也不会叫我的名字，为什么呢，一定要让我失去。

为什么一定要让我痛苦，我明明已经很努力地活下来。

我笑起来，笑声沙哑得可怕，不像是我的声音，我默默地往前走，我知道那些追杀我的人会赶过来，可是现在我一点都不怕他们，我反而想问他们，我想问，"为什么要这么做。楚辞，你为什么要这么做，你已经逼疯了我一次，现在还要再一次的，再一次……"

寒意从心底里冒出来，把身体里唯一的热度逼上了头顶。

第十五章 毒发

为什么要这么做？

有人靠上来，我不停地挥剑，鲜血崩裂，杀人。

就是要这样，就是要逼我杀人，不然就会杀我身边的人，以前是，现在还是，楚辞你到底想要干什么？

江陵城中人是一帮变态了的产物，没有谁能够完全地统治他们，只有在生死面前，他们才会暂时地低下头颅，可是这一次我不会给他们抬头的机会，因为我没有时间跟他们周旋，炸平的山顶上，我还有一丝的希望，即便是看到残破的身体，我也要找到他，即便是会颠覆正殿前那幅巨大画像上他在我心中的印象，我也要把他找回来。

因为他还有东西要送给我呢，我始终都没有接过来。

他把那东西放在手腕上炫耀呢，我从来都没看过。

我杀人，不停地杀人，血流成河，直到有人害怕，看着我的脸，想起了什么，哆嗦着叫，"金宫……金宫殿下。"我听不到他们的声音，也听不懂他们在喊什么，我只知道他们害怕了。

如果我不这么懦弱，我早一点鼓起勇气，全力去用我的剑，我应该早就知道，我面对的是一群什么样的人，我要征服他们而不是逃避。剑是这样使的，你们瞧瞧，我抬起手，手心里竟然握着的是白砚的金剑。

我仿佛是从血河里爬出来的一样，我站在那里，看着远处站立着的人，他在微笑，见到血腥从不害怕，从不觉得恶心，他仿佛等待我多时了，他早就摆好了这步棋，"我当流暄对你怎么好呢，原来还是让你替他杀人，江陵城快要被他灭了，你也被他从江陵城里拽了出来，还有什么他做不到的？你了解他吗？不，你永远都不会了解他，他那么聪明，他可以掌控一切，包括你，所以你还不是你自己的，你脱离了我，可是生命的轨迹却依然在他手里。"

不是，我摇头。

楚辞笑着，"其实我并没有伤害过你，我才是一直都迫不得已，可是你为什么一直都把我当敌人？却爱上那个杀你族人，杀你姐妹的人呢？"

听到楚辞的话，我猛然抬起头，"你说什么？"听到这句话我浑身的汗毛竖起，身体在瑟瑟发抖，我突然感觉到了一件恐怖的事在向我靠近，我马上就要面对它，马上就要想起它。不，我不能想起它，因为它太恐怖了，如果我想起了，我会想马上去死，这是一件比死亡更可怕的事。

不同的脸交错着在我眼前飞过，其中一张脸和我的脸一模一样，但她不是我，这些脸从四面八方向我飞过来，我想躲开，却无处可逃，我扔掉手里的剑抱住头，"啊"刺耳地喊叫，彻底的喊叫。

楚辞道："辛苦吗？那就不要想了，直接去问流暄，你去问他，那天晚上都发生了什么？杀死你族人和姐妹的人是谁？"

我往后退，不不不，我满身寒意，身体颤抖着也将它祛除不尽，我的亲人，我的姐妹，她们死去了，但是和流暄无关，这是楚辞的阴谋，他故意这样说只是想要离间我和流暄，我怎么能上当。

我不能让楚辞得逞，我弯腰把脚底下的剑捡起来。

楚辞看着我，他仔细看着我，然后弯起不明的微笑，像孩子一般的，"现在不相信也没关系，你可以去问流暄，你敢不敢问？"

都是骗人的鬼话，我永远都不会相信。

"知道那晚真相的人不多了，江陵城都被攻破了，里面的人也死得差不多了，所以你也没什么机会去向别人证实了，你可以选择问我或者问流暄。你知道你为什么会失去记忆吗？因为你亲眼看着亲人在你眼前倒下去，而杀她们的是你最爱的人，所以你选择了遗忘一切。"楚辞调皮一笑，"比起流暄对你做的一切，我根本就没有亲手伤害过你，怎么你反倒恨我不恨流暄？而且还心甘情愿地为他效命，只能说流暄要比我高明很多是不是？"

说到这里，楚辞深深地有趣地笑一声，"你还真是一个独特的人，会为了一个外人去毁灭你长大的地方，江陵城的人不管怎么样都跟你多少有些关系，你没有从他们的血里尝到自己血的滋味吗？"

我突然被震得无力思考，竟然本能地跟着楚辞的话想下去，楚辞的话就好像是为一个绝境开辟了一条新的出口。

楚辞往前走两步，闲散的样子像是跟老朋友相聚，脸上的表情格外放松，"没想到你躺人怀里喜欢眯着眼睛来回蹭，这样的小动作很有意思。"

我不知道是惊讶还是愤怒或者带着一点羞意，楚辞怎么会突然之间说到这个。

楚辞接着说："你和流暄从金宫跑到这里来，在马上拥抱，这些我都看见了，所以才会瞬间失神以至于让流暄打开机关，流暄开启机关的那一刻还故意看了看隐藏在一边的我，他早知道我在那里，当然也知道我在看你们，他对你温柔，用手去抚摸你的脸，抱紧你，这一切可能是出于他真心，但是他同样会利用这个来达到某些目的。"

流暄知道楚辞在旁边，还继续跟我亲密？这怎么可能。

楚辞道："就算这没什么，对你没有什么伤害，顶多让我看看你撒娇的样子，但是你心里会好受么？他在你不知不觉中都干过什么，有一些你恐怕一辈子都不清楚吧？"

楚辞在笑，像一朵白花上唯一的污点，虽然是污点但是又那么的醒目，让人看过就能记住的脸，没有过多的表情，话也是平常的样子，"不如，跟我走吧！找一个其他人找不到的地方，反正已经没有江陵城了，如果想让我不再杀人，这是最好的机会。"然后他看着我，像在等待。

原来受了刺激的并不是我一个人，或者又是一个新的战术，我后退，摇头。

可是楚辞依旧看着我，嘴角动了一下，仿佛是在数数，时间流逝，已经有了答案。我们

第十五章 毒发

彼此对望了一眼，楚辞转身，很多把剑又一次刺过来。

新一轮的杀人活动。

除了杀与被杀，没有什么是斩钉截铁的，庆幸的是楚辞没有亲自跟我动手。

杀到了被炸平的小山坡上，望过去，满视野的残臂断肢，红红白白，混在泥土中，分辨不出，在这些上面我的目光不曾停留，我还在找，找一具可能十分完整的身体。

很难，很难，猛然看去，什么都没有了，已经什么都留不下。

混乱的时候，反而忽然冷静下来。

我在想，如果是我，我会躲在哪里？周围都是炸药，想要活着的话……四周会不会有坑洞。

别人的血染红了我的手腕，我的头带已经被削断，长发狼狈地散落，我绕着山坡拼命地奔跑。

终于看到一个稍微凹陷下去的地方，我疯了一样地跑了过去，杀人的剑成了挖土的工具，裤腿和鞋子上裹满了血混合的泥土，里面除了一些残破的尸体和长着野草的土块，没有其他特别的东西，我在坑里转悠，眼泪掉到脚边上。

"白砚，白砚，白砚。"我大叫着，没有见过比你还傻的人，我已经说了，我不要你，为什么要把命都给我。

"白砚，白砚，白砚。"我坐下来，自己的声音仿佛已经把我的身体掏空了，心在难过，灵魂在游荡。

还是，还是，没了。

对不起，白砚，我已经不能再看你一眼了，我不忍心拿这些东西去拼凑你，我已经失去你了，这个世间，再也没有白砚这个人。

为什么我不能哭得更多，我已经哭不出来了。

白砚，我还能为你做什么？烧了这座山，然后再杀掉更多的人为你报仇，直到杀不动为止，还是劝慰自己，心若止水，看开一些，就此把你忘记，忘在记忆中最美的时刻。

一纸白，砚墨无色。也许，预示着要不留痕迹。又或者人生本来就是这样的，未造生时，先造死。

我笑，为什么我会有这种想法，我真的要劝慰自己？

我站起来，晃晃悠悠，杀戮过后，一片凄凉，我也许该从这里离开，找到一个可以安慰我的人，也许扑进他怀里我就能哭出声，竭力痛哭一阵睡着，醒来的时候学会遗忘。

我往前走。

"小清雅，这就要走了？"一贯轻松调皮的语调响起。

我的背脊陡然僵直，整个人不敢动一下，仿佛我站在平静的水面，轻轻一动就会破坏这份美好，半响我才用颤抖的语音说："再说一句听听。"

身后一阵轻咳声，"小清雅我都想好了，我可能没有资格再拥有，但是我可以是你的。不管你爱的是谁，我永远都是你的。"

我猛然转过身来。

土坡上趴蜷着一个人，飞跳起眉毛，正直无害的脸颊，散落的长发显得年少而有一股儒生气，苍白着嘴唇仰着脸看我。

我准备跑过去。

白砚吃力地笑笑，"等等，你再想想，到底想不想看到我，现在选择还来得及，"白砚的身体还有一半挂在山坡下，"我只要一松手，你就也可以当我死了。"

我的脸瞬间变色，"白砚，你开什么玩笑。"

白砚说："我不是开玩笑，也许今天你会为了我没死而高兴，可是以后等你选择两难的时候，也许你会想还不如我已经死去了，我死了你会一辈子怀念我，我活着你反而会因为我的存在而左右为难，但是对于我来说，无论生死都是一样的，我的心为你不会改变。"

我鼻子一酸。

白砚说："好了，别哭，我是逗你的，我怎么可能舍得你去死，我是听到你喊我的名字，好不容易才爬上来的，现在没有了力气，你快拉我上去。"

我破涕为笑，跑上去，拉住白砚的手，然后把他的肩膀圈在怀里，使劲把他拉了上来。他身后青色的衣衫已经破去一大片，露出了糊满鲜血的后背。

我正聚精会神地看白砚的伤口，突然之间被他捉住了手腕，那是一只因为爬行而破损的手掌，开裂的伤口扎剌着我的皮肤，手掌收紧，手指紧而有力，我挣脱不开，也不敢动。

我眼前一黑，唇瓣一热，被吻了个正着，是一个狂热而略带劫后余生的吻，轻咬了我的下唇，柔软的舌探进我的口腔，激情而又温暖的接触，越是深吻，抱得我越紧，仿佛要把我整个人都捏进身体里，勾起我的舌尖紧紧地吸吮，我不由得弓起背，可是逃不开，刚刚经受巨变，不论是从身体上还是心理上居然都在放弃抵抗。

唇分，他却在我嘴角边微笑，让我能仔细感觉到他嘴唇的弧度，他呢喃，"省着最后这点力气，就为这个，"满足地叹气一声，"剩下的都交给你了。"说完话手臂颓然落了下去。

我的心再一次跳得飞快，我抱紧白砚，听到了他细弱的呼吸声，却然后什么也做不了，呆呆地抱着他在落日的余晖下静谧了良久。

"清雅，清雅。"白砚迷糊中喊我的名字，手指颤着到处寻找。

我立在旁边，不知所措，不知道是该转身离开，还是伸出手去，我迟疑着，想起白砚说过的话，说的关于他与温清雅的往事，那些或许是被我遗忘了的往事。

我把这两日从白砚和楚辞那里听到的话串起来，得到了一个结论：我和白砚很早以前就认识，那时候白砚的眼睛不好，我治好了白砚的眼睛，然后和他在一起。后来有一晚在江陵

第十五章　毒发

城发生了一些事，让我受了刺激，虽然活了下来，却把以前的往事都忘记了，然后我不知道怎么从江陵城跑出来，跑去了我和白砚小时候生活过的村落，白砚在那里找到我并把我带回了金宫。

再后来就是我从月桂树下醒过来，可是忘记所有一切的我，居然兜兜转转，阴差阳错地和流喧在一起。

无论怎么想，这应该是对我过去最正确的理解。

所以当白砚面对我时，那些感情得不到回应，他才会流露出痛苦的神色，但是他从来没有跟我好好说过这些，如果他早些说起，也许他就不会独自一个人默默承受那些痛苦，我什么也不知道，还以为万事太平，没心没肺地活着。

如果这一切都是事实的话，我该如何面对白砚，又怎么去处理我的感情。

我、流喧和白砚，不再是一个简单的感情解答题。

就算是我和流喧在一起，而不去问我的过去，我对白砚也会一辈子愧疚，我欠他从始至终对我的情意，欠他我遗忘了那些过去而让他在无人的时候独自一个人孤寂，我欠他对感情有始无终，摇摆不定，甚至可能欠他百年以后让他也留下一些遗憾。

白砚，这么仔细地想起来，我竟然欠你这么多，而这些都是我无法弥补的。

我的手忽然一紧，我望过去，白砚的眼睛睁开少许，他看着我的脸，我的面色肯定不好看，我望进他黝黑的眼眸，抿了一下嘴唇，用沙哑的声音说："白砚，我欠你那么多，对不起，以前的事我都想不起来了。"

我以为白砚会淡淡一笑安慰我，或者有那种宽慰的眼神，甚至是默契的心照不宣，可是这些都没有。

白砚神情僵硬，脸上带着淡淡愧疚，张开嘴却没有说出话，直到我握住他的手，他才说："清雅，其实那个人不是我，那个人一直在你身边，不管你变成了什么样，他都不曾放弃，这么多年一直都坚持着，你感觉的没有错，那个人就是流喧，我比他……"我伸出手捂住了他的嘴，我摇头，"我都知道了，你不用说太多。"

白砚笑，拉开我的手，"你的感觉是对的，谁也替代不了，这么多年……他等着你实现你的诺言，也许，我们终究是要错过吧！相信他……我什么都不求，这样就好。"他有点喘息，精神又虚弱下来，"你们在一起很好，也应该在一起了，他这些年过得很苦，我知道我不应该回来掺和一脚，我知道这是楚辞对付流喧的计谋，但是我控制不住，只要想到你可能有危险，我什么都顾不得了。"

白砚的话我听不明白，但是我知道他是在宽慰我，他说话的声音越来越小，说到后来我也听不清楚。

白砚说："清雅，你知道你是谁吗？你是……"

我擦拭他额头上的汗,"我不知道自己是谁,我已经忘了我的过去,我只需要过现在的生活,做现在的自己,不必追究过往,白砚你是这个意思吗?"

白砚笑一声,"我爱的不是过去的你,我爱的是现在的你,是直来直去的你,是拿起剑来张扬的你,但是我晚到了。"

白砚再一次地昏睡过去,可是他的手依旧紧紧地攥住我的手。

楚辞说的那些话,让我烦躁不安。我到底在流暄心里是一个什么样的位置,流暄真的没有伤害过我的家人?也许这只是一句话就能问清楚的事,我却可能没有那个勇气问出口,因为如果我问出了事实,我是否要为家人报仇,会用手里的剑,用流暄教我的武功来对付他,这样的结果,我想都不敢想。

流暄因为金宫受了那么重的伤。

现在白砚又为了我差点死去。

我是这两段感情的目击者,可是在心里对比一下,看到流暄的伤口,我心里留下的痛竟然比此时此刻看到白砚的伤口要强烈得多。也许感情真的没有什么理智的分析,人的心真的不是拿道理就能够控制的。

第十六章 猜疑

我将白砚的伤口处理好,等着白砚慢慢醒过来才说:"你伤得太严重,我又找不到合适的草药,恐怕很难恢复像以前一样了。"

白砚笑着靠在草堆上,仿佛根本没有在听我说话,一副不在意的模样,黑色的眼眸里却透着股浓浓的喜悦。

看得我越发不自在。

绑着布条的大手压在我的手背上,"已经为我浪费了一天时间,应该去找他了,你不必左右为难,我不会强迫你,只会跟在你身后。"

我的手攥起来,"白砚,别这么说。"气氛顿时变得尴尬起来,我只能起身踮着脚尖走到山洞外去,流暄应该不会有事吧,我总不能一错再错,不顾白砚的安危,再一次地往里闯。

我在外面透够了气,走回来的时候,白砚手里正拿着那串红石头的手链来回晃悠,我想装作没有看见。

第十六章 猜疑

白砚却笑一声，"你躲着，可是我却没脸没皮地要问你，经过这么一次劫难，我的衣服都炸成了灰，它却安然无恙，既然你把胭脂都拿走了，就再满足我一个心愿。"

我把手伸了出去，不知道是什么心情，在我没有弄明白前，那串手链已经安静地躺在我的手腕上。

我低头看在阳光下闪烁的红色石头，再等等吧，过几日白砚的伤势控制下来，也许情况又会不一样了，到那时候再往前说不定会容易一些，我宽慰着自己。

等来等去，没想到先把风遥等来了，风遥看着我和躺在洞里的白砚，有些惊讶，尤其是在看了白砚的伤口知道他没有大碍以后，反反复复地将目光在我和白砚身上来回兜转。

我顾不得去研究风遥心里想了什么，而是上前急急地问他，"你怎么现在来了？流暄怎么样了？你有没有遇见楚辞。"

风遥目光沉下来，看着白砚，回答我的话。"楚辞受了伤，我没有守住最后的要道被他逃了，主上脱离险境以后一直在找你。"眼睛死死盯着白砚，像是在询问。

我几天绷着的神经顿时放松下来，"流暄没事吧！"

风遥没有马上回答我，过了半晌像是回答命令一般僵硬地说："没事。"

"他现在在哪里？"

"主上在回金宫的路上。"

原来已经回去了，没想到流暄的情况是由风遥转述给我。

风遥道："如果现在我们赶路，追上主上应该没有问题，我来的时候，主上特意吩咐要放慢回去的速度，所以……"

未等风遥说完，我已经摇头，看向地上的白砚，"不行，白砚受了伤，路上颠簸会让伤口再度裂开。"

风遥猛地转过头来，眉毛纠结在一起，伸手指着洞口外，"现在外面有几匹马，你随便选一匹，骑上马快走几步就能赶上，白砚由我来负责。"

我被风遥的神态吓了一跳，随即我发现他的目光盯在我的手腕上，我不自在地把手放下来，"不行。"咽了一口唾沫，"这几天都是我照顾白砚，白砚因为救我受伤，我不能把他假手别人。"

风遥站在原地，忽然冷笑一声，"如果我告诉你……"攥紧了身边的剑，咬住了牙，扯得身后的斗篷"刺啦"一声，"随你便吧！"转身走了出去。

白砚低着头想了一会儿，"你还是骑马去追流暄吧，看风遥这个样子，我不放心。"

我摇头，"不会的，流暄不会有事。"知道楚辞受了重伤，流暄已经没有大碍，我的心放下来，注意力自然也转移到了其他方面。

我说："白砚，江陵城的人都死光了吗？"

白砚道:"我把一些年纪稍小的控制起来,等待主上下命令。"

我说:"在攻打江陵城的时候,你有没有听说一些其他事,譬如……"

白砚静静地看着我,"你在想什么?楚辞跟你说了什么?"表情小心翼翼甚至有些紧张。

我平静地回视白砚,你也知道对不对?你的表情在告诉你也知道那晚发生的事,你紧张是因为想要替谁隐瞒真相,"你们想就这样瞒我一辈子吗?"虽然没有指清什么,我还是问出口。

白砚皱皱眉头没有说话。

我转身走了出去,手攥得紧紧的,楚辞,你真是送了我一件大礼,我要怎么答谢你,从此以后,我的人生大概都要被这件事所左右,我望着身上已经干涸掉的鲜血,颜色深沉,仿佛是在静静地嘲笑。

回金宫的路上,我走得很慢,风遥耐着性子配合我的速度走了一段,可是到了后来我和白砚坐的马车还是和整个队伍中间断开了一截距离。

我在马车里拿着一本不知道从哪里弄来的书,低着头一个字也没有看进去,偶尔感觉到脖颈酸疼抬起头来,都会对上白砚深色的眸子,我总是以最快的速度挪开目光,可是虽然看得不真切还是可以看出他的眼睛迅速黯下来,本来憔悴的脸多了一份愧疚和难过,甚至还有一丝祈求。

我的心底油然泛出一丝苦涩,缓缓合上书,把目光再一次对向白砚,他支撑半个身体的伤臂还在渗血,可是他却不在意,只急忙问我,"想喝水吗?累不累?跟着我坐马车是不是很闷。"浓黑的眉毛下,一双殷切的眼睛都是情。

我欠过身,手按上了他的肩膀,"躺下吧。"

白砚对我愣了愣。

我接着说:"伤口还在流血,你如果想坐起来,我给你垫个枕头。"

白砚没有答话,我把靠枕拿过来,慢慢塞进他的腰后,"我说因为你受伤,我会照顾你,不是乱说的。"

我的手再一次被握住,我敢看这只手,不敢抬起头看白砚的眼睛,"你在生我的气。"

"没有。"我的声音平平,可是心里在发酸。

"有些事不是你想的那样,我不知道楚辞说了什么,我没法回答你的问题,那是因为……"

"不要说了。"我打断白砚的话,重新坐回自己的位置上,有些话不但你不想说,我也没有勇气听。

可我还是忍不住问出口,"我亲人死的那天晚上,流暄在哪里?在金宫还是江陵城。"

一片静谧。

我喘了一口气,手指攥上手腕,紧紧地攥住,"其他的我不想问,我只问这一个问题。

第十六章 猜疑

白砚,告诉我。"

"清雅,你……"

我咬咬牙,"白砚你必须要告诉我,即使你不告诉我,我也会从别人嘴里听到,我希望你能亲口告诉我。"

白砚在摇头,"不,这件事你不能这么问我。"

我的脸大概变得很吓人,从白砚的眼睛里我能看出来,我说:"流暄在江陵城对不对?那天晚上流暄没有在金宫,他在江陵城。"

白砚探过身,想拉我的手,我故意闪身,他的手在半空中停滞,"很多事你不能这么想。"我冷笑一声,"那我要怎么想?装作若无其事。沉浸在你们编织的美好生活里?"马车上的窗帘被吹开,马车正经过一个山里的村庄,树下两个孩子在玩耍,两只小手交替着摆弄一条红红的线绳,童言童语,欢乐打闹,旁边的母亲见状慈祥地抿嘴笑,拿起绢帕给孩子擦拭额头上的汗珠。

我多么希望自己也有一个这样温暖的家,有可以一起长大的兄弟姐妹,慈祥的母亲,这样的生活只能偶尔奢侈地想一想,始终没有过也就罢了,可是当得知有过又失去了,真的很难让人接受。

这些都不是最残忍的,最残忍的是,毁灭这一切的是那个和我拥抱着看夕阳的人,为什么偏偏是那个人?我爱的那个人。

把视线转回来,我靠在车厢上,马蹄声响清晰入耳,我闭上眼睛,脑子一片空白,竟然昏昏沉沉地睡了过去。

睡梦中我梦见到了金宫门口,我从马车上跳下来,流暄站在不远处,秀丽的眉轻挑,眯着眼睛,勾起薄薄的嘴唇冲我微笑,然后展开了他的怀抱,我扑过去,紧紧抱住他的腰身,他伸出手抚摸我的长发,当着所有人的面冲我低声说:"清雅,我爱你,我爱你,一辈子都不会变,"他的吻落在我的眉角,"相信我,我永远都不会伤害你。"

醒来以后,梦里的这些话我清楚地记得,我睁开眼睛微笑,原来,没有什么永远,永远只是一个梦。

不知道是不是我有意要避开梦中的景象,我居然提出要去白砚小时候生活过的村庄帮白砚调养身体,这个想法一说出来,首先惹怒的是风遥,这一次风遥的怒火不单单冲我来,看了我一会儿,然后瞪着眼睛看白砚,慢慢充满红血丝的眼睛直勾勾地扫视白砚,"白砚,你的意思呢?"

白砚还没说话,我就急着走过去站在白砚和风遥的中间,用很坚定的眼神看风遥,"你不用问白砚,这是我的主意,现在我也算是四殿之一,我有权力决定这些,只是麻烦你把这件事报给主上,等他定夺。"

风遥气冲冲地转身走开，我一直看着他的背影，听见他叫自己的心腹，有这么一瞬间我想改变主意，望着眼前的马匹，我的心仿佛已经跨马直奔去了流暄身边。

我握紧身侧的剑，静静地等待。

过了一夜，天刚刚亮，我听见风遥淡淡的语气，"温清雅殿下，主上准了你的请求，现在你可以满意地动身了。"

我的心猛然一痛，无声地笑笑，"主上有没有说要派谁来为白砚治伤。"

风遥的声音更加冰冷，"主上派了无流来。"

无流是最好的医者，这下我真的放心了，车队开始转方向前行，我借口嫌闷和赶车的弟子一起坐在外面，这一天我的话格外多，笑容也很容易就浮在嘴角，我甚至因为学甩鞭赶马而捧腹大笑，把那年轻的弟子都笑得不好意思。

我说："你叫什么名字？"

腼腆的少年恭敬地回答："黄剑。"

我笑得得意，"好，黄剑，我教你剑法，你跟着我怎么样？"

叫黄剑的少年顿时愣了，然后慌忙低头，"殿下您这是开玩笑，属下不敢。"

我说："是真不敢还是假不敢？以前你跟着谁？"

黄剑紧张地回话，"我只是刚刚到金宫，还没有……"

我伸出手去拍他的肩膀，"那就好，我说以后跟我就跟我，只不过我可能不大会当别人的师父，所以在我身边你要更加努力才行。"

黄剑小心翼翼地看我，我看着他表达我真实的意思，告诉他我不是在开玩笑。

黄剑这才收起惊慌的面容，拉住马，从车上跳下来，跪在地上冲我磕了三个响头，我坐在马车上晃动着腿，这是我第一次以金宫里殿下的名义收揽人手，在这个特别有意义的一天。

身后的车帘晃动，白砚弯腰走了出来，我回头看白砚，冲他咧开一个笑容，黄剑重新上车，马车继续往前走，我们离金宫越来越远了。

我笑着说："白砚，你有没有觉得这样的生活也很好。"没有流暄的日子，我还可以干许多其他的事。

白砚向我露出一个笑容，他的目光温柔如水，"你若是真的这样想就好了。"

不知怎么的，我觉得心里一酸，扭头避开了白砚的视线，从马车上跳下来，指着面前一座院落，笑起来，"白砚，以前我就听说你是金宫里最有钱的人，现在我才相信，你的钱是不是都花不出去长毛了，所以才会在这里盖这么一个大院子。"

黄剑慢慢把白砚从马车里搀扶出来，白砚大大的眼睛眨了一下，很善良地纠正我，"最有钱的不是我，是流暄。他能盖一座金宫藏娇，我只能盖这么一座别院等待女主人，我的钱不是快长毛了，这座院落几乎花了我一半的积蓄。"

第十六章 猜疑

听到流暄的名字，我的心迅速落下一拍，还好白砚又说了其他事，我把马鞭扔下，从黄剑手里接过白砚，"现在我们来看看你一半的积蓄。"

偌大的别院，草地虽然有些泛黄了，可也有几分惬意，尤其是里面的假山和池塘，池塘边的榆钱树，我看了忍不住笑起来，"这么看来你倒不像是一个江湖中人，而像是肚满肠肥，吝啬的富绅。"

我把白砚扶进屋子，让他躺在软软的床上，又帮他擦了额头上的汗，白砚看着我，"也许这就是我的愿望也不一定。"

我再次忍不住笑起来，"你的愿望？"打量着屋子，直点头，"嗯，买几个丫鬟仆人，然后再娶几房媳妇，几房小妾，你的愿望就这么简单，不难实现啊。"

白砚握住我的手，"小妾就算了，媳妇只要有一个就足够了。"

我不留痕迹地抽出手，凌空拍了一掌，"富绅老爷，你们家有蚊子。"

白砚打开窗子，跟我介绍窗外的风景，我不时嘲笑他一番，两个人说说笑笑不知不觉地过了一下午，白砚将最好的房间给我居住，自己则选了一间小屋子躺下休息。

无流来的时候，我正在教黄剑剑法，我这个师父本来就不合格，又不会教学，每一次上课不是黄剑什么都学不到，就是我会把他打得鼻青脸肿，可是每一次看他拿着剑认真地站在我身边的模样，我忍不住也要想想，这孩子午夜梦回是不是也后悔过，尤其是我仿佛不值得那三个响头。

这样分心的时候，我犯了以前经常犯的错误，演示剑法，手里的剑却脱手了，屋漏偏逢连夜雨，这话怎么说的，剑锋砍了什么不好，偏偏砍去了一片无流的宝贵胡子。

有无流为白砚看伤，我就更有时间专注于其他事。

无流好像很繁忙，白砚的伤势刚稳定下来，他就急急忙忙地要走。

无流走了我再一次成了无业游民，除了陪着白砚复健之外我几乎吃了就睡，因为睡觉可以不用想太多事，时间也会过得快一些。

黄剑会从外面带回些消息，我听得很认真，因为我知道这些都是流暄要告诉我的。

黄剑说："已经准备了大量的船只，金宫内部也稍有调整，桑林殿下接替了白砚相当于总管的工作，看起来是要留守金宫，其他人应该是跟着主上回到东临国去。"

这样又过了几天，风遥来看白砚，不过风遥的脸色十分难看，对我和白砚都怒气冲冲的模样。

风遥拿我没办法，看了我两眼就去找白砚。

我把脸放在膝盖上，在外面坐下来，我明白风遥气的是什么，从楚辞那里脱身之后，我就该去看流暄，风遥一直莫名其妙，我为什么会选择留在金宫外照顾白砚。

如果我是从前的温清雅听了楚辞的那些话我不会放在心上，可是现在不同了，大约是金宫和江陵城决战的惨烈刺激到了我，或者是楚辞真的说服了我，我心里开始有些相信楚辞的话，我很想知道我的过去，我的家人，流暄知道我的想法，却绝口不提，我负气留在外面。

我想，聪明如流暄，他一定会从我无声的举动中洞悉一切。如果我的判断是错误的，我想他应该会来解释。

却没想到就这样僵持下来。

时间助长我这种猜疑滋生，我越来越觉得，或许我家人的死真的和流暄有关联。

我叹口气，站起身，这个时候风遥大概已经发完脾气了。

我拍拍衣角，然后轻手轻脚地走回去，刚拐了弯到了后院的住所，就听见风遥愤怒的声音，"你去，跟她说清楚，我不知道你跟她说过什么，如果说了就从头到尾原原本本地说，不要故意造成什么误会。"

我停住了脚步，呼吸也变得更轻，心跳却在加速。

过了一会儿，白砚道："不是我不说清楚，而是有些事不能说。"

茶碗摔碎的声音，风遥从屋子里走出来，跨出门口走几步，忽然回头看见了立在房檐下的我，狠狠地瞪了我一眼，然后头也不回地走了。

我吐了一下舌头，想想风遥也挺可怜，紫苑还病着，我又给他出了这么多的难题。

走进屋里，那些去腐生肌的味道顿时冲进我的鼻子，白砚躺在床上，最近几日他的伤势大大见好，可是精神上却比之前更像病人了，大大的眼睛，可怜兮兮的模样，让我忍不住给他上药的时候手上用力，让他哀叫连连。

白砚伤好了一些之后，就在别院里外来回转悠，惹得许多少女围在他周围芳心暗许，我听下面吵吵闹闹，莺莺燕燕，在房顶上翻了一个身，然后抄起一块瓦片扔了下去，瓦片碎裂引来一片尖叫。

白砚扶着身边的金剑，心疼地喊，"我的一半财产。"

我"呸"了一声，身体故意滚动了半圈，一串瓦片随着我的身形，顿时滑落下来，物体自由落地声中，少女们终于跑了个干净。

白砚说："本来是我养伤，怎么反倒把你的本性养出来了。"

我笑，"白砚，你说对了，我本来就是要找回自己。"

我醒来，迷迷糊糊往下望，白砚依旧站在那里看着我，眼神一片火热，我尴尬地笑笑，"你把黄剑的地方占了，那是我跟班的位置。"

白砚英俊的脸上带着一丝朦胧的光芒，"跟班也好啊，无论你去哪里，我都陪着你，"然后正直无辜地眨一下眼睛，"除非我死，我想，你应该会给我留一条活路吧！"

我从房顶上跳下来，抬起头刚要说话，却没有开口，因为我亲眼看见白砚的目光落在我的身后，眼角开始收敛。

第十六章 猜疑

我回过头，流暄微笑着看惊呆了的我。

我忙拿掉嘴里的草叶，差点把嘴唇划破，和流暄分开的这些日子，我曾无数次幻想我们再见时的场景。

流暄还是老模样，静谧的时候，花月静好，还是那么的美丽，一切都没有变，只是人仿佛又变得消瘦了一些。

他穿着红色的长袍，像血一样鲜红鲜红的，简单的衣衫，却像一件华服，借着风在空中欢舞。

流光四溢的眼眸，虽然沉默着，可也像深夜天边的繁星，一闪一闪。

他伸出漂亮的手，修长的手指与我的相扣，就好像回到了他山谷养伤的时候，我想过的那种隔阂和芥蒂仿佛根本就不存在，他的指腹摸上我的嘴唇，我记得早上的时候我在嘴唇上擦了白砚送我的胭脂，看着我，嘴角微微扬起，声音如魅惑一般深深浸入人心，"这胭脂，很漂亮，"然后抬起头冲着白砚的方向，"你的伤怎么样了？"

我没有去看白砚的神色，只是听到白砚平常的回话，"已经好多了。"如果是平时，白砚回答完流暄的话通常会离开，可是今天我没有听到脚步声，在一片静谧中我抬起头。

阳光下，白砚一动不动站着，两个人默默地注视着对方，我攥紧流暄的手，仰头看他俊美的下颌和细长的眼睛，我轻轻摇晃了他的胳膊，流暄低下头亲吻了我的嘴唇，想到白砚在旁边，我略微挣扎了一下，立即感觉到腰上的手在收紧，然后嘴唇立即被咬了一下，我睁大眼睛看见了流暄眯起的眼角，没有优雅、性感得有些危险。

我的嘴唇被放开，我立即回头看白砚。

白砚竟然还站在那里，他的眼睛中除了有破碎的光，还有清淡的笑容。

流暄挽起我的手微笑，"走，我带你去一个地方。"把我从草地上拉起来，我整个身体几乎完全扑在他怀里。

我一边扭头看白砚，一边准备往后退，"不行，一会儿我还要给白砚上药，他的伤还没有好。"

流暄的手已经搂起我的腰，"我带了无流来。"

我说："可是无流……"

流暄拂开我脸边的头发，"听说雅儿最近在看医书，难不成短短几天学到的医术就已经比无流强了？"

听到流暄的话，我的血顺着脚趾"呼"地涌上来。

我说："你叫我什么？"

流暄笑起来很温柔，"你不喜欢我叫你的名字吗？雅儿。"

我使劲地摇头，"你怎么这么叫我的名字，而且……"

流暄看着我。

我说:"而且,我听起来觉得怪怪的。"

流暄笑,"一会儿,你就不会觉得怪了,我带你去的那个地方,大家都这么叫。"

不知道是不是因为跟白砚一起经历过生死,这个时候我还是有些放不下他,再说,因为刚刚那么一瞥,白砚的脸苍白得可怕。

我说:"既然无流来了,我想问问他白砚后背的伤……"

流暄眯起眼睛,"怎么光听你提到他的伤,怎么从来就不关心我。"

我的脸色突然变了,放开流暄的手,拉着他的衣襟口,"你受伤了?伤在哪里?让我看看。"

流暄放开我的腰身开始来握我的手,"别看了。"

我急了,声音有些上扬,"我问过风遥,他说你没事,你受伤了怎么不告诉我?"

拉拉扯扯,流暄细长的眼睛一眨一眨像一只千年狐狸,他弯下腰轻声跟我说:"雅儿乖,你都把白砚吓跑了。"

可是我现在已经顾不得其他事了,我咬咬嘴唇,正色起来,板着脸,"不是跟你开玩笑,把伤给我看看。"

流暄笑,看到这种暧昧的笑容,我几乎要把脸顶到流暄身上,竟然想起在山谷那几日,我每天都给他擦身体的事来,我的后颈痒痒的,有一股热气吹过来,我听到流暄低沉的笑,"晚上脱给你看好不好?"

我"呸"了一口,"谁说要你脱衣服。"

流暄惊讶地"咦"了一声,"那刚才。"

我说:"我是要看你的伤,"流暄轻笑一声,"我没有伤。"我愣一下,抓上他的胳膊,"你刚刚明明说有的。"

流暄说:"那我刚刚是骗你的。"没想到他还像是有理一样,说这话一点都不害臊,我刚要发脾气,张到半开的嘴又被吻住,"雅儿,我不喜欢你找借口从我身边逃开,你想做什么都可以,但是前提是必须要跟我在一起,不能动摇。"

想起来我来到这里暂时避开流暄的理由,我的脸微微一僵,手垂下来,"我不是要逃开,我只是……"抬起头,终究没有说出口,"你今天好奇怪,跟以前不一样了,你以前总是不爱说话……"

流暄笑,"那是失而复得的感觉,突然有一天发现有些话没说,有些事没做很遗憾,如果还能有一次机会,一定紧紧抓住,不放手。"

流暄拉着我的手,走出别院,两匹马在我面前踏蹄子,却冲着流暄打响鼻,我不由得噘起嘴。

第十六章 猜疑

流暄说:"跟我一起,还是自己骑。"

我想起流暄跟我合乘一骑故意给楚辞看的情景,不由得心底凉了一下,快速走到看起来温顺些的白马身边,翻身上马,坐好以后,一揽缰绳,白马叫一声,后退几步,我回头看流暄,"走吧!"

马蹄声响,我马骑得不好,时快时慢,爽心的是流暄总是能跟上我的脚步,我有时偷偷看他的侧脸,等他回头的时候,我又装作若无其事,我们好像尽量地避开了江陵城这件事,甚至连他怎么打败楚辞我都没有问,因为对我来说,跨越过这件事,我可能会来到天堂,或者下地狱,流暄既然没有主动跟我提起这事,我也不敢去问个清楚。

流暄说:"跟我在一起是否会觉得闷?"

我脸一红,"怎么会突然说到这个。"

流暄笑,"我父母其实都是很倔强的人,我遗传到了他们的脾气,我母亲说我凡事又太笃定,以后势必要在这上面吃很多苦,这话虽然说得对,但也不是完全正确,我只对两件事势在必得,一件是坐在那个位子上,另外一件就是对你的感情,在这两件事上我通常都会不择手段,所以如果有一天你觉得我做得不对,你可以杀了我,但是不能离开我。"

听着这话,我的心竟然会跳得很快,难道我也是这么想的?无论发生什么事也不想让流暄放手。

可是为什么他要说这么一句话,我怎么会杀他,不,我没有任何要杀他的理由。

流暄说:"你不是喜欢看那些闲书吗?上面有没有记过一个叫鄩县的地方。"

我看着从屋子里走出来的少男少女,他们穿着五颜六色的服装,一派喜气洋洋,流暄翻身下马,然后伸手把我从马背上抱下来,我的眼睛到处看着这些新奇的东西,到了这里,整个世界仿佛变了一番模样,这里的山山水水,特别的房屋和装饰,仿佛淀积着悠久的历史,神气独特又美不胜收。

我眼睛一眨在远远的院落里看见了个人,他坐在躺椅上,衣角翩翩似一朵在天边飘浮的云,他转过头,是一种柔和亲切的美,虽然没有少年的年轻和稚气,却有几分岁月沉淀的老成和温润,他眉目清朗,身姿俊雅似芝兰玉树,微微一笑像月下静谧湖畔上浮起的一丝波纹。然后他低下头轻轻地咳嗽几声,脸上浮起病态的红,如同鲜艳的烛泪,他看见我,就像是一个长者,冲我微微颔首,面带慈祥。

小院的门被推开,一个穿着湖绿色衣衫的女子跑了出来,灵动的眼睛,飞扬的眉毛,木棉一样柔软的嘴唇轻抿。看她挑眉的样子,我居然想起了流暄,我侧头看旁边的流暄,他却一副若无其事的样子淡淡地笑,这一看不得了,我顿时觉得流暄的嘴唇也跟那女子有些相像。

女子跑到躺椅边,低头跟那人说话,我听不清说的什么,但是看见那女子抬起头也往我这边看过来,她上上下下看我一阵,然后笑了一声,点点头。

接着屋子里又走出一个男子，穿着黑色的长袍，戴斗笠，微风吹起他身上如蝉翼的袍角，隐约露出他修长漂亮的骨骼，他站在那里，让我不禁握紧了流暄的手，这世间怎么会有气质如此相像的两个人，简单的走路，就能看到那份浓厚的尊贵和优雅，只不过这个人更像是一团烈火，张扬地夺走天地间所有的颜色，而流暄虽然表面看起来平静一些，却是一个致命的旋涡，平静的瞬间就可以把你拖入万丈深渊。

黑衣男主一出现，女子立即反身扑过去抱住他的腰，这一瞬间我才感觉到千里寒冰，似乎融化了一角。

而躺椅上的白衣男子，脸上荡漾的微笑，却是轻松而包容的，仿佛看开了一切，所以只要求一点点的温暖。

我说："这些人的服饰不像是这里的人，他们也是来玩的？"

流暄笑，"也是来玩的……"

我问，"除了看风景，还有什么特别的节目？"看着流暄兴致浓浓的样子，不光是为了看独特的异族风情啊。

流暄抱着我的腰，下巴放在我身后的脖颈上，"明天是这里的传统节日，到时候这里的人们会为心目中最美的男女穿上红色的衣衫，围着他们跳各种舞蹈。"

我说："不用等明天我就知道穿红衫的男子是谁。"

流暄笑一声，"是谁？"

我的心猛烈地跳着，"你明知故问。"

流暄在我耳边喃喃道："原来我在雅儿心中是最美的男子。"

我低头抿嘴笑。迎面跑来个异族姑娘，看到流暄就挥臂，她身后是一个异族小伙子，边追边叫，"萨云儿，萨云儿。"

异族女子笑着跑到我和流暄身边，指着我问，"她是谁？"

流暄大方地搂住我，"她是我的雅儿。"

异族女子脸红扑扑的，爽朗大笑，"哦，我知道了，她是你的雅儿，"那异族小伙子已经赶到她身边，她就一把抓住小伙子的手，"哟，她就是他的雅儿。"

我别扭地看着眼前的男女，有点听不明白他们在说什么，只能问流暄，"他们认识你？"

流暄笑，"不认识。"

我说："骗人，听她说的话，明明就是认识你的样子。"

异族女子听到我说话，笑眯眯的，"我不认识他，只是看到你们俩在一起所以过来问问，没想到你真是他的雅儿。"

我越来越听不明白了。流暄说："她是在说我对你的称呼。"顿了顿又接着说："刚才他叫她萨云儿，我叫你雅儿，是这里特别的称呼。"

第十六章 猜疑

"萨云儿？"

我重复了一遍，那异族青年看着流暄有点不高兴，异族女子晃了晃他的胳膊，然后对我们说："你们只能叫我萨云，"看向流暄，"你叫我萨云儿他吃醋了。"

我还是不大明白，可是心里觉得十分快乐。

晚上在篝火前吃过了饭，流暄送我回住处交给我一条红色的腰带，我拿在手上，看见腰带上有奇奇怪怪的文字，萨云像一阵风一样跑到我身边，脸上是喜庆暧昧的笑容，"雅，明天要把这条腰带绑在腰上哟，千万不能忘记，这可是祝福的意思。"

我笑，这是什么古怪的习俗啊。

萨云拉起我，开始推流暄，看着我笑，"快让他走吧，他还有很多事要忙，一会儿天黑以后，你们今天就不能见面了哟。"

我眨眨眼睛，流暄还有什么事要忙，为什么天黑了我们就不能见面？这又是那个传统节日的习俗？萨云拉着我，"就分开一会儿而已，别恋恋不舍的了。"我看流暄，流暄就真的被她推走了。

萨云把我拽进屋，又按在床铺上，"今天晚上你要早点休息，明天天不亮就要起来，我们要替你好好地打扮一下，然后美美地等他过来。"

我心中疑惑越来越多，睁大眼睛看萨云，"萨云，明天到底是什么节日啊。"

萨云笑呵呵地捏我的手，"明天是你的节日啊。"

我躺在床铺上半天，外面还隐隐有一些嘈杂的声音，我撩开门帘看了一次，有人爬上高高的杆子在绑红色的丝带，我盯看了半天，直到有人发现我，冲我一笑，我的脸顿时烧着了一般，整个人在这种笑容下莫名其妙地害羞起来。

所有人都是那种祝福的微笑。

重新回到床上，我还是睡不着觉，翻来覆去地折腾，我想到了流暄，白砚，甚至想到了楚辞，想到了江陵城，我的亲人，胸口就像压了一块石头。

渐渐地夜开始沉静下来，我反而觉得更加透不过气，越是幸福越是害怕幸福消失，于是越会想一些不好的事，我把脸埋在被子里，我和流暄好不容易在一起，我好不容易才面对了自己的感情，本来可以一直幸福下去，为什么我就放不下我的以前，为什么我就不能变得没心没肺一点，不管之前发生过什么，都不再去管了。

这也是流暄希望的，所以他隐瞒一切，只想让我快乐地生活。

当我闭上眼睛，总能看见流暄站在月桂树下微笑，他微笑的样子淡淡地扯动着我的心。

"我不能这样，不能这样就放弃了。"我喃喃地说着，抱紧膝盖，昏昏沉沉地睡眠，直到感觉有人把我抱进怀里，我转身闻着那股熟悉的香气，才完全地睡着。

萨云笑着叫我起床的时候，我身边没有人，几个姑娘们拉着我梳洗打扮，我侧头发现身边的小姑娘手里捧着红红的衣裳，我顿感惊讶，流暄说这里的习俗是把红衣服献给最漂亮的男女，难道他们认为我是这里最漂亮的？这怎么可能。

我的头发被放了下来，萨云拿起梳子慢慢替我梳理好，然后用红色的缎子缠住发尾。一叠衣服摆在我面前，红色的料子，仔细看去，上面有红色丝线的刺绣，精致而美丽，手指触摸上去，"这是你们这里的衣服？真好看。"

萨云笑，"我们这里可做不出这么好的衣服，这都是我们的客人从很远的地方带来的。"客人？我马上想到了那院子里穿着湖绿色衣衫的女子。

一切都收拾停当，天也渐渐亮了，我看着镜子里的自己，长长的青丝顺着耳边两侧垂下来，蛾眉淡扫，嘴唇上一抹樱色的胭脂晕染，竟然是美丽间带着些许羞涩。

门被打开，我身前放了两只圆圆的小小木桶，桶口向上紧缩，只留有一点点的缝隙，我还没弄明白这是要干什么。

就看见一身红衫的流暄站在我面前，雪莹的身体在红色的衬托下显出几分妖冶，头上火红的束带垂下来，斜长的眼睛微眯着，他拿着红布包裹的弯弓，搭起缠着红带的箭，轻轻一拉，一支箭就落在我前面的木桶里，一阵欢呼声起，第二支箭落入另一个木桶。然后他勾起唇角，撩开下衫，轻扶住膝盖，慢慢地向我沉身，恍若是一朵最艳丽的月桂花落地，灼灼光芒难掩其华，如朝霞映雪风流蕴藉，神丽如花艳，神爽如秋月。

他淡淡一笑，红衫委地，已经单膝跪在地上。

我忽然睁大了眼睛，流暄怎么会向我下跪，我呆呆地站在原地，大家开始推推搡搡，萨云笑着努嘴，"快接受啊。"我把手伸过去，放进流暄的手心里，爆竹声四起，流暄把我抱起，我的手环住他的脖颈，流暄嘴边洋溢着我看过最灿烂的笑容，就像一抹春色拂经人心。

我被抱上了马，看着下面列队的人们，我不禁在马上动了动，正转过身来，身体就半倾着靠进了流暄怀里，我的心跳忽然加速，流暄环起我的腰，一手揽住缰绳，披着红纱的骏马踏在月桂花堆砌的路上，身边阵阵熟悉的香气传来，眼前是梦幻般美丽的景象，身后有烧青竹欢笑的人们。

流暄伏在我耳边轻声问，"昨天给你的腰带系上了没有？"

听到这句话，我顿时愣了，然后脸红着仿佛是犯错了一般，小声说："我忘记了，早上萨云拉着我扮扮，结果一忙就把这件事忘得干干净净。"我顿了顿，不敢去看流暄的眼睛，"怎么办？是不是就不合习俗了，"偷看向四周，"大家都这么高兴，如果因为我……那就不好了，怎么办？不然我回去拿。"

流暄笑着看我，"雅儿，你脸红的样子真好看。"

我红了脸，低下头，晃流暄的手指，"我说的是真的，这时候你还开玩笑，她们不会看我有没有系腰带吧？也不会问起这件事吧？"

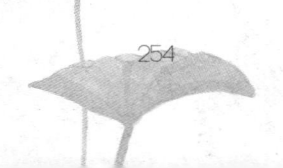

第十六章 猜疑

流暄扬一下眉，"雅儿想作弊？"

毕竟是我错在先，现在被流暄这样一说，我更加不好意思，"那不然要怎么办。"

流暄笑着把我的手顺着他上裳衣角伸了进去，我惊讶于他这时候的动作，嘴巴微微张开，说不出话来，流暄暧昧地勾起红唇，"我腰上绑着腰带，你把它解下来从中间撕成两片。"我的脸变得更红，靠在流暄怀里，"这里这么多人，万一被别人看见。"

流暄挑眉，"所以雅儿要更小心啊，手全伸进来，慢慢地解。"

流暄的样子不像是帮我解决麻烦，倒似欺负我的样子，趁着我要解开他系在腰际的腰带，把我抱得紧紧的。

红色的腰带系在衣服里面，我一点点把流暄掖在腰间的衣服扯出来。衣服抽出来触手生温，一股身体特有的清香随着衣角的翻开散出，像热流一般扑到我的面颊，一双晶亮亮的眼睛随着我的手贴上去而散发出异样诱惑暧昧的光芒，被这样的视线一扫，我指尖碰到的身体仿佛也跟着灼热起来，烫了我的手指。

腰带绑好，马也停了下来，流暄下马，并没有立即把我从马上抱下来，而是握住了我的脚腕，我大惊之下紧紧地抓住了马鞍，询问的眼神看着流暄。

流暄低下头，修长完美的手指，头顶艳丽的飘带，宽广修长的红袍衬着瘦而修长的身体，他的手轻抚过我的脚，拿下我脚上的鞋子，然后从旁边的异族女子手里接过红色的绣鞋，仔细地穿在我的脚上。

其间我一直看着流暄，难以置信地盯着他的动作，这到底是什么节日，什么习俗，一切都远远地超出我预料之外，而且所有的人为什么都在我和流暄身边跳舞、歌唱，而且平时只是礼貌淡笑的流暄，今天格外地高兴，少了一些冷冰的距离，脸上洋溢着放松而幸福的笑容，让人看了就挪不开眼睛，已经有无数的女子把视线黏在他身上。

我有点生气地盯着那些女孩看，如果我身边有可丢的东西，我早就扔了出去，我扬起眉毛一瞬间冷峻酸涩的表情，流暄看着却仿佛很受用，以至于秀丽的眉毛扬起，嘴唇变得更加嫣红，在阳光下闪亮着，让人有种咬上去的冲动。

今天从早晨开始，我一直都处于被动的状态，流暄就像是一只狡猾的狐狸，明明在阳光下抖动它漂亮的毛发来勾引猎人，却用黑豆般无辜的眼神控诉别人的欺凌，我的牙痒痒的，在流暄伸臂抱我的瞬间，我滑进他的怀抱，低下头含住了他的下唇，真的轻轻地咬了一下。

然后在他还没有反应的时候，我把脸埋在他的肩膀上，轻声笑着。

流暄猛地把我抱紧，开始继续往前走，我一直都没有抬头，直到他忽然停下脚步，叫我的名字，我才仰头看他。

他笑得神秘，亮晶晶的眼睛带着我看向前方，我回过头，昨天看到的那个湖绿色衣衫的女子就站在不远处，她微含着一丝笑，看着我，递过一个红色的纸包，我迟疑地接过来，她眨眨眼睛,"我本来想送几间商铺给你,"转身去拉扯身边那戴着黑色斗笠的男子,"他偏说送你剑合适,"说完看向流暄,"明天就让他把那把剑给你,你会喜欢的。"

不知道为什么,我竟然没有拒绝,并且敛去了笑意,用一种恭敬的目光看着她,流暄接着往里走,我却一直看着他们的身影,那黑衣男子脸上的黑纱轻轻飘荡,我搂紧了流暄,心跳比任何时候都快了起来。

我咬了一下流暄的耳垂。

我被抱进了屋子,萨云和她身边的异族男子也被人推了进来,萨云手里拿着一根绣花针,上面穿着红色的丝线,在一片欢腾声中,她拿起针在男子的胸口缝了一针,我正看得不明所以,手里也被塞了一根针,大家把目光从萨云身上挪到我手里,我也学着萨云的样子,在流暄的胸口的衣襟上缝了一针。

少男少女开始尽情地欢叫,在歌声中我被流暄抱上了铺满红艳流苏的床铺,大家闹腾了一阵,流暄起床去关门。等他走回来的时候,我正向四周张望,"这到底是什么传统节日,你是不是准备蒙混过关?还有为什么我们要叫萨云,不能叫萨云儿,为什么你要叫我雅儿,这里面是不是有什么我不知道。"

流暄看着我,微张红唇,淡淡地笑,饱满的红唇内侧是更为艳丽的鲜红,看得人心惊肉跳,尤其是红色的衣服,照着他白皙而绝美的脸,看起来多了几分性感和诱惑,"雅儿,刚才我们做的那些不是什么传统节日,而是这里的婚礼,这里的人只有丈夫才会在妻子的名字后加一个儿,我叫你雅儿,是因为你是我的妻子。"

虽然猜得差不多,但是被流暄暧昧地说出来,依旧难免惊讶了一下,我有些慌张,"谁是你妻子,你怎么找到这样的地方,很好玩是不是?骗我过来跟你玩这种游戏。"本来应该是兴师问罪的口气,可是说到后面却有点像在撒娇。

流暄微笑,长长的眼睛在上挑,在眯起,"雅儿,刚刚做过的事就要不承认,只有妻子才会在夫君胸口缝上姻缘针,刚刚雅儿缝针的时候明明一点犹豫都没有。"

我说:"刚才……刚才……我怎么知道,你没有告诉我。"

红色的蜡烛点燃照亮整个铺满红布的房间,烛光跳跃着喜悦的火焰,满目都是喜悦欢庆的颜色。

流暄说:"刚刚你明明还收了别人的礼物。"

我说:"那也……"话未说完,我就被腾空抱起来,身体在半空中快速旋转了一圈,我半句话变成了惊呼,我的身体被牢牢地锁在他的怀抱里,带着几分激情和狂野,紧紧地拥抱,手指抚过我的面颊落在我的嘴唇上。

飞扬的黑发,流灿的眼眸,性感的唇在微笑,"我很快乐,雅儿不快乐吗?"

我又被流暄看得出了一阵汗,流暄今天的表情一直都怪怪的,让我又心跳加速,想转身

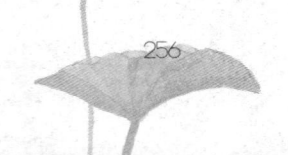

第十六章 猜疑

逃跑的冲动，我咽了一口唾沫，"不是快不快乐，你怎么能拿这种事开玩笑。"脸忽然红了一片。

流暄的眼睛眯起来，我看着他漂亮的嘴唇，又是让人眩晕的性感和柔软，"如果我说是认真的呢。"

我张开嘴，话还没有说出口，嘴唇就被吻住，轻柔的舔舐，若有若无的碰触，弄得我浑身都不对劲，仿佛人在半空中飘浮非常不真实，我下意识地用力去抓紧流暄，以前我们也有过亲近，甚至在一个床上睡过好多次，可是都不像今天这样，这种时紧时松的拥抱，仿佛是一团火烧在我身上，我抬起头，然后失去了所有的力气。

流暄的亲吻落在我扬起的脖颈上，细细的吻，夹杂着喘息和拥抱，我的语言开始变得细碎，像是在呜咽，"流暄……你……"话总说不全就被身体里难言的感觉所代替，微张的嘴里化作一阵低沉的喘息，沙哑的单音。

这是怎么回事，流暄想干什么，他抬起头，抿着嘴角，眼睛在闪亮，目光流转像是怕打碎一个珍贵的梦一样，我看着他，手慢慢地抱住他的后背，流暄，你的爱可不可以不要这么低沉，是什么让你压制着，好多话不肯说出口，我靠紧他，双臂紧收，给我勇气，我不喜欢你的这种孤独和绝望。

在流暄的长发里，我找到了一片月桂花瓣，抓住，捏在了手心里，窗外歌声四起，我们重新开始亲吻，闭上眼睛，让其他的感官变得更加敏感，仿佛能听到来自于内心深处最快乐的声音，有时候不妨让心来感受，单纯地用心去贴近。

喘息明明急切，亲吻和缠绵却相当的缓慢，难耐的感觉让我的眼角湿润，我的手指紧紧攥着流暄的衣服，仿佛这是唯一的表达方式。

衣服被挑开，流暄的长袍也落下肩膀，露出莹润的身体，美丽的在我上方伸展，修长的手指沿着我的腰际上移进去，我不由得深吸一口气，心跳如鼓，身体僵硬，热血涌到了脸上，以至于流暄的脸和我摩挲的时候，我感觉到来自他脸上的凉意。

随着他的手上移，我大口大口地呼吸着空气，迷迷糊糊地感觉到他那花枝一样的手在我身上游弋，我的手抚摸着他的身体，汲取着那片温暖，手指顺着他的肩膀深入他的袖子，他的手松开顺着我的力量把长袍完全地脱下来，这时候我才忽然觉得害羞，怎么会糊里糊涂地就和流暄到了这个地步，可是现在反悔好像已经来不及了。

突然之间感觉到身上的凉意，我睁开眼睛，所有的衣物都已经褪去，我的身体被半压在床铺中，流暄的身体与我紧密相连，流暄黑色的眼睛仿佛深邃地带着抹淡紫，他的声音有些沙哑，"雅儿，我爱你，我们要永远在一起。"

情绪如同发芽的种子，扎入我的身体，往上蔓延生长，枝枝蔓蔓裹紧心脏，长出新嫩的叶子，让整颗心沉沦。

鲜艳的窗幔，在烛光之下，像大片大片月桂花般娇艳。

我咬紧嘴唇，扬起脸，恍惚中，清楚地看见了月桂树下，被我压在树干上的少年，他静静地看着我，深暗的眼神平静中隐隐透出些许激荡，这世间有许多东西会转眼消失，而有些东西是永恒不变的。犹如我记忆中的这片月桂树林，艳丽的月桂花开满了整个世界，绽放着。

一直不会溃败，等待我的少年，一直停留在那个地方。

可是我一直彷徨而惶恐，一直不肯实现誓言。

白砚说得对，完美的东西会震撼人，但是不会永久地留在人心里，因为想保存这份完美实在太辛苦了，人喜欢把美丽的东西占为己有，但是并不喜欢照料。

就像我对待月桂花，我只会欣赏它的猛烈，沉静和妖娆，但是从不曾有为它施肥浇水的念头，因为在我心里，它会永远坚韧地开放在天的尽头，在阳光下展露它的风姿，等待我随时回头。

到现在我才发现，我是一个自私，残忍的人。

深夜里我们紧紧地拥抱，我已经完全没有了力气，身体和思维得到的却是完全的放松，躺在流暄怀里，窗外彻夜的欢庆已经接近尾声，我摸着流暄的胸口，感觉着他的心跳，流暄把手伸过来，和我十指交叉。

我的眼睛已经睁不开，想马上睡去，可是我还有话要说，又往流暄身上依偎了一些，"船都已经造好了吗？准备什么时候走？"

流暄勒紧我的手指，"就这几日，你肯不肯和我一起走？"

我点头，"我早就决定要跟你在一起，无论你去哪里我都会跟去，只是我不能做一个有名无实的殿下，我也想要独当一面。"

流暄的手放在我的鬓角上，拭去了我头发上的汗珠，轻轻地道："我答应你。"

"除了这一点，"我将这些日子的想法一鼓作气地说出来，"我还想收编江陵城的俘虏。"我总觉得我和江陵城的人存在某种联系，很容易探知他们的想法，他们有些人并不是嗜杀成性。

我以为流暄会思量一会儿，他却很痛快地答应下来。

第二天，和流暄一起回去的时候，变成了合乘一骑，我准备在白砚的院子里收编俘虏，所以没有回去金宫，到了白砚的院子，我跳下马和流暄挥手告别，一直看着流暄的影子消失在视线之内。

转身的时候我看见了身后的白砚，白砚的眼睛中露出欣喜，和我对望了一会儿，反身迅速跑到大门前，手紧紧扒着大门，煞有其事地说："不是回来报恩的吧，如果是，别进来。"

我没搭理白砚，招手叫来黄剑，"黄剑，帮我做一件事。"

黄剑抬起头看我。

"去江陵城，帮我找一样东西，骑白砚的马去，要快去快回，你知道主上的船队不日就

第十六章 猜疑

要出发，我不会留下来等你。"我伸手递出早就写好的一封信。

黄剑的眼睛发出坚定的光，冲我低头欠欠身，扭头走了出去。

黄剑走了，屋子里好像就剩下了我一个人，但是我知道还有一个人在门外陪着我，我说："白砚，你说我能找到楚辞吗？"

白砚的眼睛晶亮，我从这双眼睛中得到了信心，我高高兴兴地叫嚷着开饭，吃饭的过程中，白砚一直盯着我，看我吃饭的样子，我努力吞下一大口，回看他，脸微红。有些歉意，我说："白砚……我……"话刚开了个头。

白砚苦笑一声，"我只是想问你，能不能不把我的马累死。"

我"啊"了一声，没想到白砚看我是这个意思，在他暧昧的目光下，我竟然误会成……放下饭碗，我无奈耸耸肩膀，"晚了，黄剑已经一阵风似的走了。"这就意味着，你的马，已经没命了。

这一晚白砚没有任何的食欲，一直看着我吃完饭，又吃了糕点，从始至终，我的脸一直都红红的很不好意思。

风遥将江陵城的俘虏送过来，就被流暄调了回去，临走之前，他仿佛是听说了什么，铁青着脸来找我，"我还没见过像你这样的人，这次回去，主上不知道要有多少事忙，你可不可以别再给他出难题，让他在这个紧急关头还要牵挂你，你能不能回到他身边去？"

我低头，半响抬起眼睛，直视风遥，"不能。"

风遥攥起了拳头，看那架势恨不得马上给我一拳，他的眼睛浮起红色的血丝，"你这个蠢女。"

我这次是彻底把风遥得罪了，我苦笑一声，"风遥，你能不能相信我一次。"一次就好。

船够大，是整个船队最大的两艘之一，大船起锚，才看见一个人匆匆忙忙地跑过来，我转身在甲板上找到一条绳子，扔出去，那人抓住了绳子一头，飞身上了船。

我的心放下来，让黄剑喝了一些水，还没等我问，黄剑就打开身后的包裹，从里面拿出一个椭圆形的瓶子，我的手有些发抖，心脏跳个不停，我抬头看黄剑，眼睛有点找不到焦点，我说："我不是在做梦吧！这是真的？"

黄剑点头，等着我适应过来，我终于伸出手，把那个瓶子拿到了手里，深吸一口气，打开，里面是我熟悉的香气，我说："是在那个地方找到的吗？"

黄剑点头，我几乎站不住，摇了一下。

我说："黄剑，我之前全都想错了。"我走了错的路，如果我一直都那样下去，我这一辈子都会活在错误里，现在我要重新开始，把那些想过的事，换一个角度再想一遍。

第一次坐船，一开始兴致昂扬，慢慢越来越感觉不对，肚子里有东西开始往上运动，是一种非常难受的滋味。

我本来想追上流暄那艘船，从侧面看看他的模样，可是船刚刚加速，我就紧紧闭上嘴，连话都说不出来，黄剑拿了条毯子出来放在甲板上，我躺下来，静静地躺在那里，深呼吸一动不动像是在挺尸。

白砚开始在一边唱歌，断断续续，"我可以为你失去记忆，也可以为你找回一切……"我扭头看他一眼，他的脸苍白得像鬼一样，英俊正直的笑容很难保持，歌还没有唱到最后，就忍耐不住，低着头弯腰向大海里呕吐，我的肚子明显翻滚了一下，我只能咬牙闭着嘴，持续深吸气，吞咽的动作，白砚吐完了，竟然继续哼哼唧唧地唱歌，我闻着特有的海腥味，吹着半热不热的海风，忍耐着把英俊的白砚一脚踹进大海里的冲动。

歌唱家白砚再一次呕吐，我捂着嘴，坐起来，恶狠狠地，"白砚，你再发出一点声音，我就把你扔下去喂鱼。"话说完，牙根发酸，我站起来冲向船头。

正在呕吐，白砚已经凑了过来，手里拿着水囊，"其实我是想给你做出表率，晕船也没什么丢人的，吐出来反而舒服一些。"

我怒，看着湛蓝的海水，我想白砚实在是需要下去游泳，冷静一下。

白砚体贴地递过水囊，我吸口气，算了，看在他殷勤对我的分上，我就忍了吧，刚含上一口水，就听见善良无辜的话，"其实我除了骑马坐什么都晕，包括晕牛车。"

我口里的水，喷射状吐了出去，一边咳嗽，一边大笑。太阳光落下来，大海像一块巨大的蓝宝石，它在晃动，照射出美丽的光。

第十七章　征战

自西丰国皇帝西丰临退位，西丰聪继位，改年号：天聪。天聪皇帝重武轻文，刚刚登基便大肆改革，抓壮丁充实军队，加重赋税储存军饷，他此番作为恰恰和元宗西丰临皇帝治国之道背道而驰。

朝堂上，朝臣进言他充耳不闻，甚至罢免重臣元老，凡涉及改革之事，必求立竿见影，急功近利，让整个朝野上下苦不堪言。但是天聪皇帝改革之事也并非完全没有成效，他启用了几名骁勇善战的将军，训练出几支强大的军队，让与西丰国接壤的南国开始胆战心惊，南国皇帝甚至主动示好，送公主和亲，以保平安。

吃到甜头的天聪皇帝，开始变得变本加厉，将南国送公主和亲一事作为他改革成功的例

第十七章 征战

子，大肆宣扬。

此事一度引起几国喧腾，南国公主刚刚嫁入西丰国，一切都还没有恢复平静，东临国皇帝东临瑞退位，失踪了十数年的太子东临碧继承了皇位，改年号聚合。

新皇数月跋涉回国，顺利登基，登基当日，南国、北国送来贺礼，西丰国未派一使臣前来表示祝贺，东临国朝野愤然，新帝却未深究此事，南北两国使者恭呼东临碧为贤帝。东临国富庶，国力强盛，此次又得贤帝，本来就与东临国交好的北国，更有了亲近之意。

聚合元年，东临国靠近西丰国土的边界受流寇侵扰，东临碧调集了大量军队前往驻守，同年西丰国大灾，大量灾民涌入东临国，次年，灾民得到了妥善的安置。

我穿上夜行衣，对着镜子蒙好面纱，提起剑准备出门，门开了，白砚抬步走进来，皱了皱鼻子，"今天晚上有节目，怎么不叫我？"

我把面纱拽下来，深深呼吸，虽然是薄薄一层，居然还是让人觉得憋闷，"也不是什么大事，我准备出城去帮帮那些逃兵，让他们从兵营里脱身，顺利跑进来。"那些灾民涌入东临国以后，最近举办了一个盛大的节日，民众们一起唱起了西丰国的家乡歌，让西丰国守城的士兵们军心大动。

加上西丰国天聪皇帝对待下属暴躁严苛，没多久许多守城士兵开始向东临国逃窜，我接到线报，今晚的逃兵可能会比较多，目标太大恐怕不会太顺利，于是我才准备出门做接应。

我说："明天那暴君大概就会得到士兵大规模出逃的报告，过几天他会有一些小动作，到那时我们第一阶段工作也算完成了，我也可以功德圆满地回都城述职。"嘴角不知不觉洋溢出笑容。

我和流喧已经有一年多没有见面，当时坐船到东临国，亲眼看着他登基，之后我便像一个逃窜的老鼠一样，主动请缨到边界进行准备工作。

走之前，我又回头问白砚，"还没有那人的下落吗？"

"已经有一些眉目。"

我顿时心里一喜，握紧了手心里的剑。

"小清雅。"这样的称呼，让我怒瞪他一眼。

白砚没心没肺地苦笑，"其实有些事不如放下，对你来说可能是好事。"我一手打掉白砚悄悄伸过来的手，"如果我放不下呢。"

白砚英俊的五官皱在一起，学着风遥的口气，"你这个傻瓜，你这个蠢女。"

在房顶上飞来飞去，半途中打歪了几个西丰国小头目的鼻子，总算把一干逃兵放进城内，这些人刚进城，就开始分头打听自己家人的下落，都是一些被各级官府衙门抓的壮丁，家人大多都是去年受灾的流离百姓。

我叹了口气，向这些人指明了灾民安置的方向，才轻手轻脚返回暂住的别院，脚一落地，就发现已经有人倚身而来，我后退一步，就着月光看清楚，是跟着我的江陵城中的小鬼，我抿嘴一笑，他让开了路。

掩着身子推开自己的门，进了屋，顿时感觉到有股熟悉的清香传了过来，我的心脏"突突"激烈地跳动，榻上睡着一个人，我一步步往前走，心里又紧张又期待，走到榻边，俯身去看他，忽然之间感觉到腰上一紧，我已经被他抱入怀中，身子一转，上了榻，我半张着嘴，从头到尾惊呼都没来得及出口，看着流暄那如同玉石般璀璨笑眼，我说："你怎么来了，你这算不算是有点胡来，现在都什么身份了，来这么敏感的地方，如果让人知道了……"

我的话还没来得及说完，感觉到嘴上一软，甜蜜得让人酥麻的吻顿时落了下来，舌尖缓慢地挑逗着我，直到我气喘吁吁他才放开，然后把脸滑到我的耳后，他一面吻着我的耳朵，一面用性感得让人出汗的声音说："抱着你待一会儿，天亮我就要走。"

我的手爬上流暄的后背，把头缩在他怀里。

"刚才在笑什么？"

我闭上眼睛，"刚才我回来的时候，看见我培养的那几个小子反应很快，觉得高兴，你有没有觉得论武功和反应，还得是我们江陵城的人。"

话说出来，我才发现失言，可是已经晚了，好在流暄仿佛并没有在意。

流暄摸着我耳边的碎发，"雅儿，什么时候才能回到我身边？"

我笑，"我这不是一直都在你身边吗？"有流暄在身边，我就格外的安心，其他一切事都不想多想，等到一切浮出水面之前，我知晓一切之前，我会当做我什么都不知道。

第二天早上，流暄已经不在我身边，只有一只红色的锦囊安静地躺在我的枕头上，我把锦囊拿起来，从里面取了一颗糖，放进嘴里，闭上眼睛，却不起身，嘴里甜甜的滋味渗入人心，就像许多年前的一样。

没过几日，东临国边界外就像从天而降了一群流寇，这群流寇训练有素，除了没有旗帜之外和西丰国的军队一般无二。

"流寇"迅速来到东临国城外，为首的头领身穿铁甲，洋洋得意，也有几分气势。

东临国边境小镇顿时乱作一团，军队集合起来，吹响号角，"流寇"誓言，要烧杀抢掠血洗城镇。

太阳照在苍茫的大地上，远山雄浑，天空中隐约有云海翻涌，马匹踏蹄，杀戮即将开始。

本因御敌而关紧的城门忽然打开，一匹马一个人出现在"流寇"眼前，那人一出现，城楼上一片箭雨顿时落下来，待到箭射下几轮，这人拔出身侧的剑，催马如流星一般冲向"流寇"，跟在她身后的是几百轻骑，他们大多是十三四岁的少年，可是个个剑法精绝，心狠手辣，一时之间血肉横飞，乱作一团的"流寇"便死伤过半。

带头的那人，一路奔来，硬生生地杀出一条血路，找到那被护着欲逃走的贼首，一剑刺

第十七章 征战

过去，鲜血狂喷，贼首瞪大了眼睛，从马上落了下来。

贼首一死，"流寇"们更是气馁，丢掉手里的东西，就往周围逃窜。

马上那人也并不再追，摘掉了头盔，一头青丝流泻而下，抿嘴一笑，清秀的脸庞熠熠生辉，凡是看见她的"流寇"全都瞪大眼睛，愣了一瞬，原来这浴血的修罗，竟然是一名女子。

传言东临国大公主东临逐玉能文善武，却不曾听说有这般的狠绝，小公主东临玄色也没有如此的武功，这个人到底是谁？

我脱了身上笨重的铠甲。笑着看白砚，"剩下的事用不着我了，现在就看你的了。"大步往前走。一场完胜让我觉得心里十分畅快。

还没回到别院，黄剑就送来一个水囊给我。我确实是渴极了，打开盖子就要喝，就在我水入口的瞬间，一个小女孩突然从街边冲了过来，黄剑顿时跨出一步挡在我面前。我侧头凝神看着那个一阵风样的孩子，拍了黄剑的肩膀，"没事，只是一个孩子，可能受了惊吓。"

孩子的脸苍白，眼睛混沌一片，这种样子是装不出来的，所以绝对不是敌人派来的杀手或刺客。

我从黄剑身后走出来，迎着孩子，伸手把她抱了个满怀，像受伤的小兽般的孩子，脊背弓着瑟瑟发抖，嘴里喃喃不停地喊，"姐姐，姐姐。"手脚开始乱动。

小女孩的呼喊，像一根针一样扎入我的神经。

她说："姐，你不要死，不要离开我。"

怀里的身躯还在踢打，一声声哀号，痛苦的，声音不算刺耳，但是沙哑的呼唤是真切的感情，直到孩子的亲人来到我面前，我还是半蹲的姿势，仿佛没有了任何的感觉，时间一瞬间停顿了。

黄剑在我耳边叫我，我才如梦初醒，"噢"了一声，把孩子扶起来，那孩子已经满脸泪痕睡着了。

亲人们伸出粗糙的手把孩子接了回去，向我不停地致谢，"这孩子一直和她的同胞姐姐感情很好，"抹了一下发红的眼角，硬笑着看我，"可惜那孩子命薄死在流寇手里，被这孩子亲眼看见了，从此以后……唉……这孩子就变成了这样。"

我听着这个故事，不知道自己说了什么，好像是让黄剑给了一些银两，那一家人千恩万谢，回别院一路上我都没有说话，进了屋，我干脆直接躺在床上，一睡就睡了一天。

第二天我一起床，就莫名其妙地冲到厨房煮了一锅黏在一起的面条，我端着这锅面条在院子里晃的时候被白砚逮住，他一手接过面锅，一手摸我的额头，"小清雅，你怎么了？是不是得病了。"

我抬起头，眼睛找不到焦点，茫然地问白砚，"你在叫谁？"然后自己又清醒过来，拍拍额头，"我这是睡糊涂了。"

白砚先是愣，然后笑，"昨天看你还吓了一跳，以为你变成了威风凛凛的女将军，跟我以前见到的小清雅完全不一样，现在终于又变回原样了，"他举举手里的锅子，"这是你煮的，虽然样子丑了一些，别浪费了，一会儿我就……"

　　白砚话未说完，我就伸手把面锅抢了回来，"这不是给你吃的。"自己拿到厨房，把面条吃了，然后又回去睡了一觉。

　　再起来的时候，到处转悠，正好看见黄剑和江陵城的孩子们在一起练武，我走过去，黄剑停下来，我站在场中央，抽剑演示了一招，是流暄曾经教过我的招数，我收剑入鞘，我说："看懂没有？"

　　周围静寂无声。

　　我说："黄剑，你来试试。"

　　黄剑想了想，持起剑，缓慢地将那一式使将出来，虽然和我刚才比画的那般还差一截，但是也算有点模样，我笑了，问黄剑，"如果一个人只练了几个月的武功，能不能丝毫不差地把我这招用出来？"

　　黄剑低下头，很郑重地回答，"不能。"

　　原来是不能。

　　我说："黄剑，以前你可听说过关于我的一些传言？"

　　黄剑沉声说："有。"

　　我眯起眼睛，"说给我听听。"转身找了空地坐下，笑眯眯地准备听黄剑说话。

　　"传言殿下的武功是主上教的，在这之前，殿下是一个根本不被人看好的下等弟子，而且资质平平，甚至于在下等弟子堆里都算很差的，还有人说殿下迷惑住了主上，完全是靠着一张脸才爬到现在的位置。"

　　我笑，"这些传言我以前也听说过，甚至于觉得他们说得很有道理，当年我在金宫里，确实是一个连剑都拿不稳的弟子。"

　　黄剑沉声，"我觉得不是。"

　　我抬起了眉毛。

　　"就算主上再厉害，也不可能一下子把一个人教导成高手，武功是一个长期积累的东西，不会不明不白就有翻天覆地的变化。"

　　"主上的为人谁人不清楚，这样的人怎么可能会轻易被别人迷惑。"

　　我笑，"我当时不知道怎么了，整个人好像都在云端，迷迷糊糊，并不会去思考。"如果我稍微想一下，我也会怀疑，为什么我的武功会进步如此神速，流暄对我那么了解，真的是与我刚刚认识？

　　黄剑说："人总会有一些特殊的时候。"

第十七章 征战

我站起来，抖抖身上的尘土，"黄剑，你说得对。"话刚说到此，抬眼看见走过来的白砚，我扣起手，一股内力冲出去打在白砚肩膀上，我用的力气并不大，可也确实能让白砚疼一下。

白砚的俊脸皱起来，"小清雅你这是干什么。"

我脆生生地说："恼你，你浑水摸鱼。"

白砚愣了，眨眨眼睛，"我什么时候？"

我笑，并不解释。

白砚说："你送银子的那家人，来看你了。"

我眉毛挑起，"我跟那孩子挺投缘的，我去看看。"

那家人送来了一些自己做的饭食，黑黝黝的手捧着笸箩在等我，我走过去，很快看见了大人身后的那个孩子，她很安静，和昨天有了大大的不同。

接过一家人送来的东西，淳朴的人们露出了微笑，我关切地问，"孩子怎么样了？是不是有好转？"

孩子旁边的妇人脸上露出一丝勉强的微笑，"是比以前好了，可是……"说到这里，看向我，可能是怕给我添麻烦也就不说了。

我看着那站在一边偷偷看我的孩子，"这孩子我很喜欢，跟我说说也无妨。"

妇人这才捏了捏孩子的小手说："这孩子不知道是不是被……说话和做事都不像她自己，倒像她那死去的姐姐。"

我突然惊了一下，"你再说一遍。"

"这孩子好像把自己当成了她死去的姐姐。"我的眼睛紧紧地盯着那冲我渐渐露出亲近表情的孩子，身体僵直了，一动也不能动，忽然眼前一黑，脊背上除了汗，思维无限放大，仿佛来到了宽阔的天地，再就什么都不知道了。

再醒过来的时候郎中已经来过，桌子上放着待凉的汤药，我睁开眼睛，首先看见白砚关切的眼睛，我慌忙表态，"药我是不吃的，除非你趁着我半昏半醒给我往下灌，其他手段均不可得。"

白砚苦笑，"真的没有其他法子？"

我想了想，"有，把药做成糖丸，但是你不会做。"

白砚的手彻底地停滞了，看着我，眼神在沉淀，我没有避开，与他对视，然后莞尔一笑，白砚苦着脸眨眼睛，"你太残忍了，总抓别人的痛脚。"

我说："白砚，你有痛脚吗？过来过来，我给你讲讲我和姐姐的故事。"

白砚一声惨叫，"你别拿眼神杀死我，我所受的压力非比寻常。"

我挑起眉毛，"白砚，你是个花心的男人。"

白砚抱起桌子上的药碗，冲里面吹了一口气，然后放到嘴边喝一口，舔舔嘴唇，"人生只有一次，要把悲伤留在过去。"

好吧，我坐起来。"还有什么你知道而我不知道的事。"

白砚基本上把要给我喝的药喝光了，"如果你说那天晚上在江陵城发生的事，再就是楚辞说的关于你的家人……我确实不知道，恐怕也没有几个人知道。"

我低头，嘴角自然浮起微笑，"我会知道的。"这件事要由我亲手去做，我撩起被子下床穿鞋。

白砚转过脸与我视线胶着，笑着问我，"去哪？"

我反身从柜子里拿出一件黑色的斗篷，揽在手里，"回都城述职。"

白砚沉默了一瞬，"不吃完饭再走？"

我扬扬手，"路上解决。"跑了出去，但是半途中拐了一个弯，进了我旁边的院子，找到一个我看着顺眼的小少年，如果我没有记错的话，他跟楚闲那家伙长得有点相像，楚闲是被楚辞害死的，所以借着这层关系，我笑盈盈，在楚闲的眼睛里找到了两眼发光的我，"江陵城的联络方式还记得？我要你去做一件事，"我又拍拍他的肩膀，轻声说，"我记得楚闲，他很优秀，江陵城留下的人不多，我不希望再有意外伤亡，你要注意安全。"

通常很多人不喜欢江陵城人过于闪亮的眼睛，因为那是狡猾的象征，但同时也是智慧的代名词。

黄剑跟着我，两匹马跑得并不快，我在马上给黄剑讲故事，讲一个喜欢自由外表坚强却柔弱的姐姐，和她那一心想保护她的同胞妹妹的故事。

仿佛就像是很多年前的故事了，说出来的时候难免心情激荡，甚至于心里闷痛，但是总能开口了，心里有一种无比充实的感觉，原来记忆对一个人来说这么的重要。

听完我的故事，黄剑几次抬头，欲言又止。

我挥着马鞭，笑着看他，"想说什么就说吧！"

黄剑说："为什么主上没有告诉你这些？"黄剑低下了头，"我只是想……"

我眯起眼睛，"黄剑，我相信他，但是这些事情我要知道。"

在我离开的几天中，南国和北国的边界相继出现了"流寇"，这些人烧杀抢掠无恶不作，毁坏了两国不少的村庄，抢劫了无数的商队，鉴于东临国是最先出现"流寇"事件，两国的皇帝不约而同与聚合帝东临碧提出欲三国共商此事。

东临碧在朝堂上看这封信函的时候，我正在他的龙床上翘着腿，顺手拿了一本书来翻开，随意打开，正好翻到了其中一页，上面是一首诗词：

十二楼中尽晓妆，望仙楼上望君王。锁衔金兽连环冷，水滴铜龙昼漏长。云髻罢梳还对镜，罗衣欲换更添香。遥窥正殿帘开处，犹抱宫人扫御床。

看到御床两个字我顿时脸红起来，这诗里流露出一股像盼望神仙降临一样企首翘望君王

第十七章 征战

的恩幸的意思。

我忽然想起在郧县时，流暄抱着我坐在铺满红缎的新床上时的情形，来形容这句"犹抱宫人扫御床"便显得更加暧昧。我刚红着脸把手里的书合上，就已经有女官轻轻推门进来，她们一个个手里捧着各种各样的水果和点心，冲我行礼，口喊，"殿下。"

看着她们一个个穿着整齐，很淑女的样子，我低头看看自己，一身的风尘仆仆，又是才在战场上杀人过来，在这些香衣粉鬓面前，显得有点怪异，那也无所谓，反正我一直都是这副德行，吃了一些东西，干脆在龙床上翻来覆去，一会儿流暄回来，看到到处凌乱的样子，不知道会不会吓一跳。

我眯着眼睛睡了过去，等再醒来的时候，看见了修长的手指握着薄被正往我身上盖，我手一翻，把那只手握住。

我转过头看向流暄笑着说："不知道你这里有没有大大的浴池，我赶了好几天的路，好想痛快地洗个澡。"

流暄笑，"一起洗。"

那人的样貌和多年前一样，现在穿着黑色的龙袍，有着漂亮瘦长的骨骼，长长的黑发用金冠束起，细长眯起的眼眸像含了颗冰晶做的珍珠，嘴角像花瓣嫩细的脉络微微上扬，他拉起我的手，我反手紧紧握住，在那些我没有任何回应的日夜他是怎么过来的？听到我说的那些话，他心里会有多的难受，那日在高高的看台上，我竟然说，"我只是因为觉得他好看所以攥着他的衣角。"我看着他，眼睛渐渐湿润，目光怎么也挪不开。

他看着我柔声叫，"雅儿……"忽然之间收声，静静地与我对视，仿佛是很多年没见了一样，曾有一度我以为永远地失去了他，现在他就在我眼前，好久没见面应该有很多话要说，我是嗓子嘶哑怕一张口就露馅，流暄居然也不说话，攥我的手慢慢在收紧。

他离我这么的近，我之前竟然都没有好好看过他，我没有把心底珍藏的属于他的图画拿出来重新描绘一遍，我怎么错过了那么多，做了那么多的蠢事，我咳嗽一声，笑，眼睛扫他一下，又笑，该说什么？心在痛。

正想用手去攥衣服，抬起头看见他的眼睛闪动着光芒，睁开又慢慢眯起，定定看着我，向我靠近。

我的心一颤，我几乎认为他已经明白了什么，我吞咽了一下。笑着，"别过来，我满身都是汗。"再这样诡异下去，真的有可能会被发现。

流暄拉起我的手，我下地穿鞋。然后跟着他往前走，我故意走在他身后，怔怔看着他的背影，随着他修长的双腿而摆动的衣袂。

也许是老天听到我的祈祷，格外眷顾我的缘故，流暄一直往前走，没有回头。我们停下来，流暄还是背对着我站着，我继续仰头看他，不知道自己的眼神是什么样的，但是一定和平常不同，多了几分痴恋，我连眼睛都舍不得眨，两个人这样站立了一会儿，我说："在西丰国这件事上，南国、北国是否有诚意？"

流暄说："两国之前对西丰国就不满，流寇事件只不过是推波助澜，我听说前不久边界上一个女将军一眨眼的工夫就把那些流寇杀得干干净净。"

我笑，"怎么把我说得跟屠夫一样。"

流暄说："不过也有几分真实，以你的武功已经难找与你匹敌的人，这么一听是不是就高兴了？"

我说："那是自然，能在千军万马中取敌帅的首级，单枪匹马来去自如，这份潇洒谁不想要。"如果是流暄一定会比我做得更好，只是他把这些都给了我，难怪在山谷里他会跟我说，"不行，我跳不上去，只能爬上去，爬上去太难看了。"我当时只认为他在开玩笑，后来我把他扑倒在地，也认为他是在逗我，他都没有内力能让身上的衣服干燥，这些我竟然都没有细想。

流暄是一个极其注重自己各项能力的人，他武功好，甚至在火药运用上也无人能出其右，他懂得如何做事用人，他有最好的做事方式，总会让自己轻松地把所有事都做好，他淡淡地笑，仿佛任何事不能沾其身，永远地高高在上。可是竟然有一天，他也会选择一条让自己很苦的路。

他的内力没有了，他只能拿起剑，日日夜夜练习剑的速度和准确度，我没有觉察到这一切，当不小心接触到这个问题的时候，他只是跟我说，"不行，我跳不上去。""我弄不干。"那么骄傲的人，在说这些的时候，他会不会难受，会不会一瞬间想起自己衣袂飘飘，飘逸如仙的时候？

他把我骗到高高的山峰上去，自己一个人面对楚辞。

他为我做了这些，我回报他的就是对白砚的内疚，对他的怀疑，一味逃避，不闻不问。

当我让风遥告诉他，我要去白砚从小生活的地方，陪白砚养伤的时候，当我说我要亲手照顾白砚，不能假手他人的时候，他只是一直迁就我。

这些年，除了在江陵城的大殿里我喝得酩酊大醉呼喊他的名字之外，我竟然什么都没有为他做过。

我想起被楚辞逼疯的那些日夜，每当我有一丝清明的时候，睁开眼睛总能看见流暄抱着我，我的肩膀上湿湿的，是他胸前的伤口被我撞裂而流下的鲜血。

那时候流暄还在建金宫的正殿，我隐约记得，他站在雨里，督建金宫的情形，他用的石头，建的样子，殿里所有的摆设，都跟我在江陵城坐到第二把椅子时住的地方一模一样。我看着那些东西，以为自己在梦中。

那时候流暄还没有完全控制住自己身体里的毒素，经常毒发，但是等他醒来的时候，就会紧紧地拥抱我。

第十七章 征战

楚辞说过这种毒在毒发第一阶段人就像活死人，身体变成了一个囚禁灵魂的黑盒子，第二阶段整个身体就会异常敏感，哪怕被风吹也会疼得像是在接受凌迟，流暄抱我他会有多疼，我无法想象。

那时候的我，不是像一个木头人傻傻地躺着，就是大吵大闹跳起来就要跑，甚至于恨自己手上常年握剑留下的茧子，看见了水，就会扑过去洗手，把自己的双手搓破皮，鲜血淋漓，这种行为一直持续，后来流暄明白了我要做什么，找来了一种药水把我手里的茧子全都洗掉了。

我害怕黑夜，一到夜里就会缩成一团，惊恐地看着流暄瑟瑟发抖，眼睛睁得大大的不肯睡觉，流暄把安眠的药物裹在糖果里让我吃下，这样我才会渐渐地平静，流暄抱着我，一直在旁边等着我入睡，我有时半夜醒来，手脚挥舞，总会伤到流暄，在他身上留下一些指甲划痕。

又过了一段时间，我的病情渐渐好转，安静的时间渐多，喜欢无流屋子里的草药，总会抓上一把放在手心里，念着一个名字，"温清雅。"回忆大部分都忘记了，只强硬地记住一个名字，温清雅，我就是温清雅。我把自己当作了姐姐温清雅，所有关于金宫的全都忘记了。无流以为我病好以后，就会恢复原样，谁知道我又变成了这副模样，他在屋子里走来走去，束手无策。

流暄把我搂在怀里，他说："如果她忘记了，我会让她重新地认识我一次。"我睁大眼睛看着流暄，眼神涣散，没有焦距。

一天晚上，趁着流暄毒发，我打伤了无流跑了出去，我在寻找一个地方，一个故事里听过的地方，仿佛到了那里，我就能找到那个人曾经存在过的证据，不，她并没有死，死去的不是温清雅，她那么热爱自由，她怎么能死去，死去的应该是我，温清雅还活着。

我找到了那个小山村，找到了那片草地，那间房屋，在那间屋子里我蜷缩起来睡着了，睡醒以后，我看见穿着青色长袍的白砚，他拿着金剑，肩膀上还缀着宝石闪闪发光像猫的眼睛，他看见我像是做梦一样愣了一下，然后面目表情似笑非笑，似哭非哭。

我什么都不记得了，我只记得一个名字，我说给他听。

我说，"温清雅。"

白砚冲过来抱住我，我的眼睛在看他肩膀的宝石，我伸出手在宝石上摩挲，亮光的宝石，好像是我埋在记忆里什么，它在闪光，它在冲我淡淡地笑。

白砚把我带回金宫，可是楚辞对我的折磨并没有结束，脑子里也总是重复一句话：找到流暄，拿到他身上的那块玉，其实就是让他心甘情愿地把内力过继给我，然后再杀了他。接近流暄就成了我要做的最重要的事，但是当时在病中的我并不知道，那个到夜晚会照顾我，会带人来治我病的长得极美的人就是金宫的主上流暄。

无流告诉流暄，给我一个空间会对我的病情有帮助，并且我已经开始恢复正常人的思维，如果流暄经常晚上出现，让我发现，会吓到我，从那以后我再也没有忽然看见流暄坐在我床边。

我继续在金宫里生活，白砚对我百般照顾，叫我小清雅。我总是看见他迷茫的眼神，我会抬起手摸在他的眼睛上，我在梦中，他又何尝不是在梦中，我在骗自己，他又何尝不是在骗自己，看到他，我会尝到一种心痛的滋味，不是别的，是因为我想起了那个让我心痛的人，如果她活着，会用什么样的眼神看他？他是不是就不会这么难过。

流暄和无流还在尽量治我的病，帮我恢复记忆。可是忽然有一天这种治疗突然停止了，流暄离开金宫几天，他回来的时候，我莫名其妙地身体失控，跑到一棵月桂树下，自己拿起刀子狠狠地割向手腕，血流如注，迷糊中我看见流暄捂着我的手腕嘴唇苍白的样子，还有那种让我一辈子难忘的眼神。我忽然觉得其实死去也不错，死去就不会再给他带来悲伤。

听到嘈杂的脚步声，再醒过来我完全变成了另一个我。

在我还没有想起所有的时候，听到流暄为一个女人建金宫我难受过，在校场，听到那女人刺伤过流暄的胸口，我心里酸而且疼，在山谷中，我想到流暄受伤、中毒，还在阴雨连绵的季节里督建金宫，我的心情已经不是痛苦那么简单。

我甚至还以为我就是那人的替代品，可是有一天我发现，那些只不过是属于我的，又被我抛弃的往事。

那些被别人看起来珍贵无比的东西，轻易地就被我忘记。

流暄转过身，一晃之间，我看见了不远处的一面落地镜，我从镜中看见了自己的样子，我捂住嘴巴，变得慌张起来，我以为流暄背着我不会看见我的表情，其实他能从镜子里看得清清楚楚。

我试图平缓自己的表情，对他微笑，可是连我都觉得自己很僵硬。

流暄看着我，伸手摸我的眉毛，不管是我失忆还是没失忆，他的习惯都是一样，他细细地摸想要抚平，他说："你今天看起来好像与平时不大一样。"

我慌张地低下头，不知道要说什么。

"今天好像有些不高兴。"

我急忙说："没有，我很高兴，我一直都在笑，你没看见……"

他的手指滑下来，摸上我的嘴唇，我的头被抬起，我躲避他的眼神，掩饰一般地抿嘴笑。

流暄说："你这样笑会让我晚上睡不着觉。"

我咧开嘴，让自己的笑更明显一些，然后流暄温软的唇就压了下来，唇分，我立刻就解释，"嫌我笑不好看，我平时就是这样。"

流暄看着我，深黑的眼睛波澜不惊，但是黑不见底，也抿着一丝微笑，如同绝地开放却即将溃败的花朵，一眼望过去，我的眼睛就红了，还说什么我那样笑，他晚上会睡不着觉，自己也不看看自己的脸。

第十七章 征战

我侧过头，吸吸鼻子，飞快地脱去外衣，一股烟似的就跑进了浴池，身体浸了进去，把脸也沾了水，我伸手用水抹了一把脸，脸上立即湿漉漉的，已经分辨不出，我是否流过泪。

流暄出去了一下，又返回来，脱掉了衣服，冲我走过来。

我脸皮再厚也会发烫，一边看着流暄花枝一样美丽的身体，一边往后退，"我要洗澡，你下来干什么？"

流暄扬眉，"不是早就说好要一起洗吗？"

那是在我心怀鬼胎没有防备的时候说的，我考虑得不是很周全，"我现在能不能反悔？"

流暄抿嘴笑，"雅儿饿不饿？过来让我快些帮你洗干净，我们好一起去吃饭。"

我来不及细想，流暄已经揽住我的腰，我的思维一瞬间彻底崩溃，我说："吃完饭，然后……"

流暄低下头，亲吻我的耳垂，手臂开始加重力度，"然后……我很想你。"伸手紧紧搂住我，我的衣服已经沾了水贴在身上，流暄早就把衣服脱了个精光，两个人在浴池中，肌肤相挨，整个屋子里的气氛立即就变了味道……

在宫里的几日，我简直就要变成猪，剑都没有练几回，我常常看着自己的一双手，为什么那时候我会想要把自己手里因为练剑长的茧子洗掉呢？

为什么那时候我看见流暄就会害怕，恨不得缩进黑暗的角落里，为什么我要遗忘自己？现在我把自己找回来了，可是依旧记不得很重要的那晚到底发生了什么。

我因为一件事跑到议事厅去找流暄，一推门，发现流暄和几位大臣正在确定去西丰国剿灭"流寇"的名单。

自从来到这里，我就买了一些书来看，书上说这里的女人不准当官、考取功名等，皇帝的女人更不可干预朝政，无论怎么说，我来到这里都算犯了大忌，可是这屋子里的大臣们除了有点意外之外，并没有过激的反应。

倒是里面有一个小公子，看我的眼神有些特别，有些害羞地笑，然后像只刺猬一样抖开自己浑身的武器，转身继续和流暄大声说："皇兄为什么不让我去？"声音嘹亮，仿佛是威风凛凛，其实谁都能看出来，这是一只善良直率的纸老虎。

我忍不住笑起来，说了一句大胆的话，"还是让我去吧！"

小公子转过头，看看我又看看流暄，"不行，行军打仗本来就应该是……"半句话没有说出来。

我抖抖身边的剑，"要不然这样，我们比一场，谁赢了谁去。"

小公子有些惊讶，大概没想到我会这么直接地说出来。

我扬眉，"你不敢？"

被我一激一下，小公子也扬起和流暄一样秀丽的眉毛，"哪有什么不敢。"

我笑，"那好，让所有人给我们做见证，"说着这句话我看着流暄，流暄闪动着眸子回看我，笑笑，说了一句，"还要走？"

我急忙转过头，只要他说出第二句话，我恐怕就要留下。

比试结果不用说，只过了十几招就被我拿下，临了我还赞了他一声，"武功练得不错。"

小公子正要发怒，我急忙小声对他补充了一句，"当年你哥刚到江陵城，武功并不比你好多少。"我说的是真的，若单论武功这里是不如江陵城。

小公子的脸"忽"地一下红了，"那时我年纪还小，并不记得。"

我说："不要跟你哥说，"偷瞄流暄一眼，贼兮兮地说，"以后有机会我带你去战场。"

小公子惊喜地看我，"将来我长大了，要做个威风凛凛的大将军。"

我说："我保证，你一定会成为一个大将军。"

回到寝宫整理包袱，我当时只带了一个小小的包裹，走的时候竟然变成了大大的一个，我看着床上的庞然大物无奈地苦笑，看来只能一个变俩，我和黄剑分开拿了。

流暄回来，我谄媚般地扑上去，拉他的衣襟，然后踮起脚尖在他嘴唇上亲了一口，"给我多少兵马？不用太多，我有自家军，粮饷也可以少给，这样我们好杀到哪儿抢到哪儿。"

流暄笑，"这跟土匪流寇有什么区别？"

我眨眨眼睛，"抢流寇也犯法？"笑了一阵，两个人都看着彼此，谁都不说话，我低下头，晃动着流暄的手指，"我会很快就回来。"

说会很快，眨眼也过了几个月，行军打仗毕竟不是玩笑。这伙"流寇"竟然从东临国边界窜入了西丰国内，我这队"灭寇"之师，也只能挥师直上，以迅雷不及掩耳的工夫把"流寇"堵在了西丰国都城。西丰国天聪皇帝得知此事在朝堂上大怒，一挥手就杀了两个朝臣，从而把他的暴虐发挥到了极致。这个天聪皇帝虽然暴躁，却不是一个草包，等他反应过来把我堵在西丰国那可不是闹着玩的，还没来得及看西丰国的国都，我又立即下令让所有人转头按原路折返，其实普通兵马我并没有带多少，身边的都是江陵城的好手，以便于进退轻松一些。

我要的只不过是乍一眼看过来的气势，我的目的很简单，就是要让天聪皇帝的脾气更坏一点。

我退得及时，天聪皇帝没有抓住我的尾巴，无法向东临国声讨此事，顿时哑巴吃黄连，一屁股坐在龙椅上，气晕了过去，而后听信谗言相信自己国内有和我勾结的内奸，又杀了几位握有兵权的大臣，暴虐加疑心，把整个朝堂弄得人心惶惶。

我这个轻装"土匪"军队，也逃得够狼狈，几日几夜没有合眼，终于找到了休憩的场所，进屋就躺在床上，眨眼工夫就睡了过去。

天聪皇帝在金銮殿里继续发泄着他的怒气，我闻着香香的被子，终于可以抿着微笑舒口气，放心了。

第十七章 征战

不久之后，西丰国开始出现内乱，昔日金銮殿里的大臣写下伐帝檄文，纠结党羽组成叛军四处作乱，宫里又传出天聪帝遇刺，右相周玟窃国，昔日繁华的西丰国完全笼罩在一片刀光血影之中。

聚合四年，西丰国左贤相刘兼带着几十位门生手捧血书长跪东临国宫门外，请求东临国聚合皇帝东临碧接见，刘兼的来意大家心知肚明，他是想求东临碧介入西丰国内乱，其后果一是战乱被平，二是恐怕西丰国从此将要落入东临碧手里。这些结果刘兼已经想得很清楚，一生的荣耀换来最后一刻的抉择，整个国家已经摇摇欲坠，与其看着其灭亡然后被各国分割，不如为它寻一个贤明的君王。更何况，他是少数知道东临碧另一个身份的人，东临碧的生母曾是西丰国唯一的皇后，东临碧在西丰国出生，当时的皇帝西丰临曾欲封他为太子，如果不是东临碧与东临瑞长得一模一样，诸如刘兼这样的臣子甚至会有一丝希冀——东临碧是西丰临亲生骨肉也不一定。

现在西丰国大乱，能收拾这个局面的只有东临碧，他能信任的也只有他，所以刘兼才会冒天下之大不韪，拖着年近花甲的身子来到东临国，手捧血书跪在宫门外。炙热的太阳下，刘兼咬着牙挺直脊背，年迈的身体在颤抖，当他以为下一刻就要晕去的时候，黑色九龙纹锦袍下摆赫然映入眼帘，第一次，刘兼的脸上不由自主地出现了无比虔诚的神态。

那一日，天空中出现一片高贵的祥和，墨一样的龙袍在空中翻飞仿佛能穿透云层。

我默立在远处静静地看着这一幕，看着刘兼颤巍巍地抖开血书，看着他带着几十个门生在流暄脚下臣服，吸吸鼻子，心弦被触动，眼泪差点就掉下来，那是一种无比骄傲的感觉，等到流暄统一了四国，他一定会把四国带入一个繁华的时期。

流暄会是一个伟大的君王。

我转过身，翻身上马，白砚站在马前看我，"你不去见他？"

我勒了一下缰绳，笑，"西丰国平乱，我自然是先锋，我要回边界做好准备，等着恭迎圣旨。"

看着白砚也上了马。我已猛夹马腹，催马跃出，让马儿欢腾地跑了一阵，我忽然又勒起缰绳，让马头回转，顿时把身后的白砚吓了一跳，白砚胯下骏马扬蹄，几乎到了我眼前才硬生生地停下，我的眼睛看向宫门方向，我说："白砚，你说刚才的那一刻会不会被载入史册？"

不等白砚说话，我已经再次催马向前，因为我心里已经有了答案，流暄做的所有一切都会被历史永远地记住，而我就是这些历史的见证者。

路上我已经把要准备的所有事，在脑子里反反复复地想了好几遍，回到边界也立即马不停蹄地开始着手办理，只想等在流暄圣旨颁发之前，我就已经弓满弦紧蓄势待发了。

从早忙到晚，不分昼夜，派出去的探子不断地传来新的情况，我在油灯之下细细地看西丰国地图，一一做好标记，每每等到鸡鸣报晓的时候，我的心里就仿佛充实一些，多了一分胜利的把握。

又过了几天，流暄把颜云送了过来，有了颜云照顾我的饮食起居，我就更加专注于西丰国内外的战事。

这日睡足了起身，走到院子中站了一会儿，被风一吹顿时觉得有几分寒冷，颜云捧着茶走出来，笑着说："看来要给主子做一件斗篷了。"

我的眉毛展开，"做斗篷怕是要来不及了，"拢了拢被风吹散的长发，"马上就要打仗了。"西丰国伪王周玟已经和叛军交战，这时正是我们趁乱出击的好时机。

聚合四年，七月二十六，我晨起练过武，一进屋就看见白砚、黄剑、颜云站了一排在等我。

我惊喜地挑起眉毛，"是不是……"

白砚说："圣旨到了。"

我等的这一天终于来了，我几乎跳起来，指着白砚和黄剑，"你们快出去。"一把拉起颜云，"帮我找件庄重点的衣服。"

刚关上门准备换衣服，我又喊了一声，"白砚、黄剑你们去把人集合到练武场上去。"

穿上白色的长袍，我对着镜子看了又看，颜云在我身后笑，"主子平时也不做一些衣服备着，现在用到的时候才知道着急。"

我抿嘴笑，"这件衣服看起来也还算是庄重，好了，就是它吧！"

到了练武场，跟着圣旨一起到的士兵已经站在两侧，一个个威风凛凛，气势逼人，这列长队的尽头还站着几位将军，他们穿着铠甲，戴着红缨头盔，雪剑云靴，身后的风氅随风飘展。

我停下脚步，低声问，"这是怎么回事？"

"前面几位是陛下近日亲封的将军，但是没有分配职司，陛下口谕到这里宣读圣旨，但是没有说圣旨是传给谁的。"趁着我发愣的当，黄剑已经替我问清楚了，我挑了一下眉毛，怪不得人人鲜衣新甲，都像是做了主将的样子，路已经走到了半截，我想了想准备转身往回走，就听到有人"蹭"的一声从后面跑过来，目光落在我身上，竟几欲跪下，一边慌张地说："殿下，这可使不得，您不在，老奴要如何传旨。"他话音一落，满场顿时更加静寂，几乎连喘息声都消失了，所有的目光顿时全部落在我身上。

手捧黄色托盘的内官，看了一眼左右，两名侍卫走出来抬着一把椅子往前走，放在场中央，那些本来站在上首的将军左右互相看看，满眼疑惑，但是稍愣一瞬，立即也分开两列，谁也不敢站在那椅子的周围。

内官规规矩矩地向我弓腰，"殿下，请上座。"

"上座？"我不禁疑惑地看着内官，"你可是传圣旨的内官？你手里拿着的可是皇上的圣旨？"

内官低着头道："回殿下的话，老奴奉陛下口谕前来宣读圣旨。"

第十七章 征战

我看过东临国的礼典，凡是接、听圣谕必要行三跪九叩大礼，这次是怎么回事？

内官再一次躬身，"请殿下上座。"

我对任何事仿佛都有些把握，可是只要到了流暄这里，我的那些个准备全都瞬间化为乌有，他这是要干什么？

我坐在椅子上，内官拿出托盘里的圣旨。

场上所有人立即跪伏在地，高呼，"吾皇万岁万岁万万岁！"我环视四周，除了传旨内官，只有我一个人没有下跪，我握紧椅子上的把手，刚想站起来。

那内官却上前一步，身体下沉，手臂上举。

我睁大眼睛，看着内官竟然就跪在我面前，将明晃晃的圣旨送至我眼前。

我接过内官手里的圣旨，打开，慢慢念出来，"奉天承运，聚合皇帝诏曰：伪临朝周玟，地实寒微，文帝时入朝，后为天聪近臣。其包藏祸心，豺狼成性，窃国屠主，残害忠良，天地所不容。

贤相刘兼，荷文帝之嘱托，忠正于天下，今持血书于朕，爱举义旗，以清妖孽。朕深思天地祖宗付托甚重，时深履薄之虞，然海内臣庶，望治方殷，更使百姓远离祸乱，得保将来治安，是以征之。东临聚合四年七月。"

四周一阵静谧。

"吾皇万岁万岁万万岁！"内官带头高呼。

流暄亲封将军，但是都没有给他们分配职司，他让内官到这里传圣旨，又不说圣旨是传给谁的，就是让所有的人都知道，他的意思。

他是把我推到了一个高高的，唯一一个不用跪拜他，权力无边的位置，这才是他所传达圣旨的真正内容。

我豁然站起来，看着远处，一个礼官手捧着红漆礼盘慢慢地走过来，我微微眯起被阳光刺得发胀的双眼，手臂缓缓地伸过去，礼盘上的衣衫在我手中展开，是一件用金线和孔雀羽绣着凤凰图案的红色大氅，我把大氅披在身上，仰头，风吹开我的长发，后背上的凤凰是否也栩栩如生，欲展翅飞翔，我的手指在微微地战栗，一纸诏书已经把我的心烫到挛缩。

流暄，你如此待我。

聚合四年九月初十，东临国大师进入西丰国，二十日发起全面攻势，东临国兵强马壮势不可挡，第一战伪帝周玟大军已见劣势。

周玟紧急召集全部人马对抗东临铁骑，谁知决战当日战场上不见敌情，伪帝主将得知中计欲率大军折返，场面一片狼藉。另一方面，由于伪帝与叛军对峙的军队急急撤出，让叛军顿时钻了空子，叛军主力竟然一举杀至离都城不远处的锦山，这个消息传来，伪帝大军顿时更加慌乱，在他们原地打转之际，四周忽而涌出大批东临铁骑，摇旗呐喊之声震耳欲聋，短短几个时辰的交锋，失去士气的伪帝大军伤亡惨重，主将仓皇逃跑后被生擒，原地斩首，主将一死，其余士兵均放下武器跪地投降。

我一边啃用火烤好的馒头，一边看地图，"这个周玫一点脑子都没有，看来用不了多久，我们就会占领都城，拿下传国玉玺。"

白砚给我倒了一碗水，"强盗头子，今晚准备去抢哪里的粮草啊。"

我"哼"了一声，扬扬手里的馒头，"没有我这个强盗，你们哪里会有这个吃，今晚会去抢粮草不错，在那之前，我还要做一件很重要的事。"

原本以为那个人会留着有所用途，现在胜负已分，再留着他只会多生事端，趁早解决了他才是上策。

白砚看向我，"你不想想？"

想？有什么好想的。成王败寇，假使将来我失败也将是这个结局，我转身走出去，刚撩开军帐，就听到白砚说，"西丰国文皇帝西丰临是他的二爹爹这你知道吧，那人是他二爹爹的养子，你难道……"

我微笑，落下手里的帘子。

西丰国的天聪皇帝缩在一个阴暗的小角落，我从黄剑手里接过火把，这才能照出他怒睁的双眼，已经被幽禁这么长时间，他还如此有精神，也算是有些骨气。

我示意扯下天聪皇帝嘴里的破布，他顿时骂声出口。

我笑着听，然后好心地纠正，"窃国的是你的宰相近臣周玫，不是我，我现在只不过是帮你平乱。"

他啐了一口唾沫，我早有防备，一闪身就让了过去。

他仍哈哈大笑，"再怎么样，你们只不过是乱臣贼子，东临碧也不过是窃国之君，你们得不到传国玉玺，东临碧这尊泥胎终究是塑不上金身，我才是西丰国正统的皇帝。"

我说："你错了，东临碧会成为天建大国之君，即为天下共主。"我转身从黄剑手里接过一方青石玉玺，"玉玺而已，有那么难吗？"

天聪皇帝愣了一瞬，立即大笑，"那只不过是一方假……"

我扬眉，"有谁知道是假的？就像是你，我现在把你放了，不让任何人跟着你，你能回到都城，再做你的皇帝？有多少人会相信你是曾经的天聪皇帝？"

天聪皇帝虎目一睁，"你要放了我？是因为我是父皇的养子？东临碧还顾念这丝恩情？"说到这里却不断地摇头，"我不稀罕，"神态开始变得疯癫起来，"小时候大家都说我像叔叔，叔叔对我很好，他没有儿子就把我当他的亲生儿子一般看待，后来我爹去世了，他就把我接进宫中并收为养子，你知道我那时候有多快活！我最崇拜的人就是他，我喜欢他甚至胜于我自己的亲生父母，那时我以为他也是一样的喜欢我。"

第十七章 征战

"叔叔是最温柔的人，天底下谁人不知。他也是这世上少有的贤主，臣子们崇拜他，百姓们爱戴他，可是偏偏有一个人，那个不知廉耻的女人竟然背叛了他，过了很多年，有一次我看见他站在梨花树下流泪，我才知道他竟然还深爱着那个女人，甚至于连那女人的孩子也一并喜欢。"

"你知道那女人是谁吗？那女人就是东临碧的生母，东临国的皇后，"天聪皇帝狠狠地"呸"了一口，"我恨那女人，因为她夺走了叔叔的幸福，让他一生过着孤苦的日子，甚至连血脉都不曾延续下来，我还恨那个孩子，因为叔叔经常会提到他，说他从很小就会识文断字，小小的手里经常会捧着一本书，你知道他说这个时的样子吗？就像父亲夸亲生儿子般的骄傲。"

"我甚至会为了他夸那孩子一句话，而半夜偷偷爬起来看书，可是我即便是这么努力，依旧代替不了那孩子在他心目中的位置，后来我发誓，等我长大以后，一定要做西丰国的皇帝，我要组建一个庞大的军队，我要让他们的铁骑踏上东临国的土地，我要亲手杀死那个女人和她的孩子，哈哈哈……哈哈哈……"

我凝视着疯笑的天聪皇帝，"你本来可以无忧无虑地成长，何必让自己偏激至此，我说过，如果我放了你，也不会有很多人相信你是天聪皇帝，就算是有人相信，你也不会给我带来太大的困扰，但那是如果……"我顿了顿，"我是不会放了你的，成王败寇，不管你有什么理由，败了就是死。"

我默然看了他半响，那还是一张年轻而英俊的脸，收敛笑容后，那张脸上没有恐惧，是一种刚毅，"你叔叔是真心喜欢你的，你做了太多事已经累了，也该歇歇……"我转过身，抽出身侧的剑，"我送你最后一程。"

一剑挥去，血光四溅。

我说的不完全是真实的，你这样的人，也许真的会给我带来很大的麻烦，通向天下的路，是用鲜血铺成的，而我是从江陵城长大的人，天生就有一副狠毒的心肠，心中没有"慈悲"二字。

三个月后，西丰国皇宫火光冲天，我负手站在宫内的光武道上，黄剑带来了周玟的妻子儿女，十二三岁的孩子紧紧地抱着他母亲的身体，睁大眼睛，害怕地看着我。

周玟被五花大绑地带了过来，那双乌黑的眼睛死死地盯着我看，"如果我是伪帝，那东临碧算什么？"

周玟说了和天聪皇帝一样的话，"我有狼子野心，难道东临碧没有？西丰国在我手里还是一个国家，现在……"周玟看看身后在火焰中的宫殿，"这个国家已经被东临铁骑吞并，不复存在了。"

周玟的妻子抱着孩子扑到周玟身边，她惊恐地看着四周，周围都是百步穿杨的将军。

"娘，娘。"周玟的孩子一声声稚嫩地呼喊。

这声音仿佛穿透了我的心，我低头再一次看见了自己满手鲜血。

孩子，那么年幼的小生命，如果就这样失去了父母，他以后的生活要怎么继续，如果他亲眼看见父母死在乱箭之下，从此以后心灵上会不会蒙上一层难以磨灭的阴影。

我咬牙，几个月征战疲惫的身体，在一声幼嫩的呼喊中摇摇欲坠，不行，我知道这条路难走，但是我早已经决定要和他一起走，因为我是他的妻子，我要和他并肩站在这世间，面对一切喜怒哀乐。

我说："伪帝周玫自刎，"这个体面的对于死亡的说法，是他的妻子儿女换来的，"其妻子，儿女殉葬。"

"不……"撕心裂肺的尖叫，惨得仿佛不似人声，是那母亲的悲呼。

我睁大眼睛，在这惨呼声中，把话继续说完，"中宫大殿失火，他们尸骨无存。"这是我对这场战争对外的说法，我往前走，箭羽声已经传来，白砚站在我面前，他脸上的线条紧紧地绷起来，是那种我不曾见过的沉重。

白砚大概终于知道，一个生长在江陵城中的我，有多么的狠毒，在他心里终于把我和姐姐区分开了吧！

我跨出一步，与他错开，就在擦身而过的瞬间，我们之间忽然被一只冰冷的手握住，手在收紧，用从来不曾有的力度，坚定地捏紧。

我说："白砚，你不用……"我知道你只是一个温柔的，向往安定生活的人，你的心比我们任何人都要软得多。

白砚拉起我的手臂，我被迫看着他那张亦如初见般温文儒雅的脸，在火焰照耀下，血光中，他扔给我一抹微笑，"你对他的心，便是我对你的。"

我看着白砚，"不，不，不，不应该这样。"

白砚笑着，"你听我说，就是这样，他的父母也是这样，西丰国的皇帝和东临国的皇帝都爱着他的母亲，虽然最后他的母亲和他的父亲在一起，可是我西丰国的皇帝并没有放弃，这是一场没有尽头的战争，即便是死亡也不能让它终止。"

我摇头，"白砚，你错了，我不是流暄的母亲，我不会有什么选择，因为我从来就没有为其他人动心过，这一生我爱的只有他，时间是改变不了的，没有爱恨就没有羁绊，爱恨在我心中也只是他而已。"

打完仗，我飞速回京城，在这场战争中我收到的那分难过，仿佛只有在离他近的地方才能慢慢地平复，想到他，看到他，我就会变得非常的坚强。

进了都城，我并没有马上入宫，因为我知道这段时间他一定会非常的忙，战争只是把这一切拉开了个序幕，怎么才能收拾好这一切，我知道他一定有计划和安排，他会处理好所有，只要给他一些时间。

第十七章 征战

每天晚上我都会悄悄地坐在都城上最高的屋顶，看着那依旧灯火辉煌的宫殿，我想过，也许某一天，我回到屋子里，流暄会像在边界那次一样，突然出现在我身边，我笑笑，从屋顶上飞身而下，踏了几个官员的府邸，发现他们的夫人也在苦苦地等待，现在的我跟等待丈夫回家的普通女子没有任何区别。

妻子把饭菜热了又热，临到天亮的时候，还做了一碗馄饨，做好的馄饨端进屋中，就多穿了一件斗篷到府门前苦苦地张望，我注意到他们房间的窗户上还贴着崭新的喜字，一对新婚夫妇就这样被勤政的皇帝分开了。

这才是第三个不眠之夜，她的夫君一定不会回来，房顶上的我闻到馄饨的香味，顿时感觉到饥肠辘辘。

妻子已经失望地回来，招呼丫头把桌子上的馄饨撤下去，我顿时玩心大起，跟着丫头来到厨房，等到她转身出去的瞬间，我正想做一次梁上君子，就听到谁咳嗽了一声，我转过头，看见一个黑衣少年，正尴尬地站在离我不远处。

我挑眉，他求救般把我的视线引向别处，我脚尖一点飞掠过去，看到不远处的流暄披着斗篷，脸上挂着淡淡的笑容，正仰头看着我。

风吹进窄窄的街道，吹开他的长发，也把我的眼睛吹得湿润。

如果他内功还在，一定早就来到我身边，哪还需要假手别人来叫我。这几天他一定非常地疲倦，宝石般的眼睛都布满了血丝，单薄的身子仿佛又比我上次见到时瘦了许多，我的心里顿时尖锐地疼痛起来。

我跳下房顶，来到他身边，看着他清澈的眼睛，抿起的红唇，秀丽的身姿，我的世界仿佛又恢复色彩，身心都有一种沁人心脾的感觉，我怔怔地望着他，这时候我才发现，如果没有他，一切都会变得没有任何意义。

我低头，微笑，突然之间很想向他炫耀我这几个月的战果，虽然明知他早就了如指掌，但是那些没有跟任何人说过的话，就想跟他一个人说。

他的嘴角微微地扬起，伸出修长的手指拉住我的手。

我说："一切都安排好了？"我知道这是不可能的，他面对的是几个具有几百年历史的国家。

流暄笑笑，"还没有，一会儿还要继续。"

我说："既然是这样，为什么不好好在宫里休息，还要跑出来。"

流暄没有回答，只是道："陪我吃顿早饭好不好？吃了早饭，我就回去。"

原来这世上痴狂的人并不是我一个，只为一顿早饭，他也可以放下一切跑出来，这个翻手就可以灭亡一个国家的君主，他只是我的丈夫。

"想吃什么？"他侧头问，街边上已经有商贩在摆摊。

我拉着他的手，奔着小吃摊就跑了过去，笑着说："馄饨。"只要一碗普普通通的馄饨，我就满足了。

吹着热腾腾的馄饨，碗中蒸腾起的热气迷了我的眼，我的另一只手拿下来，与流暄的紧紧握在一起，街面上慢慢繁华起来，老老少少走上街来，我咽下嘴里的馄饨，笑着把头靠在流暄肩膀上。

还是感情战胜了理智，我忍不住伸手要了腰牌，只要想念流暄，我随时都可以回到宫中。

白天我还是在城里到处转悠，一是要听黄剑给我带来的各种消息，再者我一直都盼望某一天能看见属于江陵城特殊的符号，看到那个，就代表我派出去的人已经找到了楚辞。

这一日我正在街上溜达，经过城门前，听见不远处有琴音，再望过去，发现那里密密麻麻围着的都是人，我本来就不是爱凑热闹的人，正想寻路离开，就听到熟悉的声音，"温清雅。"

我转过头，在被人围着的台子上，有人站起来，健美的身材，穿着团花长袍，领口大大地咧开，嘴角泛起一丝暧昧的笑容，斜长的眼角上挑欠扁得懒洋洋的。

我站在那里看着许多女子被他迷得目瞪口呆，也不上前，只等他拎着琴，光着脚一步步潇洒地走过来，不知道他是从哪里弄来的袍子，下摆开得尤其大，能看见腿上只穿了一条单薄的白色长裤，散开的裤腿柔顺地贴在脚面上，走起路来增添了几分慵懒。

我知道水仙的年龄跟我们比应该属于叔叔辈的，可是在他脸上却看不到这一点。

水仙冲我眨眨眼睛，"胆子比之前大多了。"还顺着我的目光在自己身上扫。

我笑了一下，差点被他扫得眼红。

水仙很大方地看着我，"我看见你到处在城里找郎中，所以带你见一个人。"

我的眉毛重重地上挑。

出了城，走进一个幽静的小山村，孩子们在田边玩耍，女人们在河边洗衣裳，水仙走在前面，所有人的目光都落在他身上，大家笑着，却不惊讶，可见水仙经常在这里出入。

轻轻地推开门，扑面而来一阵说不出的馨香，满院都是各种花花草草，现在已经不再是百花盛开的季节，这里的花朵却开得比春夏时还鲜艳。

一个穿着清淡的女子在给这些花草浇水，她没有抬头，"这些是草药。"然后拿起手边的小锄头在一边松土。

我蹲下来能看她的侧脸，她那面对自己培育的草药时温柔的模样，不由得眼睛渐渐酸涩起来，这时候水仙已经进了屋，院子里只剩下我和她两个人。

她终于暂时把注意力从手里的植物上转移到我身上，很不解地看着我的模样，我拿起手指轻轻压在唇上"嘘"了一声。

聪慧的女子看着我，"我叫张碧君，和东临碧的父母是很好的朋友，东临碧的几个弟弟妹妹都是由我接生的。"

第十七章　征战

我了然一笑。

张碧君说："所以我和你的想法一样，有些事只想你和我两个人知道。"

我站起身往前走几步，到张碧君身边，闻着新翻泥土的香味，眯起眼睛看看头顶的阳光，"刚才我看见你的样子，想起我的姐姐温清雅。"

张碧君并没有过多的惊讶，只是顿了顿，"我知道你找郎中并不是单单地想治好自己的病症。"

我笑，"是啊，每一次进到药铺里，看见郎中为大家开的那些治疗病症的方子，怎么也不好意思开口问一些其他的事。"

张碧君笑起来，弯弯的眼睛边已见有月牙状的皱纹，却不会减少她半点的雅致。

我不禁抱膝笑起来，感觉阳光照射下脸都变得红红的，笑了一阵，我闭上眼睛，"以前的事我想起来很多，所以流暄中的毒是什么我也知道，那毒叫'十年'，是楚辞取的名字，意思是等到毒药入血之后，中毒的人只能活十年，本来流暄用内力抑制住了这毒，谁知道为了我……"

"他把内力传给我，身体内的毒得不到控制，加快了完全入血的时间，这么算来，到了聚合十年，他就会……"

张碧君说："跟我看的结果差不多，不过有一点我要告诉你，即便是他不把内力传给你，那毒也是迟早入血的，所以你不必太过自责。"

从张碧君话中我似乎抓到了一丝希望，急急地问，"现在看来，那毒你可会解？"

张碧君摇头，"我解不开，我充其量可以慢慢了解它的特性，拖延一下时间。"

我笑，"聚合十年，还很遥远，在那之前我一定会找到楚辞，找到那解药。"

张碧君点头，我们又静静地在一起待了一会儿，我刚想说些别的，张碧君就抬起头看我，"如果为了他……我是说如果，要你付出一些……你肯吗？"

我扬眉笑，脸上都是坦然的神情。

张碧君说："我的意思是，譬如要你的性命。"

我点头，"性命而已，我有何不肯，更何况当年让他中毒的人，本就是我。"是我被楚辞操控，用擦了毒的剑去杀流暄，除了我，没有人能伤得了流暄。

如果流暄毒发……对我来说一切都没有意义。

张碧君微笑，很慈祥地笑，"既然如此，你还有什么好怕的呢？反正不是生死都要在一起吗？"

这样我要问的另一件事也有了解答，我本想问张碧君，如何才能找回那晚我所失去的记忆，我不要那段记忆只不过是因为我对那夜发生的事有种惧怕，所以身体自然排斥它，假如我克服了一切的恐惧，自然什么都能想起来。

看着天色将晚，我准备离开，临走之前，张碧君又拉住我，告诉了我有一种植物，"我师父曾告诉过我，有一种毒草叫十年鸳鸯，叫它鸳鸯，是因为它就像鸳鸯藤一样，金银两棵花互相缠绕而生，金草的毒是让人痛苦，毒发的时候人会失去掌控身体的能力，出现幻觉，中毒的人看见的将是他最恐惧发生的事，而银草的毒是让人快乐，它和金草不一样，银草只会毒发一次，发作的时候会让人看见自己最想看见的，经历最想经历的事，然后死去。十年，则指的是中毒之后，毒性入血只能够存活十年。但是师父告诉我，说银草可以解金草的毒，至于如何解，那我就不得而知。还有，你放心，在聚合十年之前，我保他不会有任何问题。"

我点头，我说："你知道他的心思有多难猜吗？什么都不说，只是默默地为我……现在我也要做一件不会告诉他的事。"

回宫的路上，我故意买了一件黑色的斗篷，把自己蒙起来，然后非常有信心地看着门口侍卫上来阻拦，他一上前，我挥手就是一拳，突然之间的袭击让所有侍卫警戒起来，门内拥出两队人之后，开始呼唤关第二道宫门，如此反应已经能把一般刺客就此拦住了。

我一脚踹到可怜侍卫的肩膀，另一只手夺过一名侍卫的钢刀，其他侍卫已经把我圈在中央，我本来只想试探一下他们的警惕性，这下好了，在敌我不明的情况下，我打扮得又太像刺客，这些人都拿起要与我拼命的架势来。

我刚想说话，这些人就往前冲，我只能运动我的手臂。比起我的武功，虽然他们差的不是一点半点，但是这个缠住人的打法，也让我出了汗，也就没了要用轻功跳开的念头，反正好久都没有活动了，这样玩一下倒也爽快。我是爽快了，这些普通的侍卫就被我打得鼻青脸肿，后来这些人中有一个做了侍卫长，在一次宴会之中我们又提起这件事，他红着脸夸我功夫了得，他这辈子不曾见过比我更厉害的人，当时我把他们打成什么样，可想而知。

大部分侍卫都躺在地上，有人大喊一声，"都给我停下。"

我抹了一把汗，侧头，看见了昨日在房顶上有一面之缘的黑衣少年，我吐了一下舌头，我玩得太过火，大概把宫内都惊动了。

黑衣少年苦笑着看我，"殿下，你这是要……"

我看了看侍卫们的惨状，有几个侍卫本来要支撑着从地上爬起来，听到黑衣少年说的话，惊愕之下又跌了回去。

我歉意地看着那少年，把斗篷从头上扯下来。

黑衣少年咳嗽了一声，"殿下是在考校你们的警惕性，受伤的都去领点银子……"

侍卫们站成一排，默立在旁边。

黑衣少年向我微弓一下身子，让开一条路，我知道我现在最佳方案就是赶紧溜回屋里去。

洗过澡，浑身舒爽，我穿着长长的袍子坐在台阶上看夜晚的天空。头上的繁星是恒久不变的，无论人世间如何，它们永远是一片静谧祥和的样子，想想现在能这样安静地等着流喧

第十七章 征战

回来,我心里顿时涌上一股甜蜜。

回到屋中,我趴在桌子上,迷迷糊糊就睡了过去,感觉到有人进屋,我习惯性地警惕了一下,当想到只会是谁的时候,我也就舒了一口气赖着不动,等他走过来,把我抱起来,我依偎在他的怀里,轻轻地说:"如果我们能一辈子这样该多好。"

流暄轻声道:"会的,会永远在一起。"

我闻着流暄身上的香气,"不许骗人。"知道他很累,可我还是赖皮一般抱着他的脖子缠着他,我说:"流暄,明天让我去瞧瞧你的书房和你议政的地方好不好,我会悄悄地去。"

"好,"我得到早就意料到的应允,感觉到衣服被脱下来,耳边传来放下帐幔的声音,他拉开被子展开双臂把我抱入怀中,赤裸的皮肤感觉到了他,心底仿佛顿时心满意足地舒了一口气。

轻轻的亲吻落在我的脸上。

我想看看那些地方,我知道他每天都在哪里出入,我想要熟悉他所有的一切,哪怕人在千里之外,看看时间闭上眼睛也能猜测出他在干什么,是一种什么样的表情,拿着笔在什么样的纸上写字。我本应该了解他全部的一切,陪他走过风风雨雨,可是大梦一场醒来之后发现自己错过了那么多,以后,我不想再错过。

流暄,流暄,我不能再失去你了。

永远,永远都不能。

我窝在流暄的怀里,本来想好了今晚看见他了,要多跟他说些话,谁知道事与愿违,抱着他的腰只想睡觉。我已经分不清有多少日夜没有好好睡上一觉了,我也曾软弱过,有一回甚至梦见自己站在山坡上,四周忽然出现了大批敌人的人马,我骑着马孤零零地面对凶狠的敌人,正当我束手无策的时候,从远处冲来一人一骑,看见那人我再也不害怕了,他在马上冲我微笑,他无所不能,因为他是流暄,我爱的人。

我始终不明白,为什么每当自己彷徨无措的时候,想起流暄就会安心,在他身边我会睡得安稳。

我想起周玫,"伪帝没有当几天皇帝,就多娶了好几个妻子,扩充后宫。"

流暄笑笑,并没有说话。

我说:"你将来统一四国,做了整个天下的皇帝,会不会也有要扩充后宫的意思?"

"不会。"

我知道他绝对不会,这么说只不过是要逗逗他,可是也没想到他回答得那么简单。

我故意皱起眉头,"用两个字就打发我了?"

流暄忽然笑起来,我不解地抬头看,他静静地凝望住我,目光明亮,仿若深夜中的一颗明星落在了他的瞳孔之中,艳丽得叫人迷醉,"你问了一个傻问题,我完完全全属于你,这是一件最容易做到的事。"

我轻轻地抱住他，"那么从现在开始我也变得独一无二了，起码只有我才能拥有你。"

第十八章 醒悟

原本以为我的假期可以稍微延长一些，却没想到有人根本不想让我好过，看着这张用江陵城特殊文字写成的信函，我心里已经分辨不出是什么滋味，有点高兴，因为终于有了楚辞的消息，有点难过，因为马上又要跟流暄分开，这一次不像是打仗，都在明面上，大约用多久我都能估算得出，面对楚辞，真的需要很长一段时间。别离的话我已经不知道该怎么说了，只是蹲在一个小小的角落里面，抱着肩膀发呆，每天都盼望着快快天黑，这样流暄就可以处理完政务回来，可是今天居然就想让时间停滞，哪怕见不到他，离他近一些我也就满足了。

入夜，过了一会儿，宫内仿佛沸腾起来，有人提着宫灯走来走去，我仍坐在那里，看着她们忙乎，今天就要任性一次，因为可能很长时间都不能体会到你对我的宠爱，就让我今天挥霍个够。

宫灯开始越来越多，有侍卫、女官、内官，都是嘈杂的脚步声，终于有人发现了我，看见我的时候，表情有一丝呆愣，然后才反应过来，大声吼：「娘娘在这里，娘娘在这里。」

我抬起头来，刚要有所动作，眼前一黑，整个身体就被人拥住，我把头埋在他怀里笑起来，想起那女官刚刚喊话的内容，我说："我什么时候成了……"脸红一片，那两个字说不出口。

流暄笑着把我抱起来，"早就是了，在郧县的时候，你已经跟我拜堂成亲，你是我的雅儿……"

众目睽睽之下，他居然就这么大声地说了出来，我打断流暄的话，"那不算，没有父母之命……媒妁之言……那只是你……"话音就此停顿，流暄已低下头把我的唇吻住，"我的父母做了见证，你是否还记得有人送给你一把剑？"

我忽然想起那两男一女，难道，难道，那就是……我捂住了自己的嘴巴。

流暄说："那把剑我让人拿去稍微修改了一下，今天才送回来。"他抱我进屋放在软榻上，起身取出一把剑，放在我手里，我急于想知道这把剑有什么不寻常，立即把剑抽了出来，雪白的剑身在灯光照射下发着淡淡的白光，剑身中央刻着一只颜色鲜艳的凤凰，凤凰上方有一枚方印样的图案，上面写着四个字：母仪天下。

第十八章 醒悟

我的手缓缓地摸过剑身。

流暄坐下来抱着我,"皇后的金印你不会喜欢,所以我送你一方特殊的印章。"

我的嘴角上扬起来,眼泪不知不觉地掉在剑身上,"流暄,等我回来,这是最后一次。以后我再也不会离开你。"如果我寻不着那毒的解药,那么聚合十年就是我们一起离开的时候。

流暄没有说话,他那双眼睛里有光芒在闪动,我想我已经不用再多说什么。

东临国收并西丰国的时候,南国忽然冒出了一批人马,把这本来就不清亮的水,搅和得更是浑浊不堪。我骑马回营对身后的黄剑说:"清点一下死伤的人数!"楚辞竟然跑去帮南国的皇帝,还训练出一支强悍的军队,近几日把我折腾得苦不堪言,本来从来不曾有伤亡的自家军,这几日也是连连有人受伤,所幸的是那些人更讨不去什么好处,楚辞训练他们也只是用江陵城的方法,我们这些人毕竟是从小在江陵城中长大的,他们靠的只不过是人多势众。

"不行,"白砚递过一杯水给我,"你想自己去找楚辞,绝对不行。"

我喝口水,润润干哑的嗓子,"昨天我收到楚言的密信,他在信上说楚辞受了重伤,他的部下都在帮他找疗伤的良药,我料想,他是在上次和流暄对峙中受伤,可能后来又急于疗伤,造成内功反噬,如果是这样的话,我……"

白砚皱着眉头,"那只是你的猜想,你怎么知道楚言打探的消息一定是对的?"

我摇手,"就凭他的师父是楚闲,他的打探功夫在江陵城是最好的。"

白砚温和的表情去得干干净净,甚至有些气急败坏,"即便是这样,你怎么知道这不是楚辞设下的陷阱?也许他就等着你往下跳。"

我说:"这样拖下去总不是个办法,万一楚辞再悄悄地逃了,让我如何去找?天下之大……他随便跑去哪里藏起来,然后看我的笑话……我不能再等了。"

我的肩膀忽然被按住,我的身体被摇晃着强迫抬起头,看向白砚皱起的眉毛,他的眼中如云翻滚,我被他抓得生疼,"你冷静一下,就算是你要去涉险,也不是现在,起码再等等,等到楚言把这个消息确定。"

我看着白砚,"如果那时候他的伤好了呢,我不是没有了先机,不管做什么事本来就会有些风险。"

白砚看着我,"如果你不小心被楚辞抓到了,或者有什么闪失,那个坐在皇宫里的人会怎么样,你比我更清楚。"

我陡然失去了力气,身体下滑坐在凳子上,"你说得对,我要再等一等。"

又过了几个月,虽然我依然没有达到我的目标,但是终于把南国这颗老鼠屎从西丰国那锅稀粥里捞了出来。站在城楼上,舒了口气,我终于算是帮上了忙,对着东临国都城的方向我露出一丝微笑。

我还以为我终于可以偷得半日闲,谁知道从都城又传来消息,说是北国的皇帝有意把宠爱的女儿嫁给流暄，两国联姻，看到这封信的时候，我的脸变成了青色，颜云在一边抿嘴笑。

我看了她一眼，"现在还有心思笑，如果他敢答应，我立即就……"

颜云笑道："不会的，北国上一任君主在老主子那里就吃过一次亏，这一次他们居然又故技重施，我是在笑，北国怎么只能演出联姻这出戏，也不知道接受些教训。"

我说："我看这是一出好戏，有了姻亲关系就是一家人，在目前这种情况下总是一个良策。"

颜云说："可惜用错了地方，难道他们不知道东临家就爱出痴情种。"

被颜云这么一说，我的脸"呼"地红了，"东临家还有一个男人，我看既然你觉得……不如……"

这回换颜云脸红了，"小姐，你怎么能这么打趣人。"

我笑着看颜云一眼，然后看向天空，"眼见就要下雪了，看来我们要在这里过上一冬天了。"最多到明年开春，我不能再接着等下去。

不知道怎么了，人一松懈下来，倒生了病，晕晕沉沉，不停地打喷嚏，军医把了脉，说是伤了风寒，听到这话我愣了，看向白砚，白砚忍俊不禁笑出来，"小清雅，我从习武以来就没得过风寒了，我还没听说哪个……"

我的脸红了一片，恳切地看向老军医，"您没看错吗？习武之人一般是不会染上风寒这种……"

老军医道："殿下大概是思虑太重所致。"

看着白砚渐渐敛起笑容，看着我几欲说话。

我忙伸手讨饶般说："好，好，我知道，我休息，前方的事就拜托给白砚殿下了。"

白砚略微疲倦消瘦的脸，竟然浮起一丝满足的微笑，已经开始张罗，"那好，让颜云陪着你去城里住下。"我的心忽然紧缩一下，白砚，不要让我误你一生，如果你还知道人总不能活在过去，就应该更积极一点，去找你真正的幸福，我，不是你的幸福。

刚进城几日，就下起了鹅毛大雪，所有人都觉得有些稀奇，因为以这边的气候，这样的大雪的确不常见。

我趴在窗户前往外望，长发随手束在身后，托着腮，偶尔伸出手去接雪花，颜云从外面端药进来，马上叫起来，"小姐你怎么下床了，还穿这么少。"放下手里的东西，立即把一件斗篷披在我肩膀上，然后伸手就要关窗子。

我连忙去拽她的小手，"就让我再看一会儿。"

听见我赖皮一样的语调，颜云忍不住笑起来，"小姐现在一点都不像驰骋战场的将军。"

我失笑，"你知道吗，我从小到大都很少看见这样的大雪，如果这雪一直下，到了明天，地面上会不会积了厚厚一层？"

第十八章 醒悟

颜云点头，"会。"

我眯起眼睛，"那我们明天出去看雪景。"

颜云的脸绷起来，"那可使不得，您这病还没好利索，怎么能出去吹冷风。"

我抿嘴一笑，"其实我这根本不是病，只是前一段时间打仗太紧张了，突然松懈下来是这样的，你不知道我小时候在江陵城的集中营里……"我突然闭上嘴，赶紧看向颜云。

颜云惊讶地看着我，"小姐，您都想起来了……是不是？全都……"眼睛闪动，嘴巴微张地看着我。

在这种目光下，我实在无法再欺骗，只能点点头，"不是全部，但也差不多。"

颜云似是被冻住了一般，半天才缓过神，眼神开始变得惊喜。"那……那……陛下知道不知道？您有没有跟陛下说。"

我拢住自己的袖口，"不，他还不知道，我现在还不想告诉他，我要等到……那时候再说。"等我全都想起来的时候，让他再也没有顾虑的时候，"颜云，我希望在那之前，你能帮我保守这个秘密。"

颜云低下头，静静地想了想，然后冲我点头，"小姐放心，颜云明白，"过一会儿又补充说，"那时候陛下不知道要有多高兴。"

我的嘴角也浮起一丝微笑。侧过头继续看天空，原来你们都知道，只有我这个傻瓜还把自己当成温清雅，曾有一度，我居然还为流暄一直没有叫过我的名字而伤心，现在我知道，流暄他一定想叫我的名字，他想叫我金宫。

那天晚上，不知道是不是想这件事想得太多，我竟然做了一个梦，梦见自己到处找流暄，想要告诉他，我已经全都想起来这件事。我跑遍了皇宫内院，还跑去了他朝见大臣的地方，他的御书房，然后跑到了大街上，一直找不到他的踪影，后来焦急的我忽然想到了什么，猛地回头，发现他真的就站在我的身后，他抱着我的腰，亲昵地叫，"雅儿，"伸出手指着天空中飞翔的鸟儿，"雅儿，你看，在天愿作比翼鸟。"

打开门，寒风立即吹到脸上，我闭起眼睛笑着往里缩了一下，然后裹紧身上的大氅，抬起脚踏在了雪里，靴子入雪的声音煞是好听，让我顿时忘记了寒冷，快步跑了出去，颜云急忙在身后喊我，"小姐，你小心一些。"

我笑着转身，"颜云你自己小心点才是，这算什么啊，以我的轻功，在水上走都没问题！"大雪纷纷扬扬，被风一吹飞入眼中，我提起裤腿，笑着跳着，不一会儿工夫，脚上的靴子就被雪打湿了。靴子第一次湿的时候，我还用内功去驱寒，后来就顾着玩了，也就不去在意这件事，走过几个府邸，发现府里仿佛都热闹非凡，好像是下人们在忙着给主子堆雪人，我路过正门前，门正好打开了，我侧头望过去，丫头们簇拥着她们的主子站在那里，华服女子看见了我，又往周围看了看，然后笑，"这雪景真漂亮。"最近我变得很奇怪，每当闲下来的时候，总爱往别人家门前跑，在都城的时候是这样，这里又是如此。

我和那女子对视，颜云已经气喘吁吁地追上我，那女子不认生，笑吟吟地主动跟我打招呼，三言两语就把我说到了她身边去，看她指指点点快活的样子，我不禁也乐起来。

她的样子让我觉得有些眼熟，我"咦"了一声，把她细细看一遍，她可不就是我在都城见过的那位，没想到我来到这里，又一次遇见她，还真是有缘分，她接着说："我相公忙于公事，无暇顾及我，所以让我回娘家看看。"

我抿嘴笑，"你相公是一个豁达的人。"

她长长的睫毛闪了闪，"听说这里不远处在打仗。其实是我硬要央求他让我回来的，爹娘不愿意搬家，我想求他们搬到都城里去。我怕，万一……"捂住了嘴巴，"这要让相公听到又要骂我。"

我笑，低着头看着脚边的积雪，"这里不会有事的，一定会打一个大胜仗。"

女子抿嘴笑，连连点头，笑问我，"你嫁人了没有？"

我脸一红。

她忙说："我没别的意思，我是刚嫁人不久，所以……"

我想着流暄，心里涌出一股甜蜜，"我嫁人了。"我想颜云那丫头一定在旁边抿嘴偷笑。

女子说："你相公是做什么的？"

我想了想，"和你相公一样。"

女子"呀"了一声，"你怎么知道我相公是干什么的。"

我当然不能说：因为我在你家房顶蹲过点，看过有官差到你们家。我说："你刚刚不说你相公有很多公事要做吗？所以我就猜测你家相公是做官的。"

女子笑起来，闪动的眼睛不知道想到什么又暗了一瞬，低下头，半晌才说："可惜我过几天就要回都城的，不然我们还可以一起聊聊天。"

我还没说话，那女子忽然之间盯着前方，露出不可置信的表情，微微张开嘴，然后霍地站起来，我扭头顺着她的视线望过去，看见了一个男子正向这边快速走来。

"相……相公……"女子说着话，手脚都不知道要往哪里摆，脸忽然红起来，揉揉眼睛。

穿着便服的男子走到府前。

"相公……你……你怎么会来。"

"我随驾……"话到此，男子的目光缓缓地掠过我的脸，流露出一丝谨慎。

虽然他的话没有说完，我只听到了三个字，但是我忽然有一个预感，我的心像被重击了般激动得隐隐抽痛，我忙四处张望，急急往前走，可能是我的行为太怪异，男子退一步，拦在我前面，"这位姑娘。"

我无暇跟他说话，绕开几步就冲了出去。

第十八章 醒悟

"你等等，你要干什么，站住。"

别说一个文弱书生，就算是武林高手，此时此刻也拦不住我。

流暄来了吗？是不是就在附近？我的手在颤抖，情难自禁。

这个时候，这么远，他也会来看我吗？

流暄，流暄，流暄……

终于让我看见了一辆马车，一个黑衣少年骑马跟在车旁，马车帘子一晃，从里面递出一个黑色的盒子。我几乎能看见里面的人黑色衣衫上用暗金线勾绣的云纹。

我再也控制不住，大声喊："流暄。"

马车停下来，只相距几步，我却仿佛走不动了似的。

帘子一动，我看见了那抹黑色的黑影，流暄优雅地站在那里，衣裾袍角轻扬。

我笑起来，流暄来了，真的是他……

流暄走过来，拉起我的手，我身后传来一阵脚步声，几个人气喘吁吁的声音，忽然在这一刻停止了。

"冷不冷？手冰凉。"流暄低头轻轻地呵气，掌心缓缓地摩挲着，细长的眼睛阖下来看到了我的脚，于是缓缓地蹲下去摸我的裤腿，我仿佛能感觉到周围人的目光，脸红成一片，越发觉得不好意思，而且流暄他是这个身份，实在不应该有这种举动，正在乱想之际，感觉到身上一轻，已经被抱了起来，我勾着流暄的脖颈，急急地说："我没事，不冷，手会凉，那是因为见了你，激动……所……所以。"我慌忙看向那对夫妇，那妻子脸红扑扑眼睛中有几分羡慕，她的丈夫已经愣在那里，脸色发白还没有从震惊中适应过来。

我被抱上马车，等他弯腰进来的时候，马车开始继续向前走。流暄把我的腿放在自己怀里，然后慢慢脱去我的靴子，袜子已经湿透了，我开始不好意思起来，慌忙动着腿试图把脚挪开，他的手摸向长袜，我立即伸出手来阻止，"别，好脏，我已经穿了半天了。"他却不管，依旧把我的袜子脱去，修长的手指把双脚握住，我睁大眼睛说不出话来，袜子是脱掉了，可是脚仍旧是湿的，怎么能……

不等我再拒绝，流暄道："你的病还没好利索，别再把脚冻着了。"撩开长袍下摆，就把我的脚放了进去。

脚心里传来温热的感觉，我的心怦怦直跳，僵在那里，不知道该怎么办好，湿润的脚，就这样被按在他赤裸的皮肤上，我把脚尖蜷起来，他却前倾，把我的脚重新按贴在身上。

我的眼前不禁起了一层迷雾，"不行，我的脚还是湿的。"

他却淡淡一笑，"是有点湿，一会儿就好了。"

我说："流暄，流暄，你怎么能这样，你让我……"

他细长的眼睛慢慢眯起来，用能勒住人心脏的声音，"雅儿，我恨不得时时刻刻都宠着你，可是你不在我身边。"

我怔怔地看着他，视线开始模糊，我吸吸鼻子，"我答应你，明年……最多到冬天，我肯定回去。"

他伸手拿起矮桌上的折子，眼睛眯起来，眼角绽放出冰冷的光，"我等不及了。"

马车里的热炉"啪"的一声响，我坐直了身子，"流暄你是想……"

修长的手指拉开长长的奏折，上面有用朱砂写上的御批，我看过去，顿时一惊，"你要正式征讨南国？不行，你这样理由不够充分，也太仓促。"

流暄笑一声，声音里没有任何的感情，让我顿时觉得有些冷，"南国趁乱扰我国界，光凭这一个理由我就能……"

我扑过去捂住流暄的嘴，看着他。

流暄把我的手拉下来，"雅儿不相信我？放心，我是不会打败仗的。"细长的眼睛里闪动着睿智和气魄。

我的担心不是没有道理的，流暄在西丰国花费了太多的精力，在拒绝了北国的联姻之后又马上准备调集军队攻打南国，不难想象那将是一个什么局面，可是在面对他这个决定的时候，所有人都跟我一样，从最初的震惊到被他的气度所折服，朝堂之上最终把所有意见统一了起来。

聚合六年三月东临国与南国正式交战。东临国军队势如破竹，短短两个月时间已经攻下南国四座城池。

由于战场上牵制了南国几乎全部的兵力，使我这边的压力大大减小，楚言也打探到了重要的消息，我合上手里的地图，咬一口干干的馒头，进入这片森林已经几天，包围圈渐渐缩小，小范围的战斗渐渐频繁，人员开始有伤亡，面对楚辞的时候终于到了。

楚辞是什么样的人，我心里再清楚不过，任何人在面对楚辞的时候，心底里都会对他有一丝的佩服。我在江陵城的时候，见到因为被训练伤得满身伤口的楚辞，无论族里的郎中怎么给他治疗伤口，他仿佛都没有任何的痛觉，永远都在懒散而美丽地微笑，在那一瞬间，我见识到楚辞的厉害。

可是那时候我还不知道在这懒散的背后，他是一头野兽。

现在我将这头野兽逼到了绝境，是时候让他尝尝死亡的滋味。

番外二 受伤

受了很重的内伤,就要用全部的精力一刻不松懈地运功对抗这个伤口,避免它恶化,至少在找到疗伤药之前是这样,这就代表日日夜夜不能睡觉。

楚辞笑了一声,这也没什么,好像已经有很多年没有好好睡一觉了,因为睡去的时候会觉得冷,周身没有一丝温度。

顶着和金宫相同脸的女人端着饭走进来,楚辞看着自己的杰作,慢慢地从开始的兴奋和好奇,变成了现在的反感。一个人就算把她全身都变成另一个人的模样,她还是不能代替那个人,这就是最大的悲哀。

"你走吧,你只是我做出的替代品,以后我不愿意再看到你。"

女人的手在颤抖,身体在萎缩。楚辞"呸"了一声,真丑。

那女人颤抖着手指,"我去找给你疗伤的药,我听说在……"

楚辞不想听,女人只能伤心地离开。

其实躲起来是一个很好的办法,躲起来等到流暄中毒而死,然后再站出来宣布自己的胜利,可是楚辞忽然之间感觉到累了,他坐在地上摆弄手里的药瓶,胸口又浮起那股不舒服的感觉。

这种感觉已经伴随他十年,十年里他做了许多对抗这种感觉的事情,可是没想到这种痛感会越来越强烈,他不明白这是什么,江陵城的教育里没有这一项,其他人也不会真正地关切一下他的真正感受,不怕死地引导和解答,于是这成了一个谜。

女人已经收拾好东西准备离开,走之前她看见窗边的楚辞在微笑,看到这个笑容她无法呼吸,整个人像是被一条绳子勒住,胸口随着每一次心跳一牵一牵地痛,这个微笑让人看了以后就忘不掉,是那么的富有感情,不再可怕,不再阴暗。

女人不禁在心中祈祷,老天,求求你,如果我不行,请你找另外一个人来救他,把他从黑暗里拉出来,让他在阳光下真正地微笑,他只是一个走不出黑暗屋子的孩子,他的心在轻轻地呼唤,只不过他自己听不到,这世上,难道就没有特别的人了吗?特别到能拯救他的人,我好想知道那洗掉污垢的宝石会发出什么样的光亮,时光继续往前走,没有了奇迹,只会留下遗憾,这是属于楚辞的悲哀,同样也是属于我的悲哀。

女人在轻轻地哭泣,正当她感到脆弱而迷茫的时候,她看到了一双脚,她渐渐抬起头,睁大了眼睛,那是一张和她如今一模一样的脸庞,女人不禁捂住了自己的脸。

"你来了。"楚辞站在阳光下笑,手里举着药瓶,喏,我的鱼饵,我要钓一条大鱼,在这风和日丽的日子里,现在这条鱼上钩了,接下来我要怎么做?将她煮了吃了,吃光她的肉吃了她的骨头,让她彻底从这个世上消失,完完全全地落入我的肚子里。

他真的想这样做。

"过来，"楚辞拍了拍身边的位置，"坐在这里。"就像从前一样。

她走过来，乖乖地坐下，楚辞心里忽然很畅快，终于她又听他的话了，看着她那双闪烁的眼睛，里面已经没有了迷茫而是清澈见底，楚辞忽然笑起来，"现在你是谁？知不知道自己到底是金宫还是温清雅？"

"我知道，"她的声音清脆而干净，"我是金宫。"

没有意外，楚辞笑了，慢慢地躺下来，躺在金宫的腿上，楚辞叹口气，仿佛是从内心的最深处慢慢地呼出，很享受，闭上眼睛，像孩子一样，"呵，好舒服。"

"还记得小时候你救我的那件事吗？"

金宫放下手里的剑，"记得。"

"还记得我身上有多少伤口吗？"

金宫微笑，"很多，数不清，有几处严重的我记得。"

楚辞粉红色的嘴角微翘，像得了糖果般孩子纯真的微笑，"在哪里？指给我看。"慢慢地翻了个身，楚辞感觉到自己的心跳很缓慢，一点一滴趋于平静，他信赖地把头腻在她怀里，好似把她当成了情人一样。

她的手指滑上来，"肩膀，后背。"弯弯的腰身，手臂，还有腿，每摸到一处伤疤，她的手都会轻轻地下按。

楚辞的手臂缠上她的腰，"我恨你，恨死你。"她的手恰好也放在他的腰上，那里有一处软穴，是人体脆弱的穴道之一，他的身体动了动，她以为他发现了自己的企图，把手挪走。

他却浮起一丝满足的微笑，"别动，就这样，别动。"她重新把手放下去。

楚辞闭着眼睛，很舒服，一种浑身痒痒的感觉，幸福得快要把整个人融化了，居然这么简单就让身体沉沦下去，十年，十年，居然只是在追求这么简单的事，然而身体在沉沦的同时，各部分也在衰竭，楚辞感觉到了，可是他已经不想再去管，他已经太累，太辛苦，长期生长在黑暗中的人，他在寻找光源，当他终于找到那束光的时候，不管那光带他去哪里，他都会去。

"我很困，很累，想要睡觉。"楚辞的声音轻得像耳语，恍惚得像梦呓。以前躺在温暖或者冰冷的地方都睡不着，后来因为身上的伤而不能睡觉，现在躺在她的怀里，让她环着自己的腰，就这样简单地，仿佛忘却了所有痛苦，听着自己的心跳缓慢，舒服地睡着了。

这一次不会再感觉到冷了，只想好好地睡一觉。

楚辞在睡觉，一开始会发出像孩子一样满足的叹息声，一瞬间让人想把这轻轻的叹息声挽留，后来他开始变得无声无息，可是嘴角还在上扬着，金宫不确定地动了动，她的手从他腰间拿起来，然后放在他的鼻子下，颈上，胸口，不敢相信，这个人就这样无声无息地死了。

他的手里还攥着那瓶药，瓶子旁边塞了张纸条，上面写着：拿走吧，别客气。

番外二　受伤

　　那语调和他上扬的嘴角达成一致，仿佛就是一个大孩子，蹲在那里微笑："要这个吗？给你！想要什么，都给你。"

　　金宫愣了，她抱着楚辞坐在地上，静静地看着日落，等待黑夜过去，让他的头躺在自己肩膀上，并肩坐了一夜，没有言语，默默地，她甚至不知道自己在想什么，又或者，她根本什么都没有想。

　　等到太阳再升起，昨晚跑出去的女人又走进屋子，金宫抬起头对她说："他睡着了。"

　　那女人想伸手摸楚辞的脸，却又怕他厌恶，把手反复地在身上蹭来蹭去，然后再伸出手去，她还是迟疑了，只是跪下来告诉楚辞，"我找到药了，"说着嘴角浮起一抹微笑，对金宫说："你喂他吃好么？你喂他，他会吃的。"

　　金宫没有动作，女人拿起药丸碰上楚辞的嘴唇，不知怎么的，女人看着楚辞那抹微笑，忽然不想就这样把它破坏，药丸开始在她手里融化，却无论如何也不能送进楚辞嘴里，女人开始哭，她说："我知道，他太累了，你看他笑得多好看，他受了那么重的伤，你怎么忍心还伤害他。"

　　女人说到这里像是发疯了一般，向金宫厮打过去，却沾不到金宫的一片衣角，"你为什么要杀他，为什么？你难道不知道他的心，他只是喜欢你。"

　　女人瘫坐在地上，躺在那里的楚辞依旧没有任何动静，女人抬起头看金宫，"他真的死了，如果他没死，看到我这样对你，一定会跳起来杀了我。他死了，真的死了，我该怎么办？我应该为他报仇。"

　　那女人的眼睛如同在流血般，片刻间她却又委顿下来，"是不是杀不了你？我杀不了你，只能求你，我求你把我和他葬在一起。"她忽然扬起手里的匕首，戳进自己胸口，鲜血从刀口和嘴角涌出来，"你有没有好好看过他，也许一个人生下来所有的一切，都只是想让那个人好好地看看他。"

　　金宫想起楚辞临死前问她，"还记得我身上有多少伤口吗？"

　　金宫慢慢地从屋子里走出来，多少年前，她也曾喜欢楚辞看到她时眼睛里那一抹欢喜的笑容，可是当被血腥淹没，就再也不能打动她了，尤其是楚辞将她当做傀儡般，让她杀了所有的亲人，她对楚辞就只有恨意。

第十九章 白首

我从马上下来，走进军帐看见一张张熟悉的脸，脚下一趔趄，顿时感觉到天旋地转。白砚几步跨过来，把我扶住，这次去找楚辞，我没有告诉任何人，只是带了楚言几个，在我看来杀楚辞是无比凶险的事，我不想让更多人被牵扯其中，却没想到这次见楚辞，轻易地就杀了他，楚辞竟然会允许我封住他周身的穴道，那一刻他就像是个孩子，跟我聊天、叙旧甚至对我依依不舍的孩子。

为什么会这样，我也不知道，直到现在我也不能完全地理解楚辞。

我忽然的消失让白砚几个慌乱，回来也给了他们一个措手不及。我衣衫凌乱，十指破损，指甲里都是泥土，双眼无神，白砚顿时像被什么重重地打击了，英俊的脸顿时变得刷白。白砚拉着我的手，帮我清理手指，我抬起头看白砚，"白砚，我没事，什么也没发生，楚辞死了，我把他埋了，只是这样。"看着白砚皱着的眉头舒展开来，布满血丝的眼睛露出欣喜的光芒，我闭上了眼睛沉沉地睡了过去。

梦里我找回了那晚的记忆，黑暗的天空仿佛染了鲜血，悲伤痛苦的情绪就像泥潭一样把整个人拖下去，再难解脱。

我在楚辞的指挥下杀了所有跟我有牵连的人，让他们那一双双眼睛变成了死灰的颜色，杀了这么多人，最终我也淹没在自己的悔恨里，想及一次次逼问流暄我的家人是不是他杀死的情景，我的心如同在火上煎熬，流暄怎么会那么傻，替我背负起这样的罪责。

我已经不想把所有的经过从头到尾再想一遍，我没有这个勇气，第二天我披上绣着凤凰图案的红色大氅，单枪匹马直奔都城，路上休息、换马我始终一言不发。

我手握信牌冲进皇宫，推开勤政殿大门，抬眼望着那个坐在御座上的人。

那双琉璃般璀璨的眼睛也深深地望着我，那一刻天地间只有我们彼此。

殿里的人们开始往外退，我转身关上沉重的殿门，抽出自己身侧的长剑，一步步走近流暄。

流暄细长的眼睛眯起，没有一丝惊慌，两个人这样沉默着对视，只能听到彼此的心跳声，我将剑锋架在他的脖子上，微微一逼，肌肤破损，流出鲜血，流暄却没有阻止我，没有半点的挣扎。

我哑声说："疼不疼？可比我心疼？"

窗外风声一阵，忽然之间下起了大雨，雨水冲刷着天地间的一切，我仿佛也置身于雨幕之中。

流暄的眼睛里是澄净而深远的目光。

我说："我来问你一个问题，"看着他，"我的姐姐、族人是不是你杀的？"

流暄的脸上没有过多的表情，低沉地道："你都知道了？"

第十九章 白首

我惨笑，"你以为骗我一辈子就行了吗？让我活在你编织的谎言里，你知道我会怎么做，即便你是我爱的人，我也不会原谅你。"

流暄沉默片刻道："我说过，如果有一天你觉得我做得不对，你可以杀了我，但是不能离开我，如今便是我兑现诺言的时候，"他抬起眼睛，"雅儿，你可以杀了我。"

我手里的剑哆嗦着向前，剑锋偏离手一松，剑落在地上，我已经扑过去，紧紧地抱住他，"如果我没有将所有事都想起来，你就准备这样做？让我杀了所有亲人之后，再杀了我心爱的人？"

流暄整个人微微地颤抖，我不等他说话接着道："我会拿到流暄那块玉，然后杀了流暄。把流暄的人头带回来。"

我顿了顿，"在金宫校场上你听过江陵城的俘虏说这句话，不是楚辞造假，这句话是我说的。所以你知道当时楚辞为什么把我扔进金宫了吧！其实你早就知道了对不对？"

"你和无流本想把我的病治好，让我想起所有的一切，后来终止治疗甚至误导我，让我以为自己就是温清雅，因为你知道了那晚发生的事。为什么打江陵城到半途你就下令让白砚折返，因为当时楚辞威胁你，如果你继续下去，他就让我想起那晚所有的一切。这本来就是楚辞的游戏，他让我失去所有的记忆，变成那个样子，再送到你身边，就是想要用我来对付你，他把我逼疯，告诉我，我所有的亲人都是你杀的，所以我才会说出要杀你的话。"

"而你呢，到现在还想替我隐瞒那晚的真相，即便是我杀了你，你也不在乎吗？我什么都想起来了，我会疯，那是因为楚辞控制我的身体，让我亲手杀了我的姐姐和族人，我曾选择结束生命，并不完全是我无法接受这个既成的事实，还因为我想要保护你，我不想看到自己伤害你，而你却想要把这一切都隐瞒，现在我告诉你，我可以为你忘记一切，也可以为你把什么都想起来，你为我付出了那么多，让我承受一些痛苦又算得了什么。"

"这些日子，我离开你身边，就是想把这一切都想起来，我再也不要看你孤独的样子。"

我心里锐痛，感觉到流暄把我抱紧，不敢去看他发红的眼角，我已经泣不成声，"以后都不要再看见你瘦下去了，我会心疼。"

过了好长时间，我听见流暄轻轻地叹了一口气，"我一直等着这一天，等着你自己想起来，解除心结的一天，你不知道我等得好辛苦，可终究是让我等到了。你知道失而复得有多快乐吗？失而复得，却不能再失去了，答应我，从此以后我们永远在一起好不好？"

我点头，泪水蹭在流暄衣服的龙纹上，我不会让你再尝到失去我的痛苦，而我也接受不了失去你，所以就让我们，"永远都不离不弃，不管是生还是死。"

聚合八年，我生下我和流暄的第一个孩子，我的长公主，取名东临雅，同一年南国也被划入东临国版图，流暄离统一天下只有一步之遥。

聚合十年，东临国、西丰国、南国三国统一，改国号为金，改元元昌元年，此时比起大金国，北国只不过是一个不起眼的小国。

元昌元年是普天同庆的一年，也是我最焦心的一年，我既高兴又担心，高兴的是流暄终于登上了统一天下的宝座，焦心的自然是那十年鸳鸯，我一直不知道楚辞的解药到底是真的还是假的。

流暄登基前一天晚上，我激动得睡不着觉，天还没亮就起来亲手为流暄穿礼服，衣服穿好，各自给对方戴好朝珠，然后手挽手走出去，坐在龙椅上，接受百官朝贺，我恍然想起小时候虽然有要离开江陵城的愿望，却也没想过会有这般的光景，老天真的待我不薄，想到这里眼睛渐渐模糊。

我小心翼翼地一直担心流暄，却没想到晕倒的那个人反而是我。

等我醒过来的时候，看见床边瘦了一大圈的流暄，不由得心酸，紧紧握住他的手，用沙哑的声音说："我在呢，我在呢。"

"我知道你一定喊了我的名字，刚才我无法回应你，现在我告诉你，我在呢，我们说过的话我不曾忘，我们要永远在一起。"

看着他微微一笑，眼角抽搐，喉结滑动在努力地吞咽，我的眼睛再一次不争气地迷蒙起来，这一次我是高兴的，因为我知道那解药起了作用。十年鸳鸯，金草的毒要用银草来解，只不过所谓的解毒，只不过是延长了十年的生命，我吃了银草，把我的血用作药引，为流暄换来十年的生命，同时我也中了银草的毒，金花颓败之时也是银花毒发之日，也就是说，就算十年之后我们仍然找不到最终的解药，我和流暄也会一起死，真正的不离不弃，元昌元年这场大病，也是我生命的转折点。

短短的几天，流暄的鬓角已生出白发。

我凑过去，细细地吻那绺银发。

流暄的嘴角微扬，"是不是觉得我老了。"

我笑，"不是老了，不过我要看着你老，一直到满头银发，我要把我们未来几十年要做什么都写下来，和你一起去做。"

我们会有第一个十年，第二个十年，第三个十年，无数个十年。

我相信，一定会有奇迹出现。

元昌三年，北国国君在宫门外带着文武百官，全身缟素跪地乞降，此时天下终于一统。

元昌四年，太子东临祥出生，太子出生当日，大金国皇帝东临碧写下四个字：金宫天下。压于御案底，金銮殿改为金宫殿，得金宫者得天下这句话终于有了定论。

元昌五年开始修建帝陵，上谕，帝后百年之后将同棺同陵。

元昌十年，我把一对儿女叫来，给他们讲了一个故事，故事里的人就是我自己，我在江陵城过过野兽般的生活，后来失去记忆以后曾是一个被人嘲笑的下等弟子，后来我做了四殿

第十九章 白首

之一，做了将军，又做了皇后，我告诉他们，人这一生短短几十年，但是什么都有可能经历，如果经历了最黑暗的时期，一定不要放弃，要一直走下去，因为一定会有一个爱你的人等在前方。

人一生说的时候可能很精彩，但一步步走过来的时候却是脚踏实地，平淡的多一些，当年我在金宫做下等弟子的时候，我也并不知道金宫是为我而建，有一个爱我的人一直在我身边。

流暄躺在床上已经好几日不曾醒过来，张碧君送来了药丸，可我知道，她也并没有把握，我们都在等奇迹出现，我攥着流暄的手，在看一份御医院的问诊记录，我在南国边界的那年冬天，其实他是生了病的，御医说他龙体未健不宜出行，可他还是来到我身边，人这一生想要的一切宠爱我已经都有了。

第二天我醒过来，好像一切都变了模样，我不是坐在椅子上而是躺在床上，而流暄就站在窗边，我撑起身子，流暄已经转过身来，长发松散地绾着，垂在胸前，他轻轻地笑一声，就像开在月下的桂花，淡淡摇曳，红如血的花瓣，散发溢夜的暗香，这是我记忆中他最美的样子。

我狠狠地掐了一下自己，很疼，这是真的，不是梦，难道我盼望了多少年的奇迹真的出现了吗？我和流暄终于可以摆脱十年鸳鸯的阴影，携手终老一生。

流暄走到我身边，握起我的手，轻轻地叫我，"金宫。"

我的眼泪已经流下来，流暄轻轻擦着我的眼角，"别哭，别哭，我这不是好好的吗？"我已经破碎地喊出来，"十年鸳鸯，十年鸳鸯。"

流暄亲吻我的眼角，"我都知道，十年鸳鸯，中毒以后只能活十年，这十年我的生命，是你给我的。"

我愣住了，原来他都知道。"你知道？你什么时候知道的？"

流暄把我搂进怀里。"我早就知道，我没有阻止你，因为我的爱是自私的，我想和你永远在一起，我会答应你永远，并不是开玩笑。如果你愿意和我一起走，我会挽着你的手，如果你不愿意，我会在奈何桥前等着你，所以你不要害怕，无论是什么结局对我们来说都是一样的。"

我仰起头，"那么现在呢？你会没事，是不是因为十年鸳鸯的毒已经……"

"十年鸳鸯的毒已经解了。"

不知道是不是十年鸳鸯的毒解了，让我的心情轻松起来，我十几年都没有进步的内功竟然也更上一层楼，这就代表我终于可以弥补一个遗憾，那就是和流暄一起爬上那座高高的山峰，一同站在峰顶看那人间罕见的美景。

我要告诉流暄，他那个愿望我并没有忘，多少年，我都把这件事一直放在心里。

人都说福无双至祸不单行，可是短短的一天，却让我惊喜了好几次，我竟然又一次有了身孕，流暄惊喜地抱着我，我伏在他胸前，"这一次我一定要给你生一个和你长相一模一样的孩子。"这也是我很多年的愿望之一，我也想让流暄这种绝美的相貌一直流传下去。

到这里一切都是最圆满的了。

幸福总是能让人流下眼泪，女儿问我，"母亲为什么哭了。"

我说："是因为幸福。"

你知道那种握着爱人的手，以为要永远地失去，却又再度得到的心情吗？哪怕只是握着他温热的手，都会觉得那是天大的幸运。

我们终于可以再活下去，我喜欢活着，因为活着能让我感受到他的真实。

到了盛夏，天气已经很炎热，流暄命人把月亭的四面拆掉换上宫纱，然后抱着我坐在亭子里，风吹来，宫纱四处飘散，月桂树在繁茂地生长，此时此刻仿佛回到了我们少年时。

我笑："我知道，今天发生的这些，有可能只是一个梦。因为银草的毒是让人快乐，它只会毒发一次，发作的时候会让人看见自己最想看见的，经历最想经历的事，然后死去，我今天经历的这些都是我多年的愿望。"

流暄抱紧我，低头亲吻我的发鬓，"明天太阳升起的时候，你依旧会听到晨钟鸣响，大臣们呈上奏折，晚上你还要陪我一起处理公事，帮我剪灯花，等到一切都忙完的时候，我们会在一起吃饭，那是属于我们的时间，没有任何人打扰，我们还会一起躺在床上，我抱着你像现在一样说话，那时候你就会知道，这一切都不是梦。"

是，这不会是梦，这么多年的风风雨雨老天总会宽待我们一次，我不想失望，因为我还要在你身边，看着你治下繁华盛世，看着你花白头发，看着我们的子孙昌盛。

我还要和你一起……还有太多事没有做完，我们怎么能就这样为生命画上句号，从此作古。你是那么耀眼，我喜欢看你恒久地发着光芒，不忍眼睁睁地看繁星陨落，握着流暄修长的手指，忽然感觉到有些疲累，在这阵阵凉风中，我闭上了眼睛，仿佛看见天地间挂满了黄丝带，是为怀念的黄丝带。

流暄，明天，后天，以后的每一天，我还要看见你，还要永远地和你在一起——

完——

番外三 我的爹娘

我叫东临碧，会有这个名字，听说是因为我的母亲怀念曾经一个叫张碧的人，每次母亲说起张碧，父亲总是不动声色，仿佛并不在意，有一次姐姐终于忍不住问起来，父亲只说，"张碧是你母亲和我认识的一个人。"

我的堂姐是一问到底的性子，追寻答案到了天涯海角，终于有一天回来意味深长地对我说，"这名字，你就认了吧！"

有人说，张碧是一个拥有绝世医术的女子，母亲生产时大约受了她的恩惠。

还有人说，张碧只是一个受了伤的傻子，父亲、母亲在南国时与她结识。

到底是怎么回事，没有人知晓。

这件事就像父亲、母亲和二爹爹从前的往事不停地被人议论却仍旧扑朔迷离，不过可以确定的是，我的母亲对张碧有一份特殊的感情。

我的父亲是个伟大的君主，因为他英明、勇敢、聪明、大度，在他的统治下，东临国越来越强盛，很快就超过了南国、北国甚至是西丰国，西丰国的君主也不示弱，不但积极通商，也培养了一支训练有素的亲军，西丰国的君主西丰临是我的二爹爹，东临国、西丰国两个本应该是对立的国家，两国的君主却都会唤我，"儿子。"

我知道不是因为我太过出色，而是因为我的母亲。

我的母亲做过两国的皇后，见证过两国皇帝登基，她是这个世上最伟大的女子，但是她却犯过一个最大的错误，让东临国三朝元老一直念念不忘，在临死之际留下遗本指责母亲，不该将东临国的太子生在西丰国。

同样在西丰国，对我的母亲和我的父亲私奔到东临国的指责，就像每年的节日一般从不缺席。

"西丰国的君主要来了。"我身边的侍者悄悄地道。

二爹爹身子不好，这是国人都知道的事，可是二爹爹却每年都会长途跋涉地来东临国，母亲见到二爹爹的第一句话总是，"你这身子怎么样了？"

二爹爹露出温和的笑容，轻声道："每年这时候都会好一些。"虽然忍不住别过脸咳嗽，却仍旧满面春风。

只要二爹爹过来，母亲就会和他在一起聊天，从两个人小时候的事一直聊到国家、战争，他们无所不谈，到了这个时候，父亲就会忙于朝政，很晚才会回到宫中。

有一次我和妹妹在窗台底下编草环，听到二爹爹和父亲说话，父亲说："如今局势不稳，你身体这么不好，就不要总过来了。"

父亲的声音听起来和平日里没有什么两样，却有一种让人难以质疑的威严，若是寻常人定然不敢再说什么。

二爹爹也不是等闲的人，只是说："当年你来西丰国，我可曾阻拦？当时我想，若是她愿意跟你走，那是她自己的选择，我也无怨无悔。"

父亲微微一笑，"十几年间，两国往返长路漫漫，你要保重身体。"

父亲从来都是笃定而骄傲，只有母亲能摸透他的性子，父亲从屋子里出来，我和妹妹忙低下头藏得严实些，父亲、母亲和二爹爹之间的事我们虽然不理解，却下意识地知道，不应该蹚这趟浑水。

哪怕沾染到一点，都恐怕遗祸无穷。

这一年二爹爹病得格外厉害，咳嗽几乎是从早晨持续到晚上，护送二爹爹的将军急红了眼睛，请求父亲、母亲立即用马车将二爹爹送回西丰国，母亲找来了东临国最厉害的郎中，二爹爹的病却仍旧不见好转。

那天我听到母亲的哭声，埋怨二爹爹，"你明知道我不可能回去，为什么年年都要过来，病成这样就该留在宫中好生休养。"

二爹爹不停地咳嗽着，半响才叹了口气，"你以为……我愿意……来……要不是……病得太重……我也不必赶过来……不过是要看你一眼……你便给些好颜色……"

妹妹不小心发出了声音，被屋子里的母亲听到，母亲打开屋门，皱着眉头看我们兄妹二人，还是二爹爹说了好话，我们才免了一顿责罚。

屋子里的摆设十分的简单，廊下有鸟儿在鸣叫，母亲让侍女帮二爹爹洗了头，两个人有时说话，有时就安静地坐着，我和妹妹坐了一会儿便坐不住了，一溜烟地跑了出去，到了门口听到二爹爹的声音，"两个孩子都像你，到哪里也坐不住，你小时候……也是如此……我总是要找些借口，让你帮忙取些东西，好放你离开……"

然后是母亲的声音，"那些事，你还记得……"

二爹爹道："不知怎么的，最近常常想起，也许……是大限将至……"

母亲道："乱说什么，你病恹恹的也不是一日两日了。"

我们慢慢走远了，妹妹忽然靠过来问我，"二爹爹会死吗？"

我摇了摇头，我希望二爹爹不会死，马上就要到三月了，那时候梨花就开了，二爹爹说过，他最喜欢梨花，站在梨花树下，他就会觉得十分的安宁。

晚上我刚刚进入睡梦中，就听到外面有宫人说话的声音，我揉揉眼睛坐起来，听到有"刺客……抓住……"的字眼，我咳嗽一声，两个小宫人立即走进来伺候，我盯着胆子稍小的宫人，"发生什么事了？"

那宫人不敢隐瞒，忙说："皇后娘娘遇刺了，听说是……西丰国皇帝身边的将军。"

我惊慌地道："母亲怎么样？有没有被伤到。"

"没有，没有，"宫人连忙道，"陛下早有准备，那刺客还没有动手就被按住了。"

我吁了口气，父亲向来都是将最好的侍卫留给母亲，将母亲护得严严实实，没有人会伤到母亲半分。

虽然知道母亲没事，却仍旧放心不下，我穿好衣服带着宫人去看母亲。

正殿里灯火通明，院子里跪着一个人，那是白天因为二爹爹的病，急得两眼通红的那位将军，要不是此时披散着头发，我还不曾注意，原来她竟然是个女子。

二爹爹被人用肩舆抬过来，到了那女将军身边，声音威严，"你为什么要刺杀东临国皇后。"

"东临国皇后，"女将军忽然笑起来，"西丰国举国上下都知晓，所谓的东临国皇后，就是西丰国皇后西丰若，是她背叛了西丰国，背叛了陛下您，陛下却还不顾龙体，每年过来看她，这样的人难道不该死？陛下迟迟不肯回国，置江山社稷于不顾，难道不是为了她？对西丰国来说，最大的敌人不是南国、北国，甚至不是东临国，而是她……我恨不得将她千刀万剐，只可惜我技不如人，没能杀了她。"

我看了一眼御座上的父亲，父亲一言不发地坐在那里，虽然不曾说话，却让我觉得十分的心安。

只要有父亲在，一切就都会安然无恙。

这是二爹爹的事，父亲并不想插手，但是我知道，如果二爹爹想要维护那女将军，父亲就会不顾情面地动手处置，我不太想看到父亲和二爹爹针锋相对，事实告诉我，我的担忧是多余的。

二爹爹很平淡地开口，"那你可知道，若是没有她，西丰国早就不复存在，朕也早就死在了登基初年的叛乱之中，朕重病缠身多年，若不是抱着每年要来见她的心思，也不会这样支撑着活下来，这就是朕的秘密，现如今你知晓了这个秘密，就不能留在朕身边，"说着挥挥手，"你安心去吧，朕不会迁怒你的家人……"

那女将军凄厉地喊了一声，"皇上的恩情，微臣来世再报。只盼您的情意莫要再给那妖女。"

声音刚落，那女将军抽出一把剑刺进了自己的胸口，然后倒下去。

母亲急匆匆地赶过来，宫人已经将那女将军的尸体抬了下去，母亲怔愣了片刻，才看向二爹爹，"你这是何苦。"

二爹爹咳嗽着说，"天子犯法与庶民同罪，更何况她，不将她处置，我日后也不能服众。"

母亲让宫人护着二爹爹去歇息，过了些日子，二爹爹的病竟然好转了不少，西丰国又派两名将军来迎，母亲将二爹爹送到宫外。

二爹爹临走之前，父亲上前两步，"之前盼着你死了干净，而今看来你还是活着吧！"

说着看了一眼抹泪的母亲。

二爷爷喘气道:"在她心里,我不过就是个兄长,朋友,再也及不上你……"

父亲道:"何时想来就过来,不要客气。"

马车开始前行,父亲搂着母亲的肩膀安慰,我们一家人看着孤零零的二爷爷越走越远。

从那时起我就发誓,我永远也不要做那个孤苦伶仃的二爷爷,我长大之后走到一个叫江陵城的地方,认识了一个女子叫金宫,我才终于明白二爷爷那时的心境,只要爱的人在这个世上,我就不能离开,哪怕经历再多的痛楚,我都要留在她身边。